D1855309

Marie Louise Fischer

Freundinnen durch dick und dünn

Schneider Buch

Inhalt

Nur Mut, liebe Ruth!

Nur Mut, liebe Ruth!

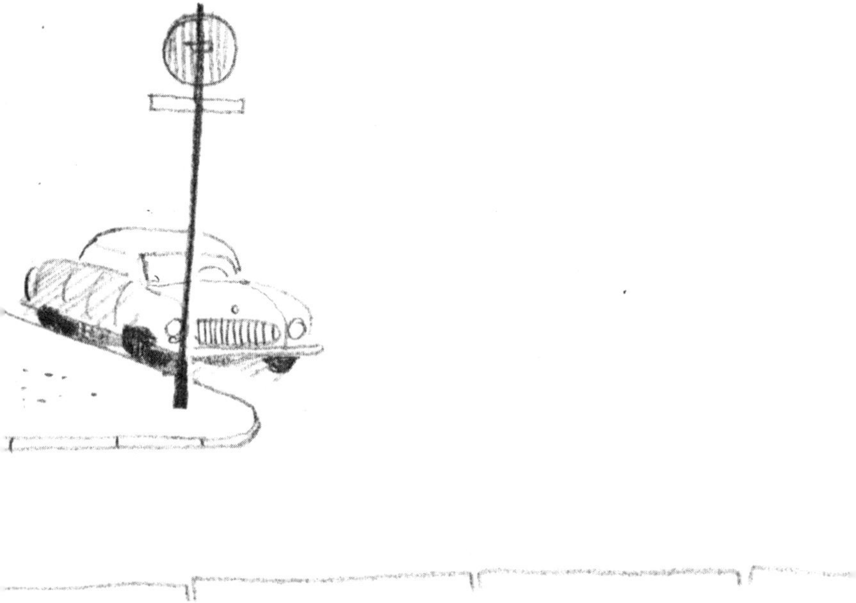

Bauchlandung

In der Parkschule gab es ein Lehrschwimmbecken, und das war natürlich eine feine Einrichtung, besonders in der kalten Jahreszeit, wenn die Freibäder in der Stadt geschlossen waren.

Die Schülerinnen der Klasse 6 a jubelten stets auf, wenn statt einer Turnstunde eine Schwimmstunde angesetzt wurde. Nur für Ruth Kleiber war das ein Greuel.

Im vorigen Jahr, als Fräulein Freysing, die junge und forsche Turnlehrerin, sich noch damit begnügt hatte, Brust- und Rückenschwimmen mit ihnen zu üben, was er für Ruth immerhin noch erträglich gewesen. Aber in diesem Schuljahr, da es ans Tauchen und Springen ging, genügte schon der bloße Gedanke an eine Schwimmstunde, ihr die Tränen in die Augen zu treiben. Sie nutzte jede Möglichkeit aus, sich vor der Teilnahme zu drücken.

Die Schülerinnen der 6a hatten, zappelnd vor Ungeduld, am Kopfende des rechteckigen Schwimmbeckens Aufstellung genommen, an der Spitze Katrin in einem knallroten Badeanzug, der ihr gut zu ihrer, auch im Winter, leicht gebräunten Haut stand und den schwarzen Augen. Leonore Müller, in einem hellblauen einteiligen Badeanzug, half ihr, das schulterlange Haar zusammenzudrehen und unter die weiße Badekappe zu stecken. Hinter den beiden drängten sich die anderen und zählten ab, um Riegen zu bilden.

Nur die kleine Ruth war nicht unter ihnen; sie duckte sich unter die Balustrade an der gegenüberliegenden Seite, hinter der die Türen zu den Umkleidekabinen und – weiter hinauf – in das Schulgebäude führten. Sie schickte ein Stoßgebet nach dem anderen zum Himmel, daß Fräulein Freysing ihr Fehlen nicht entdecken möge.

Aber sie hatte die Aufmerksamkeit der Turnlehrerin offensichtlich unterschätzt.

Fräulein Freysing, schlank und muskulös in einem einfachen, knapp sitzenden Badeanzug, ließ einen einzigen Blick über ihre Schäfchen gleiten, murmelte die Namen der Mädchen vor sich hin und rief: „Ruth! Wieso ist Ruth nicht erschienen? Ist sie etwa krank?“

Die anderen sahen sich an, leicht verlegen und betroffen. Sie wollten Ruth nicht hereinlegen, aber genauso wenig Fräulein Freysing belügen.

Die Turnlehrerin wandte sich an Katrin und zielte ihr mit dem Zeigefinger genau auf das Herz. „Ich frage dich! Hat Ruth heute gefehlt?“

„Nein“, mußte Katrin wohl oder übel zugeben.

„Also dann!“ Fräulein Freysing tat einen tiefen Atemzug, sah sich in der Schwimmhalle um, und schon hatte sie den kunstvollen Lockenaufbau der Drückebergerin entdeckt. „Aha! Da steckst du also!" rief sie. „Was ist los mit dir!"

Über der Balustrade erschien ganz langsam auch der Rest der blonden Locken, die runde Stirn, die grünen Augen, das Näschen, das Mündchen und endlich das ganze Brustbild der kleinen Ruth. Ihre helle Haut war tief rosa angehaucht, und sie stotterte, tödlich verlegen: „Fräulein Freysing, ich . . . also, das ist so . . ."

„Nun erzähl mir bloß nicht, daß du dich nicht wohl fühlst!" donnerte Fräulein Freysing, und ihre kräftige Stimme hallte ordentlich wider in der großen Halle. „Das ist schon die dritte Turnstunde, in der du nicht dabei bist. Du willst mir doch nicht etwa weismachen, daß du an einer schleichenden Krankheit leidest?"

„Nein, nein, das nicht, aber . . ." stammelte Ruth.

„Nun komm schon!" rief Katrin. „Halt bloß nicht den ganzen Betrieb auf!"

„Sehr richtig", stimmte die sonst so geduldige Leonore zu, „das ist direkt eine Gemeinheit!"

Silvy Heinze, die sich bis jetzt zurückgehalten hatte, weil sie sich in ihrem knappen Bikini – und wie hatte sie die Mutter darum angebettelt! – doch nicht wohl fühlte, denn in der Gegenwart der anderen war ihr bewußt geworden, daß sie mehr denn je wie eine dürre Bohnenstange darin aussah, tauchte aus dem Hintergrund auf: „Ruth hat ja bloß Angst um ihre Lockenpracht!" rief sie.

Die anderen, die inzwischen auch ungeduldig geworden waren, lachten und schimpften durcheinander.

Die rothaarige Olga Helwig schrie: „Ach was, sie ist einfach wasserscheu!"

Fräulein Freysing war am schmalen Rand des Beckens entlang zu Ruth hinübergegangen. „Stimmt das?"

„Aber nein!“ protestierte die Kleine. „Natürlich nicht, überhaupt nicht! Nur . . . nur . . .“ Auf der Suche nach einer Ausrede fiel ihr das Dümmste ein, was sie vorbringen konnte: „Ich habe meinen Badeanzug vergessen!“

„Wenn es weiter nichts ist! In Kabine 10 liegt ein ganzer Haufen Badeanzüge und Badehauben. Du wirst schon was Passendes finden. Aber trödle, bitte, nicht zu lange! Es würde mich ärgern, wenn ich dich nachexerzieren lassen müßte.“

Ruth stob davon. Sie wußte nur zu gut, daß Fräulein Freysing durchaus imstande war, ihre Drohung wahrzumachen, denn gleich nach dem Turnen kam die große Pause, und Fräulein Freysing blieb oft während der ganzen Pause in der Schwimmhalle.

Als sie zurückkam, in einem schwarzen Badeanzug, der ihr zwei Nummern zu weit war, platschten die anderen schon längst im Wasser herum und hießen sie herzlich willkommen. Vorsichtig stieg Ruth die gekachelte Treppe zu ihnen hinunter. Jetzt, da ihre komplizierte Lockenfülle unter einer Badehaube versteckt war, wirkte ihr Gesichtchen geradezu winzig, und sie schauderte, bevor sie auch nur die Zehenspitze ins Wasser gesteckt hatte.

„He! Beeil dich!“ rief Katrin übermütig und spritzte sie voll.

„Du bist gemein!“ piepste Ruth empört.

„Bangbüchse!“ – „Angsthase!“ – „Feigling!“ spotteten die anderen.

„Komm hierher, Ruth!“ befahl Fräulein Freysing vom anderen Ende des Beckens her, wo es tief war. „Du kannst doch recht gut schwimmen!“

Ja, schwimmen konnte Ruth wirklich, und warum auch nicht? Sie war ja gar keine schlechte Turnerin, sondern gehörte sogar unter die Gelenkigsten in der Klasse. Trotzdem wurde es ihr, sobald sie keinen Boden mehr unter den Füßen hatte, mulmig zumute, und sie sehnte sich wieder an das feste Land zurück, während andere Mädchen, die sonst reichlich steif waren, wie zum Beispiel Olga Helwig, für die ein Pferd oder ein Kasten unüberwindliche Hindernisse bedeuteten, sich wie die Fische im Wasser tummelten.

Fräulein Freysing nahm sich Ruth gesondert vor, ließ sie auf der Brust, auf dem Rücken schwimmen und zuletzt auch tauchen.

O weh, meine schöne Frisur, dachte Ruth entsetzt, während sie sich auf den Boden des Beckens sinken ließ, was wird meine Mutti sagen! Da muß ich heute nachmittag bestimmt wieder unter die Haube!

Ruths Eltern führten einen eleganten Frisiersalon in der Innenstadt, und weil es ihr Beruf war, andere Leute schön zu machen, schien es ihnen ganz selbstverständlich, daß auch ihr einziges Töchterchen immer wie aus dem Schaufenster genommen aussah, und diese Einstellung entsprach vollkommen Ruths eigener Eitelkeit.

Als sie wieder hochkam, prustend und schnaufend und mit bekümmertem Herzen, lobte Fräulein Freysing arglos: „Na siehst du, das ist doch wunderbar gegangen! Wie ich immer sage . . . nur auf das richtige Atmen kommt es an, auf sonst gar nichts!“ Sie kletterte aus dem Wasser, klatschte in die Hände und rief: „Erste Riege aufstellen zum Springen!“

Ruths Herz sank, wenn es möglich war, noch eine ganze Etage tiefer, und schnell versuchte sie, sich so unsichtbar wie möglich zu machen.

Aber Fräulein Freysing hatte sie nicht vergessen. „Du

auch, Ruth!" rief sie. „Komm nur!"

„Aber ich bin nicht eingeteilt!"

„O doch! Gerade jetzt! Du wartest doch hoffentlich nicht auf eine Sondereinladung?"

Wohl oder übel mußte Ruth sich hinter den anderen oben, am Rand des Beckens, aufstellen.

„Wir üben erst noch einmal einzeln", ordnete Fräulein Freysing an.

Eine der Schülerinnen nach der anderen trat her zu ihr. Die Turnlehrerin legte jeder den Arm vor den Magen, ließ sie sich dann, die Arme nach unten, wie ein Taschenmesser zusammenklappen und auf: „Los!" in die Fluten gleiten.

Es klappte bei allen, denn unter Fräulein Freysings starken Händen war kein Widerstand und keine falsche Bewegung möglich. Selbst Ruth schaffte es, es blieb ihr ja gar nichts anderes übrig.

„Und nun noch einmal einzeln! Aber jetzt jede für sich allein!" kommandierte Fräulein Freysing.

Es kostete die meisten Mädchen – außer Katrin, die eine begeisterte Springerin war – eine gewisse Überwindung, sich kopfüber ins Wasser zu stürzen, und bei manchen hatte der Köpfer mehr Ähnlichkeit mit einem Plumps als mit einem Sprung. Aber alle wagten sie es und tauchten nachher glücklich und mit sich zufrieden wieder hoch.

Nur Ruth stand wie angewurzelt am Rand des Beckens, fuchtelte mit den Armen, stieß den Kopf vor und – sprang zu guter Letzt mit den Beinen voraus.

Sie hoffte, daß Fräulein Freysing es nicht bemerkt haben würde, aber selbst wenn die Lehrerin einen Augenblick nicht hingeschaut hätte, wäre sie durch das brausende Gelächter der anderen aufmerksam geworden.

„He, Ruth, was sind das für Geschichten!" rief sie, als das

Gesichtchen der Kleinen wieder über der Wasseroberfläche erschien. „Komm, probieren wir es gleich noch einmal!“

Wohl oder übel mußte Ruth dieser Aufforderung folgen, und weil Fräulein Freysing ihr diesmal Hilfestellung leistete, klappte es sogar einigermaßen.

Dann kam die nächste Riege an die Reihe, und Ruth konnte sich erlöst mit ihren Freundinnen im Wasser tummeln. Aber sie war nicht glücklich dabei. Die Angst saß ihr noch in den Knochen, und das Gefühl, sich lächerlich gemacht zu haben, peinigte sie.

„Du bist ja eine schöne Flasche“, erklärte Silvy, obwohl auch ihre Stärke durchaus nicht im Sportlichen lag.

Und Olga behauptete: „Ich verstehe gar nicht, wie du dich so anstellen kannst!“

„Ach, gebt doch bloß nicht so an“, setzte sich Ruth zur Wehr. „So fabelhaft habt ihr es ja auch nicht gemacht!“

„Aber immerhin ... wir haben es versucht!“ trumpfte Olga auf. „Während du ...“

„... einfach eine Niete bist!“ ergänzte Silvy.

Katrin hatte das Geplänkel mit angehört. „Und was seid ihr?“ rief sie übermütig. „Ihr seid doch bloß die beiden Obernieten vom Dienst, und sonst gar nichts!“ Sie packte Silvy und Olga, jede mit einer Hand, in den Nacken und drückte ihre Köpfe unter Wasser.

Es dauerte eine ganze Weile, bis sie sich, prustend und strampelnd, befreien konnten. Natürlich wollten sie sich an Katrin rächen, aber Katrin war schneller als sie; sie schoß lachend davon.

Ruth hätte nun eigentlich getröstet sein können, weil Katrin für sie Partei ergriffen hatte. Aber sie ärgerte sich zu sehr über sich selber. Warum nur, warum mußte sie sich vor Anforderungen fürchten, die alle anderen spielend meisterten?

Ach, Ruth wäre so gerne tapfer gewesen, aber sie schaffte es einfach nicht. Als Fräulein Freysing ihre Riege das nächste Mal aufrief, stand sie wieder völlig verzweifelt am Rande des Beckens, während die anderen schon den Startsprung – in den Knien federnd, Hände voraus und schräg ins Wasser – übten, den die Lehrerin ihnen vorgemacht hatte. Sie war so verzweifelt über sich selber, daß ihr die Tränen über die Wangen liefen, was zum Glück niemand bemerkte, weil alle Gesichter naß und voller Wassertropfen waren.

Leonore erbarmte sich ihrer und leistete Hilfestellung. „Wovor hast du eigentlich Angst?" fragte sie. „Ich verstehe dich gar nicht, du bist doch sonst eine ganz gute Turnerin."

„Es ist mir einfach greulich, so Kopf voraus . . . ich weiß nicht, wie ich mich ausdrücken soll!"

„Ich gebe ja zu, es ist ein komisches Gefühl, und man muß sich erst daran gewöhnen. Aber denk doch bloß mal nach . . . was kann dir denn dabei passieren?" gab Leonore zu bedenken. „Selbst wenn es ganz schief geht, klatschst du doch höchstens ein bißchen auf. Das ist hundertmal ungefährlicher als das Turnen in der Halle. Wasser hat ja nun einmal keine Balken." Sie gab Ruth einen kleinen Schubs und ließ sie ins Wasser rutschen.

Kurz vor Schluß der Stunde, als die Lehrerin schon begonnen hatte, die Mädchen aus dem Wasser zu treiben, rief Katrin, aufgeregt von einem Bein auf das andere hüpfend: „Fräulein Freysing, Fräulein Freysing, darf ich mal etwas vormachen?"

„Ja, was denn?"

„Einen richtigen Kopfsprung vom Brett!"

Fräulein Freysing runzelte mißtrauisch die dichten, geraden Brauen. „Bist du sicher, daß du das kannst?"

„Habe ich schon mindestens hundertmal gemacht!"

„Also dann los!"

Katrin ließ sich das nicht zweimal sagen. Sie kletterte zum Sprungbrett hinauf und rief: „Mit Anlauf! Achtung, fertig, los!" Dann rannte sie, federte an der Spitze des Brettes, stieß sich ab, flog in einem eleganten Bogen durch die Luft und landete, die ausgestreckten Hände zuerst, ohne einen einzigen Spritzer im Wasser.

Der Beifall der Klasse war laut und ehrlich.

Nur Silvy zischte: „Als wenn da was bei wäre!"

„Dann mach es ihr doch nach!" rief Leonore freundlich.

Katrin stieg aus dem Wasser und nahm strahlend die Bewunderungskundgebungen der anderen und das Lob Fräulein Freysings entgegen. Es war bei ihr durchaus nicht an der Tagesordnung, daß sie wirklich etwas leistete außer mit dem Mundwerk, und deshalb war sie jetzt besonders stolz auf sich.

Als sich die allgemeine Aufregung gelegt hatte, schlüpfte Ruth an ihre Seite: „Du, Katrin", sagte sie, „das war wirklich eine Wucht! Wie macht man das bloß?"

„Pah, nichts einfacher als das! Denk doch mal nach! Was ist leichter, Weitsprung mit oder ohne Anlauf? Na also. Der Anlauf macht es. Man muß bloß tüchtig Schwung nehmen. Alles andere ist eine Kleinigkeit."

„Ich hätte Angst", gestand Ruth leise.

„So ein Unsinn!" Katrin lachte. „Wenn du Angst hast, dann mach doch einfach die Augen zu!"

Während alle anderen zum Umkleideraum hin drängten, stand Ruth ganz in sich versunken da. Es arbeitete in ihr. Und plötzlich, ehe sie noch selber wußte, was sie tat, rannte sie zum Sprungbrett hin.

„Seht her!“ schrie sie.

Sie wußte, daß alle stehenblieben, sich umwandten und sie anstarrten, aber sie sah es nicht mehr, denn sie hatte schon die Augen geschlossen und lief los.

„Ruth!“ rief Fräulein Freysing ganz entsetzt.

Da öffnete sie doch die Augen. Sie war nur noch einen Schritt vom Wasser entfernt, das tief, viel tiefer als vom Rand aus, unter ihr lag, und erschrak furchtbar. Sie wollte stoppen, aber sie war so in Schwung, der ihren Körper zum Kopfsprung vorwärts warf, daß es unmöglich war. Sie sprang und versuchte gleichzeitig, sich zurückzureißen, und das Ergebnis war, daß sie, zappelnd und strampelnd, mit einem gewaltigen Klatsch mit dem Bauch zuerst auf der Wasseroberfläche aufschlug und wie ein Stein unterging.

Ihr wurde schwarz vor Augen, sie verlor die Besinnung.

Im selben Moment sprangen Leonore und Katrin vom Rand aus ins Becken. Leonore die Füße voran und Katrin mit einem Kopfsprung. Ohne daß Fräulein Freysing es ihnen gesagt oder sie es miteinander abgesprochen hätten, tauchten sie nach Ruth und bekamen sie zu packen, als sie gerade wieder nach oben getrieben wurde.

Sie hatten noch niemals einen Rettungsschwimmkursus mitgemacht, aber dennoch verhielten sie sich ganz richtig. Katrin griff Ruth unter den einen und Leonore unter den anderen Arm, und so zogen sie sie zwischen sich zum Rand des Beckens. Ruth hatte ihre Bademütze verloren, ihre Locken hatten sich aufgelöst, und ihr schönes blondes Haar floß dunkel vor Nässe um ihr totenblasses Gesichtchen.

„Sie ist ertrunken!“ schrie Olga und begann zu schluchzen, denn blitzartig war ihr eingefallen, daß das alles wohl nicht passiert wäre, wenn sie und Silvy die Kleine nicht so geärgert hätten.

Auch Silvy hatte ein denkbar schlechtes Gewissen. Sie sprang ins Wasser und half mit, Ruth zu Fräulein Freysing hochzuheben, die am Beckenrand kniete und nach ihr griff.

„Unfug", sagte die Lehrerin. „So schnell ertrinkt man nicht. Sie hat nur einen Schock bekommen." Aber auch sie war blaß unter ihrer braunen Haut geworden, als sie sich über Ruth beugte, die jetzt langgestreckt auf den Fliesen lag.

Katrin war heraufgeklettert. „Vielleicht sollte man Wiederbelebungsübungen machen", schlug sie vor.

Fräulein Freysing richtete sich auf. „Sag mal, Katrin, hast du der Kleinen eingeredet, daß sie diesen Blödsinn machen sollte?"

„Ich!?" Katrin tippte sich verblüfft auf die Brust. „Nein, bestimmt nicht! Sie hat mich nur gefragt, und da habe ich ihr gesagt, daß es ganz leicht wäre! Ich konnte doch nicht ahnen, daß sie es selber versuchen würde!"

Nein, das konnte Katrin wirklich nicht, das sah auch die Lehrerin ein; weder sie noch eine von Ruths Mitschülerinnen hätten ihr eine solche Tollkühnheit zugetraut.

„Steht hier nicht herum, sondern verschwindet in die Kabinen und zieht euch an!" sagte Fräulein Freysing.

In diesem Augenblick schlug Ruth die Augen auf. „Wo bin ich?" fragte sie.

„Ja, weißt du das denn wirklich nicht?" schrie Katrin. „In der Schwimmhalle ... du hast gerade einen Kopfsprung mit Anlauf vom Brett versucht!"

„O je", sagte Ruth und schloß schaudernd die Augen.

Alle lachten, so erleichtert waren sie.

„Wie fühlst du dich?“ fragte Fräulein Freysing. „Hast du Schmerzen?“

„Nein“, sagte Ruth, „ich bin nur ein bißchen . . . benommen.“ Ihre Erinnerung war blitzschnell wieder zurückgekehrt, und gerade rechtzeitig fiel ihr ein, daß in der übernächsten Stunde eine Mathematikarbeit geschrieben werden sollte. „Lernen kann ich wohl heute nichts mehr“, erklärte sie mit schwacher Stimme und faßte sich an den Kopf.

„Das sollst du auch nicht“, sagte Fräulein Freysing sofort, „ich werde dich jetzt in meinem Auto nach Hause bringen. Hoffentlich kannst du aufstehen.“

„O doch“, sagte Ruth und richtete sich auf.

Katrin und Fräulein Freysing halfen ihr auf die Beine.

„Danke“, sagte Ruth, „danke“. Und mit einem schwachen Lächeln fügte sie hinzu: „Es tut mir leid, daß ich euch einen solchen Schrecken eingejagt habe.“

„Zieh dich rasch an und trockne dir das Haar“, sagte Fräulein Freysing, „ich möchte zur nächsten Stunde wieder zurück sein.“ Sie verschwand in die Richtung auf die Lehrerkabinen.

Auch die anderen hatten es jetzt eilig, aus ihren nassen Sachen zu kommen.

„Ich will ja nicht lästern“, sagte Olga und riß sich die Bademütze von ihrem leuchtend roten Haar, „aber wenn es nicht so unwahrscheinlich wäre, könnte ich glauben, du hättest es mit Absicht gemacht, Ruth!“

Die Kleine lachte. „Nicht ganz! Aber ich gebe zu, es kommt mir sehr gelegen. Viel Spaß bei der Mathe. Und erzählt mir morgen, wie es gegangen ist!“ Sie lief zum Umkleideraum hin davon.

„So eine unverschämte Wanze", sagte Olga empört, „jetzt ärgere ich mich direkt, daß ich mir solche Sorgen um sie gemacht habe."

Katrin hatte inzwischen nach Ruths Badekappe getaucht und sie aus dem Wasser geholt. „Sei friedlich", sagte sie, „wir haben allen Grund, uns zu freuen, daß es nochmal so ausgegangen ist." Sie schwang sich aus dem Wasser. „Und was die Mathe-Arbeit betrifft, so gehe ich jede Wette mit dir ein, daß sie sie wird nachholen müssen."

„Wollen wir's hoffen", brummte Olga und folgte Katrin in den Umkleideraum.

Bangemachen gilt nicht

Katrin sollte recht behalten.

Ruth mußte die Mathematikarbeit tatsächlich nachschreiben, noch dazu in der Freistunde am Donnerstag, die alle anderen dazu benutzten, sich im Milchstübchen schräg gegenüber der Parkschule an einem Eis zu erquikken. Es war zwar noch reichlich kalt draußen, aber den Mädchen der 6a schmeckte das Eis zu jeder Jahreszeit, und außerdem lag schon so etwas wie Frühling in der Luft. Der Himmel war blau, und an den Bäumen des Stadtwaldes konnte man schon ein erstes zaghaftes Grün entdecken.

So hatte Ruth durch ihr tolldreistes Kunststück also nichts gewonnen, im Gegenteil, sie hatte sich eine Menge Schwierigkeiten eingehandelt. Ihre Eltern, die sehr, sehr besorgt um ihr einziges Töchterchen waren, hatten sich schrecklich aufgeregt und einen ganzen Schwall Vorwürfe und Ermahnungen auf sie niederprasseln lassen, als sie erfuhren, was geschehen war.

Dann hatte die Mutter ihr das Haar gewaschen, die Strähnen auf unzählige Wickler und Klammern gedreht und Ruth für eine gute Stunde unter die Haube gesetzt, eine Prozedur, die sie zwar in Kauf nahm, weil sie ihrer Schönheit diente, der sie aber beim besten Willen kein Vergnügen abgewinnen konnte.

Zudem taten ihr Bauch, Brust, Beine und Arme von ihrem gewaltigen Platsch auf das Wasser weh und begannen sich in den nächsten Tagen blau und grün zu verfärben, als wenn sie es nicht zulassen wollten, daß Ruth das unangenehme Ereignis so bald wieder vergaß.

Ja, Ruth kam sich sehr bemitleidenswert vor und fragte sich selber und ihre Freundinnen immer wieder: „Warum muß bloß immer mir so etwas passieren!?“

Aber sie konnte von niemand eine befriedigende Antwort darauf erhalten.

Natürlich bekam auch Frau Dr. Mohrmann, die Klassenlehrerin, von der Geschichte Wind, und sie ließ sich davon zu einem Thema für einen Klassenaufsatz anregen. Sie schrieb in ihrer hübschen, flüssigen Schrift an die Wandtafel: „Wie ich mich einmal sehr gefürchtet habe!“

Die Mädchen riefen: „Ach!“ und: „Oh!“ und: „Nicht schon wieder!“

Aber Frau Dr. Mohrmann blieb, wie immer, unerbittlich. „Das ist ein sehr interessantes Thema“, sagte sie, „ich bin sicher, es wird euch eine Menge dazu einfallen.“

„Mir nicht“, behauptete Silvy und hob ihr spitzes Näschen noch ein paar Zentimeter höher, „ich habe mich nämlich noch nie gefürchtet!“

„Ich auch nicht!“ – „Ich auch nicht!“ riefen schnell ein paar andere.

Frau Dr. Mohrmann trat auf die vorderste Tischreihe zu und blickte einer der vorwitzigen Schülerinnen nach der anderen fest in die Augen. „Seid ihr ganz sicher?"

Silvy wurde ein bißchen rot. „Na, schon möglich, daß ich irgendwann mal Angst gehabt habe", räumte sie ein, „als ich noch ganz klein war. Aber daran erinnern kann ich mich bestimmt nicht mehr."

„Schade", sagte Frau Dr. Mohrmann, „aber vielleicht kann eine andere mir sagen, wovor sie als kleines Kind Angst gehabt hat."

Olga meldete sich. „Ich habe mich im Dunklen gefürchtet", sagte sie, „ich wollte immer, daß meine Mutter ein Licht brennen ließ, sonst konnte ich nicht einschlafen."

Silfy fuhr stracks in die Höhe. „Jetzt weiß ich auch etwas!"

„Ja?"

„Ich wollte nie allein in der Wohnung bleiben. Ich habe ein Mordstheater aufgeführt, wenn meine Eltern mal abends ausgehen wollten."

„Fein, daß dir doch noch etwas eingefallen ist", sagte Frau Dr. Mohrmann, „die Angst vor der Dunkelheit und die Angst vor dem Alleinsein sind zwei gute Beispiele für den Begriff Angst. Kann mir eine von euch vielleicht sagen, wo der Unterschied zwischen Furcht und Angst liegt?"

„Da gibt es überhaupt keinen", behauptete Katrin prompt.

„Irrtum", sagte Frau Dr. Mohrmann und sah sich erwartungsvoll in der Klasse um.

„Fragen Sie doch mal Ruth", rief Silvy übermütig, „die ist Expertin in diesen Problemen!"

Einige Schülerinnen lachten beifällig, aber Frau Dr.

Mohrmann war über diesen Zwischenruf nicht erfreut. „Nicht so vorlaut, Silvy", tadelte sie, „es würde dir sicher auch nicht gefallen, wenn wir dich als Expertin für Naseweisheit bezeichnen würden, nicht wahr?"

„Aber ich habe doch bloß einen Spaß machen wollen", verteidigte sich Silvy.

„Mach deine Späße in Zukunft nicht auf Kosten anderer", sagte Frau Dr. Mohrmann, „dann werde ich mitlachen." Sie sah sich in der Klasse um. „Na, weiß jemand, auf was ich hinauswill? Nun, dann werde ich es euch erklären. Angst ist ein unbegründetes Gefühl. Denkt nur an die Angst im Dunkeln, die bei vielen Kindern auftritt. Ein Raum, in dem man sich eben noch behaglich und geborgen gefühlt hat, wirkt plötzlich bedrohlich, nur weil das Licht ausgegangen ist . . ."

„Ja, das verstehe ich", sagte Silvy, „genauso war es ja auch mit meiner Angst vor dem Alleinsein. In unserer Wohnung im dritten Stock konnte mir ja nicht wirklich etwas Schlimmes passieren."

Katrin meldete sich. „Ich habe mal einen Mann gekannt, der hatte Platzangst . . . also, der hatte Angst, einen offenen Platz zu überqueren, und nachher wollte er überhaupt nicht mehr auf die Straße gehen."

„Ja", sagte Frau Dr. Mohrmann, „auch das ist ein gutes Beispiel, wenn auch in diesem Fall die Angst schon krankhaft war. Es gibt viele solche Ängste. Angst vor dem Eingesperrtsein, Angst vor großer Höhe . . . oder auch viel allgemeinere Ängste, Lebensangst, also Angst vor dem Leben überhaupt, Existenzangst, das ist Angst, die Grundlage der Existenz zu verlieren, und noch viele andere mehr."

„Aber man könnte doch genauso gut sagen, daß die Leute

sich vor diesen Dingen fürchten", sagte Hanne, ein Mädchen aus den hinteren Reihen, „wo ist denn das der Unterschied zwischen Angst und Furcht?"

„Das werde ich euch jetzt gleich erklären. Nehmen wir einmal an, ein Kind ist allein in der Wohnung zurückgeblieben, die Eltern sind ausgegangen. Das Kind hat gar keine Angst, es ist sicher, daß ihm in den vertrauten Räumen nichts passieren kann. Plötzlich riecht es nach Rauch. Da beginnt das Kind sich zu fürchten."

„Es hat Angst, daß es brennen könnte", sagte Katrin.

„Richtig. Diese Angst vor einer wirklichen oder möglichen Gefahr nennt man Furcht."

Leonore sprang auf. „Darf ich mal ein Beispiel nennen? Ein Mädchen geht abends nach Hause. Es ist schon stockdunkel, aber sie hat gar keine Angst. Plötzlich hört sie Schritte hinter sich, da beginnt sie sich zu fürchten. Denn sie hat gemerkt, daß ein Mensch hinter ihr herkommt. Sie weißt nicht, wer es ist und was er im Schilde führt."

„Sehr richtig, Leonore, du hast es genau erfaßt. Die Angst ist etwas Lähmendes, Überflüssiges, was den Menschen bedrückt, Furcht ist aber genau das Gegenteil. Sie wirkt alarmierend. Sobald man sich fürchtet, wird man hellwach, das Herz klopft schneller, der Verstand arbeitet auf Hochtouren, und alle Sinne sind gespannt, so daß man der Gefahr nach bestem Vermögen begegnen kann."

Silvy hatte schon seit einiger Zeit ihren Finger wie wild nach vorn geschleudert. Jetzt, als Frau Dr. Mohrmann sie endlich zu Wort kommen ließ, erklärte sie ganz atemlos: „Ich habe es längst kapiert! Jemand, der Angst hat, fängt an zu zittern und zu weinen, und jemand, der sich fürchtet, unternimmt etwas gegen die Gefahr!" Sehr stolz über ihren Gedankenblitz, blickte sie sich triumphierend in der Klasse um.

„Sehr richtig, Silvy", lobte Frau Dr. Mohrmann, „komm her! Zur Belohnung darfst du die Aufsatzhefte austeilen!"

„Aber jetzt doch nicht mehr! Wir haben doch soviel Zeit verloren!"

„Nur keine Bange, Silvy. Ich habe mir die nächste Stunde dazugeben lassen. Ihr braucht euch also nicht zu beeilen."

Die Mädchen murrten ein bißchen, denn wie immer, wenn Frau Dr. Mohrmann die Aufsatzhefte aus dem Klassenschrank holte, fühlten sie sich überrumpelt. Aber während der vorausgegangenen Diskussion über den Unterschied zwischen Furcht und Angst war den meisten etwas zum Thema eingefallen, und so flitzten die Federn schon wenige Minuten später eifrig über das Papier.

Nur Ruth, von der man hätte glauben sollen, daß ihr das Herz am vollsten gewesen wäre, saß da, den Kopf in die Hände gestützt, und starrte verzweifelt ins Leere.

Als sie eine gute Viertelstunde später immer noch kein einziges Wort zu Papier gebracht hatte, trat Frau Dr. Mohrmann leise hinter sie. „Na, Ruth", sagte sie, „will es denn gar nicht gehen?"

Die Kleine seufzte abgrundtief. „Wenn man nur immer wüßte", flüsterte sie, „ob man Grund hat, sich zu fürchten, oder ob man einfach nur ängstlich ist."

„Zerbrich dir darüber nur nicht den Kopf, sondern schreib einfach darauf los. Im täglichen Sprachgebrauch unterscheidet man gar nicht so genau zwischen den beiden Begriffen."

Ruth sah aus weit offenen grasgrünen Augen zu Frau Dr. Mohrmann auf. „Das meine ich ja gar nicht", sagte sie, „sondern überhaupt!"

Die Lehrerin lächelte ihr ermutigend zu. „Ich verstehe dich gut, Ruthchen, und es ist sicher sehr nützlich für dich, dir einmal Gedanken darüber zu machen. Nur nicht gerade jetzt. Jetzt wäre es besser, du würdest dich auf den Aufsatz konzentrieren. Sieh dich um, die anderen sind schon mitten drin."

Ruth holte tief Luft, gab sich einen sichtbaren Ruck, setzte ihre altklügste Miene auf, die ihr möglich war, und schrieb den Beginn ihres Aufsatzes auf Schmierpapier: „Unser Leben ist voller Gefahren . . ."

Frau Dr. Mohrmann las es über ihre Schulter, lächelte in sich hinein und schritt wieder nach vorne.

Niemand außer Ruth selber hätte geglaubt, daß sie ein gefährliches Leben führte. Nach außen hin sah das ganz anders aus. Da war sie die einzige Tochter des Friseurmeisters Kleiber, eine Nachzüglerin noch dazu, denn ihr Bruder Günther war schon erwachsen und dachte nicht daran, wie Olgas Brüder es taten, seine kleine Schwester zu ärgern, sondern er wetteiferte mit den Eltern darin, sie zu verwöhnen.

Von klein auf war Ruth umhegt und gepflegt, umsorgt und verhätschelt worden, Vater, Mutter und Bruder hatten ständig darüber gewacht, daß ihr auch nur ja kein Härchen gekrümmt wurde. Solange Ruth klein gewesen war, war Frau Kleiber sogar ständig zu Hause geblieben, damit Ruth nie ohne Aufsicht blieb, und das war ein wirkliches Opfer für die sehr lebendige Frau gewesen, die ihren Beruf liebte und sich nur richtig wohl fühlte, wenn sie mit recht vielen Menschen zusammenkam.

Ruth konnte das nicht verstehen. Der elterliche Frisiersalon gefiel ihr zwar sehr gut mit seinen schimmernden Spiegeln, blanken Trockenhauben und den Haarwaschbecken in Rosa, Hellgrün und Blau.

Sie freute sich an den eleganten Formen der Tiegel und Flaschen und schnupperte gerne all die süßen und betäubenden Gerüche. Sie konnte stundenlang stillhalten, wenn die Mutter eine neue, hochmoderne Frisur an ihr ausprobierte.

Nur etwas störte sie ganz gewaltig, und zwar gerade das, was die Mutter so liebte: die vielen Menschen, die ein- und ausgingen, die Ladentüre klingeln ließen und ihre Sorgen und Wünsche vorbrachten.

Ja, an der Hand der Mutter fiel es nicht schwer, ihren Knicks zu machen, ein paar alberne Fragen zu beantworten und sich bewundern zu lassen, aber wenn sie allein einer fremden Dame gegenüberstand, dann verschlug es ihr die Sprache.

Die Mutter verstand das nicht und versuchte es immer wieder aufs neue, ihr Mut zu machen. „Bitte, geh doch mal zu Frau Neumann . . . sie ist die dritte von links . . . und frag sie, ob es ihr recht so ist unter der Haube oder ob du sie kühler stellen sollst!“ bat sie zum Beispiel.

Dann sagte Ruth: „Ach nein, Mutti, bitte nicht . . .“

„Aber warum denn nicht?“

„Ich trau mich nicht!“

„Da gehört doch kein Mut dazu, Liebling, versuch's nur mal! Wir sind doch alle bei dir!“

„Aber ich kenne die Frau doch gar nicht.“

„Macht nichts. Sie kennt dich bestimmt.“

So ging es hin und her, und manchmal raffte Ruth sich sogar auf und lief zu der Dame unter der Trockenhaube. Doch das nützte nichts, sie brachte kein Wort heraus. Weil sie fühlte, daß alle, die die kleine Szene beobachtet hatten, sich im geheimen über sie lustig machten, brach sie in

Tränen aus, und die Mutter mußte sie trösten.

Ruth wußte, daß sie die Mutter mit diesem Verhalten schrecklich enttäuschte. Aber was sollte sie machen?

Sie gewöhnte sich an, einen großen Bogen um den Frisiersalon zu schlagen, aber damit waren ihre Probleme noch längst nicht gelöst. Wenn sie einkaufen mußte, konnte sie sich nicht durchsetzen und war stets die letzte, die an die Reihe kam; oft wurden Kundinnen vor ihr bedient, die erst viel später gekommen waren.

Ruth hatte Angst vor der Dunkelheit, Angst vor der Einsamkeit, Angst aber auch vor fremden Kindern, vor Hunden und vor Katzen, Angst, eine Straße zu überqueren, Angst vor Jungen, ja, sie hatte sogar Angst vor Polizisten.

Ach, es war wirklich kein leichtes Leben, das die kleine Ruth führte, und das schlimmste war, daß niemand sie wirklich verstand und sie von allen wegen ihrer Überängstlichkeit immer nur gehänselt und ausgelacht wurde.

Wie gerne hätte sie sich geändert und wäre so tapfer und frech geworden wie ihre Freundinnen!

Mutprobe

Frau Kleiber war, wie die meisten Mütter, in manchen Dingen sehr eigen. Zum Beispiel gab es gar nicht weit von der Kleiberschen Wohnung und dem Frisiersalon allein drei Blumenläden, einer immer schöner als der andere, aber Frau Kleiber wollte ihre Blumen nicht dort kaufen, sondern in der Gärtnerei Friedhelm Meister draußen am Stadtrand.

„Erstens", pflegte sie zu sagen, „sind Schnittblumen dort frisch, wie sie sonst nirgends sein können, denn sie werden ja erst gepflückt. Wenn man sie im Laden kauft, weiß man nie, wie lange sie schon im Wasser stehen. Zweitens sind sie in der Gärtnerei billiger, und drittens ist Frau Meister eine unserer besten Kundinnen."

Das war ja alles gut und schön, kompliziert wurde es nur, weil Frau Kleiber Wert darauf legte, gerade übers Wochenende die Wohnung voll frischer Blumen zu haben. Aber in den Tagen davor war Hochbetrieb im Geschäft, und niemand hatte Zeit, zur Gärtnerei hinauszufahren; nicht einmal Lotti und Karla, die Lehrmädchen, waren entbehrlich.

„Schrecklich", sagte Frau Kleiber am Freitag abend beim Essen, „jetzt habe ich wieder niemanden, der zur Gärtnerei hinausfährt und mir Blumen holt!"

„Meisters könnten sich auch schön langsam einen Lieferwagen zulegen", erklärte daraufhin Günther ungerührt.

„Aus dir wird auch nie ein guter Kaufmann werden", behauptete der Vater, „rechne doch mal nach! Die Anschaffung eines Lieferwagens würde sich zwangsläufig auf den Preis der Blumen schlagen und . . ."

„Ach, streitet euch doch nicht", fiel ihm Frau Kleiber ins Wort, „sagt mir lieber: Wer wird die Blumen holen?"

Ruth sah die Gelegenheit gekommen, sich und ihrer Familie zu beweisen, daß sie doch kein Angsthase war. „Ich", piepste sie, ein bißchen zaghaft zwar, aber immerhin vernehmbar.

„Du?" rief die Mutter erstaunt. „Aber ich dachte immer . . ." Sie stoppte mitten im Satz, weil sie dem beschwörenden Blick ihres Mannes begegnet war.

„Ich halte das für eine sehr gute Idee", sagte Herr Kleiber,

„Ruth hat Zeit genug, und der kleine Spaziergang wird ihr bestimmt guttun."

Damit war das Thema erledigt. Ruth hätte sich zwar ein bißchen mehr Bewunderung erhofft, aber niemand traute ihr ernstlich zu, daß sie ihren heldenhaften Entschluß tatsächlich durchführen würde, und so zogen alle es vor, sich in vorsichtiges Schweigen zu hüllen.

Na, ihr werdet euch wundern! dachte Ruth, die fest entschlossen war, ein neues Leben anzufangen.

Sie ließ sich genaue Anweisungen geben, Blumen welcher Art und wieviele sie besorgen sollte – zu bezahlen brauchte sie nichts, das wollte Frau Kleiber wie immer selber mit der Gärtnerei erledigen – und zog am frühen Samstagnachmittag los. Sie war ganz vergnügt und durchaus nicht ängstlich, wie sie sich immer wieder vorredete.

Wovor sollte sie sich auch fürchten? Es war ein strahlender Vorfrühlingstag, und in der Stadt war sehr viel weniger Verkehr als sonst, weil alle Leute, die einen Wagen hatten, ins Freie gefahren waren. Alle Geschäfte waren zu, außer den Frisiersalons, den Cafés und den Restaurants. In den Büros hatte man schon am Abend zuvor Schluß gemacht, und es war alles so friedlich wie selten. Die Menschen, denen Ruth begegnete, sahen aus, als wenn sie sich schon für ein Stelldichein schön gemacht hätten.

Auch Ruth war schick angezogen. Sie trug ihr neues maigrünes Kostümchen und darunter ein orangefarbenes Blüschen. – „Das ist eine hochaktuelle Kombination", hatte die Verkäuferin behauptet –, und Ruth fühlte sich sehr damenhaft.

Nach etwa zwanzig Minuten hatte sie die Innenstadt hinter sich gelassen, und die ersten Holzhäuser in den Schrebergärten tauchten vor ihr auf. Hier herrschte ein

2 9403-12

lebhaftes Treiben. Die Schrebergärtner waren mitsamt ihren Familien dabei, ihr geliebtes Stückchen Land für das Frühjahr und den Sommer zu bestellen. Es wurde umgegraben und geharkt, gesät und Zwiebeln gesteckt, Komposterde ausgebreitet und Zäune gestrichen.

Ruth beobachtete alles aufmerksam, während sie an den Gärten vorbeispazierte.

Dann ließ sie die kleine Kolonie hinter sich. Es erstreckten sich etwa hundert Meter unbebautes Land bis zu einem einsamen dreistöckigen Haus, das dastand, als wenn es sich verirrt hätte. Nach vorne heraus hatte es in jedem Stockwerk zwei große Fenster, aber zur Stadt hin war eine kahle, glatte Brandmauer zu sehen, so, als wenn das Haus mitten in eine dicht bebaute Straße hineingehörte.

Als Ruth dieses düstere graue Gebäude vor sich auftauchen sah, wurden ihre Schritte unwillkürlich langsamer. Sie überlegte, ob es nicht eine Möglichkeit gab, es in weitem Bogen zu umgehen. Aber würde sie auf einem Umweg die Gärtnerei erreichen? Überall hier draußen gab es Hecken und Gräben, Bretter- und Stacheldrahtzäune. Nein, es war doch besser, auf der Straße zu bleiben und, ohne links und rechts zu sehen, geradeaus zu marschieren.

Sie tat es. Aber schon nach zwei Schritten blieb sie wie angewurzelt stehen. Sie hatte das wütende Blaffen eines Hundes gehört.

Ruth wußte, was für ein Hund das war, sie kannte diesen unnachsichtigen Wächter nur zu gut. Es war ein riesengroßer Schäferhund, und seit sie das erste Mal von der Hand ihrer Mutter an ihm vorbeigezogen worden war, war sie überzeugt, daß dieser Hund es ganz speziell auf sie abgesehen hätte.

„Reg dich nicht auf, Liebling“, hatte ihre Mutter gesagt,

„er kann dir nichts tun, er ist ja eingesperrt!“

Aber sie hatte die Augen geschlossen und sich die Ohren zugehalten und doch vor lauter Angst gezittert und geschluchzt.

Hatte sie denn nicht mehr daran gedacht, als sie sich gestern freiwillig erboten hatte, ganz allein zur Gärtnerei zu gehen? Doch, aber sie hatte es sich nicht so schlimm vorgestellt und hatte auch gehofft, daß der große Hund inzwischen verschwunden sein würde, denn immerhin war es ein halbes Jahr her, seit sie ihn zuletzt gesehen hatte.

Aber er war noch da. Er tobte und knurrte, und nur mit größter Selbstüberwindung brachte es Ruth fertig, einen Fuß vor den anderen zu setzen.

Noch konnte sie den Hund nicht sehen und auch er sie nicht. Er schien zu glauben, daß sie sich zum Rückweg entschlossen hätte, denn er blaffte nur noch ein paarmal, aber gar nicht mehr so laut, und dann war er still.

Ganz, ganz vorsichtig schlich Ruth sich weiter, während ihr das Herz bis zum Halse klopfte.

Dann hatte sie die Ecke erreicht. Noch ein Schritt, und sie stand dem Schäferhund gegenüber.

Er hatte auf dem Hof des grauen Hauses neben seiner Hütte gelegen. Jetzt, als sie vor ihm auftauchte, tat er einen Riesensatz und sprang gegen das hohe Gitter. Er bellte dabei aus vollem Halse, die rote Zunge hing ihm weit aus dem Maul, von seinen Lefzen tropfte der Geifer, und Ruth sah seine scharfen, spitzen Zähne blinken.

Sie schrie auf.

Aber ihr Schrei ging unter im wütenden Blaffen des Hundes, der wieder und wieder gegen das Gitter sprang.

Mit Ruths Beherrschung war es vorbei. Sie drehte sich auf dem Absatz um und rannte davon, als wenn der Teufel selber hinter ihr her wäre. Sie glaubte wirklich, daß es dem großen Hund gelingen würde, das Gitter zu sprengen.

Vielleicht wäre sie in einem rasanten Spurt bis zur Stadt zurückgerannt, wenn sie nicht, kurz vor der Schrebergartenkolonie, über einen Stein gestolpert und der Länge nach hingeschlagen wäre. Da lag sie nun in ihrem schönen maigrünen Kostüm und schluchzte so laut, daß sie das Bellen des Hundes gar nicht mehr hören konnte.

Dann hielt sie plötzlich den Atem an. Vielleicht war er ja schon ganze nahe.

Aber gar nichts war zu hören.

Ganz vorsichtig blickte sie über die Schulter zurück; kein Hund war weit und breit zu sehen.

Mühsam richtete sie sich auf. Ihre Knie waren verschrammt, und an ihrem Kostüm klebte die feuchte Erde. Langsam und ganz zerschmettert machte sie sich auf den Heimweg.

Aber konnte sie denn so vor ihre Eltern treten? Zugeben, daß sie es wieder nicht geschafft hatte? Nein, die Blamage wäre zu schlimm gewesen. Doch noch einmal an dem großen Hund vorbeizugehen hätte sie um keinen Preis gewagt.

Sie überlegte und überlegte, aber sie kam zu keinem Entschluß. Ob ihr vielleicht eine ihrer Freundinnen raten konnte? Olga und Silvy waren zusammen mit ihren Eltern verreist, Leonore war am Wochenende nicht von ihrer Familie loszureißen. Also blieb nur Katrin.

Als Ruth an Katrin mit dem großen Mund und dem fröhlichen Lachen dachte, wurde ihr gleich besser. Ja, Katrin würde ihr bestimmt helfen können.

Was für ein Glück, daß sie nicht mehr, nur gerade so geduldet, mit ihrer Großmutter in der Villa des Ehepaares

Weikert lebte, wo man sie nicht besuchen konnte. Vor vierzehn Tagen war sie mit ihrer Mutter und der Großmutter zusammen in eine Hochhauswohnung gezogen und hatte den Freundinnen, um zu beweisen, daß alles seine Richtigkeit hatte, sogar schon eine kleine Einweihungsparty gegeben. Das war nötig, denn früher hatte Katrin so fürchterlich angegeben und geschwindelt, daß niemand ihr mehr glauben konnte. Aber das war jetzt vorbei. Katrin hatte nichts mehr zu verbergen, und seitdem hielt sie sich an die Wahrheit, jedenfalls in großen Zügen. Selbst wenn sie hin und wieder noch ein bißchen übertreiben oder schwindeln sollte, so störte das Ruth nicht im geringsten. Fest stand, daß Katrin sich nicht leicht ins Bockshorn jagen ließ, und das war in diesem Fall die Hauptsache.

Hinter den Schrebergärten bog Ruth nach links ein. Das schneeweiße schlanke Hochhaus, das wie ein Turm in den blitzblauen Frühlingshimmel stach, war schon von weitem gut zu sehen. Aber es dauerte doch noch eine gute Weile, bis sie die riesige, mit vielen grünen Pflanzen geschmückte Eingangshalle betreten konnte.

Hier unten, im Hochhaus selber, lagen viele schöne Geschäfte, aber Ruth hatte keine Zeit, die Auslagen zu betrachten. Sie ging geradewegs auf den Lift zu, der sie unheimlich rasch in das achte Stockwerk hinauf brachte, in dem Katrin mit ihrer Familie lebte. Ruth klingelte und war sehr erleichtert, als ihr die Freundin persönlich öffnete.

„Menschenskind, wie siehst denn du aus?“ rief Katrin. „Hat dich ein dringendes Bedürfnis überfallen, die traute Heimaterde zu küssen?“

„Red bloß nicht so geschwollen“, sagte Ruth, und vor lauter Selbstmitleid stiegen ihr schon wieder die Tränen in die Augen.

Katrin tippte mit dem Zeigefinger an Ruths Jacke. „Mir scheint, die Kruste bröckelt schon", sagte sie, „los, zieh dich aus, ich werde mal sehen, wieviel sich abbürsten läßt. Du kannst inzwischen ins Bad gehen und versuchen, wieder eine Art Mensch aus dir zu machen."

Der rauhe Zuspruch half. Ruth schluckte tapfer die aufsteigenden Tränen und ließ sich von Katrin, der stolzen Wohnungsbesitzerin, in das kleine, aber piekfeine Bad führen. Noch ehe sie sich Hände, Gesicht und Knie abgetrocknet hatte, klopfte Katrin an die Türe.

„Höre, staune, gute Laune!" schrie sie. „Dein Kostüm ist wieder wie neu!" Strahlend reichte sie Ruth das Kostüm herein, das tatsächlich nur noch, wenn man ganz genau hinsah, einen leichten braunen Schimmer über dem maigrünen Untergrund aufwies.

Ruth schlüpfte hinein.

„Du, soll ich dir mal das Schönste an unserer Wohnung zeigen?" fragte Katrin, und ohne eine Antwort abzuwarten fuhr sie fort: „Man kann vom Badezimmerfenster auf Weikerts Villa sehen! Stell dir das vor! Habe ich vor ein paar Tagen erst entdeckt." Sie riß das Fensterchen auf. „Willst du mal sehen? Ich spucke jeden Tag mindestens einmal runter."

Ruth tat ihr den Gefallen, ließ sich von ihr zum Fenster ziehen und blickte in die Tiefe. Man konnte von hier aus die Südseite des Stadtwaldes erkennen und auch die Parkschule, die wie ein leuchtend weißer Würfel mitten in all dem Grün lag.

Katrin nahm ihren Kopf in beide Hände und drehte ihn zur Seite. „Da hinüber mußt du gucken!"

Und da entdeckte Ruth, als sie der Blickrichtung folgte, eine Sackgasse, die bis zum Stadtwald führte, den Heckenrosenweg, und mit ein bißchen Phantasie konnte sie sich vorstellen, daß das letzte Haus auf der Straße die Weikertsche Villa und der hellblaue Tupfen daneben der Swimmingpool war. „Schon möglich", sagte sie, „aber treffen kannst du von hier aus bestimmt nicht."

Katrin ließ sie los und starrte sie aus weit aufgerissenen schwarzen Augen an. „Sag mal, stellst du dich so blöd oder bist du's wirklich? Das mit dem Spucken ist doch nur symbolisch gemeint."

„Aha", sagte Ruth, die zwar nicht recht wußte, was darauf zu sagen war, sich aber nicht auf längere Auseinandersetzungen einlassen wollte, weil ihr die eigenen Sorgen mehr am Herzen lagen. „Du, Katrin, ich muß dir auch etwas sagen", platzte sie heraus, „ich habe etwas Furchtbares erlebt!"

Katrin schloß das Fensterchen, drehte sich zu ihr um und betrachtete sie prüfend von oben bis unten. „Das glaube ich dir sogar. Du sahst eben wirklich so aus, als wenn du unter die Räuber gefallen wärst."

Ruth stampfte mit dem Fuß auf. „Kannst du denn nicht mal fünf Minuten ernst sein?"

„Bin ich doch", erwiderte Katrin ungerührt, „das mit den Räubern war ja auch nur symbolisch gemeint."

„Symbolisch heißt also, wenn man was anderes sagt als man denkt?" fragte Ruth mißtrauisch.

Katrin krauste die Stirn. „Nee, symbolisch ist, wenn man etwas bildlich ausdrückt. Wenn man ein Kreuzzeichen macht, so bedeutet das, daß man jemand segnen will . . . und wenn man auf jemand spuckt, daß man ihn verachtet . . ."

„. . . und wenn ein Hund jemanden anbellt, bedeutet das, daß er den Jemand am liebsten zerreißen möchte!"

ergänzte Ruth.

„Nicht unbedingt“, sagte Katrin, „Hunde bellen aus ganz verschiedenen Gründen, zum Beispiel auch aus Freude.“

„Na, dann hättest du den Riesenköter mal blaffen hören sollen! Von Freude konnte da bestimmt keine Rede sein.“

„Sag mal, von was für einem Köter sprichst du denn?“

„Eben von dem ich dir schon die ganze Zeit erzählen will.“

Jetzt endlich war Katrin interessiert. „Na, dann schieß los und mach es nicht so spannend!“

Sie legte ihren Arm um Ruths Schulter und führte sie in ihr eigenes kleines Reich, das kaum größer als das Bad war, eher eine Kammer als ein Zimmer, aber ihr dafür ganz allein gehörte. Das Bett war tagsüber mit einer bunten Decke und vielen Kissen in eine Couch verwandelt worden; ein breites Klappbrett unter dem Fenster, das eine wunderbare Aussicht über die halbe Stadt bot, diente als Arbeitstisch, und an die Decke war ein Zebrafell genagelt, ein Erbstück von Katrins früh verstorbenem Vater.

Die beiden Mädchen machten es sich auf der Couch bequem, und Ruth berichtete in allen Einzelheiten, was geschehen war.

Katrin hatte Mühe, ernst zu bleiben. „Eigentlich“, sagte sie endlich, „ist dir doch nichts weiter passiert, als daß du einen gewaltigen Schreck bekommen hast!“

„Na und!?“ rief Ruth ganz empört. „Ist das nicht schlimm genug?“

Jetzt mußte Katrin doch lachen. „Sei mir nicht böse“, sagte sie, „aber das ist wirklich zu komisch!“

„Es ist ja nicht nur das“, sagte Ruth, „na schön, ich gebe zu, der Hund hat mich nicht gebissen, und es ist mir auch nichts geschehen, als daß ich hingefallen bin . . . aber wie soll ich jetzt vor meine Eltern treten? Ohne Blumen, nachdem ich den Auftrag freiwillig übernommen hatte?"

„Ach", sagte Katrin leichthin, „deine Eltern, die kennen dich doch, sie werden das schon verstehen."

„Ja", rief Ruth, und ihre grasgrünen Augen blitzten plötzlich höchst temperamentvoll, „sie haben sich damit abgefunden, daß ich ein Feigling bin! Aber begreifst du denn nicht, Katrin? Ich wollte mich doch ändern!"

„Ach so, ja, natürlich", sagte Katrin und rieb sich mit dem Zeigefinger über den Nasenrücken, „aber vielleicht fängst du besser mit einer harmloseren Mutprobe an?"

„An einem eingesperrten Hund vorübergehen ... ist das nach deiner Meinung nicht harmlos?"

„Kommt drauf an."

„Ehrlich, Katrin, was hättest du an meiner Stelle getan?"

Katrin dachte lange nach. „Das kann ich dir so aus dem Handgelenk nicht beantworten", sagte sie, „erst müßte ich mir das Ungeheuer selber einmal ansehen."

„Dann tu's doch, Katrin! Bitte, komm mit!"

Katrin zögerte, aber dann wurde ihr bewußt, daß die Kleine zu ihr gekommen war, weil sie wirklich ihre Hilfe brauchte. „Na klar", sagte sie und sprang auf, „ich werde nur eben meiner Oma Bescheid sagen!"

Wenige Minuten später fuhren die beiden Mädchen mit dem Lift in die Eingangshalle hinunter und verließen das Hochhaus, sie waren ein sehr ungleiches Paar, Katrin groß und mager, in abgewetzten Blue jeans und einem Rollkragenpullover, Ruth klein und zierlich, in ihrem eleganten, wenn auch nicht mehr ganz taufrischen Kostüm, Katrin mit ihrem wehenden schwarzen Haar und Ruth mit ihrer blonden, komplizierten Lockenfrisur, ja, sie ähnelten sich gar nicht, und doch verstanden sie sich prächtig.

Das Ungeheuer wird gebändigt

Sie waren schon einige Schritte die Straße entlanggelaufen, als Katrin plötzlich stehenblieb. „Du, hör mal, Ruth“, sagte sie, „es wäre, glaube ich, gar keine schlechte Idee, wenn ich meine Mutter noch um Erlaubnis bitten würde.“

„Und wenn sie es dir nun verbietet, mich zu begleiten?“

„Ausgeschlossen. Das Ganze ist eine bloße Formsache“, sagte Katrin, und so affektiert wie nur möglich fügte sie hinzu: „Aber der gebildete Mensch tut gut daran, stets die Form zu wahren!“ Sie lachte und gab Ruth einen kleinen Schubs. „Ich bin gleich zurück.“ Sie dreht sich um und lief davon.

„Wo ist sie denn?“ ruf Ruth ihr nach.

„Beim Friseur!“

Ruth preßte die Lippen zusammen. „Auch das noch“, sagte sie mißvergnügt.

Dabei war es ganz natürlich, daß Katrins Mutter, die jetzt als Sekretärin in einer Kleiderfabrik arbeitete, den Samstagnachmittag benutzte, um zum Friseur zu gehen. Wenn Frau Bär zu Hause gewesen wäre, so hätte Katrin sich wahrscheinlich gar nicht so rasch bereit erklärt, Ruth zu begleiten, vielleicht hätte es ihr die Mutter auch nicht erlaubt. So hatte Ruth eigentlich allen Grund, sich über Frau Bärs Friseurbesuch zu freuen, und sie sagte sich das auch selber. Aber sie konnte es nicht verhindern, daß sie immer nervöser wurde, je länger Katrin ausblieb.

Sie schlenderte wieder zum Hochhaus zurück, vor dem Portal liefen einige Kinder Rollschuh, ein Junge und ein

Mädchen, beide etwa acht Jahre alt. Sie beachteten Ruth nicht, sondern alberten miteinander herum.

Eine Dame näherte sich dem Eingang. Sie trug ein unauffälliges graues Kostüm mit einer weißen Bluse, dazu schwarze Schuhe, schwarze Handschuhe und eine große schwarze Handtasche. Sie wirkte so unscheinbar wie eine graue Maus, und doch fiel sie Ruth sofort auf, weil das dunkle, leicht gewellte Haar, das ihr schmales helles Gesicht umrahmte, eine Perücke war. Nicht jeder hätte das auf den ersten Blick gesehen, aber Ruth, deren Eltern Friseurmeister waren, kannte sich da aus.

Nun war es für sie durchaus nichts Besonderes, daß Damen sich die Haare färben ließen oder gar Perücken aufsetzten, aber gerade zu dieser unscheinbaren Person schien so etwas gar nicht zu passen.

Ruth sah näher hin und stellte fest, daß sie graue Augen hatte und einen kleinen dunklen Fleck am Kinn, der aussah wie ein sorgfältig gepudertes Muttermal. Ihr Alter war schwer zu schätzen. Das Gesicht wirkte nicht mehr jung, aber der Hals war glatt und faltenlos.

Schnurstracks kam die Dame auf den Eingang zu, dann blieb sie stehen und betrachtete lange die Namensschilder neben der Türe. Die beiden kleinen Rollschuhläufer kamen neugierig und wie zufällig näher.

„Ich suche eine alte Frau“, sagte die Dame.

Ruth, die nicht genau wußte, an wen dieser Ausspruch gerichtet war, zog sich vorsichtshalber einige Schritte zurück.

„Wie heißt sie denn?“ fragte der Junge und drehte sich.

Darauf gab die Dame keine Auskunft, sondern sagte: „Sie ist ziemlich alt und lebt ganz allein.“

„Hier in dem Haus“, sagte das kleine Mädchen, „wohnen

überhaupt nur junge Eltern."

„Aber man hat mir diese Adresse gegeben", sagte die Dame, „und ich kann mir auch nicht vorstellen, daß ihr alle Leute in diesem Haus kennt."

„Kann sein", sagte das Mädchen, „aber gesehen haben wir bestimmt schon alle, und so richtig alte Leute waren nicht dabei. Sie meinen doch eine richtig alte Frau oder? Uralt?"

Die Dame lächelte. „Ja, uralt."

„Ich hab's!" Der Junge machte auf seinen Rollschuhen einen kleinen Hopser. „Das kann nur die alte Frau Bär sein?"

„Aber die wohnt doch nicht allein!" sagte das Mädchen.

„Doch, tagsüber, wenn Katrin in der Schule und Katrins Mutter zur Arbeit ist, ist sie immer allein."

„Das nennt man aber nicht allein leben", widersprach das Mädchen, „wenn ich in der Schule bin, ist meine Mutti auch allein, und trotzdem hat sie einen Mann und hat mich!"

Die Dame zog ein Notizbuch aus ihrer schwarzen Tasche und kritzelte etwas hinein. „Danke", sagte sie, „ihr habt mir sehr geholfen."

„Ist es nun Frau Bär, die Sie suchen?" fragte der Junge.

„Aber nun nimm doch Vernunft an, sie kann es nicht sein", behauptete das Mädchen.

Während die beiden sich noch zankten, ging die Dame weiter. Die Kinder rollten ihr nach.

Ruth ärgerte sich über sich selber. Warum hatte sie nicht gefragt: Was wollen Sie von Frau Bär? – Oder gebeten: Warten Sie einen Augenblick, Katrin, Frau Bärs Enkelin, kommt gleich!

Statt dessen hatte sie wieder einmal vor lauter Schüchternheit den Mund nicht aufgebracht. Jetzt hätte sie sich selber ohrfeigen können. Wenn Katrin doch dabei gewesen wäre, die hätte sich nicht gefürchtet!

In diesem Augenblick kam Katrin leibhaftig aus der Eingangshalle des Hochhauses herausgesaust, und Ruth stürzte auf sie zu, schon drauf und dran, ihr alles von der sonderbaren Dame mit der Perücke zu erzählen. Aber als sie mit Katrin zusammentraf, klappte sie plötzlich den Mund wieder zu. Es war ihr klargeworden, daß es Katrin womöglich einfallen könnte, hinter der Dame herzulaufen, anstatt sie zur Gärtnerei zu begleiten.

Katrin hakte sich bei ihr unter und zog sie mit sich. „Was ist denn los?" fragte sie.

„Wieso? Was soll denn los sein?"

„Du hast vorhin so'n komisches Gesicht gemacht!"

„Ich war bloß froh, daß du endlich auftauchtest", behauptete Ruth, „du hast mich ziemlich lange zappeln lassen."

Das klang glaubhaft, und Katrin schluckte diese Erklärung ohne Mißtrauen. „Ach, weißt du", sagte sie, „meine Mutter saß unter der Trockenhaube, und da habe ich erst den ganzen Laden durchforschen müssen, bevor ich sie überhaupt gefunden habe, und dann mußte sie mir natürlich das übliche Zeugs erzählen: Komm nicht zu spät! und: Hast du auch ein Taschentuch bei dir? Und all das. Darin ist sie ganz komisch, aber ehrlich gestanden, mich stört's nicht. Es gibt einem das Gefühl, daß man ... irgendwie wichtig ist."

Während Katrin plauderte, hatten die Mädchen das Ende des Häuserblocks und den Rand des Bürgersteiges erreicht.

Da kamen die Rollschuhläufer angesaust und schrien

von Ferne: „Katrin! Katrin!“

Katrin blieb stehen und drehte sich um. „Was wollen die denn?“

Ruth wußte es ganz genau, und deshalb sagte sie rasch: „Ist doch egal! Um Himmels willen komm jetzt! Es ist sowieso schon spät geworden.“

Sie zerrte an Katrins Arm, denn sie hatte eine Heidenangst, Katrin könnte erfahren, daß sie sie angeschwindelt hatte. Sie war mächtig erleichtert, als Katrin sich mit auf die Fahrbahn ziehen ließ und dabei murmelte: „Die spinnen sich wahrscheinlich wieder mal was zusammen!“

Die Rollschuhläufer blieben sozusagen am anderen Ufer zurück, und Ruth und Katrin zogen weiter. Sie redeten über alles mögliche miteinander, und bald hatte Ruth die sonderbare Dame fast vergessen – aber doch nur fast, denn wenn man weiß, daß man sich dumm benommen hat, dann läßt sich das nicht so ohne weiteres abschütteln.

Aber nach einiger Zeit hatten sie die Schrebergärten erreicht, und das, was vor ihnen lag, wurde wichtiger als die Vergangenheit. Es ging Ruth merkwürdig: Jetzt, wo Katrin bei ihr war, fürchtete sie sich nur noch halb so sehr vor dem wütenden Schäferhund, und sie sagte das auch der Freundin.

Katrin lachte. „Da siehst du, daß deine ganze Angst doch nur mehr oder weniger Einbildung ist! Denn wenn er dich wirklich zerreißen wollte, was könnte ich da schon machen? Ich bin zwar ein bißchen stärker als du, aber bestimmt nicht stark genug, um mit einem ausgewachsenen Wolf fertig zu werden.“ Sie wurde plötzlich nachdenklich. „Allerdings . . .“

„Was?“ fragte Ruth.

„Na, ich habe mal irgendwo gelesen, daß man einem

wütenden Hund nur ganz fest die Faust in den Rachen zu stecken braucht. Dann kann er nicht mehr zubeißen und ist kaltgestellt. Aber das würde ich mir denn doch nicht zutrauen."

Sie näherten sich jetzt dem einsamen grauen Haus, und noch ehe sie den Hund sehen konnten, hörten sie sein wütendes Blaffen.

„Hm ja", sagte Katrin und zog die Nase kraus, „klingt recht eindrucksvoll!"

Unwillkürlich verhielt Ruth den Schritt.

„Na, komm schon", sagte Katrin, jetzt wollen wir uns das Ungeheuer doch mal aus der Nähe ansehen!"

Sie zog Ruth mit sich um die Ecke, und sie standen dem Schäferhund gegenüber, der, genau wie vorhin, gegen das hohe Gitter sprang und aus vollem Halse bellte.

Katrin starrte ihn höchst interessiert an, während Ruth am liebsten wieder davongelaufen wäre und sich ängstlich hinter ihrem Rücken verbarg.

„Nun gib bloß nicht so an, alter Junge", sagte Katrin, „du kannst ja doch nicht heraus, das weißt du so gut wie wir!"

„Aber vielleicht kann er doch!" flüsterte Ruth ihr zu. „So hoch ist das Gitter gar nicht, und ich hab schon mal in einem Film Polizeihunde gesehen ..."

Katrin fiel ihr ins Wort. „Nein, er kann nicht!"

„Woher willst du das wissen?"

„Weil ich ein denkender Mensch bin!"

Der Hund geriet immer mehr außer sich, und das Gitter bebte unter seinen wilden Sprüngen.

„Bitte, bitte, laß uns gehen!" flehte Ruth.

„Dies hier", sagte Katrin, „ist eine öffentliche Straße! Wenn dieser Riesenköter aus seinem Zwinger herauskönnte, müßte er schon mal jemanden gebissen haben.

Hätte er schon mal jemanden gebissen, wäre er nicht mehr in jenem Zwinger. Also komm, gehen wir weiter und kümmern wir uns gar nicht mehr um den albernen Kerl."

Aber Ruth ließ sich nicht mitziehen. Sie stemmte sich mit beiden Beinen fest gegen den Boden und wimmerte: „Ich trau mich nicht!"

Katrin ließ sie so plötzlich los, daß sie stolperte und beinahe hingeschlagen wäre. „Du glaubst mir nicht? Gut, dann werde ich dir beweisen, daß ich recht habe!"

Katrin drehte sich um und marschierte geradewegs auf die Türe des grauen Hauses zu. Sie hob den Finger und drückte auf den untersten Klingelknopf.

Ruth blieb in respektvoller Entfernung. „Was hast du vor?" fragte sie erschrocken.

Aber Katrin antwortete nicht darauf, sondern brachte sie mit einer hoheitsvollen Handbewegung zum Schweigen. Die Haustüre wurde von innen geöffnet, und ein alter Herr erschien auf der Schwelle. Er hatte schneeweißes dichtes Haar und freundliche blaue Augen.

Katrin machte einen höflichen Knicks. „Guten Tag", sagte sie, „wir kommen wegen Ihrem Hund!"

„Wegen Arco?" fragte der alte Herr ganz erschrocken. „Ist ihm etwas passiert?"

„Nein, das nicht. Aber meine Freundin hat Angst, an seinem Zwinger vorbeizugehen, und deshalb wollte ich Sie fragen, ob er da überhaupt heraus kann?"

„Über das Gitter? Nein, das kann er nicht."

Katrin wandte sich triumphierend um. „Na, siehst du!"

„Aber ... das können Sie doch so genau nicht wissen", stotterte Ruth, „ich meine, wenn das Gitter nun kaputtgeht! Das könnte doch passieren, und dann ..."

„... würde er wahrscheinlich ganz friedlich sein." Der

alte Herr lächelte. „Arco ist eine Seele von einem Hund!"
„Warum bellt er dann so wütend?"
„Ja, das möchte ich auch fragen", unterstützte Katrin sie, „er schaut einen an, als ob er einen am liebsten fressen möchte."
„Weil er eingesperrt ist!" sagte der alte Herr. „Komm nur mal mit herein . . ."
„Nein", sagte Katrin, „das dürfen wir nicht. Leider. Wir dürfen nicht zu fremden Leuten ins Haus gehen."
Der alte Herr war gar nicht beleidigt. „Ganz richtig", sagte er, „entschuldigt bitte, daß ich daran nicht gedacht habe. Aber wißt ihr, meine eigenen Kinder sind schon recht groß, und da vergißt man so manches. Wie wäre es, wenn ich Arco zu euch herausbrächte?"
„O ja!" rief Katrin begeistert.
„Lieber nicht!" rief Ruth im gleichen Augenblick.
„Nun, vielleicht könntet ihr euch einigen!" sagte der alte Herr lächelnd.
„Bitte, bringen Sie ihn heraus", sagte Katrin, „meine Freundin möchte sich nämlich das Fürchten abgewöhnen, und dafür ist es doch ungeheuer wichtig, überhaupt erst mal festzustellen, ob man einen Grund zum Fürchten hat oder keinen."
„Das ist gar nicht so dumm", sagte der alte Herr, „also, bleibt stehen. Ich bringe euch den Arco." Er verschwand wieder im Haus und zog die Türe hinter sich zu.
„Ich habe Angst", gestand Ruth bibbernd.
Katrin trat zu ihr, legte ihr den Arm um die Schultern und sagte gönnerhaft: „Nun hab dich man nicht, Kleine!"
„Du hast gut reden! So mutig bist du ja auch nicht, sonst wärst du mit dem alten Herrn ins Haus gegangen!"
„Das, meine Liebe", sagte Katrin sehr von oben herab,

„wäre kein Mut, sondern bodenloser Leichtsinn gewesen. Vor Menschen, die man nicht kennt, sollte man sich mehr in acht nehmen als vor fremden Hunden."

Arco hatte aufgehört zu bellen, und die Mädchen fanden es auf einmal geradezu unheimlich still. Dann kam der alte Herr wieder aus dem Haus. Er führte den Schäferhund an einer kurz gehaltenen Leine mit sich.

„Da habt ihr euren Freund", sagte er, „er ist ein harmloser, guter Junge. Er regt sich nur auf, wenn er eingesperrt ist oder wenn er glaubt, daß er mich und mein Eigentum bewachen muß. Soll ich ihn loslassen? Aber lauft nicht weg und versucht auch nicht ihn anzufassen, das könnte er mißverstehen."

„Nur zu", sagte Katrin.

„Aber warum darf man ihn denn nicht anfassen, wenn er so harmlos ist?" fragte Ruth.

„Weil er dich nicht kennt, du Dumme!" erklärte Katrin. „Du hast es ja bestimmt auch nicht sehr gerne, wenn wildfremde Menschen dich streicheln, oder?"

„Achtung!" rief der alte Herr und ließ den Hund los.

Arco kam in großen Sprüngen auf die Mädchen zu. Ruth stand ganz starr und steif, und Katrin spürte, wie sie zitterte. Der Hund schnupperte an ihnen und wedelte mit dem Schwanz. Dann setzte er sich genau vor Ruth hin und hob die Pfote. „Er mag mich!" rief Ruth ganz bestürzt. „Du, Katrin, ich glaube, der mag mich!"

„Ja, das scheint mir auch so", erklärte der alte Herr lächelnd, „du kannst ihm ruhig die Pfote schütteln!"

Ruth tat es. „Darf ich ihn auch mal streicheln?" fragte sie.

„Jetzt schon, jetzt habt ihr ja Bekanntschaft geschlossen."

Ruth kraulte den Hund hinter den Ohren, sagte: „Guter Arco, braver Arco!“ und konnte sich kaum noch losreißen.

„Na siehst du“, sagte Katrin, „nun wirst du doch zugeben, daß du dich vorhin ganz umsonst gefürchtet hast!“

„Ja, wahrhaftig“, rief Ruth vergnügt, „schön blöd war ich.“

Sie spielten mit dem Hund, bis der alte Herr ihn wieder zu sich rief. Dann bedankten sie sich und liefen eilig weiter bis zur Gärtnerei. Gemeinsam suchten sie die Blumen für Ruths Mutter aus und machten sich dann auf den Heimweg.

Als sie an dem einsamen Haus vorbeikamen, bellte Arco wieder wie verrückt.

Aber diesmal fürchtete Ruth sich nicht mehr. Sie rief: „Hallo, Arco, alter Freund! Kennst du mich denn nicht mehr?“

Und Katrin mahnte: „Halt doch die Schnauze, du Angeber! Du kannst uns mit deinem Gebell nicht mehr imponieren!“

Stolz wie eine Olympiasiegerin kam Ruth mit ihren Blumen zu Hause an, und Vater, Mutter und Bruder gaben zu, daß sie im Grunde gar nicht damit gerechnet hatten.

„Weißt du, wir dachten immer, du hättest so Angst vor diesem Schäferhund“, sagte Frau Kleiber.

„Das war einmal!“ gab Ruth zurück, „was ihr bloß von mir denkt!? Schließlich bin ich doch kein Baby mehr.“

Sie fühlte sich mindestens so gehoben, als wenn sie eine Goldmedaille gewonnen hätte. An die Dame mit der Perücke und daran, daß sie Katrin beschwindelt hatte, dachte sie gar nicht mehr.

Ein interessanter Fall

Am Mittwoch darauf kam Katrin ganz verstört in die Schule.

„Stellt euch bloß vor, meine Oma ist beklaut worden!" schrie sie und schleuderte die Schulmappe mit Schwung auf ihren Tisch.

Im Nu war sie von ihren Mitschülerinnen umringt, und allen voran drängten sich natürlich die Freundinnen Silvy, Leonore und Ruth; es war fünf Minuten vor Unterrichtsbeginn, und Olga war noch nicht eingetroffen.

Die Anwesenden bestürmten Katrin mit Fragen, und sie genoß es trotz ihres Kummers sichtlich, im Mittelpunkt des Interesses zu stehen.

Nur Silvy Heinze sagte mißtrauisch: „Na, ich bin mal gespannt, was du dir da wieder mal für eine Räubergeschichte ausgedacht hast!"

Katrin schwang sich neben ihre Mappe auf den Schultisch und erklärte ernsthaft: „Ja, es ist eine richtige Räubergeschichte, nur daß sie nicht erfunden, sondern wirklich passiert ist! Also paßt auf! Gestern nachmittag wollte meine Großmutter zur Post gehen und die fälligen Raten für unsere neuen Möbel zahlen . . . ihr wißt ja, wir haben eine neue Wohnung und deshalb . . ."

„Geschenkt", rief Silvy dazwischen, „dank deiner bemerkenswerten Mitteilungsfreudigkeit gibt es niemanden unter uns, der darüber nicht Bescheid weiß!"

Die meisten lachten, aber Leonore Müller gab Silvy einen Stoß in die Seite und sagte: „Das war nicht sehr taktvoll!"

„Oh, macht gar nichts", erklärte Katrin und baumelte mit den Beinen, „ich bin nicht empfindlich. Wahrscheinlich hat Silvy recht, und ich rede wirklich zuviel. Das soll von nun an anders werden. Geht auf eure Plätze, Freunde, die Sitzung ist hiermit geschlossen!"

„Aber das kannst du uns doch nicht antun!" rief Ruth ganz entsetzt.

„Doch. Kann ich. Wer an einem Tatsachenbericht interessiert ist, kann ja in der Pause zu mir kommen." Sie rutschte vom Tisch, setzte sich brav auf ihren Stuhl, öffnete die Schulmappe, nahm ihr Mathematikbuch, schlug es auf und tat so, als wenn sie sich in die hochinteressanten Grundlagen des Zinseszinsrechnung vertiefen würde.

„Mensch, Katrin, hab dich nicht so!" rief Silvy.

Katrin warf ihr einen schiefen Blick zu. „Du solltest dankbar sein, daß ich dich nicht mit meinem Privatleben belästige."

„Na schön", sagte Silvy ergeben, „ich sehe schon, worauf du raus willst. Von mir aus sollst du deinen Willen haben. Ich bitte dich hiermit also in aller Form um Entschuldigung für meine ..." Sie steckte die spitze Nase in die Luft und betonte die nächsten Worte so affektiert wie möglich, um ihre Niederlage ins Komische zu ziehen ... „vorwitzige Bemerkung und versichere dir, daß sie mir nur entschlüpft ist, weil ich es vor lauter Spannung nicht mehr aushalten konnte!"

Katrin erhob sich, legte Silvy die Hand auf die Schulter und erklärte feierlich: „Es sei dir vergeben!"

Die anderen lachten und schrien: „Weiter, weiter!"

Katrin reckte sich auf die Zehenspitzen und fuchtelte mit den Händen über die Köpfe der anderen hinweg:

„Also, wo war ich stehengeblieben?“

„Bei den Raten, die deine Großmutter zahlen wollte!“ piepste Ruth.

„Ach ja. Sie holte also ihre Geldbörse aus der obersten Kommodenschublade im Wohnzimmer, wo sie sie immer aufbewahrt, wollte sie in ihre Handtasche stecken und machte sie vorher ... rein zufällig ... noch einmal auf und, was soll ich euch sagen?“ Katrin machte eine kleine Pause, um die allgemeine Spannung auf den Höhepunkt zu treiben.

„Das Geld war weg!“ rief Leonore, ganz im Gegensatz zu ihrer sonst eher zurückhaltenden Art.

Katrin sah sie ganz verblüfft an. „Woher wußtest du das?“

„Aber ich bitte dich, Katrin, du hast doch gleich zu Anfang, als du in die Klasse kamst, gesagt, daß deine Großmutter bestohlen worden ist!“

„So, hab ich das? Na, dann war es auch kein Kunststück zu raten, daß das Geld futsch war. Aber nun paßt auf, wie es weitergeht ...“

Inzwischen hatte Olga Helwig die Klasse betreten, hatte nur den letzten Satz mitgekriegt und fragte: „Wovon redest du eigentlich? Ich verstehe kein Wort!“

Katrin schlug sich in gespielter Verzweiflung die Hand vor die Stirne. „Nein“, rief sie, „nein! Niemand kann von mir verlangen, daß ich euch jetzt die ganze Geschichte noch einmal erzähle!“

Olga war sofort tief gekränkt. „Meinetwegen bestimmt nicht“, sagte sie, „es genügt, wenn die anderen Bescheid wissen. Auf mich kommt es wirklich nicht an.“ Sie zog sich auf ihren Platz zurück.

„Nun stell dich nicht an, Olga“, rief Silvy, „wir erzählen

dir's später! Also sag, Katrin, woher weißt du denn, daß das Geld wirklich gemopst war? Deine Großmutter könnte es doch auch verlegt haben . . . oder deine Mutter . . ."

„Es waren dreihundert Mark, sowas verlegt man nicht einfach", erklärte Katrin mit Nachdruck, „außerdem habe ich natürlich sofort meine Mutti angerufen. Die war ganz schön erschrocken, kann ich euch sagen! Nein, sie hat das Geld nicht gesehen!"

„Bist du vielleicht selber nicht ganz mit deinem Taschengeld ausgekommen?" rief eine andere Schülerin, die außen im Kreis stand; sie duckte sich dann aber rasch, um den strafenden Blicken der anderen zu entgehen.

Katrin tat, als wenn sie diese Bemerkung überhört hätte. „Es steht ja längst fest, daß das Geld geklaut worden ist", sagte sie, „und wir wissen sogar von wem . . ." Wieder legte sie eine kleine Pause ein, aber diesmal verdarb ihr niemand den Spaß.

Alle starrten die Erzählerin ganz gebannt an.

„Von einer Frau", erklärte Katrin, „einer komischen Frau, die meine Großmutter gestern morgen aufgesucht hatte. Sie sagte, sie käme vom Rentenamt und wollte ihr zu einer günstigeren Berechnung ihrer Rente verhelfen. Natürlich hat meine Großmutter sie hereingelassen und ins Wohnzimmer geführt, und dann hat sie, die fremde Frau, plötzlich gebeten, ob sie nicht ein Glas Wasser haben könnte, aber recht kalt sollte es sein, und da ist meine Großmutter in die Küche gegangen und hat den Hahn lange laufen lassen, damit das Wasser nur ja kalt würde, und inzwischen hat die Frau das Geld aus der Börse geklaut . . ." Sie mußte Luft holen und sah sich triumphierend im Kreis ihrer Zuhörerinnen um.

Eine fremde Frau! Ruth dachte an die komische Dame mit der Perücke, die am Samstag nach der alten Frau Bär gefragt hatte, und ihr wurde ganz schlecht. Sie mußte sich setzen.

Die anderen waren weniger beeindruckt.

„Aber“, sagte Silvy, „das sind doch alles nur Vermutungen!“

„Ja, das finde ich auch“, stimmte Leonore ihr zu, „man muß sehr vorsichtig sein, ehe man Verdächtigungen ausposaunt.“

„Da sieht man es wieder mal, aus dir spricht die Tochter eines Rechtsanwalts“, gab Katrin zurück, „aber tatsächlich . . .“

Was tatsächlich geschehen war, sollten die Mädchen nicht so rasch erfahren, denn der Eintritt Dr. Künzels, des Mathematiklehrers, bereitete der Unterhaltung ein jähes Ende. Die Mädchen stoben auseinander, und jede suchte so rasch wie möglich ihren Platz auf.

Dr. Künzel merkte an den erhitzten Gesichtern seiner Schülerinnen, daß etwas Besonderes vorgefallen war, aber er fragte nicht danach. Für ihn gab es, so glaubten jedenfalls die Mädchen, außer Mathematik nichts Interessantes in der Welt, und er hatte eine Art, den Unterricht zu gestalten, daß keiner Gelegenheit blieb, zu träumen oder ihre Gedanken auf den gewundenen Pfaden der Phantasie spazierenzuführen.

Nur Ruth Kleiber war in der nächsten Dreiviertelstunde nicht ganz bei der Sache. Sie dachte: O Jammer, bestimmt war es diese komische Dame, die die alte Frau Bär bestohlen hat! Ich hatte doch gleich das Gefühl, daß etwas mit ihr nicht in Ordnung war. Die Perücke paßte überhaupt nicht zu ihr. Und dann diese seltsame Art, die

Kinder auszufragen. Ach, hätte ich doch mit Katrin darüber gesprochen, dann hätte sie ihre Großmutter warnen können, und dann wäre das Geld nicht gestohlen worden. Ich muß es Katrin beichten, ja, wirklich, das muß ich tun, denn sonst kann ich ihr nie im Leben mehr gerade in die Augen sehen!

In der kleinen Pause lief sie auch wirklich zu Katrin hin, aber die war schon wieder von Zuhörerinnen umgeben, die unbedingt den Schluß der Geschichte hören wollten. Selbst Olga, die von Leonore Müller mit zwei Sätzen von dem bisherigen Geschehen unterrichtet worden war, kam aus ihrem Schmollwinkel hervor.

„Los! Raus mit der Sprache! Woher wollt ihr wissen, daß diese Frau tatsächlich die Diebin war?“ drängte Silvy.

„Weil meine Mutti das Rentenamt angerufen und erfahren hat, daß es gar keine Frau Kowalski . . . so hatte die gemeine Person sich nämlich genannt . . . dort gibt und daß sie überhaupt niemanden in die Häuser schicken, um Renten berechnen zu lassen, sondern daß sie, wenn so etwas wäre, die Rentnerinnen höchstens zu sich bestellen würden!“

Aber Silvy war immer noch nicht überzeugt, oder sie tat wenigstens so. „Wenn man bloß wüßte, wie weit man ihr glauben kann!“ sagte sie von oben herab.

„Bis zur äußersten Grenze der Wahrscheinlichkeit!“ parierte Katrin ganz ungerührt. „Im Ernst, Freunde, ich kann es beschwören! Wenn ich nur ein einziges Wörtchen gelogen habe, will ich in der nächsten Mathe-Arbeit eine Fünf schreiben . . . na, ist das überzeugend?“

„Katrin“, sagte Leonore, „ich will wirklich nicht unterstellen, daß du schwindelst, aber wenn das alles stimmt, dann hättet ihr doch zur Polizei gehen müssen!“

„Ja, was denkst du denn, was wir sonst getan haben? Natürlich sind wir hin, alle drei zusammen, Großmutter, Mutter und Kind, und der Kriminalinspektor sagte, daß es sicher so gewesen wäre, denn sie haben schon mehr Anzeigen dieser Art bekommen. Er sagte, schon seit ein paar Wochen mache eine Trickdiebin die alten Leute in der Stadt unsicher. Er hat Großmutter nach allen Richtungen ausgequetscht, um eine genaue Beschreibung von dieser Frau zu bekommen ... aber leider, leider sieht Großmutter nicht mehr so gut und hat auch nicht genau aufgepaßt, weil sie ja nicht wußte, daß sie eine Betrügerin vor sich hatte ..."

An diesem Punkt wurde der hochinteressante Bericht von einer vergleichsweise langweiligen Schulstunde unterbrochen.

Erst in der großen Pause ging es weiter. Da versammelten sich die Schülerinnen der 6. Klasse unten im Hof um Katrin, die sich malerisch gegen den Brunnen lehnte und immer wieder den Mund unter das fließende Wasser hielt, um sich die Kehle anzufeuchten, denn Reden macht bekanntlich durstig.

„Ja, der Kriminalinspektor war mächtig enttäuscht, daß Großmutter die Frau nicht richtig beschreiben konnte", erzählte Katrin. „Er ist extra noch zu uns gefahren ... leider nicht in einem Funkstreifenauto mit Sirene, sondern mit einem ganz gewöhnlichen Volkswagen ... er ist das ganze Hochhaus abgegangen, von Wohnung zu Wohnung, und hat die Frauen ausgefragt ... denn es ist ja vormittags gewesen, wo nur Frauen und kleine Kinder zu Hause waren ... ob jemand eine verdächtige Person bemerkt hat ..."

„Wie soll sie denn ungefähr ausgesehen haben?" fragte

Ruth zaghaft.

„Graues Kostüm, weiße Bluse, dunkles Haar", sagte Katrin wie aus der Pistole geschossen, „zwei Kinder wollen so jemanden gesehen haben, aber das war am Samstag, kommt also sowieso nicht in Frage, und eine richtige Beschreibung konnten sie auch nicht liefern. Trotzdem hat der Inspektor sie vorsichtshalber mit ins Präsidium genommen, und da sind sie von einer weiblichen Beamtin verhört worden. Aber abends waren sie wieder zu Hause."

Ruths Herz sank ein ganzes Stockwerk tiefer. Nein – bei allem guten Willen: von der Kriminalpolizei verhört zu werden, das war mehr, als sie aushalten konnte. Bei dem bloßen Gedanken daran wäre sie schon fast in Tränen ausgebrochen.

Eben noch war sie fest entschlossen gewesen, Katrin alles zu sagen, was sie wußte. Aber schon hatte sie wieder den Mut verloren.

„Komisch", sagte Leonore, „solche Geschichten liest man sonst nur in der Zeitung . . ."

„Oder sieht sie im Fernsehen!" warf Olga ein.

„Aber daß jemandem, den man kennt, so etwas passieren könnte, daran denkt man gar nicht!" fuhr Leonore fort.

„Nun, wie wir sehen, Katrin ist es passiert", sagte Silvy, nicht frei von Gehässigkeit, „oder vielmehr ihrer Großmutter. Aber Katrin ist's, die sich in diesem Ruhm sonnen darf."

Katrin holte tief Atem. „Meine liebe Silvy, was bist du doch für eine miese, boshafte . . ."

„Nicht, bitte nicht!" rief Leonore dazwischen. „Zankt euch nicht, ihr beide, das führt doch zu nichts!"

„Na, dir zuliebe will ich mal Gnade vor Recht ergehen

lassen, Leonore“, sagte Katrin, „aber eines möchte ich doch feststellen: Silvy weiß nicht mehr, was sie redet. Du lieber Himmel, könnt ihr euch vorstellen, was es für uns bedeutet, dreihundert Mark so einfach verloren zu haben? Wir haben alles Geld in die Wohnung und in die Möbel gesteckt, und jetzt muß sich meine Mutti einen Vorschuß geben lassen, bloß um die fälligen Raten bezahlen zu können! Soll ich euch was sagen? Geweint hat sie gestern abend vor lauter Verzweiflung. Und da tut Silvy, diese ganz und gar dämliche Person, so, als wenn mir das Ganze ein Vergnügen wäre. Man sollte es nicht für möglich halten!“

Die Mädchen schwiegen betroffen. Katrins muntere Art hatte sie tatsächlich über den Kern der Sache hinweggetäuscht, jetzt erst begann ihnen die ganze Tragweite des Geschehens allmählich zu dämmern.

Als die Schulglocke das Ende der Pause ankündigte, schlug Ruth sich auf Katrins Seite. „Du!“ Sie zupfte die Freundin am Ärmel. „Ich kann dir nicht sagen, wie leid mir das Ganze tut . . .“

„Glaub ich dir ja.“

„Ich habe ein bißchen was auf meinem Sparkassenbuch. Vielleicht . . . wenn ich meine Mutter frage . . .“

Katrin sah mit großen Augen auf sie herab. „Du willst mir Geld leihen?“

„Ja, warum denn nicht? Du brauchst es mir gar nicht wiederzugeben, ich . . .“

Katrin tippte sich auf die Stirn. „Bei dir piept es wohl! Nein, halt du mal deine Spargroschen schön beieinander. Und mach dir meinetwegen keine Sorgen. Wir Bärs sind ein starkes Geschlecht. Wir sind schon mit ganz anderen Sachen fertig geworden. Ein paar hundert Mark mehr oder weniger werfen uns bestimmt nicht um, darauf kannst du dich verlassen!"

Kleinlaut schwieg Ruth still.

Ruth mausert sich

Ruth hatte ein furchtbar schlechtes Gewissen.

Mitten in der Nacht wachte sie auf und konnte nicht wieder einschlafen. Es war ihr, als wenn sie ganz alleine daran schuld wäre, daß man der alten Frau Bär das unter Opfern zurückgelegte Geld gestohlen hätte.

Vergebens suchte sie sich einzureden, daß ja ebensogut alles ein Irrtum sein könnte. Wer sagte ihr denn, ob die komische Dame mit der Perücke tatsächlich die Trickdiebin gewesen war und ob es überhaupt etwas genutzt hätte, wenn sie mit Katrin über ihre Beobachtung gesprochen haben würde.

Aber das alles waren nur schwache Tröstungen, die Ruth nicht über die entscheidende Tatsache hinweghelfen konnten, daß sie aus Feigheit und Selbstsucht geschwiegen hatte, wo sie hätte reden müssen.

In der Nacht sah alles noch viel schlimmer aus als am Tage. Ruth stellte sich vor, wie Katrin und ihre Familie buchstäblich Hunger litten, um das verschwundene Geld wieder einzusparen. Dabei hatte Katrin doch auch am Tage nach dem Diebstahl ein kräftiges Frühstücksbrot und einen Apfel mit in die Schule gebracht.

Ruth konnte die Tränen nicht länger unterdrücken. Ganz allein in ihrem Bett, inmitten ihres hübschen Zimmers mit den Schleiflackmöbeln und dem Toilettentisch, lag sie da und weinte in ihr Kissen hinein. Sie hatte alles, was das Herz begehrt: Eltern, die sie liebten, einen großen Bruder, der sie verwöhnte, die hübschesten Kleider, Pullover, Schuhe und Mäntel, die man sich denken konnte, und doch war sie, wie so oft, todunglücklich.

„Oh, warum bin ich nur so ängstlich und so egoistisch und so dumm", schluchzte sie.

Ganz, ganz leise wurde die Tür geöffnet, und ihre Mutter, in Pantöffelchen und einem langen Nachthemd, huschte ins Zimmer. „Ruthchen", flüsterte sie, „was ist denn los?" Sie knipste die Nachttischlampe an.

Ruth schloß die Augen und tat so, als ob sie schliefe. Aber sie konnte nicht verhindern, daß ihr die Tränen über die Wangen kullerten.

Frau Kleiber legte ihr die Hand auf die Schulter und rüttelte sie leicht. „Mein Liebling, was hast du?"

Mit einem Ruck riß Ruth die Augen auf und fuhr hoch; sie bot wahrhaftig eine reife schauspielerische Leistung. „Ist schon Zeit für die Schule?" stammelte sie.

„Aber nein", sagte ihre Mutter ganz erstaunt, „es ist gerade erst zwölf vorbei."

Ruth rieb sich die Augen. „Warum weckst du mich dann?" Sie ließ die Hände sinken und starrte ihre Mutter an. „Ist jemand krank?"

„Ich dachte, daß du vielleicht . . ." Frau Kleiber legte ihr die Hand auf die Stirne.

Ruth zwang sich zu einem kleinen Lachen. „Wie kommst du denn darauf?"

Die Mutter zog ihre Hand zurück. „Nein, Fieber hast du keines."

„Ja, warum sollte ich denn auch? Ich bin ja pumperlgesund!"

„Aber du hast doch eben geweint und gestöhnt! Ich kam gerade vom Bad, da habe ich es deutlich gehört."

„Aber nein", schwindelte Ruth, „das kann nicht sein, das müßte ich doch gemerkt haben."

„Hast du es wirklich nicht?"

Ruth schluckte schwer; wie gerne hätte sie jetzt ihrer Mutter die Arme um den Hals geworfen und den Kopf an ihre Brust geschmiegt! Nein, ihr gegenüber kannte sie keine Angst, ihr hätte sie liebend gerne alles erzählt. Aber sie konnte sich nur zu gut vorstellen, was dann geschehen würde. Die Mutter würde sie trösten und verhätscheln und ihr einreden, daß sie kein bißchen Schuld hätte. Sie würde sagen, daß sie die Dame mit der Perücke keinesfalls hätte fragen dürfen, was sie bei der alten Frau Bär wollte. Kinder hätten sich nun mal nicht in die Angelegenheiten Erwachsener zu mischen. Und gerade wenn diese Frau tatsächlich eine Diebin wäre, sollte Ruth doch heilfroh sein, daß sie nichts mit dieser Person zu tun gehabt hätte.

Wahrscheinlich würde Frau Kleiber sogar nachträglich noch erschrecken bei dem bloßen Gedanken daran, daß Ruth beinahe mit einer Verbrecherin gesprochen hätte!

„Nein", behauptete Ruth, „keine Ahnung."

„Na so etwas", sagte Frau Kleiber, „dann mußt du im Schlaf geweint haben." Sie strich ihrer Tochter über die Wange. „Sieh mal hier, du bist noch ganz naß von Tränen."

„Dann habe ich sicher etwas Schlimmes geträumt", sagte Ruth, „wie gut, daß du mich geweckt hast."

Sie hoffte, daß ihre Mutter jetzt endlich beruhigt sein und sich zurückziehen würde, denn wenn ihr auch ein bißchen Schwindelei nichts ausmachte, so war es doch auf die Dauer recht anstrengend, immer weiter und weiter und weiter zu lügen.

Aber so schnell gab Frau Kleiber sich nicht zufrieden. „Und du hast wirklich keine Schmerzen?"

„Aber nein, Mutti, bestimmt nicht. Das würde ich doch spüren."

Frau Kleiber sah ihre Tochter forschend an. „Und auch keinen Kummer? Du weißt, du kannst deiner Mutter alles sagen."

„Ich habe überhaupt nichts, so glaube mir doch, Mutti!"

Frau Kleiber erhob sich. „Trotzdem werde ich dir zur Beruhigung doch lieber noch eine Tablette geben."

Ruth sagte nicht nein, denn erstens war es doch recht angenehm, so umsorgt zu werden, und zweitens wußte sie, daß auch ihre Mutter sich besser fühlen würde, wenn sie, Ruth, erst die Tablette geschluckt hätte.

Frau Kleiber verließ das Zimmer ihrer Tochter und kam wenig später mit einem Glas Wasser und einer Tablette zurück, die Ruth brav hinunterspülte.

„Gute Nacht, mein Liebling", sagte sie dann und küßte Ruth zärtlich auf die Stirne, „du weißt ja, wenn irgend etwas ist, brauchst du nur zu rufen."

„Ja, Mutti!" Ruth gab ihrer Mutter einen herzhaften Kuß, dann fragte sie plötzlich: „Sag mal, Mutti, meinst du, daß zuviel Liebe schädlich sein könnte?"

Ganz verblüfft ließ sich Frau Kleiber wieder auf die Bettkante sinken. „Wie meinst du denn das?"

„Nur so." Ruth bemühte sich, die Worte zu finden, um auszudrücken, was ihr durch den Kopf gegangen war. „Wenn Eltern ihre Kinder zu lieb haben", sagte sie langsam, „dann werden sie vielleicht nie erwachsen."

Frau Kleiber lachte. „Ach wo. Erwachsen wird man ganz von selber."

Ruth sah sie zweifelnd an. „Vielleicht doch nicht. Wenn

Eltern ihre Kinder zu lieb haben, dann wollen sie sie vielleicht immer klein behalten . . . ich meine, sie wissen vielleicht nicht, daß sie es wollen. Aber sie behüten und verwöhnen ihr Kind vielleicht so, daß es gar nicht erwachsen werden kann."

„Das sind krause Gedanken", sagte Frau Kleiber und strich Ruth die zerzausten Löckchen aus der Stirn, „die fallen einem so ein, wenn man in der Nacht geweckt wird. Aber am Tag merkt man dann, daß das alles keine Hand und keinen Fuß hat. Gute Nacht, Liebling, es wird höchste Zeit für uns zu schlafen. Wir wollen doch keine Gespenster sehen."

Aber dann, als Ruth wieder allein war, konnte sie doch nicht so schnell einschlafen, wie ihre Mutter es gewünscht hätte, trotz der Tablette nicht.

Zum ersten Mal in ihrem Leben fühlte sie sich von der Mutter unverstanden, und seltsamerweise war das nicht einmal so ein unangenehmes Gefühl. Sie hatte eigene Gedanken, bei denen ihre Mutter nicht mitkam, darauf konnte sie stolz sein, mehr noch darauf, daß sie mit diesen Gedanken, dessen war sie jetzt fast sicher, auf dem richtigen Wege war.

Ihre Eltern hatten sie zu sehr geliebt, zu sehr verwöhnt und beschützt. Deshalb war sie solch ein Angsthase geworden.

Sie erinnerte sich an Begebenheiten, die sie schon längst vergessen glaubte, und sah sich als ganz kleinen Putzel die ersten Schritte in die Welt tun.

Sobald sie nur ein bißchen gelaufen war, hatten Vater und Mutter gerufen: „Halt! Paß auf! Gleich fällst du hin!" – Wenn ein fremder Hund schwanzwedelnd auf sie zugetapst war, hatte es geheißen: „Rühr dich nicht! Faß ihn

3 9403-12

nicht an! Er könnte beißen!" – Nie hatte sie wie die anderen Kinder herumtoben dürfen, immer war sie sauber wie aus dem Ei gepellt gewesen, und immer hatte sie auf ihre Frisur und auf ihre hübschen Kleidchen aufpassen müssen. Es hatte ihr nichts ausgemacht, nein, im Gegenteil, sie hatte sich ganz wohl dabei gefühlt. Aber ob es das Richtige gewesen war? Bestimmt nicht.

Kein Wunder, daß Katrin, die so früh hatte selbständig sein müssen, ein anderer Kerl war als sie, und erst Leonore, die als eines von fünf Geschwistern aufgewachsen war. Olga allerdings, die ewig Beleidigte, und Silvy Heinze, die Besserwisserin, hatten ihr bestimmt nichts voraus. An denen konnte sie sich auf keinen Fall ein Beispiel nehmen. Aber das wollte sie auch nicht. Sie wollte überhaupt nicht sein wie jemand anders, sondern wie sie selber: eine tapfere, entschlossene, verantwortungsbewußte Ruth. Und gleich morgen früh würde sie anfangen so zu werden, indem sie erst einmal ihre Frisur änderte.

Mit diesem tröstlichen Vorsatz schlief sie endlich ein.

Als Frau Kleiber am nächsten Morgen in Ruths Zimmer kam, um sie zu frisieren, saß sie schon fix und fertig vor dem Spiegel, lächelte sie spitzbübisch und doch ein klein wenig unsicher an. „Na, wie gefalle ich dir?"

Die Mutter wußte nicht, was sie sagen sollte.

„Steht mir doch gut?" Ruth hatte sich ihre Löckchen ausgebürstet, sich in die Stirne einen kleinen Pony gekämmt und die schulterlangen Haare an beiden Seiten über den Ohren mit Spangen zu Rattenschwänzchen zusammengefaßt, die sie jetzt gerade um die Zeigefinger drehte. „Und so viel praktischer!"

„Dein Scheitel sitzt schief."

„Das kommt daher, weil ich hinten keine Augen habe.

Könntest du ihn mir richtig ziehen, Mutti?"

Frau Kleiber löste Ruths Rattenschwänze und nahm die Bürste vor ihr von dem Toilettentisch. „Du hast so hübsches Haar", sagte sie zögernd und begann zu bürsten, „man kann wirklich reizende Frisuren daraus machen. Wenn dir deine alte nicht mehr gefällt . . ."

„Sie war sehr nett", sagte Ruth, „ganz bestimmt. Aber jetzt möchte ich mal so gehen, wie ich mich selber frisiert habe."

„Warum denn nur, Ruthchen?"

„Aus einigen tausend Gründen", erklärte Ruth, „die alte Frisur war viel zu kompliziert und sah nach Friseur aus . . ."

„Aber ich sage doch gerade, wir können eine andere probieren! Vielleicht so . . . und so . . ." Sie wand Ruth das Haar um den Kopf.

„Nein, ich will genau die, die ich mir selber gemacht habe! Das ist eine richtige Schulfrisur, und dann brauche ich keine Angst mehr zu haben, daß sich alles auflöst, wenn sie naß wird. Die kann ich mir nach dem Schwimmen selber richten. Du brauchst mir nur einen geraden Scheitel zu ziehen."

Frau Kleiber seufzte, griff zum Kamm und tat, um was ihre Tochter sie gebeten hatte. „Was wird bloß Vater dazu sagen!"

„Darüber brauchst du dir bestimmt nicht den Kopf zu zerbrechen, Mutti, das werden wir ja gleich hören."

Herr Kleiber sagte erst mal gar nichts, als Mutter und Tochter zum Frühstückstisch kamen. Er blickte nur kurz auf, erwiderte Ruths Gruß und verschanzte sich wieder hinter seiner Zeitung.

Dafür reagierte Günther, ihr großer Bruder, um so

heftiger. „Nun sag aber mal, Ruth, wie siehst du denn aus?"

„Wie ein ganz normales junges Mädchen!"

„Daß ich nicht lache! Wie ein frisch gewaschener Kinderpopo, finde ich!"

„Günther, ich bitte dich", sagte die Mutter, „das ist nun aber wirklich kein Vergleich!"

„Wenn sie doch so aussieht!"

Ruth waren die Tränen in die Augen gestiegen, aber sie wollte sich auf keinen Fall anmerken lassen, wie sehr sie sich getroffen fühlte. „Dann habe ich früher wohl ausgesehen wie ein Kinderpopo, garniert mit Löckchen und Bändern! Danke für die gute Meinung. Es ist für mich sehr interessant zu wissen, wie ich dir vorkomme."

Herr Kleiber ließ die Zeitung sinken. „Jetzt sagt einmal, was sind denn das für Gespräche und was ist das für ein Ton am frühen Morgen?"

„Günther sagt, ich habe ein Gesicht wie ein Kinderpopo!"

„Das habe ich nicht gesagt! Ich habe nur gesagt, mit dieser Frisur sieht sie aus wie ein . . ."

„Ja sprich's nur aus! Tu dir keinen Zwang an! Wie ein Kinderpopo hast du gesagt!"

Herr Kleiber schüttelte den Kopf. „Mein lieber Junge, ich muß mich schon sehr über dich wundern. Wenn Ruths Frisur auch nicht gerade glücklich ist . . ."

„Sie ist praktisch, einfach und nett!" fiel ihm Ruth ins Wort. Herr Kleiber sah Ruth an. „Na ja, für ein gewöhnliches kleines Mädchen mag sie ja angehen. Aber vergiß nicht, daß du die Tochter eines Friseurmeisters bist."

„Das vergesse ich schon nicht", rief Ruth hitzig, „aber in erster Linie bin ich doch ich selber!" Als sie merkte, daß sie den Vater gekränkt hatte, fügte sie hastig hinzu: „Du bist ja für mich auch nicht der Friseurmeister Kleiber, sondern mein Vater . . . mein guter, lieber Vater!"

Herr Kleiber räusperte sich. Wie immer, wenn Ruth ihm schmeichelte, wurde er weich wie Butter in der Sonne. „Jedenfalls", sagte er, „finde ich Ruths Frisur nicht wichtig genug, um daraus ein Familiendrama zu machen."

„Das ist genau das, was ich sage", rief Ruth, „laßt mich in Ruhe. Mehr will ich ja gar nicht."

Damit war das Thema fürs erste erledigt, und sie konnte sich aufatmend ihrem Frühstück widmen. Allerdings brachte sie kaum einen Bissen hinunter, denn sie war noch viel zu aufgeregt. Es war gar nicht so einfach, sich durchzusetzen, wenn man es nicht gewohnt war.

„Du ißt ja wie ein Spatz", rügte die Mutter.

„Mir scheint, mein Schwesterchen hat sich verliebt", hänselte Günther.

Ruth blitzte ihn an. „Schließ bloß nicht von dir auf andere, Brüderchen! Meinst du, ich habe nicht beobachtet, daß du und . . ."

Noch ehe sie weitersprechen konnte, war Günther schon aufgesprungen und hielt ihr den Mund zu.

„Benimm dich, Junge", rief die Mutter, „laß Ruth sofort los! Was hast du beobachtet, Ruthchen!"

Ruth drehte sich zu Günther um, der ganz blaß geworden war, zwinkerte ihm zu und formte lautlos mit den Lippen das Wort: „Karla!" dann sagte sie allgemein verständlich: „Oh, nichts, Mutti, gar nichts, ich wollte Günther bloß ärgern."

„Das war aber nicht nett von dir, Ruthchen!"

Jetzt war es Günther, der ihre Partei ergriff. „Das hat sie bestimmt nicht so gemeint", sagte er und zupfte Ruth an einem ihrer Rattenschwänzchen, „und außerdem hatte ich ja angefangen."

„Dann ist es gut", sagte Frau Kleiber, „ach, Kinder, ich bin ja immer so froh, wenn ihr euch vertragt."

Ruth und Günther sahen sich an und sagten wie aus einem Munde: „Tun wir das denn nicht immer?"

Sie lachten beide, hakten die Finger ein und riefen: „Schiller!" – „Goethe!" – „Baßgeige!" „Flöte!", damit sie sich etwas wünschen konnten.

Ruth wünschte sich von ganzem Herzen, daß sie auch den Fehler, den sie Katrin gegenüber gemacht hatte, wieder ausgleichen könnte.

Auf der Spur

Es gab ein großes Hallo, als Ruth mit ihrer neuen Frisur in die Schule kam. Im Gegensatz zu ihrer Familie waren ihre Klassenkameradinnen von der Veränderung, die sie an sich vollzogen hatte, sehr angetan.

Das höchste Lob spendete Katrin. Sie rief: „Na so etwas! Wer hätte das gedacht! Jetzt siehst du ja geradezu wie ein Mensch aus!"

Ja, es war sehr angenehm, sich bewundern zu lassen, und auch gar nicht so schwer, dabei die Gleichgültige zu spielen und das Aufsehen dadurch noch besser zu genießen. Aber Ruth wußte nur zu gut, daß sie damit ihrem wirklichen Ziel, ein mutiges Mädchen zu werden, nur einen ganz kleinwinzigen Schritt näher gekommen war.

Sie wollte Katrin ja gestehen, was sie verpatzt hatte, und selbst damit war es nicht getan: Sie wollte sich bereit erklären, mit Katrin zur Kriminalpolizei zu gehen und eine genaue Beschreibung der mutmaßlichen Täterin abzugeben!

Katrin, Leonore und Silvy, ja, sogar Olga und einer Menge anderer Mädchen hätte das wahrscheinlich gar nichts ausgemacht, aber vor Ruth lag das wie ein schier unüberwindlicher Berg. Immer wieder machte sie einen Ansatz, sich Katrin anzuvertrauen, aber immer wieder zuckte sie im letzten Moment zurück, und Katrin, die ja nicht ahnen konnte, was die Freundin auf dem Herzen hatte, machte ihr das Geständnis auch nicht gerade leichter.

So verstrichen die Tage, ohne daß etwas geschah. Die anderen Mädchen, außer Katrin, dachten längst nicht mehr an die Betrügerin. Aber Ruth wurde immer mutloser und unzufriedener mit sich selbst.

Auch mit dem Schwimmen klappte es nicht. Sie hatte sich so fest vorgenommen, in der nächsten Schwimmstunde keine verrückten Kunststücke mehr zu machen, dafür aber genauso tapfer zu sein wie die anderen. Aber zu ihrem persönlichen Pech wurde seit jenem denkwürdigen Tag, da sie bei ihrem tollkühnen Kopfsprung vom Brett auf den Bauch geklatscht war, keine Schwimmstunde mehr angesetzt. Fräulein Freysing hielt es für richtiger, ihre Schäfchen bei dem schönen Frühlingswetter draußen turnen zu lassen. Noch vor wenigen Wochen wäre Ruth hocherfreut darüber gewesen, aber jetzt war sie genauso enttäuscht wie die anderen.

Als sie sich wieder einmal murrend nach einer Turnstunde umzogen, in der Fräulein Freysing sie pausenlos über die Aschenbahn gejagt hatte, hatte Ruth die Idee. „Wie wäre es, wenn wir heute nachmittag mal ins Hallenschwimmbad gingen?“ rief sie.

Silvy, die gerade dabei war, den Pullover über den Kopf zu streifen, blickte belustigt auf sie herunter. „Das sagst ausgerechnet du!?“

„Und warum nicht?“ rief Ruth hitzig.

Katrin hüpfte auf einem Bein, den zweiten Schuh in der Hand, auf die beiden zu. „Weil Schwimmen doch bisher für dich das Letzte war.“

„Na und wenn schon“, sagte Ruth, „der Mensch kann sich ändern. Oder etwa nicht?“

„Aber ja doch“, mischte sich Leonore, die einen Streit aufkommen sah, rasch in das Gespräch, „natürlich kann man, und du hast es uns ja schon bewiesen. Siehe Rattenschwänzchen!“

„Eben drum!“ gestand Ruth. „Jetzt brauche ich doch keine Angst mehr zu haben, daß meine Frisur kaputtgehen könnte, und gerade deshalb möchte ich ja so gerne schwimmen!“ Nach einer kleinen Pause fügte sie mit Überwindung hinzu: „Und außerdem . . . ich dachte, ich könnte von euch etwas lernen!“

Dieser schmeichelhafte Appell an die Großherzigkeit der Freundinnen wirkte sofort.

„Ja, warum sollten wir denn auch nicht mal ins Hallenbad gehen?“ rief Olga Helwig. „Ich finde das eine dufte Idee. Wenn wir warten wollen, bis Fräulein Freysing sich entschließt, uns wieder mal ins Lehrbecken zu lassen, können wir alt und grau werden.“

Damit war der Fall erledigt. Es blieb nur noch zu beraten, wann, wo und wie man sich treffen wollte, und das wurde mit größter Zungenfertigkeit in der nächsten Pause ausgemacht.

Gegen drei Uhr nachmittags drückten Olga und Leonore auf den Klingelknopf an der Haustüre, der zu Kleibers Wohnung über dem Friseursalon führte. Sie brauchten nicht zu warten. Ruth kam sogleich heruntergehetzt, ihr Badezeug in einem hübschen korallenroten Beutel aus Frottierstoff, dazu die passende Mütze auf dem blonden Kopf.

Die beiden andern, die ihr Badezeug eingerollt unter dem Arm trugen, staunten.

„Herje, wie siehst du denn aus?" rief Olga.

„Ich finde es toll", sagte Leonore, „darf ich die Kappe mal aufsetzen?"

Ruth stülpte sie ihr rasch auf die braunen Locken. Ihr war nicht ganz wohl gewesen mit den schicken, aber auffälligen Sachen, die die Mutter ihr aufgedrängt hatte. Sie war erleichtert, daß sie wenigstens Leonore gefielen.

„Na, wie sehe ich aus?" rief Leonore, vor den beiden anderen hertanzend.

„Steht dir schnafte", sagte Ruth.

„Gar nicht übel", gab auch Olga zu.

„Ich bin nahe daran, dich zu beneiden", sagte Leonore lachend, „manchmal hat es doch unbedingt seine Vorteile, wenn die Eltern einen Frisiersalon besitzen!"

Ruth stimmte in ihr Lachen ein. „Das kann man wohl sagen!" Auch Olga wollte jetzt die Kappe aufsetzen, aber die beiden anderen stellten fest, daß sie nicht zu ihren rotblonden Haaren paßte, woraufhin Olga um ein Haar eingeschnappt gewesen wäre.

„Die Form stünde dir bestimmt", sagte Ruth versöhnlich, „wir haben noch grüne und blaue im Geschäft, von denen müßtest du mal eine aufprobieren!"

Leonore wollte Ruth die Kappe zurückgeben, aber Ruth stoppte sie mit einer heftigen Handbewegung. Ganz entgeistert starrte sie auf die Dame, die gerade aus einem Vorgarten herauskam.

„Was ist los?“ rief Leonore. „Siehst du Gespenster?“

„Still!“ zischte Ruth. „Das ist sie!“

„Wer um Himmels willen?“ rief Olga. „Von was sprichst du denn?“

Die Dame wandte sich jetzt zur Seite, um eine Kreuzung zu überschreiten, und Ruth sah deutlich ihr Profil. Zuerst hatte sie ihren Augen nicht getraut, aber nun war sie ganz sicher. Es war die Dame mit Perücke, die sich damals vor dem Hochhaus nach der alten Frau Bär erkundigt hatte.

Die Ampel wechselte von Grün zu Gelb über; es blieb Ruth keine Zeit, den Freundinnen etwas zu erklären. „Wir müssen ihr nach“, zischte sie ihnen zu und setzte sich selber in Trab, so schnell es unauffällig ging.

Auf den Fersen der Verdächtigen erreichte sie den gegenüberliegenden Bürgersteig. Mit einem raschen Blick über die Schulter stellte sie fest, daß Olga und Leonore zurückgeblieben waren. Was nun? Wenn sie wartete, würde sie die Dame, die zielsicher ausschritt, bestimmt aus den Augen verlieren. Aber konnte sie überhaupt etwas erreichen, wenn sie sie ganz allein verfolgte?

Ruths Herz tat einen Plumps. Am liebsten wäre sie nicht nur stehengeblieben, sondern hätte sich auf dem Absatz umgedreht und wäre zurückgeeilt.

Aber dann dachte sie an Katrin – nicht nur an das viele Geld, das ihrer Großmutter gestohlen war, sondern auch an das, was sie ihr, als sie sich damals so vor dem großen Schäferhund gefürchtet hatte, beigebracht hatte.

„Überleg mal, was dir wirklich passieren könnte“, sagte Ruth halblaut vor sich hin, „hier auf offener Straße, wo es nur so von anderen Menschen wimmelt! Nichts. Also sei kein Feigling und häng dich an sie ran!"

Die Perückendame hatte inzwischen einen Vorsprung von etwa drei Metern gewonnen. Den ließ Ruth ihr und folgte ihr genau hinter dem Rücken, so daß sie sie, wenn sie mal zur Seite sah, nicht entdecken konnte.

Olga und Leonore standen indessen immer noch auf der anderen Straßenseite und wußten nicht, was sie von der ganzen Geschichte denken und wie sie sich verhalten sollten.

„Sollen wir ihr nach?" fragte Olga unsicher.

„Ach wo", sagte Leonore, „die spinnt doch komplett!"

„Aber sie hat doch gesagt, wir sollten . . ."

„Weil sie eine Meise hat!"

„Na schön, dann gehen wir eben weiter."

Sie taten ein paar Schritte.

Dann war es Leonore, die stehenblieb. „Aber eigentlich ist Ruth sonst nicht so", gab sie zu bedenken.

„Eben", sagte Olga.

„Vielleicht sollten wir doch versuchen, sie einzuholen?"

„Aber die anderen erwarten uns beim Kiosk!"

Olga und Leonore sahen sich zweifelnd an. Was war nun wichtiger? Ruth, die offensichtlich übergeschnappt war, nachzulaufen oder pünktlich beim Treffpunkt zu sein?

Ruth selber dachte jetzt überhaupt nicht mehr an die Freundinnen. Je länger sie ihr Wild verfolgte, um so sicherer begann sie sich zu fühlen. Sie hatte ja Zeit genug, das Für und Wider zu erwägen und sich alle nur möglichen Gefahren durch den Kopf gehen zu lassen, und kam zu dem Schluß, daß Katrin bestimmt nicht aufgegeben hätte, und was Katrin konnte, traute sie sich schon lange – na, schon lange war reichlich übertrieben, aber immerhin seit kurzer Zeit.

Die Perückendame bog in eine Wohnstraße ein, öffnete ihre schwarze Handtasche, zog ein Notizbuch heraus, warf einen Blick hinein und ging auf ein großes Mietshaus zu. An der Haustüre blieb sie stehen und klingelte.

Was nun?

Ruth mußte sich blitzschnell entscheiden. Sie war jetzt nur noch zwei Schritte von der Perückendame entfernt. Sollte sie vorübergehen und tun, als wenn nichts wäre? Vielleicht in der Nähe warten, bis die Verdächtige das Haus verließ, und sie dann weiter verfolgen?

Nein! Wenn Ruths Verdacht zutraf, dann hatte die Frau mit der dunklen Perücke womöglich vor, wieder einen alten Menschen zu bestehlen, wie es ihr schon einmal gelungen war, weil Ruth sich nicht getraut hatte einzugreifen. Das sollte nicht noch einmal passieren!

Ruth stellte sich neben die vermutliche Diebin in die Haustüre und gab sich Mühe, ein möglichst unbeteiligtes Gesicht zu machen, dabei war das eigentlich gar nicht nötig, denn die andere beachtete sie überhaupt nicht. Als sie die Haustüre aufdrückte, schlüpfte Ruth mit hinein und lief hinter ihrem Opfer her bis zum zweiten Stockwerk, wo die Perückendame vor einer Wohnungstüre haltmachte. Ruth tat es ihr nach.

Es war schrecklich still in dem halbdunklen Treppenhaus, und Ruths Herz pochte so laut, daß sie glaubte, ihr Opfer müßte es hören. Sie wußte nun wirklich nicht mehr, wie es weitergehen sollte. Aber sie war entschlossen, nicht klein beizugeben, sondern irgendwie weiterzumachen. Jetzt, das fühlte sie trotz ihrer Beklemmung, war endlich die Gelegenheit da, wenigstens sich selber zu beweisen, daß sie keine Kneiferin war. Sie durfte nicht wieder versagen.

Ganz unvermittelt sprach die Perückendame sie an. „Was willst du denn hier?“ fragte sie.

Ruth schluckte; ihr Herz machte einen wilden Satz. „Ich will zu Frau Mühlberger“, behauptete sie – Mühlberger, das war der Name, den sie vor wenigen Sekunden auf dem Namensschild entziffert hatte.

„Komm lieber ein andermal wieder“, sagte die Perückendame, „heute habe ich etwas Wichtiges mit Frau Mühlberger zu besprechen.“

Ruth nahm allen Mut zusammen. „Ich leider auch. Meine Großmutter schickt mich, und sie hat gesagt . . .“

Die Perückendame ließ Ruth nicht zu Ende reden. „Weißt du was?“ sagte sie. „Dann werde ich eben ein andermal wiederkommen.“ Sie nickte Ruth ganz freundlich zu und hüpfte die Treppen hinunter, viel rascher und leichtfüßiger, als man ihr dem ältlichen Gesicht nach zugetraut hätte.

Ruth war es zumute wie dem berühmten Reiter über dem Bodensee, an den sie in diesem Augenblick tatsächlich dachte, denn sie hatten das Gedicht von Gustav Schwab vor kurzem erst bei Frau Dr. Mohrmann durchgenommen. Ihre Knie zitterten, ihre Hände wurden feucht, und sie mußte sich gegen den Türrahmen lehnen, um nicht umzusinken.

Von drinnen näherten sich schlurfende Schritte, und eine alte Frau mit einem Krückstock öffnete.

Ruth konnte nicht mehr als ein mühsames: „Guten Tag, Frau Mühlberger!“ herausbringen.

„Nanu, was ist denn mit dir, Kleine?“ fragte Frau Mühlberger. „Du bist ja ganz blaß! Ist dir schlecht geworden? Komm nur herein, ich bringe dir gleich ein Glas Wasser!“

Ruth holte tief Atem, die Erinnerung an das Glas Wasser, das der alten Frau Bär soviel Unglück gebracht hatte, machte wie wieder munter. „Sie dürfen nicht so vertrauensselig sein, Frau Mühlberger!" rief sie! „Es gibt schlechte Menschen, die Sie um Ihre Ersparnisse bringen wollen!"

Frau Mühlberger starrte Ruth an, als wenn sie überzeugt wäre, eine Verrückte vor sich zu haben.

„Doch, es ist so!" rief Ruth. „Eben hat eine Frau an Ihrer Tür geklingelt. Sie sieht nett und einfach aus, aber sie nützt das Vertrauen alter Leute aus, um sie zu bestehlen. Legen Sie die Kette vor, Frau Mühlberger, und lassen Sie nie mehr jemanden in die Wohnung, den Sie nicht kennen!"

Frau Mühlberger schüttelte den Kopf. „Ich verstehe das alles nicht, Kind. Wer schickt dich denn?"

„Niemand! Ich bin dieser Frau gefolgt, weil ich schon einmal . . . weil ich sie im Verdacht habe, die Großmutter einer Freundin bestohlen zu haben. Glauben Sie mir doch, Frau Mühlberger, ich denke mir das nicht aus, die alte Frau Bär ist wirklich bestohlen worden. Von einer Frau, die ihr angeblich irgendwie bei der Rente helfen wollte und die dann um ein Glas Wasser gebeten hat. Und im Augenblick, wo Frau Bär aus dem Zimmer war, hat sie sie blitzschnell beklaut. Und zwar um dreihundert Mark."

Jetzt endlich war Frau Mühlberger beeindruckt. „O je, das ist aber schlimm!"

„Ja, das ist es!" rief Ruth. „Und genau dasselbe wird Ihnen eines Tages passieren, wenn Sie fremde Menschen in Ihre Wohnung lassen! Versprechen Sie mir, daß Sie von nun an besser auf sich achtgeben?"

„Das verlangt meine Tochter auch immer von mir."

„Ihre Tochter hat recht, Frau Mühlberger! Bitte, versprechen Sie es mir!"

„Mein Wort darauf." Frau Mühlberger reichte Ruth die Hand. „Und nun, da wir uns kennengelernt haben, möchtest du nicht doch zu mir hereinkommen? Ich kann dir auch etwas Besseres als ein Glas Wasser anbieten!"

„Nein, danke", sagte Ruth und machte einen höflichen kleinen Knicks, „vielleicht ein andermal. Ich bin ja bloß gekommen, um Sie zu warnen."

Sie sauste die Treppe hinunter und auf die Straße hinaus, den Weg zurück, den sie gekommen war.

Schon von weitem sah sie an der nächsten Ecke Olga und Leonore stehen, die, jede auf ihre Weise, aus der Menge der Passanten herausknallten, Olga durch ihr rotes Haar und Leonore durch die korallenrote Kappe, die sie noch immer aufhatte.

Ruth winkte mit beiden Armen wie mit Windmühlenflügeln, aber es dauerte eine ganze Weile, bis die Freundinnen sie entdeckten. Dann stürmten sie ihr entgegen.

„Wo hast du gesteckt!" riefen sie. „Was ist dir in die Krone gefahren!? Sag mal, bei dir stimmt es wohl nicht, uns einfach mitten auf der Straße stehen zu lassen? Wir haben dich überall gesucht!"

„Ihr habt es gerade nötig, mir Vorwürfe zu machen!" gab Ruth mit ganz neuer Selbstsicherheit zurück. „Wenn ihr mich begleitet hättet, wäre uns die Diebin nicht durch die Lappen gegangen."

„Wer?" rief Leonore. „Was?"

„Ich verstehe immer Bahnhof!" sagte Olga.

„Ich habe die Frau entdeckt, die die alte Frau Bär bemopst hat", erklärte Ruth mit Würde, „oder, genauer gesagt, eine Frau, die ich des Diebstahls für sehr verdächtig halte!"

„Nun sag aber mal ... geschwollener kannst du dich wohl nicht ausdrücken!“ rief Olga.

„Sei doch still! Laß Ruth endlich mal ausreden!“ verlangte Leonore. „Da steckt eine ganze Menge dahinter, was wir noch nicht wissen. Los, Ruth, erzähle uns die ganze Geschichte!“

„Das werde ich“, erklärte Ruth gnädig. „Aber erst, wenn wir alle beisammen sind. Ich habe keine Lust, zweimal dasselbe Garn zu spinnen.“

„Ach herrje, die anderen!“ Olga schlug sich gegen die Stirn. „Die hätten wir jetzt fast vergessen. Los, wir müssen rennen. Die werden ganz schön sauer sein!“

Leonore stülpte Ruth wieder die korallenrote Kappe aufs Haupt, und alle drei sausten los, so schnell sie konnten.

Kriegsrat

Als die Freundinnen den Kiosk erreichten, an dem sie sich mit den anderen verabredet hatten, war von Silvy und Katrin weit und breit nichts zu sehen.

„Puh“, rief Leonore, „und dafür haben wir uns nun so beeilt!“

„Na, wenigstens können wir uns jetzt verschnaufen“, sagte Olga und warf sich auf die wenige Schritte entfernte Gartenbank.

„Ich wette, die waren hier und sind schon wieder fort“, meinte Ruth, „also wirklich, guckt doch mal auf die Uhr! Es ist schon Viertel vor vier!“

Olga erhob sich seufzend. „Das kommt davon. Jetzt

sind sie sicher böse."

„Ach wo", sagte Leonore, „so leicht beleidigt sind die bestimmt nicht. Wahrscheinlich haben sie eine Zeitlang gewartet, dann ist es ihnen zu dumm geworden, und sie sind allein ins Hallenbad gezogen."

„Also! Auf, auf und ihnen nach!" bestimmte Olga.

Sie überquerten den weiten Platz, lösten ihre Karten, schoben in die Umkleidekabine für Mädchen, zogen sich um, verstauten ihre Habseligkeiten in den abschließbaren Fächern und liefen, barfuß und in Badeanzügen, unter die Brausen. Aber sie ließen sich nur gerade Zeit, ein bißchen feucht zu werden, dann jagten sie schon in die große Schwimmhalle.

Vom Rand her entdeckten sie Katrin und Silvy im Freischwimmerbecken, winkten und riefen ihnen zu. Aber die beiden taten, als ob sie sie überhaupt nicht bemerkten.

„Auf sie mit Gebrüll!" rief Leonore, nahm einen kleinen Anlauf und ließ sich, die Beine voraus, in das tiefe Wasser plumpsen.

Olga tat es ihr nach. Ruth zögerte den Bruchteil einer Sekunde, dann folgte sie dem Beispiel der anderen. Na, wenigstens, dachte sie, während sie unterging, kann es meiner Frisur nicht schaden!

Als sie wieder auftauchte, waren Katrin und Leonore, Silvy und Olga schon in eine kleine Rangelei verwickelt, bei der jede versuchte, die andere unter Wasser zu drücken.

„Aufhören!" schrie Ruth. „Es geht um lebenswichtige Dinge! Ihr müßt vernünftig werden, Freunde!"

„Bei dir ist wohl 'ne Schraube locker?" schrie Katrin zurück und wollte sich auf die Kleine stürzen.

Aber Olga und Leonore kamen Ruth zur Hilfe. „Aufhören!“ riefen sie und: „Laßt Ruth in Ruhe! Sie hat was Tolles erlebt!“

„Ausgerechnet Ruth!?“ sagte Katrin prustend und schniefend. „Das könnt ihr eurer Großmutter erzählen!“ Sie versuchte, sich von Olga und Leonore freizustrampeln und auf Ruth zuzuschießen.

„Nein, deiner Großmutter!“ rief Ruth eifrig. „Es geht um deine Großmutter, Katrin, und um das gestohlene Geld!“

Vor Verblüffung hörte Katrin auf zu strampeln, und da Olga und Leonore sie ausgerechnet in diesem Augenblick losließen, ging sie unter wie ein Stein. Die anderen starrten auf die Stelle, wo sie eben noch gewesen war und jetzt nur noch ein paar Luftblasen aufstiegen. Leonore holte tief Atem, um nach ihr zu tauchen – da erschien Katrins braunes, mageres Gesicht mit den kohlschwarzen Augen wieder über der Oberfläche, aber durchaus nicht an der Stelle, wo sie eben versunken war, sondern genau hinter Ruth.

„Wenn du mich angeschwindelt hast, kannst du was erleben“, rief sie, schob beide Arme unter Ruths Achselhöhlen und zog wie eine gelernte Rettungsschwimmerin die Kleine mit sich an den Rand des Beckens.

Ruth ließ es sich, ohne Widerstand zu leisten, gefallen.

Die anderen kamen ihnen nach.

„Uns gegenüber hat Ruth auch behauptet, sie hätte die Diebin gesehen, die deine Oma beklaut hat, Katrin“, sagte Olga.

Katrin sah auf Ruth. „Aber die kennst du doch gar nicht!“

„Bitte, sei mir nicht böse, Katrin . . .“

„Du hast also doch geschwindelt!“

„Nein, wirklich nicht! Nur, laß mich los, sonst kann ich die Geschichte nicht von Anfang an erzählen! Katrin, du erinnerst dich doch noch an den Samstagnachmittag, als ich dich abgeholt habe, weil ich mich vor dem Riesenschäferhund fürchtete?"

Jetzt erst ließ Katrin die Freundin los. „Ja. Sicher. Da warst du bei mir. Aber das Geld ist meiner Oma ja erst ein paar Tage später gestohlen worden."

„Das weiß ich. Aber trotzdem. Hör zu . . ."

Während Ruth ihre Erlebnisse schilderte, von dem Moment an, da sie die Perücke zum ersten Mal gesehen hatte, bis vorhin, wo sie die Treppe hinunter vor ihr davon gelaufen war, hörten ihr die anderen zu, atemlos vor Spannung und doch immer noch ein ganz klein bißchen ungläubig.

„Also weißt du", sagte Katrin, als sie geendet hatte, „wenn ich so 'ne Geschichte erzählen würde, dann wüßte ich wenigstens, daß sie bestimmt geschwindelt ist . . . aber so!"

„Sie ist von Anfang bis Ende wahr", verteidigte sich Ruth, „wenn du nur wüßtest, was für ein schlechtes Gewissen ich dir gegenüber gehabt habe, Katrin!"

„Aber warum denn? Du konntest doch gar nicht wissen, daß die Perückendame etwas gegen meine Oma im Schilde führte, und, genau genommen, ist es ja bis heute noch nicht sicher, ob sie überhaupt etwas mit dem Diebstahl zu tun gehabt hat!"

„Aber sie hat sich doch sehr, sehr sonderbar benommen", sagte Olga, legte sich auf den Rücken und plantschte mit den Füßen im Wasser.

„Es kann aber auch alles nur Zufall sein", gab Leonore zu bedenken, „bisher haben wir noch nicht den leisesten

Beweis dafür, daß Ruths Verdacht wirklich stimmt. Mein Vater sagt immer, man darf keinen Menschen verurteilen, bevor man nicht einwandfrei beweisen kann, daß er wirklich schuldig ist."

„Wie dem auch sei", erklärte Silvy mit einer bei ihr ganz ungewohnten Großmut, „ich finde es ungeheuerlich, daß Ruth die Perückendame zu verfolgen gewagt hat, wo sie sie für eine Verbrecherin hielt. Ganz ehrlich, ich weiß nicht, ob ich den Mut dazu gefunden hätte."

Ruth wurde ganz rot vor Freude und Verlegenheit.

„Das ist unbestritten", stimmte auch Katrin zu, „Ruth hat sich selber übertroffen! Ich bin noch immer ganz baff! Und daß sie mit dieser gefährlichen Person geredet hat . . ."

„Man tut, was man kann", sagte Ruth bescheiden, und dann tauchte sie vor lauter Verlegenheit unter.

„Ruth hat sich fabelhaft gehalten", sagte Katrin, als die Kleine es nicht mehr hören konnte, „ich hätte ihr das gar nicht zugetraut!"

Die anderen stimmten ihr rückhaltlos zu.

„Die Frage ist nur, wie soll es weitergehen", sagte Silvy.

„Das, glaube ich, sollten wir Ruth entscheiden lassen", meinte Leonore. „Komm her, Ruth, sag uns, was wir jetzt tun sollen!"

Ruth, die inzwischen wieder aufgetaucht war, tippte sich mit dem Zeigefinger der rechten Hand auf die Brust, während sie mit der linken paddelte, um über Wasser zu bleiben. „Ich!?" fragte sie geradezu bestürzt.

„Ja, du!" riefen die anderen im Chor.

„Aber ich habe keine Ahnung!"

Die anderen sahen sich an und mußten zugeben, daß es ihnen genauso erging. Sie überlegten hin und her, aber es kam nichts Vernünftiges dabei heraus.

Endlich sagte Leonore: „Wißt ihr was? Eigentlich sind wir doch hierhergekommen, um zu schwimmen, und ich meine, das sollten wir jetzt auch tun. Es hat ja keinen Zweck, immer nur am Rand herumzuplätschern, schließlich haben wir doch Eintritt gezahlt, und langsam fängt es an, mir um mein gutes Taschengeld leid zu tun!"

„Sehr richtig!" rief Ruth. „Ich wollte doch Kopfsprung lernen!"

„Also dann los!" stimmte Katrin zu und war schon bei der Treppe.

Die Mädchen begannen den Kopfsprung vom Rand aus zu üben, wie Fräulein Freysing es ihnen gezeigt hatte, und Ruth, die ja durchaus keine schlechte Turnerin war, stellte sich ganz geschickt an, nachdem sie erst einmal ihre größte Angst überwunden hatte.

„Na siehst du", lobte Katrin, „du mußt dir nur immer klarmachen, daß dir eigentlich gar nichts passieren kann, außer daß du ein bißchen aufklatschst, und schlimmer als damals kann das nicht werden! Soviel Pech hast du sicher nicht wieder!"

Zum guten Schluß gelang Ruth sogar ein ganz ordentlicher Köpfer vom Startblock aus, aber danach zitterten ihr, obwohl sie natürlich stolz und glücklich war, die Knie vor Aufregung, und sie war heilfroh, als Leonore erklärte, daß es nun genug sein müsse.

„Man soll nichts übertreiben", sagte sie, „immerhin haben wir soviel geschafft, daß Fräulein Freysing die Augen aus dem Kopf fallen werden!"

„Und wenn sie uns nächste Woche wieder nicht schwimmen läßt", stimmte Olga ihr zu, „dann gehen wir fünf eben wieder hierher!"

Damit waren alle einverstanden. Vergnügt liefen sie unter die Brausen und verzogen sich von da aus in den Umkleideraum. Sie lachten und schwatzten durcheinander, aber wie auf Verabredung erwähnte keine von ihnen mehr den Diebstahl und Ruths Verdacht. Erst als sie wieder auf dem Platz vor dem Hallenschwimmbad standen, mit blanken Gesichtern und feuchtem, gestriegeltem Haar, kam Katrin auf das alte Thema zurück.

Erst drehte sie sich nach allen Seiten um, als wenn sie sich vergewissern wollte, daß kein Unbefugter mithörte, dann sagte sie leise, mit einem verschwörerischen Flüstern: „Freunde, ich hab's! Wir müssen den Kriminalinspektor einweihen!"

„Au ja!" rief Silvy. „Das ist eine schnafte Idee! Zum Polizeipräsidium ist es von hier aus ja auch gar nicht weit. Laßt uns gleich gehen!"

„Ja, ziehn wir los!" rief auch Olga ganz begeistert.

„Ihr doch nicht", sagte Katrin, „sondern bloß wir, Ruth und ich, ihr anderen seid dabei völlig überflüssig."

„Aber wieso denn!?" protestierte Silvy. „Schließlich geht die Sache uns doch auch etwas an!"

„Katrin hat ganz recht", sagte Leonore, „wenn wir zu fünfen wie eine Herde Affen dort auftauchen, kann uns der Kriminalinspektor unmöglich ernst nehmen." Sie legte ihre Hand auf Olgas Arm. „Das mußt du doch einsehen!"

Olga zog ihren Arm brüsk zurück. „Danke. Ihr braucht mir nichts zu erklären. Ich merke sehr gut, wenn ich überflüssig bin." Sie warf den Kopf mit den leuchtendroten Locken in den Nacken und marschierte davon.

„Olga, Menschenskind, spinn nicht!" rief Leonore und rannte ihr nach. „Es geht doch nicht um dich! Silvy und ich sind genauso überflüssig, nur, im Gegensatz zu dir, sehen wir es ein." Es gelang ihr, Olga zurückzuziehen.

„Ich nicht", erklärte Silvy stur, „ich sehe es durchaus nicht ein, warum ich ausgebootet werden soll, wenn es gerade eben anfängt, interessant zu werden."

„Einverstanden", sagte Ruth, „dann geh du mit Katrin, und ich bleibe draußen."

Sie wurde rot, als die anderen sie anstarrten, und dann brach Katrin in ein so unbändiges Lachen aus, daß die Freundinnen einfach einstimmen mußten.

„Mensch, du hast Begriffe!" schrie Katrin. „Du bist doch die Hauptperson."

„Aber ich könnte mit Ruth gehen", sagte Silvy.

„Quatsch", widersprach Leonore, „du hast mit der ganzen Sache nichts zu tun. Bloß Katrin. Deren Großmutter ist ja beklaut worden. Nicht deine."

„Wißt ihr was?" schlug Katrin vor. „Ihr begleitet uns bis zum Präsidium und wartet, bis wir wieder rauskommen. Dann könnt ihr brühwarm erfahren, was wir drinnen erlebt haben."

Damit erklärten sich, nach einigem Hin und Her, alle einverstanden, und selbst Olga hörte auf, Gesichter zu ziehen, da sie endlich begriff, daß es Leonore und Silvy ja auch nicht besser ergehen sollte als ihr selber.

Nur Ruth war bedrückt. Die Vorstellung, einem gestrengen Kriminalinspektor Rede und Antwort stehen zu müssen, paßte ihr gar nicht. Aber jetzt gab es kein Zurück mehr, wenn sie die gute Nummer, die sie sich inzwischen bei den anderen erworben hatte, nicht verderben wollte. Jetzt hieß es in den sauren Apfel beißen.

Ruth als Detektivin

Als die beiden Mädchen die große, niedrige Halle des Polizeipräsidiums mit den vielen Steckbriefen an den Wänden betraten, klammerte Ruth sich ganz fest an Katrins Hand. „Du darfst mich nicht allein lassen", flüsterte sie, „versprich mir das bitte!"

„Wie käme ich denn dazu!"

„Auch dann nicht, wenn sie mich von einer Kriminalbeamtin verhören lassen wollen."

„Unsinn, wer spricht denn von verhören! Paß auf, das wird eine ganz freundschaftliche Unterhaltung. Der Kriminalinspektor kann ja froh und glücklich sein, daß wir uns überhaupt freiwillig bei ihm melden."

Aber zuerst sah das gar nicht so aus.

Sie betraten den Wachraum, in dem verschiedene uniformierte Polizisten hinter einer hölzernen Barriere saßen und miteinander sprachen.

Katrin drängte sich, Ruth an der Hand, zu einem jungen Polizisten vor, der gerade eine Frau abgefertigt hatte. „Guten Tag", sagte sie sehr laut und deutlich, „ich möchte, bitte, Kriminalinspektor Maurer sprechen!"

„Warte gefälligst, bis du an der Reihe bist", erklärte der Polizist durchaus nicht freundlich.

Aber Katrin ließ sich nicht einschüchtern. „Ich will ja gar nicht zu Ihnen, sondern zu dem Kriminalinspektor. Sagen Sie uns nur die Zimmernummer, und Sie sind uns los!"

„Da könnte jeder kommen."

„Aber der Kriminalinspektor wird sich freuen; wir haben ihm etwas sehr, sehr Wichtiges zu sagen!“

„Das könnt ihr mir gleich erzählen. Setzt euch erst mal hin.“ Der Polizist wies auf eine lange hölzerne Bank.

Katrin beugte sich vor und erklärte mit einem Bühnenflüstern, das deutlich bis in die letzte Ecke des Raumes drang: „Es geht um ein Verbrechen!“

Ein älterer Polizist mischte sich ein. „Ruf doch mal den Inspektor an, Otto“, sagte er, „vielleicht ist er ja bereit, sich die Mädchen mal anzuhören.“

Mit finsterem Gesicht griff der junge Polizist zum Telefonhörer, wählte eine zweistellige Nummer und sagte in den Apparat hinein: „Herr Inspektor, hier sind zwei Mädchen, die wollen Sie unbedingt sprechen . . . behaupten, über wichtige Informationen bezüglich eines Verbrechens zu verfügen! Nein, sie bestehen darauf, mit Ihnen persönlich zu sprechen . . .“ Er machte ein Pause, sagte dann: „Gut, ich schick sie rauf!“

Er knallte den Hörer auf die Gabel, wandte sich an Katrin und sagte unwirsch: „Zimmer 217, zwoter Stock!“

„Danke“, sagte Katrin mit einem tiefen Knicks, „das war wirklich reizend von Ihnen!“

Sie zog Ruth hinter sich her aus dem Wachraum. „Siehst du, es hat geklappt!“

„Mir ist schon ganz flau im Magen“, stöhnte Ruth.

„Mach dir nichts draus, das geht vorüber!“

Sie stürmten die breite, geschwungene Treppe mit den flachen Stufen hinauf, zum ersten Stock und höher zum zweiten. Die Wände wirkten ungeheuer dick. Sie waren bis zu halber Höhe grau gestrichen, darüber weiß. Der Verputz war an vielen Stellen abgeblättert. Sie liefen durch einen langen Gang und fanden das Zimmer 217. An der

Türe war ein Schildchen in einem kleinen Rahmen befestigt, auf dem „Kriminalinspektor Maurer“ stand.

„Hier sind wir richtig“, erklärte Katrin und klopfte kräftig an.

„Herein“, ertönte eine tiefe Stimme von innen.

Ruth zuckte zurück und wäre vielleicht davongelaufen, weil ihr ganzer neu erworbener Mut sie im letzten Moment doch verließ, wenn Katrin sie nicht eisern festgehalten hätte. Hintereinander betraten sie ein helles kleines Zimmer. Ein Herr mit einer spiegelnden Glatze und klugen Augen blickte flüchtig auf, als sie eintraten, wies auf zwei Stühle vor seinem Schreibtisch und vertiefte sich wieder in ein Aktenstück.

Katrin und Ruth setzten sich gehorsam. Ruth stellte ihre korallenrote Badetasche neben den Stuhl, und Katrin legte ihr Bündel mit dem nassen Badezeug darauf. Ruth nahm ihre Kappe ab und drehte sie nervös zwischen den Fingern, und Katrin wippte mit den Beinen. Beide betrachteten aufmerksam jeden Gegenstand in dem kleinen Raum. Aber viel gab es da nicht zu sehen: den Schreibtisch, einen Rollschrank, Kriminalinspektor Maurer, eine Zimmerlinde auf dem Fensterbrett.

„Fehlt bloß noch ein Kanarienvogel“, platzte Katrin plötzlich heraus.

„Schcht! Still!“ mahnte Ruth erschrocken.

Jetzt endlich hob der Kriminalinspektor den Blick und sah sie, eine nach der anderen, aufmerksam an.

„Dich kenne ich doch“, sagte er dann zu Katrin.

„Klar, Herr Inspektor, deshalb wollte ich ja unbedingt mit Ihnen sprechen!“

„Und möchtest du mir bitte verraten, um was es sich handelt?“

Katrin riß die schwarzen Augen auf. „Ja, erinnern Sie sich denn nicht mehr?"

Der Kriminalinspektor strich sich über seine Glatze. „Hm, laß mich nachdenken! Ja, ich glaube, jetzt fällt es mir wieder ein: Du bist das Mädchen aus dem Hochhaus, dessen Großmutter bestohlen worden ist!"

„Genau", sagte Katrin eifrig, „und dies hier ist meine Freundin Ruth! Sie hat die Diebin gesehen und kann Ihnen eine genaue Beschreibung liefern. Sie brauchen sie aber nicht von einer Beamtin verhören lassen, sie wird Ihnen ganz von selber alles erzählen, was sie weiß."

„Hochinteressant", sagte der Kriminalinspektor, „aber wenn ich mich nicht täusche, liegt der Fall doch schon etwa drei Wochen zurück."

„Stimmt, aber erst heute hat Ruth die Frau wieder gesehen und sich entschlossen, alles zu erzählen. Vorher hat sie sich nicht getraut. Sie ist nämlich ein bißchen schüchtern oder, besser gesagt, sie war es. Inzwischen hat sie sich gemausert, müssen Sie wissen."

Der Kriminalinspektor sah Ruth an. „Du wußtest also von dem Fall, hast die Frau beobachtet, entschließt dich aber erst heute zu sprechen, kannst aber dann gleich eine genaue Beschreibung liefern?"

„Ich weiß, das klingt verrückt", kam Katrin der Freundin zur Hilfe, „aber tatsächlich hat sie die Diebin ja am Samstag vor der Tat beobachtet, und zuerst wußte sie gar nicht, ob und wie das alles zusammenhing. Aber jedenfalls war sie dabei, wie eine verdächtige Frau sich am Samstagnachmittag nach meiner Großmutter erkundigt hat! Das haben doch auch die beiden Kinder ausgesagt."

„Und du hast es natürlich deiner Freundin erzählt!"

Ruth rutschte von ihrem Stuhl, griff nach ihrem Badebeutel und wollte zur Türe.

„Hiergeblieben!“ befahl Katrin energisch. „Laß dich nicht einschüchtern, Ruth! Der Herr Kriminalinspektor ist von Berufs wegen ein mißtrauischer Mann. Ist es nicht so?“

Jetzt mußte er lächeln. „Da kannst du recht haben.“

Ruth gab sich einen Ruck. „Ja, Katrin hat es mir erzählt“, sagte sie, „aber ich habe es schon vorher gewußt, weil ich ja dabei war! Und wenn die beiden Kinder, die vor dem Hochhaus Rollschuh liefen, so lang und breit verhört worden sind, wie Katrin behauptet, dann müssen sie doch auch etwas von mir erwähnt haben, denn ich stand ja dabei!“

„Moment mal. Das werden wir gleich haben.“

Der Kriminalinspektor griff hinter sich, ließ die Jalousie seines Rollschrankes heruntersausen und zog ein Aktenstück heraus. Er schlug es auf, blätterte und fand, was er gesucht hatte.

„Stimmt. Die beiden haben von einem Mädchen gesprochen, das die Fragen der Frau mit angehört haben muß. Sie schildern das Mädchen als blond, nicht sehr groß, mit einer komplizierten Frisur!“

Ruth errötete unter seinem Blick, aber sie streckte kampfbereit ihr kleines Kinn vor. „Ich habe meine Frisur inzwischen geändert, Herr Inspektor, und außerdem komme ich gerade vom Baden!“ Dann fiel ihr etwas ein. „Augenblick mal, ich habe ja meinen Schülerausweis bei mir!“ Sie gab Katrin das Badezeug zum Halten, kramte in ihrer Tasche, brachte den Ausweis auch wirklich zum Vorschein, schlug ihn auf und reichte ihn dem Kriminalinspektor. „Da, sehen Sie selber! Das war eine meiner früheren Frisuren!“

Der Kriminalinspektor betrachtete das Bild, betrachtete Ruth und sagte dann: „Mir scheint, ich habe dir Unrecht getan. Entschuldige, bitte. Aber es ist immer besser, einmal jemandem grundlos zu mißtrauen, als auf einen Schwindel hereinzufallen." Er gab ihr den Ausweis zurück. „Also, nun berichte mal, was du beobachtet hast."

Ruth erzählte ihre ganze Geschichte noch einmal, anfangs stockend, dann immer geläufiger. Der Kriminalinspektor hörte ihr zu, sah aber inzwischen immer wieder in die Akten, um ihre Erzählung mit den bereits ermittelten Tatsachen zu vergleichen. Das merkte Ruth natürlich, aber es machte sie nicht unsicher, sondern nur ärgerlich.

„Das war's", schloß sie, „und wenn Sie mir immer noch nicht glauben, können Sie ja bei Frau Mühlberger anfragen. Die wird bestimmt bestätigen, daß ich heute nachmittag bei ihr war und sie gewarnt habe."

„Aber, aber, nur nicht gleich böse werden. Ich glaube dir schon, junge Dame. Alles, was du erzählt hast, stimmt aufs I-Tüpfelchen. Aber jetzt sei so gut und gib mir mal eine möglichst genaue Beschreibung von der verdächtigen Dame."

„Sie trug eine Perücke", sagte Ruth, „deshalb ist sie mir ja sofort aufgefallen, eine dunkle Perücke mit einer einfachen Frisur. Das ist nämlich höchst selten, weil Leute, die sich Perücken anfertigen lassen, ja meist elegant aussehen wollen. Heute nachmittag habe ich übrigens ein bißchen von ihrem echten Haar gesehen, es guckte unter der Perücke heraus. Es war rotblond."

„Rotblond", sagte der Kriminalinspektor, „das hilft uns weiter." Er machte sich eine Notiz.

„Das wird Ihnen nicht viel nutzen, Herr Inspektor", sagte Ruth weise, „die Haarfarbe bedeutet heutzutage gar nichts. Manche Frauen färben sich die Haare wie verrückt. Jede Woche eine andere Tönung. Das weiß ich von meiner Mutter."

„Mir scheint, man sollte jemanden wie dich in den Ermittlungsdienst nehmen", sagte der Kriminalinspektor etwas spitz.

„Später vielleicht", entgegnete Ruth ganz gelassen, „aber vorläufig gehe ich ja noch auf die Schule."

Zum Glück verstand Kriminalinspektor Maurer Spaß. „Eins zu null für dich", sagte er, „also weiter!"

„Sie hatte eine helle Haut und helle Augen, grau, wenn ich mich recht erinnere, also kann man annehmen, daß sie von Natur aus tatsächlich blonde oder jedenfalls helle Haare hatte", fuhr Ruth fort. „Mir fiel gleich auf, daß ihr Gesicht älter wirkte als der Hals. Meist ist es ja umgekehrt. Das läßt darauf schließen, daß sie sich auf alt geschminkt hat. Auch die Art, wie sie die Treppe herunterlief, wirkte jünger als ihr Aussehen. Sie hat eine schlanke, gute Figur und am Kinn ein überpudertes Muttermal."

„Ausgezeichnet", lobte der Kriminalinspektor, „ich wünschte nur, alle meine Beamten könnten so gut beobachten. Für wie alt hast du die Person denn geschätzt?"

„Schwer zu sagen. Sie wollte wohl für ein Frau zwischen dreißig und vierzig gelten, war aber mindestens zehn Jahre jünger."

„Wie groß?"

Ruth stand auf und reckte die Hand. „So groß etwa."

„Also sagen wir eins siebzig." Wieder machte er sich eine Notiz. „Sonst noch was?"

„Nicht daß ich wüßte. Wie sie gekleidet war, habe ich ja schon beschrieben."

„Glaubst du, daß du die Frau nach einer Fotografie

wieder erkennen könntest?"

„Keine Ahnung", sagte Ruth, „man kann sich so verschieden schminken, die Augenbrauen anders rupfen und den Mund anders nachziehen . . ."

„Na, wir werden es immerhin versuchen." Der Kriminalinspektor telefonierte zur Ermittlungsabteilung, und bald darauf brachte ein junger Mann einen ganzen Stoß graugrüner Fotoalben herein. Sie waren gefüllt mit Fotos von Frauen, die von vorne, von der linken und der rechten Seite geknipst waren. Ruth betrachtete jedes einzelne, und Katrin guckte ihr dabei über die Schulter. Aber die Perükkendame war nicht darunter; jedenfalls fand Ruth sie nicht heraus, so aufmerksam sie die Bilder auch studierte.

„Schade", sagte der Kriminalinspektor, „aber immer noch besser, du gibst es zu, als wenn du so tätest, als würdest du sie auf einem der Fotos erkennen. Auch das haben wir schon erlebt."

„Und wie soll es nun weitergehen?" fragte Katrin, als Ruth das letzte Album auf den Schreibtisch zurückgelegt hatte.

„Ruth gibt mir ihre Adresse, und falls wir noch mal eine Frage haben . . ."

„Nein, das meine ich nicht", sagte Katrin. „Wie wollen Sie die Diebin fangen?"

„Ach, die wird uns schon irgendwann mal ins Netz gehen."

„Und vorher hat sie womöglich noch soundsoviel alte Menschen bestohlen!" rief Ruth.

„Verlaßt euch darauf, wir werden unser Bestes tun, sie so schnell wie möglich unschädlich zu machen." Der Kriminalinspektor lächelte leicht. „Zudem sind tausend Mark Belohnung für ihre Verhaftung ausgesetzt."

„Und wir, wie können wir Ihnen dabei helfen?“ fragte Katrin.

„Gar nicht. Kleine Mädchen wie ihr gehören in die Schule. Seht zu, daß ihr gute Zensuren nach Hause bringt. Das Fangen von Verbrechern überlaßt besser der Polizei.“

Das war nun eine Antwort, die Katrin und Ruth ganz und gar nicht befriedigte. Beide fanden Kriminalinspektor Maurer recht undankbar. Aber sie konnten nichts tun, sondern mußten sich damit abfinden.

Auch die Freundinnen, die geduldig unten gewartet hatten, waren ziemlich enttäuscht. Alle hatten sich den Verlauf der Dinge ganz anders vorgestellt. Sie hatten gehofft, der Kriminalinspektor würde nach Ruths Beschreibung sofort sagen: „Aha, jetzt weiß ich, wer es gewesen ist!“ Und er würde losfahren, die Betrügerin zu verhaften.

„Damit ist es nun Essig“, sagte Silvy seufzend, „aber immerhin, wir haben getan, was wir konnten. Wir brauchen uns keine Vorwürfe mehr zu machen.“

Alarmstufe eins

Wahrscheinlich wäre der Fall der Perückendame sang- und klanglos in der Versenkung verschwunden – jedenfalls für die Mädchen von der 6. Klasse –, wenn nicht wenige Tage später die Osterferien begonnen hätten, vierzehn freie, wunderbare Tage, in denen man eine Menge anstellen, aber sich auch, wenn man Pech hatte, tüchtig langweilen konnte.

Ausnahmsweise blieben sie alle in diesen beiden freien

Wochen zu Hause. Ruths Eltern konnten nicht fort wegen des Geschäftes, Müllers wollten nicht, weil Leonores Vater gegen die ewige Autoraserei war, Herr Helwig, Olgas Vater, hatte nur die Feiertage frei, Frau Bär war froh, einmal gemütlich in ihrer neuen Wohnung bleiben zu können, und Silvys Vater, der normalerweise jede Gelegenheit benutzte, um mit seiner Familie ins Grüne zu fahren, hatte eine schwere Gelbsucht bekommen und war nicht reisefähig.

So kam es, wie es vorauszusehen war. Die Freundinnen verabschiedeten sich am letzten Schultag so feierlich, als wenn sie sich mindestens vier Wochen nicht mehr sehen würden, aber schon am übernächsten Tag versammelten sie sich, ganz ohne Absprache, in Leonores gemütlichem Mansardenzimmer. Das Wetter, das bisher so schön gewesen war, war plötzlich umgeschlagen; es regnete in Strömen, die Welt sah grau in grau aus, und die Langeweile hatte die Mädchen zusammengeführt.

Natürlich gaben sie es nicht zu, denn wer stellt sich schon gerne das Armutszeugnis aus, daß er mit seiner freien Zeit nichts anzufangen weiß! Aber sie stöhnten vereinzelt und im Chor über das schlechte Wetter, überlegten, was man anfangen könnte, um die heiß ersehnten Osterferien doch zu einem Erfolg zu gestalten, und ganz unwillkürlich kam das Gespräch auch auf die Perückendame.

„Zu schade, daß der Kriminalinspektor so stur war!" sagte Katrin und kuschelte sich gemütlich in die hinterste Ecke von Leonores tagsüber als Couch hergerichtetem Bett. „Er wollte einfach nicht einsehen, was für eine Hilfe wir ihm hätten sein können."

„So sind nun mal die Männer", erklärte Olga weise, die

4 9403-12

sehr schlechte Erfahrungen mit ihren beiden Brüdern gemacht hatte.

„Ob wir ihn nicht doch noch überzeugen könnten?" meinte Silvy.

„Den? Nie!" behauptete Ruth im Brustton der Überzeugung. „Ihr hättet miterleben sollen, wie der uns behandelt hat. Wir konnten ja von Glück sagen, daß er sich überhaupt gnädigst herbeigelassen hat, uns zu glauben."

„Dann", sagte Leonore, „darf er sich auch nicht beklagen, wenn wir auf eigene Faust etwas unternehmen!"

Eine Sekunde lang starrten alle Leonore mit weit aufgerissenen Augen schweigend an. Man hörte nichts als den Regen, der auf das Mansardenfenster trommelte, und das leichte Schniefen von Katrin, die sich erkältet hatte.

Aber sie war die erste, die sich gefaßt hatte. „Du sprichst ein großes Wort gelassen aus!" rief sie und begann vergnügt auf der Couch herumzuhopsen. „Freunde, das ist die Idee des Jahrhunderts! Gehen wir auf Verbrecherjagd!"

Die anderen stimmten in ihre Begeisterung ein, nur Ruth gab zaghaft zu bedenken: „Bei dem Wetter?!"

„Na, hör mal!" rief Silvy. „Das wäre ja noch schöner, wenn Verbrecher bei schlechtem Wetter ungeschoren davonkämen!"

Leonore wartete, bis der erste Sturm sich gelegt hatte, dann sagte sie: „Wir müssen uns einen Plan machen!"

Das sahen alle ein, und sie begannen, sich die Köpfe zu zerbrechen. Aber was dabei herauskam, war nicht viel. Olga machte den Vorschlag, daß jeder ein bestimmtes Stadtviertel durchstreifen sollte, und da niemandem etwas Besseres einfiel, wurde er angenommen.

„Dann ziehen wir also gleich morgen los", sagte Olga.

„Warum nicht jetzt?" rief Katrin.

Dazu hatte niemand große Lust, aber keines der Mädchen wollte das zugeben. Sie erhoben sich seufzend und unwillig, als wenn sie eine schwere und unangenehme Aufgabe vor sich hätten, und hatten fast schon vergessen, daß sie sich ja ganz freiwillig auf diese Sache einließen.

Sie machten aus, welche Stadtviertel jede von ihnen übernehmen sollte.

„Aber wenn wir die Perückendame nun gefunden haben“, piepste Ruth, „wie soll's dann weitergehen?“

„Dann, ja, dann ...“ Katrin legte den Finger an die Nase, „muß diejenige welche ihr natürlich auf den Fersen bleiben!“

„Und ... weiter?“ fragte jetzt auch Olga.

„Sie darf sich nicht abschütteln lassen!“

„Du weißt nicht, wie so etwas ist“, sagte Ruth, „ich habe es schon einmal erlebt. Es kommt der Moment, wo man völlig aufgeschmissen ist.“

„Ja, man muß eine Möglichkeit haben, die anderen zur Unterstützung zu holen“, sagte Leonore, „deshalb ist es am besten, wenn eine von uns zu Hause bleibt und Telefondienst macht. Am besten fange ich heute damit an. Ihr müßt euch alle Stunde bei mir melden, damit ich euch, wenn jemand die Perückendame tatsächlich aufgestöbert hat, dorthin dirigieren kann.“

„Alle Stunde anrufen“, murrte Olga, „das wird ein teurer Spaß.“

„Muß es uns wert sein“, erklärte Silvy.

„Probieren wir es heute mal so“, sagte Leonore, „vielleicht fällt uns bis morgen was Besseres ein.“

Sie sah zu, wie die Freundinnen sich in ihre Regenmäntel pellten, und brachte sie hinunter zur Haustüre. Sie winkte ihnen nach, bis sie im Regen verschwunden waren. Dann zog sie sich mit einem dicken Schmöker in das Arbeitszimmer ihres Vaters zurück, das tagsüber, während Rechtsanwalt Dr. Müller in seiner Kanzlei war, natürlich leer stand.

Leonore hatte keine große Hoffnung, daß eines der Mädchen die Perückendame tatsächlich entdecken würde, genauer gesagt, sie hielt es für völlig ausgeschlossen. Aber sie machte sich keine Gedanken darüber. Es war für sie eben ein Spiel wie jedes andere, und sie hoffte nur, daß es Spaß machen würde.

Genau eine Stunde nach dem Abgang der Freundinnen klingelte zum ersten Mal das Telefon. Leonore nahm den Hörer ab, meldete sich und hörte Katrins Stimme.

„Im Westen nichts Neues", sagte Katrin, „es regnet noch immer . . . hatschi . . . und ich kriege kalte Füße!"

„Willst du weitermachen?" fragte Leonore.

„Na klar. Auf diese Weise lerne ich doch mal unsere alte Stadt kennen. Ich habe überhaupt nicht gewußt, daß es hier so interessante Straßen gibt, fremder könnte die Gegend für mich in London auch nicht sein."

„Dann melde dich, bitte, in einer halben Stunde wieder."

Die nächste, die anrief, war Ruth. Auch sie hatte nichts Verdächtiges entdeckt.

„Du, halte mich nicht für einen Feigling", sagte sie, „aber ich rufe von zu Hause an. Ich habe ja die Innenstadt übernommen, und da fand ich es gar keine schlechte Idee, mich zwischendurch mal aufzuwärmen."

Leonore lachte. „Deshalb brauchst du dich doch nicht zu entschuldigen! Du lieber Himmel, nimm den ganzen Quatsch bloß nicht zu ernst!"

Ruth seufzte erleichtert. „Bin ich froh, daß du die Sache so ansiehst! Trotzdem werde ich mich nachher noch mal auf die Socken machen, schon der anderen wegen."

Fünf Minuten später rief Olga an. Auch sie hatte nichts Besonderes gesehen.

„Na, und wie geht es dir sonst?“ fragte Leonore.

„Grauenhaft“, jammerte Olga, „ich wollte es ja vorhin vor den anderen nicht sagen, aber diese Detektivspielerei ist doch die blödeste Kateridee, von der ich je gehört habe!“

„Es zwingt dich ja niemand“, erklärte Leonore, „warum gehst oder fährst du nicht einfach nach Hause?“

„Meinst du wirklich, das könnte ich tun?“

„Unbedingt. Herauskommen tut bei dieser Herumsauserei doch bestimmt nichts.“

„Dann begreife ich nicht, warum wir überhaupt erst losgejagt sind!“ rief Olga ganz empört.

Leonore mußte lachen. „Du scheinst zu vergessen, daß der Vorschlag von dir kam!“

„Was?!“

„Hundertprozentig, Olga, ich erinnere mich ganz genau. Aber jetzt kränk dich nicht, es ist ja alles halb so schlimm. Fahr nach Hause und nimm ein heißes Bad. Morgen treffen wir uns wieder bei mir.“

Langsam bekam Leonore ein schlechtes Gewissen. Es kam ihr nicht ganz anständig vor, daß sie gemütlich und trocken zu Hause saß, während die anderen im strömenden Regen umherliefen und sich die Augen nach einer Verbrecherin aussahen, die vielleicht schon längst nicht mehr in der Stadt war. Außerdem beunruhigte es sie, daß Silvy nicht anrief. Aber vielleicht hatte sie es vorhin versucht, während sie mit einer von den anderen gesprochen hatte, und die Leitung besetzt gefunden.

Leonore kauerte sich wieder in den Sessel ihres Vaters, mit angezogenen Knien, und versuchte sich in ihr Buch zu vertiefen, ohne auch nur ein einziges Wort begriffen zu haben.

Immer wieder sah Leonore auf die Uhr. Unheimlich langsam verstrichen die Minuten. Es sah Silvy so gar nicht ähnlich, nichts von sich hören zu lassen. Sie war doch sonst so ausgesprochen zuverlässig!

Als endlich dann doch das Telefon klingelte, war Leonore mit einem Satz auf den Beinen; das dicke Buch fiel zu Boden. Aber sie kümmerte sich nicht darum, riß den Hörer an ihr Ohr und meldete sich atemlos.

„Na endlich!" rief sie, als sie Silvys Stimme hörte. „Ich dachte schon . . ."

„Ich hab sie gefunden!" schrie Silvy.

„Was?"

„Ich habe die Perückendame gefunden! Ich habe sie quer durch die Stadt verfolgt, deshalb konnte ich nicht eher anrufen!"

„Und wo ist sie jetzt?"

„Im Kino."

„Na, großartig. Dann kommen wir alle zu dir hin."

„Hoffentlich erreichst du die anderen."

„Laß mich nur machen. Welches Kino ist es denn?"

„Das ‚Odeon'!"

„Gut. Behalte den Eingang im Auge."

„Für wie blöd hältst du mich eigentlich?" Es knackte in der Leitung; Silvy hatte aufgehängt.

Jetzt war Leonore ganz aufgeregt. Nicht zu glauben, daß Olgas verrückter Plan doch zu einem Erfolg geführt haben sollte, und noch dazu so schnell! Am liebsten wäre sie sofort losgesaust. Aber das ging natürlich nicht.

Zuerst rief sie bei Kleibers an und bekam Ruth an den Apparat.

„Ach, du bist es, Leonore? Ich wollte gerade nochmal losziehen!“ sagte die Kleine voll schlechten Gewissens.

„Gut, daß du es noch nicht getan hast! Silvy hat die Perückendame gefunden. Wir treffen uns so rasch wie möglich vor dem ‚Odeon‘, Ende.“

Auch Olga war inzwischen nach Hause gekommen. Sie war erst durchaus nicht erfreut über den Anruf; als sie aber begriff, was Leonore ihr zu sagen hatte, war ihre schlechte Laune wie fortgeblasen. Sie war sofort bereit, sich noch einmal in den Regen hinauszustürzen.

Jetzt fehlte nur noch Katrin.

Aber Leonore hatte nicht die Nerven, auf ihren Anruf zu warten. Sie brachte einen ihrer jüngsten Brüder dahin, den Telefondienst zu übernehmen, und schärfte ihm ein, Katrin zum Odeon zu schicken.

Dann raste sie los. Sie erwischte den nächsten Omnibus und erreichte eine Viertelstunde später den Platz vor dem Odeon. Aber Ruth war schneller gewesen. Sie stand schon mit Silvy unter dem weit überstehenden Dach des Portals.

Silvy war gerne bereit, nochmal zu erzählen, wie und wo sie die Perückendame entdeckt hatte, nämlich in einem Café, wo sie sich für den weiteren Regenspaziergang stärken wollte, und wie sie ihr dann kreuz und quer durch die Stadt gefolgt war. Sie wiederholte diesen dramatischen Bericht noch einmal, als Olga antanzte, diesmal mit vielen interessanten Ausschmückungen, die sie beim ersten- und zweitenmal vergessen hatte oder die ihr erst nachträglich eingefallen waren. Sie sonnte sich – und dem tat der strömende Regen durchaus keinen Abbruch – in der Bewunderung ihrer Freundinnen.

Erst nach einer ganzen Weile waren die vier soweit, daß sie darüber nachdenken konnten, wie es nun weitergehen sollte. Olga schlug vor, die Kriminalpolizei zu benachrichtigen. Aber dagegen war Ruth ganz und gar. So einigte man sich denn darauf, daß zwei von ihnen, nämlich Olga und Ruth, die Perückendame vom Kino aus weiter beschatten sollten, die anderen beiden, Silvy und Leonore, sollten sie nach etwa einer Stunde ablösen. Sie waren entschlossen, sich der Verbrecherin so lange an die Fersen zu heften, bis sie zumindest herausbekamen, wo sie wohnte.

„Aber ich muß um spätestens sieben Uhr zu Hause sein", gab Ruth zu bedenken.

„Ich auch!" rief Leonore.

„Und ich um acht", sagte Olga.

„Das darf uns nicht an der Ausübung unserer Pflicht hindern", erklärte Silvy wichtigtuerisch, „ wir müssen eben unsere Eltern dahin kriegen, daß sie uns heute ausnahmsweise länger draußen bleiben lassen!"

„Und wenn uns das nicht gelingt?" fragte Ruth mit einem Anflug ihrer alten Zaghaftigkeit.

„Müssen wir eben auskneifen!"

Bei dieser Vorstellung war es Olga, Ruth und Leonore durchaus nicht wohl zumute, aber sie widersprachen nicht, denn sie wollten sich von Silvy nicht auslachen lassen, und außerdem war ja auch noch gar nicht heraus, ob es jemals so weit kommen würde.

Silvy ging zur Kinokasse und erfuhr, daß der Film kurz vor sechs Uhr aus war. Wenn sie Glück hatten, ging die Perückendame von hier aus ja direkt nach Hause, und wenn nicht, konnte man immer noch weitersehen.

Schon trafen mehr und mehr Leute ein, die in die Spätnachmittagsvorstellung wollten. Sie standen vor der Kasse an und drängten sich in der Eingangshalle, um

Schutz vor dem Regen zu finden.

„Wir müssen gut aufpassen, daß sie uns nicht durch die Lappen geht“, flüsterte Silvy den anderen zu.

„Schade, daß Katrin nicht dabei sein kann“, meinte Ruth.

„Pah“, sagte Silvy, „das schaffen wir ohne die!“

„Daran zweifle ich gar nicht“, sagte Ruth, „ich find's bloß schade!“

Aber dann traf Katrin doch noch ein. Gerade im letzten Augenblick, als die Türen zum Vorstellungsraum schon geöffnet worden waren und das Publikum begann, auf die Straße hinauszuströmen. Es blieb keine Zeit, ihr irgend etwas zu erklären.

„Paß auf, ob du sie siehst!“ flüsterte Ruth ihr zu. „Alles andere später!“

Alle waren atemlos gespannt.

„Da ist sie!“ zischte Silvy.

„Wo?“ fragte Ruth.

„Na, da vorne! Hast du denn keine Augen im Kopf? Ja, die, die jetzt gerade ihren knallgelben Schirm aufspannt!“

Ruth starrte in die Richtung, die Silvy ihr wies.

„Oh, heiliger Bimbam!“ rief sie dann, „meinst du im Ernst, das wäre die Perückendame?“

„Ist sie es etwa nicht?“ fragte Silvy, plötzlich sehr kleinlaut.

„Sie ist es nicht nur nicht, sie hat auch keine Perücke auf!“

„Aber . . . das sieht doch gerade so aus!“

„Überhaupt nicht! Sie hat rot gefärbtes, hochtoupiertes Haar. Das ist alles. Ich begreife nicht, wie du das mit einer dunkelhaarigen Perücke verwechseln konntest.“

„So was Dummes!“ Olga tat, als müsse sie sich schieflachen.

„Es gibt überhaupt keinen Grund zu lachen“, wies

Leonore sie zurecht.

„O doch!“ rief Katrin. „Wir müßten uns alle selber auslachen! Wir haben nämlich in unserem fabelhaften Plan etwas sehr Wesentliches vergessen. Es gibt nur eine einzige unter uns, die die Perückendame schon mal gesehen hat und die sie erkennen könnte: Ruth. Wir anderen könnten ihr wahrscheinlich in der Straßenbahn gegenübersitzen, ohne es zu merken.“

„Aber immerhin“, sagte Olga sehr viel bescheidener, „haben wir doch eine Beschreibung von ihr und wissen, wie sie angezogen war.“

„Na und? Bildest du dir etwa ein, sie wird immer in grauem Kostüm, weißer Bluse, schwarzer Handtasche und schwarzen Schuhen herumlaufen?“

Alle schwiegen betroffen.

„Nun zieht mal nicht so saure Gesichter“, sagte Leonore, „unser Plan hatte ein Leck, so was kann passieren, und wir sind zum Glück ja sehr schnell darauf gekommen. Ich schlage vor, wir schieben jetzt erst mal Richtung Heimat und überschlafen die Sache. Entweder eine von uns hat bis morgen eine bessere Idee, oder wir lassen die ganze Sache fallen. Es gibt ja noch andere Möglichkeiten, die Ferien auszunutzen, als ausgerechnet durch eine Verbrecherjagd.“

„Aber es wäre doch zu schön, wenn wir dieses Biest stellen könnten“, sagte Katrin.

„Das finde ich auch“, stimmte Ruth zu, „ich habe was gegen Diebinnen, die alte Leute ausplündern.“

Ja, darin waren sie sich alle einig, sie hätten die Perückendame nur zu gerne gefangen. Es fragte sich bloß, wie sie es anfangen sollten.

Die doppelte Perückendame

Am nächsten Morgen schien die Sonne, und Leonore hatte kaum ihr Frühstück beendet, als schon Silvy vor der Türe stand. Sie wurde gleich angestellt, beim Aufräumen und Putzen von Leonores Mansardenzimmer zu helfen, und das war gut so, denn in der nächsten halben Stunde trudelten nacheinander die anderen Freundinnen ein. Zu Müllers Haus gehörte zwar ein hübscher Garten, aber noch war es zu feucht, um dort zu sitzen, und außerdem sollten ja auch Leonores Geschwister auf keinen Fall etwas von der geheimen Beratung mitbekommen, also blieb Leonores Zimmer der einzig richtige Versammlungsort.

Die erste halbe Stunde redeten sie alle aufgeregt durcheinander, und es war ein Glück, daß Frau Müller einen Krug Limonade gestiftet hatte, so daß sie zwischendurch immer wieder ihre trockenen Kehlen anfeuchten konnten. Aber viel heraus kam bei dem ganzen Geschrei nicht.

Jede einzelne hatte sich zwar einen Plan gemacht, aber der eine war so abenteuerlich und undurchführbar wie der andere und wurde nach einigem Hin und Her zurückgezogen oder abgelehnt.

Olga zum Beispiel schlug vor, daß sie, die am besten zeichnen konnte, ein Bild nach Ruths Angaben von der Perückendame anfertigen sollte. Dieses Bild sollte dann vervielfältigt und an sämtliche Mädchen der 6. Klasse verteilt werden, ja, man sollte sogar versuchen, die Schülerinnen der 5. und 7. Klasse ebenfalls für die Verbrecherjagd zu interessieren, so daß ein riesiges Netz von jungen

Detektivinnen über die ganze Stadt ausgespannt werden konnte. Sie war natürlich beleidigt, als sie mit ihrem Vorschlag nicht durchkam.

„Also ich finde“, überschrie Katrin die anderen, „das mit der Zeichnung ist doch eine ganz gute Idee! Dann wüßten wenigstens auch wir, wie die Perückendame wirklich aussieht!“

Das leuchtete den anderen ein.

Olga sträubte sich erst eine Weile, spielte, wie üblich, die beleidigte Leberwurst und ließ sich bitten. Aber dann siegte doch die Genugtuung darüber, wenigstens mit einem Teil ihres Planes Anerkennung gefunden zu haben, und sie erklärte sich bereit, das Portrait der Verbrecherin zu skizzieren.

Leonore holte einen Zeichenblock und einen Kohlestift herbei, und es ging los.

„Wie war das Gesicht? Rund? Oval oder eckig?“ fragte Olga.

„Oval“, erklärte Ruth prompt.

„Die Nase?“

„Schmal!“

So ging es weiter, Zug um Zug, und die Mädchen staunten, wie sicher Ruth mit ihren Angaben und wie fix Olga mit deren Ausführung war. Schnell war das Portrait fertig.

Silvy, Katrin und Leonore fanden es ganz fabelhaft, aber Ruth schüttelte bedauernd den Kopf. „Tut mir leid, Olga, das ist eine schnafte Zeichnung. Aber die Frau mit dem Bild hat mit der Perückendame leider nicht die geringste Ähnlichkeit.“

„Das kann nicht sein!“ Schon schossen Olga die Tränen in die Augen. „Ich habe es doch genauso gemacht, wie du

gesagt hast!"
„Nun reg dich doch um Himmels willen nicht auf, Olga, es war ja nur ein Versuch!" rief Leonore.
„Vielleicht habe ich es auch falsch gesagt", gab Ruth zu.
„Ja, und mit Absicht, um mich hereinzulegen!" schrie Olga.
„Das bestimmt nicht", sagte Ruth versöhnlich, „das schwöre ich dir! Aber es ist eben furchtbar schwer, jemanden aus dem Handgelenk ganz genau zu beschreiben."
„Nun zankt euch nicht, Freunde, das hat doch keinen Zweck", mischte sich Katrin ein, „und du hör auf, Gesichter zu ziehen, Olga. Das ist eine prima Zeichnung, ich kriegte so ein Bild nicht hin, selbst wenn mir mein Vorbild gegenübersäße."
„Wenn Ruth die Person nicht richtig beschreiben konnte, hätte sie mich gar nicht erst zeichnen lassen müssen", murrte Olga.
„Ruth hat ja nicht gewußt, daß sie es nicht konnte, bevor sie es versucht hatte", sagte Silvy, und mit einiger Bosheit fügte sie hinzu: „ Ihre Beobachtungsgabe scheint eben doch nicht so ungeheuer gut zu sein, wie sie uns weismachen will."
„Schiebt mir nur den schwarzen Peter zu", sagte Ruth, „ich bin stark im Nehmen."
Leonore wollte sich noch einmal Limonade einschenken, aber aus dem Krug kam gerade nur noch ein Tröpfchen. „Darauf brauchst du dir auch nichts einzubilden, Ruth", sagte sie, „bisher ist es ja keiner von uns besser gegangen. Alle unsere wunderbaren Pläne haben sich, bei Licht betrachtet, als idiotisch erwiesen."
Sekundenlang sahen sich alle einigermaßen betroffen an.

Dann piepste Ruth: „Aber ihr kennt meinen ja noch gar nicht!"

„Stimmt wahrhaftig!" rief Katrin. „Hast du auch noch mal über den Fall nachgedacht?"

„Ich habe die ganze Nacht kein Auge zugetan!"

„Schamlos übertrieben", bemerkte Silvy trocken.

Ruth machte sofort einen Rückzieher. „Na ja. Immerhin . . . soviel Gedanken wie ihr habe ich mir mindestens gemacht, und ich glaube sogar, mir ist etwas ganz Vernünftiges eingefallen!"

„Laß hören!" – „Raus mit der Sprache!" – „Wenn du dich da bloß nicht irrst!" riefen die anderen.

„Ich sage ja gar nicht, daß mein Plan hundertprozentig ist und daß er klappen muß, aber immerhin könnte man es mal damit versuchen, und wenn euch das nicht einleuchten sollte, werde ich mich sogar allein auf die Strümpfe machen . . ."

„Soll das eine Erpressung sein?" rief Silvy dazwischen.

„Nö. Überhaupt nicht. Bloß eine Feststellung. Damit ihr seht, wie ernst es mir damit ist! Also, paßt auf! Olga und Leonore, ihr beide erinnert euch doch noch, woher die Perückendame damals kam, als ich sie das zweite Mal sah? Ich meine, als wir drei auf dem Weg zum Hallenbad waren?"

„Aus einem Vorgarten!" rief Olga.

„Bravo!" rief Ruth. „Eins zu null für dich! Genau das meine ich. Sie kam aus einem Vorgarten, und ein Vorgarten gehört natürlich zu einem Haus, und ich schlage vor, daß wir uns dieses Haus einmal näher ansehen!"

„Wozu?" rief Silvy.

„Glaubst du, sie könnte darin wohnen?" fragte Olga.

„Es besteht zumindest eine winzige Möglichkeit, daß es

so ist“, sagte Ruth, „die Schiller-Allee ist keine Gegend, in der alte, einsame Rentner hausen, die man prellen könnte, dort wohnen nur wohlhabende Leute . . .“

„Wer sagt dir denn, daß sie sich nicht hin und wieder auch an reiche alte Leute heranmacht?“ unterbrach Silvy sie.

„Niemand. Ich denke es mir nur.“ Ruth hob beschwörend die Hände, als ein allgemeiner Radau von Fragen und Gegenargumenten losbrach. „Ich sage ja gar nicht, daß ich recht habe! Vielleicht war sie wirklich nur ganz zufällig in der Schiller-Allee und kommt nie wieder dorthin. Aber ich finde, wir könnten uns doch wenigstens dort mal umgukken. Oder hat jemand von euch eine bessere Idee?“

Nein, die hatte niemand. Es wurde abgestimmt, und alle, außer Silvy, stimmten für Ruths Vorschlag. Aber als die anderen sich bereit machten, alleine loszuziehen, erklärte sie würdevoll: „Ich schließe mich selbstverständlich der Mehrheit an, sonst wäre es ja gegen die Spielregeln.“

Die anderen wußten nur zu gut, daß sie einfach keine Lust hatte, allein zu bleiben. Doch niemand verlor ein Wort darüber.

„Je mehr wir sind, desto besser“, sagte Ruth, „ich werde ja den ganzen Tag das Haus beobachten müssen, weil ich die einzige bin, die die Perückendame wirklich erkennen kann, aber ihr anderen dürft euch ablösen. Zwei, denke ich, müßten immer bei mir sein, für den Fall, daß sie das Haus verläßt . . .“

„Warum denn das?“ fragte Leonore.

„Weil man sie dann verfolgen muß, und ich kann das nicht, denn sie würde mich vielleicht auch wiedererkennen!“

„Sehr richtig“, erklärte Katrin, „Ruth, du entwickelst allmählich geradezu beängstigende Geistesgaben!“

„Und eine von euch muß mir mittags was zu essen bringen“, sagte Ruth. „Kannst du vielleicht meine Mutti anrufen, Leonore, und ihr sagen, daß ich heute mittag bei dir bleiben darf?“

„Mach ich selbstverständlich“, sagte Leonore.

„Und ich bring dir was zu essen, Brot und Obst oder so etwas“, erbot sich Olga, „einen Henkelmann mit Gemüse, Kartoffeln und Braten wirst du ja wohl nicht erwarten.“

„Der würde mich nur bei meiner Aufgabe stören“, erklärte Ruth großartig. Sie fühlte sich einfach toll. Zum ersten Mal tonangebend innerhalb der Clique zu sein, das war schon erhebend.

Leonore wollte auslosen, wer zuerst mit Ruth gehen sollte, aber es stellte sich heraus, daß keine zurückbleiben wollte. Es entspann sich eines der üblichen Wortgefechte, das Ruth mit einem salomonischen Urteil beendete.

„Gehen wir erst einmal alle zusammen“, sagte sie, „nachher wird es sich ja herausstellen, wem es zuerst langweilig wird.“

„Sehr richtig!“ rief Katrin. „Erst einmal müssen wir ja auch feststellen, ob sich die Beobachtung des Hauses lohnt!“

Bald sollte sich aber herausstellen, daß eine andere Aufgabe noch vordringlicher zu lösen war; die Mädchen mußten das Haus auf der Schiller-Allee, aus dessen Vorgarten die Perückendame seinerzeit gekommen war, zuerst einmal finden.

Das erwies sich als gar nicht so einfach, denn alle Häuser hier hatten Vorgärten und sahen auch sonst ziemlich ähnlich aus. Die meisten waren ehemals hochherrschaftliche Villen, die zu Anfang dieses Jahrhunderts gebaut und inzwischen in Etagenwohnungen aufgeteilt worden waren. Die Fassaden waren modernisiert, aber die überdachten Balkone, die Türmchen, Erker und Veranden waren erhalten geblieben.

Immer wieder riefen Ruth, Leonore und Olga: „Hier war's!“, und immer wieder stellte sich dann heraus, daß sie sich doch geirrt hatten.

Endlich aber, vor der Schiller-Allee 29, waren sich alle einig: Aus dem Vorgarten dieses Hauses mußte die Perückendame gekommen sein. Alle drei erinnerten sich plötzlich an den riesigen Hortensienstrauch neben der Haustür und an das besonders hübsche schmiedeeiserne Törchen. Auch der Abstand zur nächsten Kreuzung, wo Ruth hinter der Perückendame die Straße überquert hatte, schien zu stimmen.

Jetzt konnten sie daran gehen, das Haus einer genauen Prüfung zu unterziehen. Das Vorgartentörchen ließ sich mit einer Klinke öffnen, sie liefen über den gepflasterten Weg zum Haus und entdeckten neben den Klingelknöpfen, umwachsen von jungem Efeu, ein glänzendes Messingschild mit der Aufschrift: „Pension Erika.“

„Das ist . . .“, schrie Katrin.

Aber Ruth stellte sich auf die Zehenspitzen und legte ihr rasch die kleine Hand auf den Mund. „Still!“ zischte sie. „Wir müssen das in Ruhe besprechen.“ Sie wandte sich an die anderen. „Kommt!“

Der Rückzug erfolgte geordnet und mit Würde. Gerade gegenüber dem Haus mit der „Pension Erika“ stand eine Bank unter einer Platane. Sie war zwar noch ein bißchen feucht vom gestrigen Regen, aber Olga und Silvy legten ihre Anoraks unter, und so konnten alle Platz nehmen.

„Was sagt ihr nun?“ fragte Katrin mit mühsam unterdrückter Stimme. „Eine Pension! Ruth könnte also recht haben! Wenn P. – wir wollen sie jetzt vorsichtshalber immer P. nennen – von auswärts ist, kann sie sehr gut dort wohnen!“

„Sicher stammt sie nicht von hier“, erklärte Silvy, „denn sonst wäre sie der Kriminalpolizei ja schon längst bekannt!“

„Sie könnte in der Pension wohnen“, sagte Leonore, „aber auch irgendwo anders im Haus, die Pension nimmt ja nur zwei Stockwerke ein, vielleicht zur Untermiete oder so . . .“

„Nein“, behauptete Olga, „das ist nicht sehr wahrscheinlich! Wenn man Untermieterin ist, achtet die Wirtin darauf, ob man regelmäßig zur Arbeit geht. Das weiß ich von meiner Cousine Elly, die ist nämlich Studentin . . . nein, wenn schon, würde ich auf die Pension Erika tippen. Nun sag du uns doch mal deine Meinung, Ruth!“

Die Kleine zuckte die Achseln. „Nichts Genaues weiß man nicht. Es hat gar keinen Zweck zu überlegen, was sein könnte und was nicht. Wir müssen jetzt einfach abwarten und das Haus im Auge behalten. Wenn P. tatsächlich hier wohnt, muß sie ja früher oder später einmal aufkreuzen.“

Also warteten die Mädchen ab. Sie blieben auf der Bank unter der Platane sitzen, beobachteten das Haus und die Passanten und versuchten, sich mit allerhand Ratespielen die Zeit zu vertreiben, die erst schnell, dann immer langsamer verstrich.

Es ging auf Mittag zu, und gerade hatten sie sich darauf geeinigt, daß zuerst Katrin und Olga, dann Leonore und Silvy nach Hause zum Essen laufen sollten, als Ruth ganz leise, aber mit großem Nachdruck sagte: „Laßt euch nichts anmerken, verhaltet euch ganz unauffällig, dreht euch nicht um . . . ich glaube, da kommt sie!“

„Wo?“ fragte Katrin, die zufällig in dieselbe Richtung guckte.

„Die Dame in dem weißen Kostüm!“

„Du spinnst wohl, die hat doch keine . . .“

„Still, sage ich dir! Doch, so könnte sie ungeschminkt und ohne Perücke aussehen!“

Jetzt kam die Dame auch in das Gesichtsfeld der anderen, die in Richtung auf den Vorgarten blickten. Sie sah sehr elegant aus, ziemlich jung, hatte rotblondes, kurz geschnittenes Haar, geschminkte Lippen und ummalte Augen.

„Bist du sicher?“ fragte Olga ganz verblüfft. „Also nach deiner Beschreibung habe ich sie mir entschieden anders vorgestellt.“

„Geht ihr nach ins Haus! Nein, nur du, Olga, und du, Silvy! Schaut, in welchem Stockwerk sie verschwindet, aber benehmt euch nur nicht auffällig, sondern klettert einfach weiter die Treppe hinauf, als wenn ihr jemanden besuchen wolltet!“

„Wird gemacht!“ rief Silvy, und die beiden liefen davon.

Sie erreichten gerade noch die Haustüre, als die rotblonde Dame hineinging.

„Aber, Ruth“, sagte Katrin, „so nimm doch mal Vernunft an! Wenn das wirklich P. wäre, das heißt, wenn sie sich einmal so und dann wieder auf ältlich und solide zurechtmachen würde, dann müßte das doch auffallen . . . den Leuten im Haus, oder ihrer Vermieterin oder auch in der Pension.“

„Nein“, erklärte Ruth, „muß es nicht. Darüber habe ich schon nachgedacht . . .“

„Du bist aber heute geradezu erschreckend scharfsinnig, Ruthchen!“ sagte Leonore.

„Geht mal zum Vorgartentörchen und seht euch das Haus genau an, dann werdet ihr selber darauf kommen!“

„Nein, mach schon, erzähl's uns! Wozu sollen wir unseren Geist anstrengen, wenn du die Lösung schon weißt!“

„Moment“, sagte Ruth, denn in diesem Augenblick kamen Olga und Silvy schon wieder auf die Straße gestürzt.

Man sah ihnen an, daß sie am liebsten schon von weitem mit ihrem Bericht herausgeplatzt wären, aber sie nahmen sich zusammen und fingen erst an zu reden, als sie die anderen erreicht hatten.

„Sie ist in die Pension gegangen!“ rief Olga.

„Und wir an ihr vorbei!“ rief Silvy. „Wir sind ihr überhaupt nicht aufgefallen!“

„Gut gemacht“, lobte Ruth, „und nun will ich euch auch erklären ... setzt euch doch wieder, Olga und Silvy ... wie es möglich sein kann, daß P. mal mit P. und auf alt geschminkt und mal ohne P. und als Modepuppe herumlaufen kann ...“

„Da bin ich aber mal gespannt!“ platzte Silvy heraus.

Ruth tippte sich an die Stirne. „Wenn du deine kleinen Gehirnzellen benutzen würdest, wüßtest du es selber!“ Sie machte eine kleine Kunstpause, denn es tat zu wohl, im Mittelpunkt der allgemeinen Spannung zu stehen. „Das Haus hat nämlich eine Hintertreppe!“

„Woher weißt du das?“ rief Katrin.

„Weil es einen Nebeneingang hat. Ist euch das nicht aufgefallen? Neben der Haustüre führen ein paar Stufen hinab, und da ist noch eine kleine Türe, der sogenannte Lieferanteneingang. Alle wirklich vornehmen Häuser von früher haben den. Die feinen Leute und die Besucher wurden durch das Haustor hereingelassen, die Lieferanten ... also Milchmann, Bäcker, Fleischer, alle, die Waren ins Haus lieferten, daher der Name Lieferanteneingang ... durch die kleine Tür, natürlich auch der Gasmann und das Hauspersonal."

„Das leuchtet mir ein", sagte Katrin, „Weikerts hatten auch einen Lieferanteneingang. Das besagt aber durchaus nicht, daß auch eine Hintertreppe existieren muß. Der Lieferanteneingang bei Weikerts hat in die Küche geführt!"

„Ja, bei Weikerts", sagte Ruth, „aber bei diesem Haus existiert bestimmt auch noch eine Hintertreppe, die vom Personal benutzt wurde und früher wahrscheinlich ins Dachgeschoß hinaufging, jetzt aber bestimmt noch bis zur Pension führt."

„Weil P., wenn sie eine Doppelrolle spielen wollte, sich ein Haus mit zwei Eingängen suchen mußte. Anders wäre die Sache ja gar nicht durchführbar. Damals, als P. mit P. war, kam sie sicher durch den Lieferanteneingang, nur haben wir das nicht gesehen, weil sie uns erst auffiel, als sie auf die Straße kam."

„Das Ganze kommt mir ziemlich unwahrscheinlich vor", sagte Leonore, „aber immerhin ist es nicht unmöglich. Es hängt ja alles davon ab, ob es wirklich beide Male P. war, die du gesehen hast ..."

„Worauf du dich verlassen kannst!" behauptete Ruth.

„Nun, nehmen wir das mal an", sagte Olga, „und wie soll es jetzt weitergehen?"

„Genau wie vorhin besprochen. Du und Katrin, ihr zieht jetzt erst einmal ab, Leonore und Silvy leisten mir noch Gesellschaft ..."

„Ausgerechnet jetzt, wo es spannend wird?" rief Katrin.

„Spannend oder nicht, irgendwann müßt ihr ja mal was zu euch nehmen", sagte Ruth, „und außerdem glaube ich kaum, daß sich in den nächsten beiden Stunden etwas Wesentliches ereignen wird?"

„Und warum nicht, verehrter Sherlock Holmes?"

„Weil P. erst einmal in der Pension essen und auch dann nicht gleich losziehen wird. Alte Leute machen ja bekanntlich meist einen Mittagsschlaf. Nein, ich rechne nicht damit, daß sie vor drei Uhr auftauchen wird."

„Dein Wort in Gottes Ohr", sagte Katrin, „aber wehe, dreimal wehe, wenn du dich vertan hast und wir deinetwegen das Interessanteste verpassen."

„Quatsch nicht soviel, sondern mach, daß du fortkommst", sagte Silvy und gab ihr einen unsanften Stoß, „je eher du abhaust, desto schneller bist du wieder zurück und kannst uns ablösen. Das beste wäre ja, wir würden in der Stunde X alle hier versammelt sein!"

Beinahe erwischt

Die Mädchen waren nicht alle überzeugt, daß Ruth recht hatte.

Silvy zum Beispiel konnte sich nicht vorstellen, daß ausgerechnet Ruth, die sich bisher höchstens durch komplizierte Frisuren und besonders schicke Kleider hervorgetan hatte, plötzlich eines solch detektivischen Scharfsinns fähig sein sollte. Es ging ihr gegen den Strich, daß die Kleine, der früher so leicht zu imponieren gewesen war, sich plötzlich zur Anführerin der Clique aufgeschwungen hatte. Sie gönnte ihr von ganzem Herzen einen Reinfall – aber sie wollte dabeisein und diesen Reinfall miterleben.

Auch Leonore zweifelte sehr stark daran, daß Ruths Behauptungen stimmten. Ihr schien die ganze Geschichte zu abenteuerlich und unwahrscheinlich. Aber auch sie wollte den Moment nicht verpassen, in dem die Seifenblase platzen mußte. Sie fürchtete, daß die anderen dann über die Kleine herfallen würden, und wollte sie in einer solchen Lage nicht allein lassen.

Olga dagegen machte sich überhaupt keine Gedanken darüber, ob Ruths Behauptungen nun stimmten oder nicht; sie fand es interessant und vergnüglich, auf Verbrecherjagd zu gehen, ganz gleich, ob Aussicht auf Erfolg bestand oder ob das Ganze nur ein Spiel war. Sie war es, die für Ruths Verpflegung sorgen wollte.

Einzig Katrin zweifelte keinen Augenblick daran, daß Ruths Beobachtungen und Berechnungen von Anfang bis Ende stimmten. Sie hatte genug Phantasie, um auch die tollsten Dinge für möglich zu halten, und sie war zudem ein ganz klein bißchen stolz auf Ruth, so etwa wie eine ältere Schwester, die eine jüngere das Laufen gelehrt hatte. Nicht ganz zu Unrecht war sie davon überzeugt, daß sie es gewesen war, die Ruth soviel Unternehmungsgeist und Tatkraft eingeflößt hatte, und sie wollte unbedingt ihren Triumph miterleben.

So hatten es alle vier, wenn auch aus den verschiedensten Gründen, sehr eilig, wieder in die Schiller-Allee zurückzukommen, und alle vier verschlangen ihr Essen mit einer Geschwindigkeit, die den vier Müttern einiges Kopfschütteln abforderte.

Kleibers mußten sogar ganz auf Ruths Anwesenheit am Mittagstisch verzichten, und obwohl es ja ganz natürlich schien, daß sie einmal bei ihrer Freundin Leonore blieb, kam das ihren Eltern doch sehr merkwürdig vor, weil sie so etwas bei ihrer Tochter gar nicht gewöhnt waren.

Wenn sie erst gewußt hätten, was Ruth tatsächlich trieb, so wären sie wahrscheinlich vor Angst und Sorge ganz aus dem Häuschen geraten. Aber zum Glück hatten sie keine Ahnung. So konnte Ruth in aller Ruhe auf der Bank unter den Platanen die belegten Brote vertilgen, die Olga ihr mitgebracht hatte, und sich dazu mit Limonade aus der Flasche die Kehle befeuchten. Es versteht sich von selber, daß sie dabei die Türen des gegenüberliegenden Hauses nicht aus den Augen ließ.

Kurz vor drei Uhr waren alle Freundinnen wieder versammelt, und Ruth konnte eine letzte Lagebesprechung abhalten.

„Paßt auf“, sagte sie, „wenn P. aus dem Haus kommt, werde ich euch ein Zeichen geben und mich ganz schnell abwenden ...“

„Warum?“ fragte Olga dazwischen.

„Weil sie mich sonst möglicherweise erkennen könnte, ich glaube, das habe ich schon einmal gesagt! Also, ich werde den rechten Arm vom Ellbogen aus anwinkeln ... so! Und das wird für euch das Zeichen sein, euch an ihre Fersen zu heften. Ihr geht zu Paaren. Katrin und Leonore übernehmen die Führung, bleiben aber immer wenigstens drei Meter hinter P. zurück. Silvy und Olga folgen in einem Abstand von weiteren drei Metern, und ich werde das Schlußlicht machen.“

„Ja, aber ...“, begann Silvy.

„Laß mich zu Ende reden“, verlangte Ruth energisch, „wir haben nicht mehr viel Zeit. P. kann jeden Augenblick erscheinen. Also, falls sich P. umdrehen und Katrin und

Leonore bemerken sollte, dann heben beide den rechten Arm hoch . . . so! Natürlich erst, wenn P. sich wieder umgedreht hat. Das bedeutet für Olga und Silvy, daß sie jetzt die Verfolgung aufnehmen müssen. Verstanden?"

„Ja", ertönte es im Chor.

Und Katrin setzte noch hinzu: „Sag mal, für wie dumm hältst du uns eigentlich?"

Ruth ließ sich nicht aus der Ruhe bringen. „Wenn P. um eine Ecke biegt, geschieht dasselbe. Dann übernimmt auch das hintere Paar die Führung, Katrin und Leonore bleiben dann also zurück. Bis zur nächsten Ecke, da wird wieder gewechselt."

„Und warum das ganze Theater?" fragte Silvy.

„Menschenskind, das ist doch klar wie schwarze Tinte!" rief Katrin. „Damit P. nicht merkt, daß sie verfolgt wird. Wenn einen dauernd ein bestimmter Mensch verfolgt, dann merkt man das nach einiger Zeit wahrscheinlich doch. Sind es aber zwei Mädchen wie wir, so fällt das viel weniger auf, besonders wenn die beiden so tun, als wenn sie zum Vergnügen herumliefen. Sollten P. aber die beiden doch auffallen, so wird es sie bestimmt beruhigen, wenn sie beim nächsten Rückblinzler verschwunden sind. Ich hab übrigens noch eine Idee . . ."

„Ja?" fragte Ruth.

„An der dritten Ecke", sagte Katrin, „also ich meine, falls sie um eine dritte Ecke geht, sollten wir neue Paare bilden, also dann sollte ich mal abwechslungshalber mit Olga direkt hinter ihr hergehen und Leonore mit Silvy zurückbleiben."

„Sehr gut", erklärte Ruth anerkennend. „So machen wir's!"

„Ich finde das alles viel zu kompliziert", erklärte Silvy,

„und ich sehe nicht ein . . ."

„. . . was die ganze Verfolgung für einen Zweck haben soll!" rief Leonore dazwischen. „Ich gebe ja zu, vielleicht können wir ihr auf diese Weise quer durch die ganze Stadt nachlaufen, ohne daß sie etwas davon merkt. Aber wozu das? Was soll dabei herauskommen?"

Katrin tippte sich an die Stirn. „Daß wir wissen, was mit ihr los ist!"

„Quatsch", sagte Silvy, „das wissen wir sofort, falls sie wirklich mit Perücke aus dem Haus kommen sollte, wie Ruth uns weismachen will. So was täte doch nur ein Mensch, der nichts Gutes im Schilde führt."

„Das sagst du!" rief Olga. „Aber das ist doch noch lange kein Beweis! Wir müssen beweisen, daß sie wirklich eine Diebin ist."

Silvy zog die farblosen Augenbrauen hoch und setzte ihr arrogantestes Gesicht auf. „Da bin ich aber mal gespannt, wie ihr das anfangen wollt!"

„Es wäre ja hübsch, wenn du dir zur Abwechslung auch mal was einfallen lassen würdest, anstatt dich einfach aufs hohe Roß zu setzen und uns alleine die Köpfe zerbrechen zu lassen!" rief Katrin und warf wütend ihre schwarze Mähne in den Nacken.

„Ihr könnt's ja lassen, wenn es euch zu anstrengend ist", erklärte Silvy, sehr von oben herab.

„Das könnte dir so passen!" Katrin gab Silvy einen kräftigen Puff zwischen die Rippen.

„Au! Was fällt dir ein!"

„Hört auf, euch zu zanken", sagte Leonore, „alle Leute schauen schon zu euch hin und wackeln mit den Köpfen! Wenn ihr das unauffällig nennt!"

Das genügte, um die beiden Kampfhähne zu ernüchtern. Katrin stand auf und setzte sich ans äußerste Ende der Bank, weit weg von Silvy.

„Na also“, sagte Leonore, „und nun möchte ich, auf die Gefahr hin, mich mächtig unbeliebt zu machen, doch noch einmal die Frage stellen . . .“

Sie alle hatten im Eifer des Gefechtes vergessen, die Villa mit der „Pension Erika“ im Auge zu behalten. So hatte keine von ihnen bemerkt, daß tatsächlich eine Frau, auf die Ruths erste Beschreibung der Perückendame haargenau paßte, das Haus durch die Nebentüre verlassen hatte und jetzt durch den Vorgarten schritt.

Erst in dem Augenblick, da sie das Törchen öffnete und auf die Straße trat, entdeckte Ruth sie. Es war für sie ein geradezu überwältigender Eindruck, denn allmählich hatte sie schon selber nicht mehr geglaubt, daß sie wirklich recht behalten würde. Es war so, als wenn ein Traum ganz plötzlich Wirklichkeit wird.

„Achtung!“ zischte Ruth und vergaß, ihr verabredetes Zeichen zu geben oder auch nur den Blick abzuwenden. „Sie kommt!“

Die Köpfe der Mädchen fuhren herum, und sekundenlang starrten fünf Augenpaare auf die junge Frau im grauen Kostüm, weißer Bluse, schwarzen Schnürschuhen, schwarzer Handtasche und dunklem, gepflegtem Haar, das Ruth als Perücke erkannt hatte.

Zum Glück beachtete die Perückendame selber die Mädchen auf der Bank überhaupt nicht, sondern blickte nur ganz kurz nach links, bevor sie nach rechts davonschritt.

Die Mädchen hatten sich inzwischen von ihrer Verblüffung erholt. Katrin und Leonore stürmten los und verfielen, wie Ruth angeordnet hatte, drei Meter hinter der

Perückendame in einen Schritt, der sich dem Tempo ihres Opfers anpaßte.

Katrin linste über die Schulter zurück und stellte fest, daß Olga und Silvy, wie verabredet, hinter ihnen herkamen.

Die Perückendame ging weiter geradeaus, überquerte bei der Kreuzung die Straße und blieb an der Bus-Haltestelle stehen.

Das war nicht vorberechnet, was nun?

Katrin und Leonore hielten es für richtig, sich in einiger Entfernung von der Perückendame ebenfalls an der Haltestelle aufzustellen. Sie winkten Olga und Silvy zu, als wenn sie sie eben erst entdeckt hätten.

„Hallo, was macht ihr denn hier?" rief Katrin mit gespielter Harmlosigkeit. „Wollt ihr ebenfalls ins Grüne fahren?"

„Du hast es erfaßt", gab Silvy schlagfertig zurück.

„Sieh mal einer an, da kommt auch Ruth!" rief Leonore.

„Fährst du mit uns, Ruth?" fragte Olga.

Ruth schüttelte den Kopf. „Tut mir leid, ich muß nach Hause!"

„Was, du willst nicht ...", rief Silvy.

Aber Katrin ließ sie nicht ausreden. „Vielleicht sehen wir uns morgen", rief sie dazwischen.

„Kann schon sein", sagte Ruth, „dann viel Spaß noch." Sie schlenderte weiter.

Die vier anderen sahen sich an und wußten im Moment nicht mehr, was sie reden sollten. Ihnen allen war klar geworden, daß Ruth nicht mit ihnen fahren wollte, weil sie fürchtete, daß die Perückendame sich an sie erinnern und Verdacht schöpfen könnte. Aber sie kamen sich plötzlich ohne ihre neue Anführerin geradezu ein bißchen verlassen vor.

Katrin fand als erste die Fassung wieder. „Wir wollen Peter und Paul besuchen“, sagte sie, „und ihr?“

„Peter und Paul?“ fragte Silvy, die kein Wort begriff, ganz dumm.

Olga stieß sie an. „Na klar, Peter und Paul! Kennst du die beiden etwa nicht?“

Jetzt verstand auch Silvy, daß Katrin diese Jungen nur erfunden hatte, um ein harmloses Gespräch in Gang zu bringen und zu verhindern, daß die Perückendame auf die Idee käme, sie würde verfolgt.

„Und ob“, sagte sie, „aber mir würde nie im Traum einfallen, die zu besuchen. Ich würde warten, bis sie zu mir kämen.“

„Na, versuch das nur! Da kannst du warten, bis du schwarz bist!“ sagte Leonore.

Alle vier begannen wie verrückt über ihren eigenen Unsinn zu lachen.

Ein Omnibus hielt, Fahrgäste stiegen aus, und Katrin wollte schon hineinklettern.

Da sah Silvy, daß die Perückendame ganz ruhig auf ihrem Platz stehengeblieben war. Sie riß Katrin zurück: „Menschenskind, das ist doch der falsche Bus!“

„Tatsächlich?“ fragte Katrin. „Na ja, so was kann passieren.“

Und wieder mußten alle furchtbar lachen.

Erst in den übernächsten Bus stieg die Perückendame ein, und die Mädchen folgten ihrem Beispiel. Jetzt wußten sie wenigstens, wohin die Fahrt ging, nämlich in den Vorort Westend hinaus. Sie gaben dasselbe Ziel an wie die Perückendame, drängten zur Mitte hindurch, damit sie rechtzeitig abspringen konnten, hielten aber einen möglichst großen Abstand von der Perückendame und unterhielten sich weiter lebhaft über die sagenhaften Peter und Paul, über die sie die tollsten Geschichten zum besten gaben.

Vor der siebten Station, als die Perückendame Anstalten zum Aussteigen machte, verabschiedeten sich Olga und Silvy eifrig von den beiden anderen, um den Anschein zu erwecken, daß ihre Wege hier auseinandergingen.

Dann nahmen Katrin und Leonore die Verfolgung auf, wie Ruth es angeordnet hatte, und Olga und Silvy liefen in einem entsprechenden Abstand hinter den beiden her.

Aber diese Vorsichtsmaßnahme schien ganz unnötig, denn die Perückendame blickte sich nicht ein einziges Mal um. Trotzdem wechselten die beiden verfolgenden Paare sich ab, als sie um die nächste Ecke bog, und als sie sich einen Häuserblock weiter nach links wandte, tauschten Katrin und Silvy rasch die Partnerinnen, so daß Katrin mit Olga vorne lag.

„Sieh mal, jetzt biegt sie in die Dahlienstraße“, sagte Olga.

„Kennst du dich denn hier aus?“ fragte Katrin ganz erstaunt. „Ich bin hier noch nie im Leben gewesen.“

„Ich schon. Hier wohnt nämlich meine Tante Adelheid. Das heißt: eigentlich ist sie die Tante meiner Mutter, aber gleichzeitig ist sie auch meine Patentante.“

„Hochinteressant“, sagte Katrin, „doch um die Wahrheit zu sagen, wäre es mir lieber, du erzähltest mir deine Familiengeschichte . . .“

Aber Olga hörte gar nicht zu, und das war gut so, denn sonst wäre sie bestimmt wieder beleidigt gewesen. Sie fiel Katrin ins Wort und flüsterte: „Stell dir vor! Jetzt geht sie doch wahrhaftig in das Haus, in dem Tante Adelheid wohnt!“

„Dann nichts wie hinterher!" rief Katrin und stürmte voran.

Olga packte sie beim Arm und hielt sie fest. „Halt mal! Wenn sie wirklich zu meiner Tante geht . . ."

„Dann klingeln wir einfach und . . ."

„Nein, das wäre nicht besonders schlau", widersprach Olga, „denn wenn wir klingeln, geht meine Tante an die Tür, und P. hat Gelegenheit, sich umzusehen."

„Aber was sollen wir denn sonst tun?"

„Tante Adelheid wohnt im Erdgeschoß, vielleicht können wir vom Garten aus in ihre Wohnung linsen!"

„Du, das wäre wirklich toll", sagte Katrin, ganz erschüttert darüber, daß Olga einen so guten Einfall gehabt hatte, „die Idee könnte fast von mir sein!"

Silvy und Leonore waren inzwischen herausgekommen.

„In diesem Haus ist sie verschwunden", erklärte Katrin, „bleibt hier stehen, und wenn sie herauskommt, heftet euch wieder an ihre Fersen. Wir versuchen es hinten herum."

Ehe Silvy und Leonore noch Einspruch erheben konnten, waren Katrin und Olga schon im Vorgarten des Hauses verschwunden. Sie liefen unter den Fenstern her und kamen an den Mülleimern vorbei.

„Die müssen wir mitnehmen", bestimmte Olga, „wenn wir auf die klettern, können wir vielleicht . . ."

Sie brauchte nicht auszusprechen, Katrin verstand sie auch so. „Wird gemacht!"

Sie rollten die beiden Mülleimer um die Ecke und brachten sie unter einem großen Fenster zum Stehen.

Olga deutete mit dem Daumem nach oben. „Hier ist Tante Adelheids Wohnzimmer!"

„Also los!" Katrin machte aus beiden Händen ein Körbchen und ließ Olga auf einen der Eimer steigen, dann kletterte sie selber auf den anderen.

Die beiden Mädchen hatten Glück. Sie konnten von hier aus mit Leichtigkeit in das Zimmer hineinsehen und, da das Fenster offenstand, auch hören, was drinnen gesprochen wurde.

Die Perückendame saß Tante Adelheid in einem ziemlich altmodischen, aber bequem wirkenden Sessel gegenüber und sagte ihr Sprüchlein auf, daß sie vom Rentenamt käme, weil Tante Adelheids Rente erhöht werden sollte, und daß sie deshalb ein paar Angaben brauchte, um für sie auszurechnen, wie sich die Rentenerhöhung für die alte Dame auswirken würde.

Tante Adelheid schöpfte offensichtlich keinen Verdacht, sondern hing aufmerksam an den Lippen der Betrügerin. „Ach, das ist ja wunderbar“, sagte sie wieder und wieder, „meine Rente wird erhöht? Das ist aber mal eine gute Nachricht, die Sie mir da bringen! Was wollen Sie denn dazu noch von mir wissen?“

„Nur ein paar Kleinigkeiten“, sagte die Perückendame lächelnd, „das werden wir gleich haben! Aber wenn ich vorher um ein Glas Wasser bitten dürfte!“

Tante Adelheid sprang auf. „Ein Glas Wasser? Aber gerne . . .“

„Und recht kalt, wenn ich bitten darf!“

In diesem Augenblick hielt es Olga nicht mehr aus. Sie stieß das Fenster auf, schwang sich auf das Brett und plumpste in das Wohnzimmer. Katrin, die sah, daß sie sie nicht mehr zurückhalten konnte, sprang ihr nach.

„Tante Adelheid!“ rief Olga. „Hallo, ich bin’s! Ist das nicht eine Überraschung!?“

Tante Adelheid war so erschrocken, daß sie sich die

Hand aufs Herz preßte. „Das kann man wohl sagen! Olga, lieber Himmel, wenn du mich schon mal besuchst, mußt du dann ausgerechnet durchs Fenster kommen?!"

„Das war nur ein Spaß, Tante Adelheid! Das hier ist übrigens meine Freundin Katrin, die mit der großen Klappe, du weißt schon!"

Katrin machte einen höflichen Knicks und setzte ihr bravstes Gesicht auf.

„Das ist wirklich nett, daß ihr mal zu mir kommt", sagte Tante Adelheid, „nur gerade jetzt, seht ihr, ich habe Besuch . . ."

„Das macht gar nichts", sagte Olga fröhlich und strich sich mit allen fünf Fingen durch ihren feuerroten Schopf, „wir setzen uns ganz still ins Eckchen und warten ab, bis du Zeit für uns hast!"

„Ja, so wird's gehen", sagte die Tante erleichtert und wandte sich an die Perückendame. „Ach ja, ich wollte Ihnen gerade ein Glas Wasser holen . . ."

„Da kannst du uns auch gleich eines mitbringen!" rief Olga. Die Perückendame stand auf. „Nein, danke, für mich bitte nicht mehr. Ich glaube nicht, daß wir uns in Anwesenheit der Kinder vernünftig miteinander unterhalten können; es ist besser, ich gehe."

„Aber Sie hatten doch nur ein paar ganze einfache Fragen!"

„Ich komme ein andermal wieder", sagte die Perückendame, warf Katrin und Olga einen sonderbaren Blick zu – erst war er einfach nur giftig, und dann plötzlich sah sie aus, als wenn ihr ein Licht aufgegangen wäre.

Ohne mit einem Wort auf Tante Adelheids Bitten und Fragen einzugehen, stürmte sie hinaus.

„Erkläre du es deiner Tante", rief Katrin und rannte

5 9403-12

hinter ihr her.

Vor dem Haus stieß sie auf Silvy und Olga. „Los, wir müssen hinter P. her!“ rief sie. „Olga hat eine Riesendummheit gemacht!“

Die Perückendame eilte im Laufschritt voran, und die drei Mädchen ließen jetzt alle Vorsicht außer acht und rannten hinter ihr her. Aber sie erwischten sie nicht. Die Perückendame erreichte einen Taxistand, stieg in eines der Autos, und weg war sie. Die vier Mädchen hatten das Nachsehen.

„Verflixt!“ rief Katrin. „Wenn Olga nur die Nerven behalten hätte, hätten wir sie auf frischer Tat erwischt!“

Olga war inzwischen auch aus dem Haus gestürzt und ihnen nachgelaufen. Sie hatte die letzten Worte gerade noch gehört. „Du hast gut reden!“ rief sie. „Hätte ich denn zusehen sollen, wie sie meiner Tante das Geld klaute? Na, schön, wir hätten sie dabei erwischt, aber sie wäre uns genauso durch die Lappen gegangen wie jetzt! Und das Geld meiner Tante hätte sie auch noch gehabt!“

„Freunde, es nutzt doch nichts, wenn ihr euch jetzt streitet“, sagte Leonore, „laßt uns lieber überlegen, was wir jetzt noch tun können!“

Silvy war es, die den rettenden Einfall hatte. „Wir müssen den Kriminalinspektor anrufen, was anderes gibt es jetzt nicht mehr. Los, laßt uns zusehen, daß wir ein Telefonhäuschen finden! Oder besser noch, fahren wir selber zu ihm hin. Am Telefon lassen sich so komplizierte Sachen nur sehr schwer erklären!“

Das dreizehnte Kapitel

Ruth war nicht nach Hause gegangen, als sie sich von ihren Freundinnen getrennt hatte; tatsächlich hatte sie das auch keine Sekunde vorgehabt, sondern nur so dahergesagt für den Fall, daß die Perückendame eine gewisse Ähnlichkeit zwischen ihr und dem Mädchen entdeckt haben sollte, das sie damals von der Tür der alten Frau Mühlberger vertrieben hatte.

Sie schlug einen großen Bogen und kehrte zur Schiller-Allee und zur „Pension Erika“ zurück. Wieder ließ sie sich auf der Bank unter der Platane nieder und machte sich darauf gefaßt, recht lange Zeit warten zu müssen, bis die Perückendame und die Freundinnen wieder eintrudelten. Sie sagte sich Gedichte vor und versuchte, mathematische Aufgaben im Kopf zu lösen. Aber es war doch sehr, sehr langweilig für sie, so ganz allein da auf der Bank zu sitzen, ohne sich auch nur vorstellen zu können, wann sie erlöst werden würde.

So stand sie auf und schlenderte auf den Vorgarten zu, sie sah den großen Hortensienstrauch gleich neben der kleinen Tür, und plötzlich hatte sie wieder einmal eine Idee. Sie kroch hinein und zog die Zweige mit den großen grünen Blättern sorgfältig hinter sich zusammen. So war sie ganz verborgen und konnte doch von ihrem Platz den gepflasterten Weg, das Vorgartenpförtchen und ein Stück der Straße übersehen. Angestrengt spähte sie heraus.

Aber ungemütlich war es hier drinnen im Hortensienstrauch, feucht und unbequem. Ruth war schon nahe daran, wieder herauszukrabbeln, als ein Taxi vor dem Haus hielt.

Die Perückendame kletterte heraus. Sie gab dem Fahrer einen Schein, sah sich vorsichtig nach links und rechts um. Während sie auf das Wechselgeld wartete – wie gut, daß Ruth nicht mehr auf der Bank saß! –, steckte das Geld ein, eilte durch den Vorgarten auf die Villa zu und verschwand durch den Nebeneingang.

Ruth befreite sich aus dem Hortensienstrauch und lief auf die Straße. Sie erwartete, die Freundinnen zu sehen, begriff erst im zweiten Augenblick, daß das ja Unsinn war, denn bestimmt hatten sie nicht mit einem Auto die Verfolgung weiterführen können. Die Perückendame war ihnen entwischt.

Irgend etwas war schiefgegangen, denn die Trickdiebin hatte ausgesprochen unsicher und nervös gewirkt. Es mußte ihr aufgefallen sein, daß sie verfolgt worden war.

Was nun? Wie würde es weitergehen? Was sollte sie, Ruth, jetzt tun? Und was würde die Perückendame unternehmen?

Es dauerte nicht lange, dann erhielt Ruth zumindest eine vorläufige Antwort auf diese Fragen. Ein anderes Taxi fuhr vor. Der Fahrer stieg aus, ging auf die Haustüre zu und klingelte bei der „Pension Erika". Ruth ging hinter dem Taxi in Deckung.

Wenig später sah sie die Perückendame die Villa verlassen, diesmal ohne Perücke und durch den Vordereingang. Sie trug in der rechten Hand einen Koffer und in der anderen eine Perückenschachtel und eine Handtasche. Den Koffer nahm ihr der Taxifahrer ab und führte sie zu seinem Auto. Er hielt ihr die Türe auf.

Sie stellte die Perückenschachtel in das Auto, öffnete

ihre Handtasche, warf einen Blick hinein und erschrak; sie hatte offensichtlich etwas Wichtiges vergessen.

„Bitte, warten Sie noch einen Augenblick!" rief sie dem Fahrer zu. „Ich bin gleich wieder da!" Sie drehte sich um und lief auf das Haus zu.

Der Fahrer öffnete den Gepäckraum des Autos und wuchtete den Koffer hinein.

Ruth trat einen Schritt vor, legte den Kopf zur Seite und lächelte den Mann freundlich an.

Der sah sie und fragte: „Na, wie haben wir es denn, kleines Fräulein?"

„Ich überlege mir nur gerade, ob Sie mich mitnehmen könnten!" sagte Ruth – merkwürdig, wie einfach es war, erwachsene Menschen anzureden, wenn man nur erst den Bogen raus hatte!

„Nee, das geht nicht!" sagte der Fahrer. „Wohin willst du denn?"

„Zum Flughafen."

„Da fahre ich sowieso nicht hin."

„Ach so . . . nur zum Bahnhof?"

„Jawohl!"

Ruth wußte, was sie wissen wollte. Sie nickte dem Fahrer freundlich zu und rannte davon in Richtung Bus-Haltestelle. Es war reine Glücksache, ob sie mit dem Bus eher oder mindestens genauso schnell beim Bahnhof war wie die Perückendame, aber sie mußte es jedenfalls versuchen. Wenn es doch nur gelingen würde!

Als sie auf der Plattform stand und durch die Stadt schaukelte, dachte sie: Ich hätte den anderen eine Nachricht hinterlassen müssen, vielleicht einen Zettel mit einer Notiz auf der Platanenbank!

Aber dazu war es nun zu spät, ganz abgesehen davon,

daß ihr ja gar keine Zeit dazu geblieben war und sie auch weder Bleistift noch Papier bei sich gehabt hatte – man kann schließlich nicht an alles denken!

Sie war die erste, die absprang, als der Omnibus vor dem Bahnhof hielt. Sie überquerte die Straße und rannte geradewegs in die große Schalterhalle hinein.

Von der Perückendame war weit und breit nichts zu sehen.

Ruth nahm neben einem Bahnsteigkartenautomaten Aufstellung und behielt den Eingang und die Schalter unentwegt im Auge.

Würde die Perückendame wirklich kommen? Es war ja auch möglich, daß sie einfach am Bahnhof das Taxi gewechselt hatte und zu einer anderen Pension gefahren war.

Aber nein, da kam sie. Ihr kurzgeschnittenes rotblondes Haar wirkte ein bißchen verdrückt, denn sie hatte keine Zeit gehabt, sich ordentlich zu frisieren, und sie war überhaupt nicht geschminkt, wahrscheinlich hatte sie nur eben flüchtig ihre Bemalung als Perückendame abgenommen. Sie ging auf einen der Schalter zu und erstand eine Fahrkarte.

Eilig zog Ruth sich eine Bahnsteigkarte. Sie ließ die Perückendame ein gutes Stück vorausgehen, bis sie ihr folgte. Sie wollte nur feststellen, auf welchen Bahnsteig sie sich begab, und dann sofort Kriminalinspektor Maurer anrufen.

Hinter der Perückendame her schlängelte sie sich durch die lange Unterführung. Menschen eilten hin und her, so daß sie stets in Deckung bleiben konnte.

Die Perückendame schritt zum Bahnsteig 6a hinauf. Ruth wollte zum Ausgang und zu den Telefonzellen zurücklaufen.

Da ertönte von oben eine Stimme aus dem Lautsprecher: „Achtung, Achtung! Vorsicht an der Bahnsteigkante! Der D-Zug nach Hamburg hat Einfahrt!"

Ruth überlegte keinen Augenblick. Sie stürzte die Stufen hinauf. Sie wollte und konnte die Perückendame jetzt nicht mehr aus den Augen lassen. Ja, wenn sie sicher hätte sein können, daß sie bis Hamburg fuhr, dann hätte die Kriminalpolizei sie dort in Empfang nehmen können. Aber vielleicht stieg sie irgendwo unterwegs aus, wo niemand es vermutete, und konnte weiter hilflose alte Leute betrügen und bestehlen.

Der Zug brauste in die Halle und kam zum Stehen. Die Türen wurden aufgerissen, und Fahrgäste kletterten heraus. Ruth sah das rotblonde Haar der Verbrecherin leuchten, sah sie einsteigen.

Jetzt hatte sie keine Wahl mehr. Sie kletterte ebenfalls in den Zug, wenn auch in einen ganz anderen Wagen.

Andere Reisende rissen die Fenster auf, wechselten Abschiedsgrüße mit ihren Freunden, schwatzten und lachten. Ruth klopfte das Herz vor Aufregung bis zum Halse.

Ach, wenn doch wenigstens Katrin bei ihr gewesen wäre!

Aber es mußte auch ohne die Freundin gehen. Sie brauchte sich ja immer nur ganz genau vorzustellen, was Katrin an ihrer Stelle getan hätte, und es genauso zu machen.

Mit einem Ruck setzte sich der Zug in Bewegung. Die Fenster wurden geschlossen. Ruth begann den Gang entlang zu marschieren. Unterwegs kam ihr ein Kellner mit weißer Jacke entgegen, der einen Kasten mit Wasser, Limonade und Bier von Abteil zu Abteil trug.

„Entschuldigen Sie, bitte!“ sagte Ruth. Ihre Stimme war so zaghaft, daß der junge Mann sie beim Rattern der Räder nicht verstehen konnte.

„Limonade?“ fragte er.

„Nein. Ich muß den Zugführer sprechen!“

„Der ist ganz vorne. Gleich hinter der Lok.“

Ruth marschierte weiter, jetzt schon mit leichterem Herzen, vorbei am Speisewagen und an den Abteilen erster Klasse und einem Büro für Fahrgäste, die unterwegs arbeiten wollten.

Die Türe eines Abteils öffnete sich, und ein großer Mann in blauer Uniformjacke mit leuchtend rotem Schulterriemen trat heraus.

„Herr Zugführer?“ piepste Ruth.

„Ja, der bin ich!“ Der Zugführer sah auf sie herunter. „Wolltest du mich sprechen, junge Dame?“

„Ja, bitte. Es ist sehr wichtig.“

„Hast du etwa deine Eltern verloren? Warte nur, das werden wir . . .“

„Aber nein“, fiel Ruth ihm ins Wort, „ich bin ganz allein unterwegs.“ Mit Überwindung fügte sie hinzu: „Ich habe nicht einmal eine Fahrkarte!“

„Also von zu Hause ausgerissen!“

„Auch das nicht, Herr Zugführer! Bitte, könnten wir nicht wo hingehen, wo ich Ihnen alles in Ruhe erklären kann? Hier auf dem Gang kann ich nicht gut sprechen.“

„Na, dann komm mal mit!“ sagte der Zugführer und schob sie in das Abteil, aus dem er eben gekommen war.

Hier hingen Uniformjacken und Mäntel, und auf einer Bank lag eine Blechdose für Butterbrote. Aber sonst war es leer.

„Ich verfolge eine Diebin“, sagte Ruth, „sie sitzt hier im

Zug, aber ich konnte nicht herausbekommen, wo sie aussteigen will. Deshalb bin ich mitgefahren."

„Das ist ja hochinteressant", sagte der Zugführer, und es war ihm anzumerken, daß er ihr kein Wort glaubte.

„Gibt es hier im Zug Telefon?" fragte Ruth. „Ach, Gott sei Dank! da hängt ja ein Apparat! Bitte, lassen Sie mich mit dem Polizeipräsidium verbinden. Wenn ich mit Kriminalinspektor Maurer reden kann, ist alles in Ordnung!"

„Hm", machte der Zugführer und kratzte sich am Kinn; wider Willen hatte ihn Ruths Entschlossenheit doch beeindruckt. „Ich glaube, ich selber werde mal mit diesem Kriminalinspektor . . . wie heißt er doch gleich?"

„Maurer!"

„Also, dann werde ich mal mit ihm reden. Setz dich solange hin. Und, wehe, wenn du auszureißen versuchst."

„Aber", sagte Ruth, „wie käme ich denn dazu!"

Sie setzte sich und hörte mit an, wie der Zugführer erst die Bahnpolizei und dann das Polizeipräsidium anrief, und sie hoffte von ganzem Herzen, daß der Zug nicht hielt, bevor die Verbindung hergestellt war, damit die Perückendame nicht doch noch im letzten Moment entwischen konnte.

„Kriminalinspektor Maurer ist nicht da? Sehr schade. Kann ich Ihnen dann den Fall erzählen?" sagte der Zugführer. „Also bei mir hier sitzt ein kleines Mädchen . . ." Und er berichtete, was er wußte, und lauschte danach einige Zeit.

„Ach so. Gut, ich verstehe", sagte er, „und was soll ich nun mit der Kleinen machen?" Er hielt den Hörer zu. „Ich soll dich fragen, ob du aus der Parkschule bist?"

„Ja, das bin ich!" rief Ruth fröhlich. „Aus der Sechs a!"

Der Zugführer sagte es in den Hörer, lauschte dann

wieder, verabschiedete sich und hängte auf. „Na, da hast du ja nochmal Glück gehabt", sagte er, „komm mit!"

„Wohin?"

„Du sollst mir die verdächtige Person zeigen. Wenn sie den Zug verlassen will, soll ich sie der Bahnpolizei übergeben ..."

Aber dazu kam es dann doch nicht. Die Perückendame, die Ruth mit einem raschen Blick durch das Fenster ihrer Abteiltüre erkannt hatte, rührte sich nicht von ihrem Platz, und an der übernächsten Station bestieg Kriminalinspektor Maurer mit einem Assistenten den Zug und holte sie heraus.

Sie protestierte heftig, schimpfte und schrie und beteuerte ihre Unschuld. Aber die schlichte, dunkelhaarige Perücke, die der Kriminalinspektor aus der Schachtel holte und auf seinem Zeigefinger tanzen ließ, bestätigte Ruths Bericht.

„Regen Sie sich nicht auf, meine Teuerste", sagte der Kriminalinspektor, „wir werden Sie den bestohlenen alten Leuten gegenüberstellen ... mit Perücke, versteht sich ... und dann wird sich ja herausstellen, ob Sie die Diebin sind oder nicht."

Daraufhin wurde sie dann doch ziemlich still.

„Ich bin so froh", sagte Ruth strahlend, „daß Sie mir sofort geglaubt haben, Herr Kriminalinspektor."

„Geglaubt habe ich dir, weil deine Freundinnen auch schon bei mir waren und ich mir daraufhin die Pension Erika etwas näher angesehen habe. Dabei hat sich herausgestellt, daß du ganz recht hattest: Genau neben dem Zimmer der Verdächtigen führte eine Hintertreppe hinunter. Zudem war auch dem Stubenmädchen das Benehmen der jungen Frau sonderbar vorgekommen, und ebenso paßte die überstürzte Abreise ins Bild, da habe ich mich denn gleich auf den Weg gemacht."

„Sie müssen aber furchtbar schnell gefahren sein!"

Der Kriminalinspektor lächelte. „Das sind wir. Aber nicht so, wie du denkst. Wir sind nämlich mit einem Hubschrauber gekommen. Hättest du Angst, mit uns zurückzufliegen?"

„Angst?" fragte Ruth. „Was ist das?"

Mit einem Funkstreifenauto, richtig mit Blaulicht und Sirene, fuhren sie zu einem kleinen Hubschrauberflugplatz beim Unfallkrankenhaus hinaus.

Unterwegs sagte der Kriminalinspektor: „Übrigens, du weißt doch, auf die Ergreifung der Trickdiebin ist eine Belohnung von tausend Mark ausgesetzt worden. Wirst du dir die mit deinen Freundinnen teilen? Oder was hast du sonst mit dem Geld vor?"

Ruth dachte nach. 1000 Mark, das war viel Geld, es gab eine Menge heimlicher Wünsche, die sie sich damit hätte erfüllen können, zum Beispiel das Fahrrad, das ihre Eltern ihr nicht schenken wollten, weil sie zuviel Angst um sie hatten, ein Kofferradio . . ., ein Ping-Pong-Tisch . . ., ein Plattenspieler.

Aber mit einem kurzen Schütteln ihres blonden Kopfes verscheuchte Ruth alle diese unerfüllbaren Wünsche. „Zuerst", sagte sie, „werde ich Katrins Großmutter das Geld zurückgeben, das ihr gestohlen worden ist, und was dann noch übrig bleibt, sollen die anderen alten Leute bekommen, die die Perückendame beklaut hat. Ich bin sicher, daß meine Freundinnen genauso denken werden wie ich. Sie finden das doch auch richtig, nicht wahr, Herr Kriminalinspektor? Und Sie werden mir dabei helfen, es gerecht zu verteilen?"

„Du bist wirklich ein tolles Mädchen", sagte Kriminalinspektor Maurer, „alle Achtung, Hut ab! Sag mal, hast du nicht vielleicht doch Lust, später, wenn du mit der Schule fertig bist, zu unserer Kriminalpolizei zu kommen?"

Ruth lachte. „Lieber nicht", sagte sie, „ich werde doch wohl Friseuse werden, wie meine Eltern es wünschen. Aber wenn sich mal eine verdächtige Person in unser Geschäft verirrt, dann werde ich Sie gleich benachrichtigen, Herr Kriminalinspektor, das verspreche ich Ihnen!"

Das Auto hielt, sie stiegen einer nach dem anderen aus – die Perückendame war schon mit Handschellen gefesselt – und in den Hubschrauber über.

Die Rotoren sausten um und um und machten einen ohrenbetäubenden Lärm.

Aber als sich der Hubschrauber dann in die Lüfte emporhob, war es ein wunderbares, schwereloses Gefühl.

Ruth blickte durch die gläserne Kuppel nach unten und sah die Stadt und das Krankenhaus, die Straßen und die Eisenbahnlinie kleiner und kleiner werden. Es ging wieder der Heimat entgegen.

Sie wußte, sie würde sich bestimmt noch häufig fürchten, aber nie mehr grundlos ängstlich sein, und sollte ihr das doch noch einmal passieren, so brauchte sie nur daran zurückzudenken, wie sie den Fall mit der Perückendame gelöst hatte, und sofort würde ihr Selbstvertrauen wieder erwachen.

Ruth fühlte sich so großartig wie noch nie zuvor in ihrem Leben.

Susebill tut, was sie will

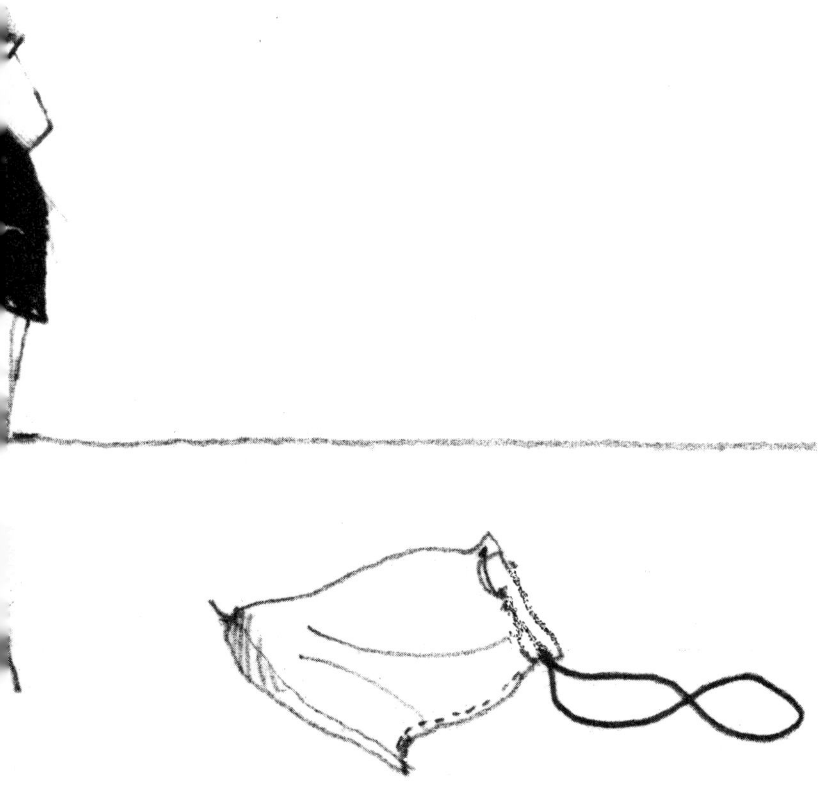

Susebill hat Kleidersorgen

„Nein! Ich will nicht!“ rief Susebill böse. „Lieber gehe ich nackt. Ich denke gar nicht daran, diese alten Fetzen anzuziehen!“

„Nackt willst du gehen?“ fragte Stefanie, ihre ältere Schwester, ungerührt und blies sich eine Strähne ihres kurzgeschnittenen dunklen Haares aus der Stirn. „Da bin ich aber mal gespannt.“

„Ach du!“ fauchte Susebill zornig und funkelte Stefanie an. „Wenn du wenigstens besser mit deinen Sachen umgegangen wärst . . .“

„Bitte, Susebill!“ Frau Meixner, die Mutter, hob mahnend die Hand. „Nimm dich ein bißchen zusammen. Du weißt genau, daß ich nichts Unbilliges von dir verlange. Das habe ich nie getan. Es ist selbstverständlich, daß die Kleider wieder tipptopp hergerichtet werden, bevor du sie anziehst."

„Alt und getragen bleiben sie trotzdem!"

„Ph!" machte Stefanie. „Was ist schon dabei? Wir sollen ja damit zur Schule gehen und nicht zu einer Modenschau."

„Stefanie hat ganz recht", stimmte die Mutter zu, „also komm her, probier an. Ich bin sicher, wenn du dich erst mal hier in dem netten Blauen siehst . . ." Sie hatte das Kleid aufgeknöpft und hielt es Susebill hin, damit sie hineinschlüpfen konnte.

Aber Susebill wich einen Schritt zurück. „Nein", sagte sie energisch, „niemals. Kommt gar nicht in Frage!"

Frau Meixner seufzte. „Ich verstehe nicht, warum gerade du immer so unvernünftig sein mußt. Nimm dir doch ein Beispiel an deinen Schwestern. Andrea macht mir wegen ihrer Kleider niemals Ärger und . . ."

„Andrea! Das wäre auch noch schöner!" rief Susebill wütend. „Andrea ist ja der Glückspilz in der Familie! Ach, was gäbe ich darum, wenn ich als Älteste auf die Welt gekommen wäre! Dann brauchte ich jetzt nicht die abgelegten Klamotten von den anderen zu tragen und bekäme so neue Sachen wie Andrea."

„Wir haben alle ein neues Sonntagskleid bekommen", sagte Stefanie, „oder ist dir das etwa auch nicht gut genug?"

„Was mir das schon nutzt! Ein neues Sonntagskleid . . ., daß ich nicht lache . . . und für die Schule fünf alte Fetzen, die schon Andrea und Stefanie vor mir getragen haben! Es ist direkt zum Heulen! Begreift ihr das denn nicht? Alle in der Klasse werden mich auslachen, wenn ich schon wieder mit dem alten Zeug ankomme. Jeder weiß doch, daß ich die Sachen von meinen Schwestern geerbt habe!"

Frau Meixner seufzte tief. „Ach, Susebill", sagte sie, „du machst es mir wirklich schwer. Glaubst du nicht, daß ich dir nicht auch lieber schöne neue Sachen kaufen würde? Aber es geht nun einmal nicht, wir haben nicht genügend Geld. Laß dich nicht unterkriegen, mein Liebling, bestimmt meinen es die anderen nicht so, wenn sie ein bißchen spotten."

Stefanie hatte sich auf den großen Tisch geschwungen und saß mit baumelnden Beinen zwischen Modeheften und Stoffresten. „Laß dir doch nichts vormachen, Mutter", sagte sie, „kein Mensch lacht Susebill aus. Das will sie dir nur einreden, um dich weich zu machen."

„Nun, vielleicht lachen sie nicht", gab Susebill trotzig zu, „aber wie sie mich angucken . . . ganz schief von der Seite. Alle sind schicker angezogen als ich . . . alle!" Vor lauter Selbstmitleid stiegen Susebill Tränen in die Augen. „Ich zähle ja doch bloß zur zweiten Garnitur."

„Ob das nicht vielleicht auch an deinen sehr mittelmäßigen Schulleistungen liegen könnte?" fragte Frau Meixner.

Susebill stieg das Blut zu Kopf. Sie öffnete den Mund, als ob sie etwas sagen wollte, aber sie brachte kein Wort hervor. Plötzlich drehte sie sich um, verbarg ihr Gesicht hinter dem Arm und brach in wildes Schluchzen aus. „Oh, ihr seid ja alle so gemein zu mir!" stammelte sie.

Stefanie wollte etwas sagen, aber Frau Meixner ließ es nicht dazu kommen. „Laß uns allein", bat sie mit einer Kopfbewegung zur Tür hin.

Stefanie ließ sich vom Tisch rutschen und verzog sich.

Susebill blieb mit ihrer Mutter allein. Frau Meixner wartete erst ab, bis das Mädchen sich ein wenig erholt hatte, bevor sie zu sprechen begann. In der Zwischenzeit machte sie sich daran, die Nähte eines leicht verschossenen grünen Leinenkleides aufzutrennen.

Erst als Susebills Schluchzen nur noch leise und in immer größeren Abständen zu hören war, sagte sie: „Na, was ist? Möchtest du dich nicht entschuldigen?"

Susebill warf mit einem energischen Ruck ihren dicken blonden Zopf über die Schulter zurück in den Nacken. „Ich wüßte nicht, für was!" sagte sie trotzig. Ihre Nase war verschwollen, ihre Augen voll Tränen.

„Dann muß ich dir ein bißchen auf die Sprünge helfen. Du hast erklärt, daß wir alle . . . ich nehme an, du meintest damit Stefanie und mich . . . vielleicht sogar die ganze Familie . . . gemein zu dir wären. Wenn du dir die Mühe geben würdest, einmal vernünftig nachzudenken, würdest du daraufkommen, daß das gewiß nicht stimmt. Deine Schwestern und ich, deine Brüder und dein Vater, wir alle haben dich von Herzen lieb. Du kannst niemandem von uns die Schuld daran geben, daß wir nicht imstande sind, deine Wünsche zu erfüllen. Wir täten es, wenn wir es könnten. Oder zweifelst du daran?"

Susebill sah Frau Meixner an. Mehr als von den Worten der Mutter war sie von dem traurigen Ausdruck ihrer Augen betroffen. Sie merkte plötzlich, daß sie ihr das Herz schwer gemacht hatte. „Entschuldige, bitte", sagte sie leise, „ich wollte nicht . . . ich habe es nicht so gemeint."

„Ich möchte dich so gern glücklich sehen, mein Liebling . . ."

„Oh, Mutter!" Susebill lief auf Frau Meixner zu, warf sich in ihre Arme und begann erneut zu schluchzen.

Frau Meixner hielt ihre kleine Tochter ganz fest, streichelte nur sachte das weiche blonde Haar.

Es dauerte eine ganze Weile, bis Susebill sich soweit gefaßt hatte, daß sie wieder sprechen konnte. „Ich weiß ja, du kannst nichts dafür, Mutter", sagte sie, „und Andrea und Stefanie auch nicht ... Aber warum haben wir bloß nicht so viel Geld wie andere Leute? Du hast keine Ahnung, wie schick die anderen in meiner Klasse angezogen sind. Gunhild Hopmann zum Beispiel sieht immer aus wie aus dem Modeheft geschnitten, dabei ist ihr Vater doch bloß ...

Frau Meixner strich ihr über die heiße Stirn. „Gunhild ist das einzige Kind, aber ihr seid fünf, da liegt der Unterschied. Eine Familie mit fünf Kindern kann sich eben nicht so viel leisten wie andere ... Dafür ist es bei uns aber auch viel lustiger als anderswo, findest du nicht? Oder würdest du auf eines von deinen Geschwistern verzichten wollen, wenn du dafür schönere Kleider kriegen könntest?"

„Nnnein", sagte Susebill zögernd; es klang nicht gerade überzeugend.

Frau Meixner überhörte es. „Na, siehst du", sagte sie lächelnd, „ich wußte, du würdest so denken. Vater und ich, wir haben uns immer gewünscht, eine große Familie zu haben, und wir finden es herrlich. Wir müssen uns dafür selber auch manche Einschränkungen auferlegen. Aber was macht das schon! Menschen, die man lieb hat, sind wichtiger als ein Fernsehapparat oder ein Pelzmantel, nicht wahr?"

„Fernsehen ist aber auch prima, Mutter", sagte Susebill, „gestern nachmittag bei Gunhild Hopmann ..."

„Kindskopf", sagte Frau Meixner und lachte, „als ob sich

so ein technisches Ding überhaupt mit etwas Lebendigem vergleichen ließe!" Als sie Susebills unglückliches Gesicht sah, fügte sie rasch hinzu: „Warte nur, Kind ... Wenn wir eines Tages so weit sind, daß wir uns einen Fernsehapparat leisten können, werde ich bestimmt nicht dagegen sein. Vielleicht ist es wirklich ganz nett. Aber vorläufig sind andere Dinge wichtiger. Zum Beispiel unser Haus. Wenn wir erst ein eigenes Haus haben, wird dir manches besser gefallen. Jeder von euch wird ein eigenes Zimmer haben ... auch Thomas und Theo ... Wir werden nicht mehr mitten in der lauten Stadt wohnen, sondern draußen, wo die Luft rein ist. Ihr werdet den ganzen Tag im Garten sein können, wenn die Sonne scheint ... Ich werde Gemüse ziehen, Radieschen und Blumen ... Ach, Susebill, es wird herrlich werden."

„Werden wir dann auch in eine andere Schule kommen?"

„Ja, sicher. Jeden Tag in die Stadt zu fahren, wäre ja viel zu umständlich."

„Das ist gut", sagte Susebill mit einem Seufzer der Genugtuung. „Dann werden die in meiner neuen Klasse wenigstens eine Zeitlang nicht wissen, daß ich die abgelegten Kleider von meinen großen Schwestern tragen muß."

„Sparen müssen ist keine Schande."

„Nein, aber langweilig. Ach, Mutter, es muß phantastisch sein, viel Geld zu haben ... Warum hast du bloß keinen reichen Mann geheiratet?"

Frau Meixner lachte. „Weil ich deinen Vater geliebt habe. Außerdem ist er gar nicht arm, sondern ein gut verdienender Tierarzt. Wir würden uns viel mehr gönnen können, wenn ihr nicht so teuer wäret."

Susebill zog sich das abgelegte blaue Kleid von Stefanie über den Kopf. „Wenn ich erst erwachsen bin und verheiratet, wünsche ich mir bestimmt nur zwei Kinder. Dann ist Schluß."

„Du meinst wohl, da hätten wir auch tun sollen, ja? Dann denk einmal nach. Du bist die vierte. Wenn wir uns nicht viele Kinder gewünscht hätten, schwämmst du jetzt noch in Abrahams Wurstkessel."

Jetzt mußte auch Susebill lachen. „Na, da hätte ich wenigstens keine Kleidersorgen", sagte sie und knöpfte das Kleid vorne zu. „Wird es mir stehen?" fragte sie und drehte sich, daß der weite Rock wie eine blaue Glocke um ihre Beine schwang.

„Wunderbar, Mädel!" Frau Meixner begann abzustekken. „In der Taille sollte es enger sein ... Hier an den Schultern lasse ich ein wenig raus ... Wenn ich einen großen Kragen draufsetze, wird kein Mensch merken, daß es nur umgearbeitet ist."

„Hoffentlich nicht", sagte Susebill. Aber sie betrachtete sich doch mit Wohlgefallen in dem hohen Spiegel. Das Kleid stand ihr viel besser als Stefanie und Andrea, fand sie insgeheim. Ich bin eben doch die Hübscheste, dachte sie, sprach es aber wohlweislich nicht aus.

Ihre Mutter hatte meist für dergleichen Feststellungen sehr wenig Verständnis.

Gemischte Gefühle

Die Praxis von Dr. Hans Meixner lag im selben Stockwerk des großen Mietshauses wie die Wohnung seiner Familie. Aber den Kindern war es nur ausnahmsweise erlaubt, den Vater während der Arbeit aufzusuchen. Eine Ausnahme machte Andrea, die Älteste. Sie besaß viel Geschick im Umgang mit kranken Tieren und durfte sogar manchmal helfen, wenn Fräulein Hülsner, die Sprechstundenhilfe, krank oder beim Friseur war. Andrea wollte später Tiermedizin studieren wie der Vater.

Sonst sahen die Kinder die vierbeinigen und geflügelten Patienten nur im Treppenhaus. Kranke Hunde, Katzen, Schildkröten, Eidechsen und Igel wurden zu Dr. Meixner gebracht, Goldhamster und Meerschweinchen, Kanarienvögel, Papageien, Wellensittiche, Raben und zahme Amseln, und einmal sogar ein kleiner Löwe. Manche Tiere wirkten ganz munter, aber den meisten sah man schon von weitem an, daß sie krank waren – Fell und Federn waren glanzlos, die Augen trübe, einige waren bandagiert oder hatten einen Ausschlag.

Als Susebill eines Mittags früher als gewöhnlich aus der Schule kam, traf sie unten im Haustor mit einer alten Dame zusammen, die sich vergeblich bemühte, ihren schönen grauen Scotchterrier an der Leine nach oben zu zerren. Der Hund wollte einfach nicht.

Susebill blieb stehen. „Hat er Angst?“ fragte sie interessiert.

Die alte Dame nickte. „Ja. Mecki hat Ohrenzwang. Sieh nur, wie er immerzu den Kopf schüttelt. Es tut furchtbar weh, sobald man nur in die Nähe des Ohres kommt, und der Tierarzt muß ihn doch berühren, sonst kann er ihn ja nicht behandeln.“

Susebill hockte sich in die Knie. „Nun hör mal gut zu, Mecki“, sagte sie schmeichelnd, „du bist doch ein großer vernünftiger Hund . . . Willst du denn krank sein? Nein, bestimmt nicht. Dann mußt du jetzt aber auch tapfer sein. Der Tierdoktor da oben ist mein Vater, weißt du, und der tut keinem Tier weh ... Jedenfalls nicht mehr, als unbedingt notwendig ist. Also komm, Mecki ... komm!"

Sie erhob sich und ging langsam voraus, und Mecki, wahrscheinlich angenehm beruhigt von dem freundlichen Ton ihrer Stimme, folgte ihr tatsächlich. Im zweiten Stock blieb Susebill stehen, machte einen Knicks und sagte zu der alten Dame: „So, da wären wir ..." Sie wies mit dem Kopf auf die Wohnungstür. „Ich muß jetzt hier rein ..."

„Bitte, liebes Kind, bitte ... könntest du uns nicht noch ins Wartezimmer begleiten?" fragte die alte Dame. „Und könntest du nicht mit deinem Vater sprechen, daß er Mecki gleich drannimmt? Er wird sonst immer nervöser."

Tatsächlich zerrte Mecki schon wieder heftig an seinem Halsband und schüttelte den Kopf in geradezu beängstigender Weise.

Susebill runzelte die Stirn. „Will mal sehen, was sich machen läßt", sagte sie gnädig und öffnete die Tür zu dem kleinen Vorraum. „Gehen Sie bitte nicht ins Wartezimmer, ich will meinen Vater fragen ..." Sie zögerte einen Augenblick, dann drückte sie entschlossen die Klinke nieder und öffnete die Tür zum Behandlungszimmer.

„Du Rüpel! Du Rüpel! Scher dich hinaus!" schrie eine grobe schnarrende Stimme.

Vor Schreck wäre Susebill wirklich beinahe wieder zurückgesprungen. Dann erkannte sie, daß die aufgebrachte Stimme keinem Menschen gehörte, sondern einem weißen Kakadu mit einem prächtigen blauen Schopf.

Dr. Meixner lachte, als er ihr Gesicht sah. „Geschieht dir ganz recht", sagte er, „du weißt genau, daß ich Überfälle in meinen geheiligten Räumen nicht liebe!"

„Aber ich wollte doch nur ...", begann Susebill verdattert.

„Rüpel! Rüpel!" schrie der Kakadu böse.

Ein älterer Herr, offensichtlich der Besitzer des komischen Vogels, warf ein großes wollenes Tuch über den goldglänzenden Käfig. „Ich fürchte, ich muß mich für Josefines Grobheit entschuldigen", sagte er, „sie gebraucht immer diese schrecklichen Worte, wenn sie fremde Menschen sieht."

„Kann sie auch andere? Ich meine, kann sie auch nett reden?" fragte Susebill interessiert.

„O ja, natürlich!" sagte ihr Besitzer stolz, lüftete das wollene Tuch und bat zärtlich: „Bitte, Josefine, sag mal was Liebes!"

„Süßer Liebling!" schnarrte der Kakadu prompt, aber es klang genauso aufgebracht wie sein früheres „Rüpel".

Susebill lachte, und Dr. Meixner gab dem älteren Herrn rasch ein Rezept, das er aufgeschrieben hatte. „Hier, davon geben Sie Josefine bitte täglich dreimal drei Tropfen, am besten auf Zucker, dann merkt sie kaum etwas davon . . . Sie schmecken nicht gerade glänzend, aber sie muß sie nehmen."

„Danke, Herr Doktor, vielen Dank . . ." Der ältere Herr verabschiedete sich.

„Und was hast du hier zu suchen?" wandte Dr. Meixner sich an seine kleine Tochter.

Als Susebill den Mund aufmachte, schnitt er ihr das Wort ab: „Keine langatmigen Erklärungen bitte. Was du auch immer auf dem Herzen hast, ich bin sicher, es hätte Zeit gehabt bis zum Mittagessen."

„Nein, Vater!" rief Susebill. „Ganz bestimmt nicht . . . ich muß dich jetzt sprechen, jetzt sofort! Die alte Dame hat schrecklichen Ohrenzwang . . . Ich meine ihren Hund natürlich, Mecki heißt er, und deshalb . . . Ich habe sie draußen im Vorraum warten lassen, weil Mecki sonst immer nervöser wird . . ."

Dr. Meixner hob die Augenbrauen. „Bist du deshalb gekommen?" fragte er.

„Ja natürlich, ich wollte doch nur . . . Bitte, könntest du Mecki nicht sofort drannehmen? Jetzt gleich? Ausnahmsweise?"

„Susebill", sagte Dr. Meixner, „jetzt sieh mich mal an, ganz fest, nicht mit einem solchen Augenaufschlag, du weißt ja . . ."

Susebill schmunzelte. „Braune Augen sind nett, aber sehr kokett!"

„Schwindelst du mich nicht an?"

„Ich weiß gar nicht, was du meinst."

„Es hat dir also nicht zufällig ein kleines Vögelchen etwas von einem Telegramm gezwitschert?"

„Telegramm?" Susebill bekam vor Staunen den Mund nicht mehr zu.

„Ja, heute früh ist ein Telegramm von Tante Bettina durchgesagt worden, sie . . ."

„Sie kommt?" schrie Susebill und tanzte von einem Bein auf das andere. „Sie kommt, Väterchen?"

„Ja. Übermorgen. Und du bist wirklich nicht gekommen, um dich darüber zu vergewissern?"

Susebill flog ihrem Vater in die Arme. „Nein, nein, nein! Ich wußte es nicht! Ich hab es nicht geahnt! Oh, wie fabelhaft! Tante Bettina kommt!" Sie sauste zur Tür, drehte sich dann ganz plötzlich doch noch einmal um. „Aber du nimmst den armen Mecki jetzt doch gleich dran, ja?" Und dann wirbelte sie aus dem Zimmer.

Dr. Meixner sah ihr kopfschüttelnd nach. Dann wandte er sich an Fräulein Hülsner, die die ganze Zeit stumm am

Fenstertisch gesessen und die Blutprobe einer kranken Siamkatze analysiert hatte. „Was sagen Sie dazu?“ fragte er.

„Keine Sorge, Herr Doktor, sie wird sich schon noch mausern!“

Fräulein Hülsner stand auf und ließ den kranken Scotch und seine Herrin ein.

Beim Mittagessen wurde heftig über Tante Bettinas angekündigten Besuch diskutiert. Susebill und Theo, das Nesthäkchen, freuten sich unbändig. Andrea, die Große, etwas gedämpfter, während Stefanie und Thomas über die Aussicht, sich in ihren besten Kleidern und von ihrer besten Seite präsentieren zu müssen, alles andere als glücklich waren.

Eigentlich war Frau Bettina Gütler gar keine wirkliche Tante, sondern Mutters Schulfreundin. Sie hatte einen sehr reichen Mann geheiratet und war immer hochelegant. Frau Meixner versuchte niemals, ihr etwas vorzumachen, dennoch legte sie natürlich Wert darauf, sich von der Freundin nicht beschämen zu lassen. Sie wollte gerne ihre Kinder und ihre Wohnung im besten Licht zeigen, und das war für die Wildfänge Thomas und Stefanie durchaus nicht angenehm.

„Ausgerechnet Samstag“, maulte Thomas, „wo ich mit ein paar aus meiner Klasse Fußballspielen gehen wollte . . .“

„Und ich!“ rief Stefanie. „Ich wollte zum Himbeerenpflücken fahren – und nun . . .“ Sie schluckte.

„Was . . . nun?“ fragte Dr. Meixner.

„Alles Essig“, sagte Thomas, „wir müssen zu Hause bleiben und feine Leute spielen!“

„Thomas!“ sagte die Mutter böse. „Bitte! Was sind das für

ungezogene Redensarten ..."
„Laß ihn nur, Hilde, wahrscheinlich meint er es so, wie er sagt ..."
„Na klar! Was denn sonst?"
„Trotzdem möchte ich dich bitten, mich erst aussprechen zu lassen, Thomas, das dürfte wohl das wenigste sein. Also, bitte herhören! Was ich jetzt sage, gilt für alle ... Wer von euch keinen Wert darauf legt, zur Begrüßung von Tante Bettina zu Hause zu bleiben, der kann es lassen. Gezwungen wird niemand."
Einen Augenblick schwiegen alle verblüfft.
„Soll das heißen", fragte Thomas dann ein wenig unsicher, „soll das heißen, Vater, daß ich trotzdem zum Fußballspielen gehen kann?"
„Sicher!"
„Und ich zum Himbeerpflücken?" fragte Stefanie.
„Wohin du willst."
Stefanie und Thomas sahen sich an.
„Das ist aber wirklich sehr großzügig von dir, Vater", sagte der Junge dann, „vielen Dank."
„Nichts zu danken, mein Sohn. Das ist doch wirklich ganz selbstverständlich. Ich setze natürlich voraus, daß ihr auch bereit seid, auf Tante Bettinas Mitbringsel zu verzichten."
Susebill lachte schallend, und Thomas und Stefanie zogen lange Gesichter.
„Wer bekommt denn dann die Geschenke?" fragte Stefanie.
„Wer zu Hause bleibt natürlich!" rief Susebill.
„Irrtum", sagte der Vater, „Mitbringsel, für die sich kein Empfänger einstellt, werden dem Waisenhaus gestiftet. Bitte, versucht mir jetzt nicht einzureden, daß ihr erst die

Geschenke entgegennehmen und dann noch fortgehen könnt oder umgekehrt . . . Es ist unanständig, nur deshalb nett zu einem Menschen zu sein, weil man etwas von ihm haben will. Ansonsten scheint euch beiden, Stefanie und Thomas, jedenfalls nichts an Tante Bettina zu liegen . . . Ich bin wirklich sehr gespannt, ob ihr soviel Charakter habt, zu eurer Überzeugung zu stehen."

Nachher, als die drei Mädchen auf ihr Zimmer gegangen waren, um Schularbeiten zu machen, sagte Susebill: „Ich weiß gar nicht, was du hast, Stefanie! Ich finde Tante Bettina fabelhaft . . . sie selber, nicht nur ihre Geschenke."

„Sie ist so fein, daß man gar nicht wagt, sie anzurühren."

„Wozu auch? Bloß die kleinen Kinder müssen alles anfassen . . ."

„Sie lebt in einer ganz anderen Welt als wir. Wenn man ihr etwas erzählt, dann tut sie wohl so, als ob sie zuhört, sie lächelt auch dabei, aber in Wirklichkeit begreift sie gar nichts."

„Das kommt daher, weil sie so reich und so verwöhnt ist."

„Nein", sagte Andrea überraschend, „das kommt, weil sie sehr unglücklich ist."

„Unglücklich?" Susebill riß Mund und Ohren auf. „Tante Bettina? Andrea, du spinnst wohl! So verwöhnt, wie Tante Bettina ist, und dann unglücklich? Nein, das ist ganz ausgeschlossen."

„Doch ist es wahr!" Stefanie hatte sich rücklings auf ihr Bett geworfen und starrte zur Decke. „Andrea hat recht . . . aber davon verstehst du doch noch nichts, Kleine."

Nichts konnte Susebill so aufbringen, als wenn jemand gönnerhaft „Kleine" zu ihr sagte. Mit einem Aufschrei stürzte sie sich auf Stefanie und fuhr ihr mit beiden Händen in das Haar. Stefanie war in der ungünstigeren Lage, weil sie unten lag, aber sie bekam Susebills Kopf zu fassen und zerrte aus Leibeskräften daran.

„Aufhören!“ rief Andrea zornig. „Kinder, was fällt euch denn ein!“ Sie packte Susebill bei den Schultern und riß die beiden streitbaren Schwestern auseinander. „Schluß jetzt ... aber sofort!“

„Susebill hat angefangen, dieses Biest!“ sagte Stefanie und fuhr sich mit beiden Händen durch die zerzausten Haare.

„Nein, Stefanie war schuld!“ behauptete Susebill. „Sie tut, als wäre ich ein Baby ... Und du auch, Andrea! Warum fangt ihr erst an, was zu erzählen, und nachher hört ihr plötzlich auf und behauptet, ich wäre zu klein, um es zu verstehen ... Zu klein! So ein Quatsch! So gescheit wie ihr bin ich noch lange!“

„Das sieht man an deinen Leistungen in Mathematik!“ sagte Stefanie spitz.

Susebill wollte sich sofort wieder auf die Schwester stürzen, aber diesmal konnte Andrea Handgreiflichkeiten gerade noch rechtzeitig verhindern.

„Gut, ich will es dir erklären“, sagte sie und faßte Susebill fest bei den Schultern, „Tante Bettina ist unglücklich, weil sie und Onkel Daniel keine Kinder haben.“

Susebill holte tief Luft. „Du machst Witze“, sagte sie.

„Na also, was habe ich denn gesagt!“ rief Stefanie. „Sie versteht es einfach nicht, sie ist noch zu grün.“

„Verstehst du das denn?“ fragte Susebill. „Daß ein Mensch, der alles hat, unglücklich sein soll, bloß weil er keine Kinder hat?“ Sie legte den Finger an die Nase. „Nein, mich könnt ihr nicht reinlegen. Das habt ihr euch bloß ausgedacht. Tante Bettina hat ein todschickes Haus, einen himmlischen Wagen, Geld wie Heu, die tollsten Kleider . . ."

„Ja, aber sie ist trotzdem unglücklich", sagte Andrea.

„Versteh das ein anderer. Als wenn Kinder so was Besonderes wären. Was hat man schon von Kindern? Putzen, waschen, flicken, kochen, saubermachen . . . nichts als Mühe und Last. Na ja, vielleicht ist es auch von Zeit zu Zeit ganz lustig, aber wenn ich mal verheiratet bin, ich kann auf Kinder leicht verzichten."

„Dich nimmt ja niemand, damit fängt es an", sagte Stefanie.

Susebill zeigte ihr die Zunge. „Hast du gedacht!" Plötzlich wurde sie nachdenklich. „Aber wenn's wirklich so ist, daß sie sich deswegen grämt, dann sollten wir doch eigentlich . . . besonders lieb zu Tante Bettina sein, nicht wahr?"

Andrea lächelte. „Das ist das erste vernünftige Wort, das du seit langer Zeit gesagt hast, Susebill!"

Der erste Eindruck

Am Samstag nachmittag um zwei Uhr fuhr Dr. Meixner im frisch gewaschenen Auto zum Flughafen, um Tante Bettina abzuholen. Susebill durfte ihn begleiten.

Es war ein strahlend heller Frühlingstag. Die blanke gelbe Sonne hatte den grauen Dunst des Großstadthimmels durchbrochen. Ein frischer Wind zerrte an Rücken, Haaren und Hüten.

Das schöne Wetter hatte viele Menschen verlockt, ihre

Sommersachen aus dem Schrank zu holen und anzuziehen. Auch Susebill trug ein kurzärmeliges Kleid mit einem lustigen blau-roten Erdbeermuster. Es war ihr neues Sonntagskleid, und sie liebte es sehr. Sie trug weiße Söckchen dazu und Lackschuhe, die ihr schon ein wenig zu klein waren. Die Strickjacke, die die Mutter ihr mitgegeben hatte, trug sie lässig über die Schultern gelegt. Als Dr. Meixner seinen Wagen vor dem Eingang zum Flughafengebäude geparkt hatte, ließ sie die Jacke in einem unbewachten Augenblick auf den Sitz gleiten. Susebill fand sich wesentlich schicker ohne dieses nützliche Kleidungsstück, das sie im vorigen Jahr von Stefanie geerbt hatte.

Im Flughafengebäude herrschte lebhafter Betrieb. Reisende drängten sich vor den Schaltern der einzelnen Fluggesellschaften, Stewardessen gaben das Gepäck auf riesige Wagen, verteilten Flugkarten, Gepäckscheine und Auskünfte. Worte in fremden Sprachen umschwirrten Susebills Ohren.

Sie war sehr aufgeregt, hüpfte von einem Bein auf das andere. „Wann kommt Tante Bettina an?“ fragte sie den Vater, der die große Tafel mit den Ankunfts- und Abflugzeiten der Flugzeuge studierte. „Ich meine ... wann genau? Mit welchem Flugzeug? Hast du keine Angst, daß wir sie verpassen, Vater? Das Gebäude ist so groß ... und die vielen Menschen! Ich weiß gar nicht mehr genau, wie Tante Bettina aussieht!“

Dr. Meixner verglich seine Armbanduhr mit der großen Wanduhr über der Halle. „Wir haben noch eine halbe Stunde Zeit, Spatz“, sagte er. „Möchtest du gerne die Flugzeuge starten und landen sehen?“

„O ja!“ schrie Susebill. „Kann man das? Wo denn?“

6 9403-12

„Auf der Aussichtsterrasse", erklärte Dr. Meixner und nahm seine Tochter beim Arm, damit sie ihm nicht verlorenging.

Sie mußten sich durch die Drehtür schieben, die erst aufging, nachdem Dr. Meixner ein Geldstück in einen Schlitz geworfen hatte. Dann kletterten sie eine steile steinerne Treppe hinauf, gingen eine Galerie entlang, von der man auf wartende Menschen, rotgepolsterte Bänke und einen Andenkenkiosk hinabsehen konnte. Durch eine große Glastür traten sie auf die Terrasse. Das erste, was Susebill sah, war ein silbern schimmerndes Flugzeug, das sich, noch gar nicht weit von der Erde entfernt, im Gradeausflug höher und höher in die Luft erhob.

Sie rannte zur Brüstung der breiten Terrasse, kletterte auf den Fußsockel, beugte sich vor – unter ihr lag das riesige Rollfeld. Eine große Maschine, die gerade aufgetankt wurde, stand ganz nahe. Zwei andere standen weiter weg, aber immer noch gut sichtbar. Sie konnte die einzelnen Männer des Bodenpersonals erkennen, die hin und her liefen, einen Wagen mit Verpflegung, aus dem große Behälter in eines der beiden Flugzeuge übernommen wurden, ein kleines gelbes Feuerwehrauto, das mit ziemlicher Geschwindigkeit von einem Ende des Rollfeldes zum anderen fuhr.

„Vater!" schrie sie. „Vater! Schau bloß mal! Ist das nicht herrlich?"

Dr. Meixners kräftige Hand packte sie im Nacken, zog sie vom Geländer zurück. „Sicher", sagte er ruhig, „aber es lohnt sich trotzdem nicht hinunterzufallen."

„Aber das kann man doch gar nicht! Die Terrasse geht doch noch weiter vor, ich könnte höchstens über das Geländer kippen und . . ."

„Na danke. Dann wärst du wohl kaum noch in dem Zustand, Tante Bettina zu empfangen."

Erschrocken ließ Susebill das Geländer los und trat einen Schritt zurück. Erst jetzt war ihr wieder zum Bewußtsein gekommen, daß sie ja ihr bestes Kleid anhatte. Sie betrachtete ihre Hände – sie waren schwarz. Aber das war nicht das Schlimmste. Quer über ihren Rock zog sich ein dicker grauer Strich.

„Oh", sagte sie betroffen und wurde puterrot. Das war gräßlich. Die Tränen stiegen ihr in die Augen.

Dr. Meixner sah es. „Na, na, na", sagte er beruhigend, „immer noch kein Grund zur Verzweiflung. Ein schmutziges Kleid ist schließlich kein Beinbruch, und auch der läßt sich heilen. Nein, nicht reiben, Spatz, das wäre ganz verkehrt... Warte mal!" Er zog ein blütensauberes Taschentuch und begann vorsichtig zu wedeln.

Der ärgste Schmutz löste sich sofort. Nachher brauchte er nur noch ein bißchen zu tupfen und zu putzen, und nichts war mehr zu sehen.

„Glück gehabt", sagte er lächelnd, „jetzt saus aber ab und wasch dir die Hände... Du weißt hoffentlich, wo es ist. Wir sind eben daran vorbeigekommen."

Susebill stellte sich auf die Zehenspitzen und gab ihrem Vater einen Kuß. „Danke", sagte sie, „danke, Väterchen!" Dann rannte sie davon.

Während sie ihre Hände im Vorraum der Toilette wusch – mit flüssiger Seife und warmem Wasser –, dachte sie, wie gut der Vater war. Er hatte nicht gesagt: „Hättest du auf Mutter gehört und ein einfaches Kleid angezogen!" – Und auch nicht: „Wenn man schön angezogen sein will, muß man auf seine Kleider aufpassen!" Er hatte gar nichts gesagt, überhaupt nicht geschimpft, einfach geholfen.

Susebills Herz war voll zärtlicher Dankbarkeit.

Als sie auf die Aussichtsterrasse zurückkam, blieben nur noch zehn Minuten zum Schauen. Susebill nutzte sie aus. Sie ging nicht mehr ans Geländer, sondern hakte sich bei Dr. Meixner ein – erstens aus Liebe und zweitens, weil hier oben ein sehr frischer Wind ging. Sie bereute jetzt, ihre Jacke im Auto gelassen zu haben, und sie wäre sogar bereit gewesen, es offen zuzugeben, wenn sie nicht gefürchtet hätte, daß ihr Vater wieder mit ihr hinuntergehen würde.

Und auf der Aussichtsterrasse war es doch zu schön! Für das, was man hier alles sehen konnte, lohnte sich ein bißchen Frieren schon.

Die große Maschine war fertig aufgetankt, Männer in blauen Arbeitsanzügen entfernten den dicken Schlauch, fuhren den Bezinwagen fort – zu einem jener Flugzeuge, die weiter weg standen. Auch der Verpflegungswagen war schon fort.

Jetzt wurde eine sehr steile, gerade Treppe herbeigerollt und an eine der Flugzeugtüren gelegt. Eine Stewardess – es war die gleiche, die eben mitgeholfen hatte, die Speisebehälter hereinzuholen – erschien in der Öffnung und rief lächelnd etwas nach unten.

Ein langer Zug von Menschen kam, angeführt von einer anderen Stewardess, über das Rollfeld auf das Flugzeug zu. Es waren auch zwei Jungen darunter, nicht älter als Susebill, und eine Frau, die ein Kleinkind auf dem Arm hielt.

„Das ist die Höhe!“ entfuhr es Susebill.

Dr. Meixner sah seine Tochter fragend an.

„Ist doch wahr!“ maulte das Mädchen. „Noch so klein und darf schon fliegen!“ Dann lachte sie über sich selber. „Pah! Das Baby hat aber bestimmt nichts davon.“

„Nur keinen Neid“, sagte Dr. Meixner, „wer hat, der hat.“

„Eines Tages werde ich auch fliegen“, behauptete Susebill. „Ich werde Stewardess . . . Sind sie nicht toll, Vater? Mit ihren blauen Käppis . . . und so gepflegt . . . und alle sind sie schlank und schick. Wie kommt das eigentlich, Vater? Müssen Stewardessen dünn sein? Jedenfalls . . . mir würde Dunkelblau auch prima stehen.“

„Wenn du dir nach solchen Gesichtspunkten einen Beruf aussuchst“, sagte Dr. Meixner, „dann kannst du mir wirklich leid tun. Es ist bestimmt nicht das Wichtigste auf der Welt schick auszusehen.“

„Weiß ich doch, Väterchen . . . Ich bin ja nicht blöd. Aber ich würde wirklich riesig gerne fliegen . . . und fremde Länder sehen und das alles.“

„Versuch's nur. Ich würde mich freuen, wenn du deine Schulleistungen verbessern würdest, tüchtig Sprachen lerntest und alles, was dazugehört . . .“

„Ab Montag“, sagte Susebill vergnügt, „du wirst schon sehen . . .“

Aus dem großen Lautsprecher wurde in deutscher, englischer und französischer Sprache ausgerufen, daß das Flugzeug nach Paris startbereit sei. Ein Mister Dagobert Hope wurde dringend gesucht, sich einzustellen.

Aber Mister Hope erschien nicht.

„Was ist bloß los mit dem?“ fragte Susebill. „Verschlafen kann er nicht haben, es ist ja schon Nachmittag . . . Ob er entführt worden ist?“

Die Flugzeugtüren wurden geschlossen, die Treppe fortgerollt. Mit einem Höllenkrach begann sich erst der eine Propeller zu drehen, dann der andere, schließlich alle beide.

Susebill hielt sich die Ohren zu. Genau in dem Augenblick, als sie dachte, daß sie es nun wirklich nicht länger aushalten könnte und irgend etwas an diesem Flugzeug kaputt sein müßte, wurde der Lärm der Motoren leiser. Das Flugzeug setzte sich in Bewegung, rollte die Startbahn entlang, so weit, bis es nur noch ein winziges Ding war, machte dann einen Bogen und erhob sich in die Lüfte.

Susebill atmete tief. „Das wäre geschafft", sagte sie befriedigt, als ob sie selber am Steuerknüppel gesessen hätte.

„Sieh mal hoch!" sagte Dr. Meixner. „Nein ... dahin! Links hinüber! Siehst du was?"

„Ja, ein Flugzeug! Herrje, ist das noch klein, man kann sich gar nicht vorstellen ... Glaubst du, daß es hier landen wird?"

„Ja. Und wenn wir Glück haben, ist es die Maschine aus Rom." Dr. Meixner warf einen Blick auf seine Armbanduhr. „Die Zeit stimmt genau ..."

„Wenn Tante Bettina bloß drin ist", sagte Susebill.

„Warum sollte sie nicht? Sie hat es uns doch telegrafiert."

„Na, ich weiß nicht. Nach dieser Geschichte mit Dagobert ... Sag mal, Vater, kannst du dir vorstellen, warum er nicht rechtzeitig gekommen ist? Und was macht er jetzt? Es muß doch ein schrecklicher Schlag für ihn sein, daß das Flugzeug ohne ihn fort ist. Tante Bettina ... wenn sie bloß drin ist! Ich bin schon schrecklich aufgeregt."

Es dauerte noch lange – fast zu lange für Susebills Ungeduld –, bis das Flugzeug, das aus dem Lautsprecher inzwischen als die fahrplanmäßige Maschine aus Rom ausgerufen worden war, endlich landete. Susebill zerrte ihren Vater an der Hand bis zum anderen Ende der Aussichtsterrasse, von wo aus sie das Flugzeug noch besser sehen konnten.

Die Propeller drehten sich langsam, blieben stehen. Eine Treppe wurde herangeschoben, die Tür des Flugzeuges geöffnet, eine Stewardess erschien.

Dann kamen die Passagiere. Zwei Herren mit Aktentaschen, eine amerikanische Familie, eine alte Dame, und grade, als Susebill zum dritten Male sagte: „Sie ist bestimmt nicht drin!“ trat Tante Bettina auf die Plattform der Treppe.

„Hurra!“ schrie Susebill und sprang in die Luft. Sie legte ihre Hände wie einen Schalltrichter vor den Mund und brüllte aus Leibeskräften: „Tante Bettina! Tante Bettina!“

Die Leute auf der Terrasse drehten sich nach ihr um, aber Tante Bettina selber war natürlich viel zu weit entfernt, um Susebills Ruf zu hören.

Dr. Meixner begriff Susebills Enttäuschung. „Da“, sagte er, „nimm mein Taschentuch und wink tüchtig ... Vielleicht sieht sie uns!“

Und tatsächlich, Tante Bettina, die sich suchend umschaute, während sie die Treppe hinabging, erblickte Susebill und ihren Vater. Sie hob den Arm und grüßte ganz leicht, so, wie es Susebill einmal einen Filmstar hatte tun sehen, der von Zeitungsleuten erwartet wurde.

Es verschlug ihr die Sprache. Sie hatte Tante Bettina vor drei Jahren zuletzt gesehen, sie hatte gewußt, daß sie sehr elegant war, aber daß sie so unerhört aussah, daran hatte sie sich nicht mehr erinnert.

Tante Bettina trug ein goldbraunes Kostüm, das genau zum Ton ihrer Haare paßte, um die sie auf eine unerhört raffinierte Weise ein gelbes Tuch geschlungen hatte. Ihre Beine erschienen schlank und graziös, obwohl sie Schuhe mit niedrigen Absätzen trug, ihre ganze Figur war elastisch wie die eines jungen Mädchens – und doch sah man auch wieder, daß sie keines war. Sie wirkte nicht wie eine Frau und auch nicht wie ein Mädchen, sondern eben – es dauerte eine ganze Weile, bis Susebill das richtige Wort fand – wie eine Dame.

Unwillkürlich seufzte sie auf. Wie lange würde es noch dauern, bis sie selber so ungeheuer selbstbewußt und selbstverständlich aus einem Flugzeug steigen würde, in der einen Hand eine Krokodilledertasche, über dem Arm einen Pelz, dem man ansah, daß er sehr kostbar war!

Dr. Meixner riß Susebill aus ihren Träumen. „Na, jetzt wird's aber Zeit", sagte er. „Wir müssen uns sputen, wenn wir vor Tante Bettina beim Ausgang sein wollen."

Aber dann mußten sie doch noch fünf Minuten warten, bis Tante Bettina ihr Gepäck hatte verzollen lassen und – begleitet von einem Gepäckträger – auf sie zukam. Sie wirkte so wunderschön und so bis in die Fingerspitzen gepflegt, daß Susebill es nicht einmal wagte, ihr einen Kuß zu geben. Mit ganz ungewohnter Befangenheit machte sie einen tiefen Knicks und schlug die Augen nieder, als Tante Bettina ihr zulächelte.

„Das ist Susanne Sibylle, genannt Susebill", erklärte Dr. Meixner, „vielleicht erinnerst du dich noch, Bettina . . ."

„Aber ja, natürlich", sagte Tante Bettina rasch.

Dennoch hatte Susebill das unbehagliche Gefühl, daß sie, wenn der Vater es ihr nicht gesagt hätte, nicht einmal ihren Namen gewußt hätte.

„Nett, daß du mich abholst, Susebill", sagte Tante Bettina obenhin, dann wandte sie sich wieder an den Vater: „Und wo ist Hilde? Wie geht es ihr? Ich hoffe, ich mache euch durch meinen Überraschungsbesuch keine Ungelegenheiten."

„Bestimmt nicht“, sagte der Vater lächelnd, „meine Frau freut sich riesig . . . Aber natürlich hat sie noch alle Hände voll mit Vorbereitungen zu tun, deshalb läßt sie sich entschuldigen. Du kennst ja Hilde. Ohne einen guten Kuchen und einen Kartoffelsalat ist sie nicht imstande, einen lieben Besuch zu empfangen. Da vorne die alte Rappelkiste, das ist mein Wagen . . . Wenn du dich mir anvertrauen willst, sind wir in zwanzig Minuten zu Hause.“

„Reizend von dir“, sagte Tante Bettina, „aber ich möchte dich doch bitten, mich erst ins Hotel zu bringen . . . ins ‚Parkhotel‘. Ich habe mir dort telegrafisch Zimmer bestellt.“ Sie lächelte Dr. Meixner an und legte ihre behandschuhte Hand auf seinen Arm. „Du wirst verstehen . . . ich möchte mich erst noch ein wenig frisch machen.“

Susebills Augen wurden immer größer. Tante Bettina wirkte wie aus dem Ei gepellt – himmlisch duftend und wohlfrisiert –, wieso mußte sie sich da erst noch frisch machen? Und wie sollte das vor sich gehen?

„Wir haben zu Hause auch ein Badezimmer“, platzte sie heraus, „da kannst du . . .“ Sie stockte mitten im Satz, weil sie sich mit einem Male albern vorkam.

„Natürlich, ich weiß, Susebill“, sagte Tante Bettina lächelnd, „aber wenn man in eine fremde Stadt kommt, weißt du, ist es immer das beste, man geht zuallererst in sein Hotel. Man sieht nach, ob man wirklich das Zimmer bekommt, das man sich bestellt hat, läßt die Koffer auspacken . . . Ich mache es jedenfalls seit Jahren so, und es hat sich immer bewährt.“

Sie waren beim Auto angekommen. Dr. Meixner ließ Tante Bettina vorne einsteigen, öffnete den Kofferraum, damit der Gepäckträger ihre Koffer hineinstellen konnte.

Susebill schlüpfte auf den Rücksitz, auf den Platz hinter Tante Bettina, und sie beugte sich so weit vor, daß sie ihren wunderbaren Duft einschnuppern konnte.

„Das verstehe ich", sagte sie, „nachsehen, ob alles in Ordnung ist, aber schönmachen, Tante Bettina, brauchst du dich bestimmt nicht. Ich habe noch niemals eine so schöne Dame gesehen wie dich!"

Tante Bettina drehte sich um. „Danke, Susebill. Das war das reizendste Kompliment, das ich seit langem gehört habe!" Sie wandte sich an Dr. Meixner, der eben einstieg. „Wenn deine Töchter alle so entzückend sind wie Susebill, Hans, dann bist du wahrhaft zu beneiden!"

Susebill errötete bis über beide Ohren. Sie wartete gespannt, was der Vater zu diesem Lob sagen würde. Sie hatte das erhebende Gefühl, innerhalb ihrer Familie nicht genug anerkannt zu werden. Erst eine fremde Tante mußte kommen, um ihrem Vater die Augen zu öffnen.

Aber Dr. Meixner war gar nicht beeindruckt. Er lachte nur. „Warte ab, Bettina", sagte er, „bis du sie näher kennengelernt hast ... Susebill ist alles andere als ein Engel!"

Auch Tante Bettina lachte, und Susebill lehnte sich tief beleidigt zurück. Sie war froh, daß niemand sehen konnte, wie gekränkt sie sich fühlte.

Ein aufregender Nachmittag

Die Mutter hatte gar keine Scheu vor Tante Bettina. Sie küßte die alte Freundin ohne Rücksicht auf ihre Frisur und ihren Puder herzhaft auf beide Wangen, überschüttete sie mit Fragen und Begrüßungsworten, während Susebill und ihre Geschwister dastanden und die schöne elegante Tante wie ein Wundertier anstarrten.

Tante Bettina begrüßte Andrea, Thomas, Stefanie und Theo der Reihe nach, fand für jedes ein paar nette Worte, aber es war ihr anzumerken, daß sie schon auf den Augenblick wartete, wo sie endlich mit der Freundin aus vergangenen Tagen allein sein würde. Sie verteilte Geschenke – für die Mädchen hatte sie goldene Armkettchen mitgebracht, für die Jungen Spielzeugautos mit Gangschaltung –, erzählte dies und das von der Insel Capri, wo sie ein paar Wochen zur Erholung gewesen war.

Aber sie erhob keinen Einspruch, als Frau Meixner sagte: „So, nun aber raus! Tante Bettina hat genug von euch – und daß ihr euch nicht einfallen laßt, uns in den nächsten zwei Stunden zu stören!“

„Gilt das auch für mich?“ fragte der Vater augenzwinkernd.

„Natürlich nicht, aber . . .“, sagten beide Frauen fast gleichzeitig, und dann sahen sie sich an und lachten.

Frau Meixner sagte: „Du würdest dich bei uns doch nur langweilen, Hans!“

So gingen alle hinaus, und die Mutter und Tante Bettina blieben allein zurück.

„So eine Gemeinheit!“ murrte Thomas, als sie draußen waren. „Und dafür habe ich nun den ganzen Nachmittag geopfert! Jetzt ist es zu spät, um noch irgend etwas anzufangen.“

Stefanie seufzte. „Ich werde Geschichtszahlen lernen . . . – auch ein Vergnügen!“

Theo hatte schon sein neues Spielzeugauto in Gang

gesetzt. Es schoß den Flur entlang, und er rannte begeistert hinunter. Alle zogen sich in ihre Zimmer zurück, auch der Vater und Andrea, und niemand achtete auf Susebill, die sich zögernd herumdrückte und aufatmete, als alle verschwunden waren. Sie hatte als einzige den Wunsch, der wunderbaren Tante nahe zu sein. Sie blieb im Vorraum, verhielt sich mucksmäuschenstill und ließ die Türe zum Wohnzimmer nicht einen Moment aus den Augen.

Auf einem Kleiderbügel in der Garderobe hing Tante Bettinas Pelzmantel. Das helle braune Fell glänzte seidig. Susebill streichelte es. Es fühlte sich weich und leicht und lebendig an.

Eines Tages, träumte Susebill, werde ich auch so einen herrlichen Pelzmantel haben! Wenn ich erst erwachsen bin . . .

Sie steckte die Nase in das Fell, schnupperte, sog tief den aufregenden Duft in sich ein, eine Mischung von tierischer Wildheit und jenem herben, frischen Parfüm, das Tante Bettina immer umschwebte.

Susebill trat einen Schritt zurück. Aus dem Wohnzimmer waren die gedämpften Schritte der beiden Frauen zu hören, aber man konnte kein Wort verstehen. Sie seufzte leicht; keine Aussicht, daß die Wohnzimmertür so bald geöffnet würde.

Sie lehnte sich gegen die Wand, betrachtete den Pelzmantel. Wie vornehm er wirkte, wie edel! Alles andere erschien neben ihm auf einmal schäbig – der seit Jahren wacklige Garderobenständer, der Spiegel mit dem kleinen, aber unübersehbaren Sprung rechts oben, der von Stefanis Schlittschuhen stammte, der schmale abgetretene Teppich mit den verblaßten Farben. Selbst Andreas funkelnagelneuer Regenmantel, um den Susebill sie heiß beneidet hatte, sah mit einem Male nach gar nichts aus.

Susebill fühlte sich ganz elend. Nie, dachte sie, nie, nie, nie werde ich so feine Sachen haben wie Tante Bettina! Ich nicht und Andrea nicht und Stefanie nicht. Wir werden nie das kriegen, was wir uns wirklich wünschen, sondern immer nur Sachen, die Mutter „solide“ findet. Wir werden immer jedes Kleidungsstück tragen müssen, bis es wirklich nicht mehr geht, und selbst dann wird Mutter es noch wenden, und der nächste wird noch einmal ein Jahr damit herumlaufen müssen. Nie wird sich etwas ändern. Wenn wir wirklich in dem eigenen Haus wohnen, von dem sie alle sprechen, dann werden wir bestimmt für neue Möbel sparen müssen, und wenn die alle angeschafft sind, werden wir uns einschränken müssen, damit Andrea, Vaters Liebling, und Thomas, dieser Flegel, studieren können. Ach, es ist entsetzlich, das vierte von fünf Kindern zu sein. Ganz abscheulich.

Und zum ersten Male schoß Susebill der Gedanke durch den Kopf: Warum bin ich nicht als Kind von Tante Bettina zur Welt gekommen? Dann hätte ich es gut! Ich würde große Reisen machen dürfen und schöne Kleider haben, bestimmt hätte ich ein eigenes Zimmer. Ich würde verwöhnt wie Gunhild Hopmann oder vielleicht sogar noch mehr, denn Tante Bettina und Onkel Daniel sind ja noch viel, viel reicher als Hopmanns.

Susebill fand das Leben sehr ungerecht.

Sie war so in ihre Gedanken und Wunschträume versponnen, daß sie wahrhaftig den Augenblick verpaßte, als die Wohnzimmertür geöffnet wurde. Sie schrak zusammen und wurde blutrot, als Tante Bettina plötzlich vor ihr stand. „Oh“, sagte sie, „da steht ja meine Freundin Susebill! Möchtest du deine Mutter etwas fragen?“

Susebill schüttelte stumm den Kopf.
„Oder mich?“ fragte Tante Bettina.
„Nein“, sagte Bettina, und dann fiel ihr etwas ein. „Aus was für einem Tier ist der gemacht . . . dein Pelzmantel?“ fragte sie.
Tante Bettina lächelte ihr trauriges Lächeln. „Aus einer ganzen Menge kleiner Tiere . . . es ist ein Nerzmantel.“
„Ach“, sagte Susebill beeindruckt.
„Gefällt er dir?“ Tante Bettina griff in die Tasche des Mantels und holte ein Päckchen Zigaretten heraus; sie wartete Susebills Antwort gar nicht ab, sondern sagte: „Es ist so gemütlich bei euch. Ich ärgere mich wirklich, daß ich morgen mittag schon wieder nach Hause muß.“ Sie warf einen prüfenden Blick in den Garderobenspiegel.
Susebill nahm allen Mut zusammen: „Mußt du denn wirklich?“ fragte sie. „Ich meine . . . kannst du nicht einfach machen, was du willst?“
Tante Bettina wandte sich zu ihr. „Ich war jetzt drei Wochen von zu Hause weg. Länger kann ich Onkel Daniel nicht allein lassen. Er wartet auf mich.“
„Auf einen Tag kommt's doch auch nicht an.“
„Hättest du gerne, daß ich länger bliebe?“
„Ja, Tante Bettina.“
„Lieb von dir, das zu sagen. Aber es geht trotzdem nicht. Onkel Daniel hat mir für morgen den Wagen mit dem Chauffeur geschickt. Ich muß wirklich nach Hause.“
„Kommst du endlich, Bettina?“ rief die Mutter von drinnen. „Mit wem unterhältst du dich da?“
„Mit Susebill.“
„Neugierig wie immer, das hätte ich mir denken können“, sagte Frau Meixner; sie erschien mit dem Kaffeetablett in der Tür. „Du kommst mir gerade recht, Susebill“,

sagte sie. „Wie wäre es, wenn du schon mal die gebrauchten Tassen spültest? Du kannst natürlich eine von deinen Schwestern zu Hilfe rufen."

„Ja, Mutter", sagte Susebill und folgte ihrer Mutter mit hängender Nase in die Küche.

„Du bist wirklich um deine braven Kinder zu beneiden, Hilde", sagte Tante Bettina. „Am liebsten würde ich dir eins stehlen. Wie wäre es, Susebill?" Sie lächelte das Mädchen an. „Kämst du mit mir?"

Während Susebill noch mit großen Augen nach einer Antwort suchte, sagte Frau Meixner rasch: „Gib dir keine Mühe, Bettina, von meinen Rangen gebe ich keines her . . . für keinen Preis der Welt."

„Ich tät's auch nicht an deiner Stelle", sagte Tante Bettina und lehnte sich gegen die Küchentür, „obwohl ich sicher bin, Susebill und ich, wir würden uns glänzend verstehen." Sie strich Susebill über das schimmernde blonde Haar. „Wenn du mal einen Wunsch hast, Liebes, schreib mir nur. Ich würde dir gern eine wirkliche Freude machen."

„Hast du ja schon, Tante Bettina", sagte Susebill und sah auf das goldene Kettchen, das sie um ihr Handgelenk trug, „das Armband ist wirklich eine Wucht."

„Ich freue mich, wenn es dir gefällt! Aber sag mir mal ganz ehrlich: Was wäre dein heißester Wunsch?"

Die Mutter hatte das Tablett neben das Spülbecken gestellt. „Komm, Bettina", sagte sie, „laß dich nicht mit ihr ein. Susebill ist eine Klette. Du kriegst sie nachher nicht mehr los." Sie ging voraus in die Küche.

„Ich möchte schrecklich gern nicht immer Stefanies und Andreas abgetragene Kleider zur Schule tragen müssen", platzte Susebill heraus.

„Ach, mußt du das denn?“ sagte Tante Bettina ganz betroffen.

Frau Meixner drehte sich um. „Ja, Bettina, das muß sie“, erklärte sie ein wenig ärgerlich, „bei fünf Kindern läßt sich so etwas nicht vermeiden. Aber was ist schon dabei? Niemand macht so ein Theater darum wie Susebill. Sie ist eine Närrin.“

„Nun, ich finde, ein wenig eitel darf ein kleines Mädchen schon sein, und wenn du mir erlaubst, daß ich . . .“

„Kommt gar nicht in Frage! Untersteh dich, Susebill etwas zum Anziehen zu kaufen. Sie hat kein Recht, größere Ansprüche zu stellen als die anderen, und in Lumpen hat sie bisher noch nicht herumlaufen müssen.“

„Schade“, sagte Tante Bettina und schenkte Susebill einen mitfühlenden Blick aus ihren schönen braunen Augen, „ich hätt's gern getan. Aber . . .“, fügte sie fast entschuldigend hinzu, „wahrscheinlich hat deine Mutter recht. Sie versteht bestimmt mehr von Erziehung als ich.“ Sie ging.

Susebill blieb allein mit dem schmutzigen Geschirr in der Küche zurück und fühlte sich wie ein armes, schlecht behandeltes Aschenbrödel. Tränen des Zorns und der Enttäuschung stiegen ihr in die Augen.

Daß Mutter kein Geld hatte, ihr neue Kleider zu kaufen, das konnte sie noch verstehen, aber daß sie Tante Bettina verbot, ihr welche zu schenken, das war doch wahrhaftig die Höhe!

Sie war so wütend, daß sie am liebsten die Kaffeetassen gegen die Wand geschmettert hätte. Aber das traute sie sich doch nicht. Sie entschloß sich, ihren Zorn in Arbeit umzusetzen, stöpselte das Spülbecken zu und ließ heißes Wasser einlaufen.

Während sie Tassen, Teller und Untertassen in das

Becken gleiten ließ, dachte sie daran, daß die Mutter ihr geraten hatte, Andrea oder Stefanie zu Hilfe zu holen. Aber das wollte sie nicht. Erstens war sie jetzt nicht in der Stimmung, irgendeinen Menschen zu sehen, am wenigsten ihre Schwestern, und zweitens bereitete es ihr tatsächlich eine gewisse Genugtuung, zu leiden und sich ausgenutzt zu fühlen.

Sie spülte säuberlich, trocknete ab und räumte ein. Dann wischte sie das Spülbecken, das Abtropfbrett und den Tisch sauber und kehrte zum Schluß noch, um ihrer Tüchtigkeit die Krone aufzusetzen, die Küche gründlich aus. Danach fühlte sie sich aber keineswegs fröhlicher.

Mit Leichenbittermiene ging sie zum Wohnzimmer, klopfte an und wartete, bis die Mutter „Herein“ rief.

Sie trat ein und erklärte mit Grabesstimme: „Ich wollte nur sagen, ich bin mit der Küche fertig, Mutter. Hast du sonst noch etwas für mich zu tun?“

„Nein, im Augenblick nicht“, sagte Frau Meixner; dann erst begriff sie und setzte fragend hinzu: „Hast du etwa alles allein gemacht, Susebill?“

„Ja, Mutter.“

„Aber so etwas! Ich hatte dir doch gesagt, du solltest ... das war wirklich nicht nötig, Susebill.“

Susebill war nahe daran, in Tränen auszubrechen. Ohne es sich selber einzugestehen, hatte sie im Grunde ihres Herzens gehofft, die Mutter würde sie im Beisein von Tante Bettina tüchtig loben – statt dessen tat sie so, als ob ihre Arbeit nicht nötig gewesen wäre.

„Ich wollte niemanden belästigen“, sagte Susebill mit ernstem Gesicht und zuckenden Lippen.

Die Wirkung war anders, als sie erwartet hatte. Die Mutter lachte, und Tante Bettina sagte ganz überwältigt:

„Nein, sie ist putzig . . . Was für ein Schatz! Ich hätte nie gedacht, daß . . .“ Aber weiter kam sie nicht.

Von Verzweiflung übermannt, drehte Susebill sich um und stürzte aus dem Zimmer. Sie hörte, wie die Mutter und Tante Bettina hinter ihr herriefen, aber sie wollte nicht zurückkommen. Sie verbarg sich im Winkel hinter der Garderobe und weinte bitterlich. Sie war ja so unglücklich!

Dann war die Mutter bei ihr, nahm sie tröstend in die Arme, sprach mit weicher, liebevoller Stimme auf sie ein: „Weine doch nicht, mein Liebling . . . Sei nicht traurig, mein Schatz. Wir haben es ja nicht so gemeint, wirklich nicht . . . Komm . . . Hier, nimm mein Taschentuch, putz dir die Tränen ab, schnaub dir die Nase . . . Du willst doch sicher auch nicht, daß Tante Bettina denkt, du kannst keinen Spaß verstehen?“

Susebill hatte sich tüchtig geschneuzt und fühlte sich schon besser. „Das war kein Spaß“, sagte sie, „mich auszulachen, das war einfach . . . gemein!“

„Nicht solche Worte, Schatz, bitte nicht! Sonst müßte ich böse werden . . . Hör auf zu bocken. Zeig mir mal lieber die Küche, ich bin gespannt, wie du's gemacht hast.“

Die Küche war wirklich tadellos aufgeräumt, und Frau Meixner stellte es anerkennend fest. „Ich muß schon sagen, wenn du willst, kannst du sehr brav sein, Susebill . . .“ Sie sah in das immer noch sehr verweinte Gesicht ihrer Tochter. „Hättest du nicht Lust, Tante Bettina auf dem Klavier etwas vorzuspielen? Das würde ihr sicher Freude machen.“

Susebills Augen leuchteten auf; sie hatte seit einem Jahr Klavierunterricht und war ungeheuer stolz auf ihre Leistungen. „Meinst du?“ fragte sie hoffnungsvoll. „Wenn du wirklich willst . . . Ich könnte ihr ja den kleinen Walzer vorspielen."

„Tu das!" sagte die Mutter. „Aber steck erst einmal dein Gesicht ins kalte Wasser ..."

Der kleine Walzer war Susebills Lieblingsstück. Sie beherrschte ihn so vollkommen, daß sie ihn fast im Traum hätte spielen können. Tante Bettina, die gutmachen wollte, daß sie Susebills Eitelkeit verletzt hatte, lobte sie begeistert.

Dann wurden der Vater und die Geschwister herbeigerufen, und während die Mutter und Andrea das Abendbrot richteten, spielten eine halbe Stunde lang die anderen zusammen mit Tante Bettina Eckenraten und Teekessel. Susebill war besonders eifrig bei der Sache und glänzte mit guten Einfällen.

Als sie später Tante Bettina „Gute Nacht" sagte und sogar einen Kuß von der wunderbaren Tante bekam, hatte sie den Mißklang vom Nachmittag fast vergessen. Aber nur fast.

Ein Stachel hatte sich in ihre Seele gesetzt, und da sie nichts dazu tat, ihn herauszuziehen, bohrte er sich immer tiefer.

Die große Enttäuschung

Jeden Morgen auf ihrem Schulweg kam Susebill an einem großen Kaufhaus vorbei. In der Frühe hatte sie keine Zeit, stehenzubleiben und die Schaufenster zu betrachten; dazu kam sie erst mittags, wenn sie nach Hause ging.

Das Fenster mit den Sportausstattungen hatte es ihr ganz besonders angetan. Darin stand nämlich eine hübsche blonde Schaufensterpuppe, ein kleines Mädchen, höchstens einen halben Kopf größer als Susebill selber, und hielt einen dicken roten Ball in den Händen, als ob sie ihn gerade einem braunlockigen Jungen zuwerfen wollte. Aber nicht die Puppe und nicht der Ball waren es, die Susebills Blicke jeden Tag wieder wie magnetisch anzogen, sondern der wunderschöne Trainingsanzug, den das Schaufenstermädchen trug. Es war der Traum eines Trainingsanzuges, taubenblau, mit gestrickten Manschetten und gestricktem Kragen, und dabei war er nur ein paar Mark teurer als ein gewöhnlicher Trainingsanzug.

Es gab eine Menge Sachen in den Schaufenstern des Kaufhauses, die Susebill sich gewünscht hätte, aber da sie von vornherein wußte, daß es aussichtlos war, an einen gesteppten Morgenrock, an ein Spitzennachthemd oder an ein hellblaues Twinset auch nur zu denken, konzentrierte sie sich ganz auf diesen Trainingsanzug.

Trainingsanzüge und überhaupt Hosen gehörten nämlich zu den wenigen Sachen, die Frau Meixner nicht eigenhändig strickte oder schneiderte, denn bei den Hosen und besonders bei den Hosentaschen versagte ihre Kunst. Es bestand also eine, wenn auch nur geringe Aussicht, daß Susebill eines Tages einen Trainingsanzug gekauft bekommen würde.

Sie besaß natürlich einen, weil das in der Schule verlangt wurde. Sie hatte ihn von Stefanie bekommen, die ihn wiederum von Andrea geerbt hatte. Er war dunkelblau, glänzte speckig, und der Hosenboden war schon reichlich abgewetzt. Ewig konnte er bestimmt nicht halten und dann – Susebills Herz klopfte, wenn sie nur an den wunderbaren Taubenblauen dachte.

Bestimmt würde sie diesmal einen neuen Trainingsanzug bekommen, auf Andreas Gabentisch hatte zu Weihnachten einer gelegen. Stefanie hatte den abgelegten von Andrea übernommen, und der war ihr noch reichlich groß, so daß sie ihn bestimmt noch mindestens ein Jahr tragen mußte.

Von Tag zu Tag wurde Susebill verliebter in den taubenblauen Anzug, und von Tag zu Tag verdichteten sich ihre Pläne, wie sie ihn bekommen konnte.

Erst müßte ihr alter entzweigehen, und zwar auf eine möglichst natürliche Art. Aber das würde sich schon irgendwie machen lassen. Dann mußte sie der Mutter diplomatisch beibringen, daß sie sich gerade diesen Taubenblauen wünschte. Mutter war sehr schwer zu beeinflussen, aber wenn sie sah, daß es wirklich Susebills innigster Wunsch war, würde sie sicher doch nachgeben. Susebill war ja ernsthaft dabei, den gesamten Inhalt ihrer Sparbüchse zu opfern, damit Mutter von ihrem Wirtschaftsgeld nicht mehr ausgeben mußte als für einen gewöhnlichen Trainingsanzug.

Eine Woche lang ging Susebill mit einem verklärten und nachdenklichen Gesicht herum, so daß Frau Meixner sie immer wieder besorgt von der Seite ansah und ihr sogar die Hand auf die Stirn legte, um festzustellen, ob sie Fieber hatte. Mit keiner Menschenseele sprach Susebill von dem taubenblauen Trainingsanzug, aber der Wunsch, ihn zu besitzen, wurde bei ihr allmählich zu einer fixen Idee.

Am Montag hatten sie in der letzten Stunde Turnen. Susebill hatte nur auf diesen Tag gewartet. Sie war entschlossen, den ersten Schritt zur Verwirklichung ihres Planes zu tun.

Es war ein warmer, schöner Frühlingsmorgen, und es wurde auf dem Hof geturnt. Alle anderen erschienen im

Turnzeug, nur Susebill hatte ihren alten Trainingsanzug an.

Schon als sie sich der Größe nach aufstellten, hob sie den Finger und meldete der Turnlehrerin, Fräulein Klüters: „Entschuldigen Sie bitte, daß ich den Trainingsanzug anhabe, aber mein Turnzeug ist in der Wäsche!" – Das war nicht einmal gelogen, sie hatte es tatsächlich vorsorglich nach der letzten Turnstunde mit nach Hause genommen.

Susebill war eine gute Turnverein, aber heute fiel sie so oft hin, und zwar immer auf den Allerwertesten, daß Fräulein Klüters erstaunt den Kopf schüttelte. Susebill stürzte beim Hochsprung, beim Weitsprung und beim Laufen, und sogar beim anschließenden Schlagballspiel brachte sie es fertig, sich mindestens fünfmal auf den Popo zu setzen.

Doch sooft sie auch verstohlen mit der Hand nach hinten fühlte, die Trainingshose, dieses alte abgewetzte, verhaßte Stück, hielt, als ob es aus Eisen wäre.

Susebill wurde wütend. Als sie mit den anderen nach der Turnstunde in den Umkleideraum zurücklief, war ihre Trainingshose noch genauso heil wie vor der Stunde.

Susebill zog sie aus und betrachtete sie voll Abscheu. Wütend nahm sie sie in beide Hände, ein kräftiger Ruck und – wahrhaftig: der ersehnte Riß klaffte. Susebill zog rasch noch ein bißchen nach, denn sie kannte ihre Mutter. Frau Meixner war womöglich imstande, eine zerrissene Trainingshose zu flicken.

„Was machst du denn da?" fragte Gunhild Hopmann, die sich neben ihr umzog, erstaunt.

„Nichts weiter. Pech gehabt. Meine Hose ist kaputt."

„Du hast sie mit Absicht zerrissen."

Susebill sprang hoch, fuchtelte der Freundin mit beiden

Fäusten unter die Nase: „Sag das noch mal!“

„Ich denke gar nicht daran.“ Gunhild wandte sich grimassenziehend ab. „Von mir aus kannst du so viele Hosen zerreißen, wie du willst. Was geht mich das an!“

„Na also.“ Susebill war befriedigt, sie hielt ihre Hose gegen das Licht. „Meinst du, man kann die noch flicken?“

Gunhild gab die Antwort, die sie hören wollte. „Bestimmt nicht. Die ist ja morsch durch und durch.“

„Ganz meine Meinung.“ Susebill rollte den Trainingsanzug zusammen, steckte ihn in ihren Turnbeutel und zog sich vergnügt an. Das war geschafft.

Diesmal schaute sie den Taubenblauen im Schaufenster des Warenhauses nicht mehr begehrlich, sondern fast schon mit Besitzerstolz an. „Warte nur, mein Schöner“, flüsterte sie, „bald komme ich dich holen . . . Vielleicht schon heute nachmittag!“ Und sie warf ihm eine zärtliche Kußhand durch die schimmernde Fensterscheibe zu.

Frau Meixner stand in der Küche und machte Salat an, als Susebill nach Hause kam. Theo lag mitten auf dem Küchenboden auf dem Bauch und ließ sein Spielzeugauto fahren. Die größeren Geschwister waren noch nicht aus der Schule heimgekommen.

Susebill nahm sich nicht Zeit, ihren Mantel auszuziehen. „Mutter!“ schrie sie atemlos. „Denk dir, meine Trainingshose ist kaputt!“

Frau Meixner runzelte leicht die Stirn und sah ihre Tochter an: „Meinst du, ich müßte mich darüber freuen?“

„Nein . . . natürlich nicht . . .“

„Warum posaunst du es dann wie eine Freudenbotschaft hinaus?“

„Ich . . . nein, das wollte ich nicht . . . es ist nur . . .“, stammelte Susebill.

„Zieh deinen Mantel aus und reich mir die Teller für den Salat“, sagte Frau Meixner, „bitte, Theo, und du steh endlich auf! Wenn dich jemand aus Versehen stößt, ist das Gezeter da.“

„Mutter“, sagte Susebill sehr ernüchtert, „die Trainingshose ist wirklich hin.“

„Ich habe es vernommen!“ Frau Meixner mischte behutsam mit zwei Löffeln den grünen Salat in der großen gläsernen Schüssel.

„Ich kann sie nicht mehr anziehen.“

„Ja und? Wer verlangt denn das von dir? Bis zur nächsten Stunde sind es ja noch Tage. Inzwischen werde ich wohl auch Zeit finden, mich mit diesem Problem auseinanderzusetzen.“

Susebill hielt mit beiden Händen ihren Turnbeutel vor sich hin. „Ich dachte, du würdest gleich . . .“ Eifrig begann sie die Schnur aufzuziehen. „Möchtest du es dir nicht wenigstens ansehen?“

„Nicht jetzt. Ich mag mir weder die gute Laune noch den Appetit verderben lassen. Erst kannst du mir helfen, den Salat zu verteilen, dann, wenn die anderen da sind, wird gegessen. Deine Trainingshose muß vorläufig warten.“

Langsam ging Susebill hinaus, hängte ihren Mantel bei der Garderobe auf, brachte ihre Mappe in das Zimmer, das sie mit Andrea und Stefanie teilte. Sie begriff, daß sie es falsch angefangen hatte. Sie hätte die Mutter mit ihrer unangenehmen Neuigkeit nicht so vor den Kopf stoßen dürfen, sie hätte eine günstige Gelegenheit abpassen müssen, um es ihr schonend beizubringen.

Susebill warf sich aufs Bett, verschränkte die Hände hinter dem Kopf und dachte nach. Dann kam ihr die Erleuchtung. Das beste würde sein, wenn sie überhaupt nicht mehr von ihrer zerrissenen Trainingshose sprach, sie mit keiner Sterbenssilbe mehr erwähnte. Eines Tages würde die Mutter bestimmt von selber auf den Fall zurückkommen und dann – ja dann konnte sie ganz vorsichtig die Rede auf den Taubenblauen bringen.

Mit einem Satz sprang Susebill in die Höhe, rannte in die Küche, um ihrer Mutter, wenn auch verspätet, doch noch zu Hilfe zu kommen.

Susebills Plan, das Thema Trainingsanzug vorläufig fallenzulassen, war ausgezeichnet, nur war er tatsächlich sehr schwer durchzuführen. Immerzu an etwas zu denken und doch den Mund zu halten, ist nicht jedem gegeben.

Susebill hielt es genau drei Stunden und zwölf Minuten durch. Dann konnte sie es nicht mehr aushalten. Frau Meixner saß ganz allein im Wohnzimmer vor ihrem großen Flickkorb und hörte Radio. Die Gelegenheit schien günstig.

Susebill schlängelte sich möglichst unauffällig ins Zimmer, lehnte sich von hinten über Frau Meixners Sessel und wartete darauf, zum Sprechen aufgefordert zu werden.

Aber nichts dergleichen geschah.

Susebill hielt es nicht länger aus. „Kann ich dir jetzt, bitte, meinen kaputten Trainingsanzug zeigen?“ fragte sie.

Sie wartete keine Antwort ab. Daß die Mutter nicht sofort protestierte, genügte ihr. Sie sauste aus dem Zimmer, holte ihren Turnbeutel und zog noch im Laufen die zerrissene Hose heraus, fuhr mit der Hand durch das Loch.

„Da, Mutter, sieh selber . . . die ist hin!“ rief sie.

„Laß sehen!“ Frau Meixner ergriff die Hose, wendete sie hin und her, hielt sie gegen das Licht, legte sie vor sich hin und glättete sie mit der Hand. „Wie ist das bloß passiert?“

„Ganz einfach." Susebill hatte sich in Gedanken ihre Geschichte schon so oft aufgesagt, daß sie sie fast selber für wahr hielt. „Ich habe mich gebückt . . . beim Bockspringen, weißt du . . . Dabei ist sie geplatzt."

„Sonderbar. Eine Trainingshose . . . Ich kann mir das gar nicht recht vorstellen."

„Siehst du denn nicht? Sie ist ja morsch durch und durch."

„Ein bißchen abgewetzt, ja . . ." Frau Meixner schob die Hose beiseite. „Na, laß sie nur hier, ich werde das schon in Ordnung bringen."

„Nein!" Susebill riß ganz entsetzt ihre Augen auf.

„Was hast du denn?"

„Du willst sie doch nicht etwa . . . stopfen?"

„Das nicht. Aber vielleicht kann man einen großen Flicken druntersetzen . . . Schau mich bloß nicht so entsetzt an. Ich mache es bestimmt so, daß niemand etwas davon merkt."

Susebill holte tief Atem. „Wenn du dieses abscheuliche Ding noch einmal flickst, dann . . . dann . . ." Ihr fiel keine geeignete Drohung ein, und so schloß sie etwas lahm: „Ich gehe jedenfalls nicht damit in die Schule."

„Wir werden sehen." Frau Meixner schob gelassen das Stopfei in eine zerrissene Socke. „Vorläufig weiß ich ja noch nicht einmal, ob sich die Hose tatsächlich noch reparieren läßt. Deine Aufregung ist also bei weitem verfrüht."

„Warum", sagte Susebill und mußte schlucken, um nicht in Tränen auszubrechen, „warum kaufst du mir keine neue?"

„Weil ich kein Geld dazu habe. Meine Rücklage für Sonderausgaben in diesem Monat ist bereits erschöpft und ... bitte, unterbrich mich nicht, Susebill! Ganz ehrlich, selbst wenn ich das Geld hätte, würde ich es mir sehr überlegen, ob ich es ausgerechnet für etwas so Unwesentliches wie einen Trainingsanzug ausgeben sollte. Du trägst ihn ja doch nur in der Schule, und auch da nur höchst selten. Ich bin überzeugt, daß ich für denselben Preis andere Sachen erstehen könnte, deren Anschaffung sinnvoller wäre. Das habe ich übrigens noch ganz vor kurzem Thomas gesagt, der ... halt!" Frau Meixner legte den Finger an die Nase. „Das bringt mich auf eine Idee. Ruf doch bitte gleich einmal Thomas zu mir."

„Der ist zum Fußballspielen gegangen."

„Stimmt. Das hatte ich vergessen. Na, so eilig ist die Sache ja auch nicht."

Susebill trat von einem Bein auf das andere. „Jetzt möchte ich wirklich wissen, was Thomas mit meinem Trainingsanzug zu tun haben soll."

„Sehr einfach. Du kennst doch den Trainingsanzug von Thomas? Der ist wirklich noch sehr gut, fast wie neu, erst ein einziges Mal gewaschen, aber leider ist er grade dabei so sehr eingegangen, daß Thomas ihn kaum noch tragen kann." Frau Meixner musterte ihre kleine Tochter abschätzend vom Kopf bis zu den Füßen.

„Na ... und?" fragte Susebill, in der eine böse Ahnung aufzudämmern begann.

„Dir würde er grade passen, ein bißchen üppig wäre er vielleicht, aber das ist ja grade modern ..."

Susebill mußte alle Kraft zusammennehmen, um nicht in Tränen auszubrechen. „Mutter", sagte sie, „du verlangst doch nicht im Ernst von mir, ich soll einen Jungentrainingsanzug anziehen?"

„Na hör mal. Das ist doch gar kein Unterschied. Der

Trainingsanzug von Thomas ist ein selten gutes Stück. Sieh ihn dir doch erst mal an, ich bin überzeugt . . ."

„Nein!" sagte Susebill. „Niemals! Und wenn du mich schlägst . . . nie werde ich in einem Jungenanzug in die Turnstunde gehen!"

Sie duckte sich, noch ehe sie den Satz ausgesprochen hatte, denn sie spürte selber, daß jetzt eine Ohrfeige fällig gewesen wäre.

Frau Meixner lächelte nur. „Du drückst dich ein wenig stark aus, aber ich bin sicher, du meinst es nicht so."

„Doch! Ich will keinen Jungenanzug tragen!"

„Na schön, dann machen wir es anders. Stefanie wird bestimmt nicht so unvernünftig sein. Überhaupt, wahrscheinlich geht das noch viel besser . . . Stefanie nimmt den von Thomas, und du nimmst Stefanies Anzug. Nun zufrieden?"

„Ich hätte es mir denken können", sagte Susebill voll Bitterkeit, „immer bin ich es, an der die alten Klamotten hängenbleiben. Thomas kriegt also einen neuen, und ich kann wieder mal in die Röhre gucken."

Frau Meixner streckte die Hand nach ihr aus. „Komm her zu mir, Susebill, mach nicht so ein Gesicht. Ein Trainingsanzug! Was ist schon dabei! Du bist jung und gesund, und wir haben dich lieb . . . Du hast soviel Grund, glücklich zu sein . . ."

Sie wollte ihre kleine Tochter an sich ziehen.

Aber Susebill machte sich heftig frei. „Laß mich!" sagte sie erstickt. „Du . . . du verstehst mich nicht."

Ehe Frau Meixner noch etwas sagen konnte, war sie aus dem Zimmer gestürzt.

Ein neuer Plan

Noch nie in ihrem jungen Leben war Susebill so enttäuscht und so wütend gewesen. Sie hatte das Gefühl, daß niemand sie lieb hatte, sie fühlte sich schlecht behandelt und zurückgestoßen.

Um die Mutter für ihre Verständnislosigkeit zu bestrafen, nahm sie sich fest vor, nie wieder einen Bissen zu essen. Sie sah sich schon von Tag zu Tag magerer werden, langsam dahinsiechend, stellte sich vor, wie dann die Mutter an ihrem Bett die Hände ringen würde, hörte im Geist das Jammern ihrer Geschwister.

Aber kaum zwei Stunden nach ihrer Auseinandersetzung mit der Mutter begann sie sehr deutlich zu spüren, daß Kummer und Zorn nicht satt machen. Sie bekam einen gewaltigen Hunger, der sich immer mehr steigerte, so daß sie als erste am Abendbrottisch erschien. Das bedeutete freilich nicht, daß sie vergeben und vergessen hatte. Susebill setzte das mürrischste Gesicht auf, das ihr zur Verfügung stand, sprach von sich aus kein Wort und antwortete auf alle Fragen nur mit Ja oder Nein.

Das Ärgerlichste war nur, daß niemand es zu bemerken schien. Die Eltern und die Geschwister waren gutgelaunt und gesprächig wie immer; nur die Mutter sah sie einmal besorgt von der Seite her an.

Erst als sie zu Bett gegangen war, fragte Stefanie, die sich gleichzeitig mit ihr niedergelegt hatte – Andrea, die Älteste, war noch aufgeblieben –: „Was ist mit dir, Susebill? Weshalb spielst du verrückt? Doch nicht etwa immer noch wegen dieser blöden Trainingshosengeschichte?“

„Was weißt du denn schon davon!“ erklärte Susebill verächtlich.

„Allerhand. Ich bin schließlich mitbetroffen, ich muß jetzt den Trainingsanzug von Thomas übernehmen. Sag mal, wie bist du bloß auf die alberne Idee gekommen, deine Hose zu zerreißen?“

„Das habe ich nicht getan. Jedenfalls nicht mit Absicht.“

„Sieht aber ganz so aus.“

Susebill richtete sich auf, stützte ihren Ellenbogen auf das Kopfkissen und sah die Schwester an. „Wer hat das gesagt? Etwa Mutter?“

„Nein, meine Wenigkeit bloß. Nur keine Bange, ich bin keine Petze. Ich hab's mit eigenen Augen gesehen, aber ich hab keinen Ton verlauten lassen.“

„Sie war so alt und morsch“, sagte Susebill kleinlaut.

„Glaub ich dir unbesehen. Aber das ist doch kein Grund zu mucksen. Du hast schließlich erreicht, was du willst. Meine alte Trainingshose, die du jetzt kriegst, ist noch prima . . . auf Ehre!“

„Warum kann ich nicht einmal etwas Neues kriegen? Mutter tut so, als hätte sie kein Geld dazu, aber in Wirklichkeit . . . Thomas kriegt einen neuen Trainingsanzug, und ich . . .“ Ihre Stimme erstickte.

„Nun weine man nicht, Kleine“, sagte Stefanie ungerührt, „du kannst keinen neuen Trainingsanzug kriegen, weil Mutter dann ja gleich zwei kaufen müßte, einen für dich und einen für Thomas. Leuchtet dir das denn nicht ein? Außerdem, bei Thomas lohnt es sich, er hat drei kleinere Geschwister hinter sich . . . aber bei dir? Du könntest doch höchstens Theo was vererben.“

„Das ist mir egal“, sagte Susebill verstockt, „ich will anständige neue Kleider haben! Ich will mir auch mal selber was aussuchen dürfen, ich mag nicht immer eure alten Fetzen tragen, ich . . ."

„Ja, du und noch einmal du!" unterbrach Stefanie sie spöttisch. „An etwas anderes als an dich selber kannst du scheint's überhaupt nicht denken! Ist dir noch niemals aufgefallen, wie lange Mutter ihre Kleider trägt? Wie selten sie etwas Neues bekommt? Und sie beklagt sich nie. Und da machst du so ein Theater, bloß weil du dir einen neuen Trainingsanzug eingebildet hast."

„Ach", sagte Susebill, „das ist es ja nicht . . ."

„Was sonst?"

„Ich ärgere mich so furchtbar, daß ich alles haben könnte, was ich mir wünsche . . . wenn Mutter bloß nicht so . . . so mißgünstig wäre."

„Ich verstehe gar nichts mehr", sagte Stefanie verblüfft.

„Sie erlaubt nicht, daß ich mir ein paar Sachen zum Anziehen schenken lasse . . . Bitte, Stefanie, nun sag einmal ganz ehrlich . . . ist denn das gerecht? Es würde sie doch keinen Pfennig kosten, wenn ich . . ."

Stefanie unterbrach sie. „Mach einen Punkt, Susebill! Was redest du da für einen Quatsch? Wer in aller Welt würde dir denn etwas schenken?"

„Tante Bettina. Sie wollte es. Aber Mutter hat es verboten."

Eine Pause entstand, denn Stefanie brauchte einige Zeit, um diese Neuigkeit zu verdauen.

„Schläfst du schon?" fragte sie dann.

„Nein, wie sollte ich. Ich platze beinahe vor Wut."

„Hör mal, hat Tante Bettina das wirklich gesagt? Oder bildest du es dir vielleicht nur ein?"

„Ich bin doch kein Idiot. Natürlich hat sie es gesagt. Das ist ja noch nicht alles. Am liebsten hätte sie mich mitneh-

men wollen ..."
„Mitnehmen? Wohin?"
„Na, zu sich nach Hause. Weil sie selber keine Kinder hat. Aber Mutter hat gesagt, sie gibt mich nicht her."
„Würdest du es denn tun? Würdest du mit Tante Bettina gehen, wenn Mutter es erlaubte?"
„Ich weiß nicht ... Was meinst du?"
Stefanie war bestimmt nicht dumm, und sie meinte es gut mit Susebill. Dennoch kam sie gar nicht auf die Idee, Susebill zu bitten, auf alle Fälle bei ihnen zu bleiben, weil sie sich ein Leben ohne die kleine Schwester gar nicht vorstellen konnte. Wenn sie das getan hätte, wäre Susebills Schicksal wahrscheinlich anders verlaufen.
Statt dessen sagte sie nachdenklich: „Bei Tante Bettina würdest du es natürlich sehr schön haben ... schicke Kleider und ein eigenes Zimmer, Reisen und was weiß ich. Das würde ich mir an deiner Stelle schon sehr überlegen." Dann lachte sie plötzlich auf. „Aber das ist ja alles gar nicht wahr. Du plauderst nur. Ich kenne dich, du Schwindelliese!"
Susebill richtete sich kerzengerade auf. „Ich lüge nicht!"
„Das habe ich ja auch nicht gesagt ... nur daß du schwindelst. Das ist ein himmelgroßer Unterschied!"
Beinahe hätten sich die beiden Schwestern in den Haaren gelegen, aber da ging leise die Tür auf, und Andrea kam herein.
„Schlaft ihr denn noch nicht?" fragte sie.
„Nein", sagte Stefanie, „Susebill erzählt tolle Geschichten ... Hör dir das bloß mal an! Tante Bettina hätte ihr Kleider schenken wollen, und Mutter hätte es nicht erlaubt ..."
„Wahr ist es!" rief Susebill dazwischen. „Mitnehmen

wollte mich Tante Bettina ... zu sich nach Hause ... für immer!"

„Na, da hätte sie sich aber eine rechte Plage aufgehalst", sagte Andrea und lachte.

„Ihr seid gemein!" schrie Susebill und warf ihr ein Kissen an den Kopf. „Ich will nichts mehr mit euch zu tun haben ... nie mehr!" Und schluchzend vergrub sie ihren Kopf in den Armen.

„Susebill spinnt, wie?" fragte Stefanie.

„Vielleicht kann sie gar nichts dafür", antwortete Andrea, „wahrscheinlich hat sie irgend etwas aufgeschnappt und falsch verstanden."

„Ja, das sähe ihr ähnlich."

Andrea und Stefanie sprachen noch eine ganze Weile miteinander. Susebill hörte alles mit an. Aber sie sagte kein einziges Wort mehr, und auch nicht, als Andrea sich auf ihre Bettkante hockte und versuchte, sie zu versöhnen.

Euch werde ich es zeigen, dachte sie, ihr werdet euch wundern!

Mit Zorn im Herzen und voll neuer Pläne schlief sie endlich ein.

Am nächsten Morgen schrieb Susebill einen Brief. Sie benutzte die Musikstunde dazu und ein Notenblatt, das sie kurz entschlossen herausgerissen hatte.

„Liebe Tante Bettina", schrieb sie, „ich bin sehr unglücklich. Deshalb schreibe ich Dir. Ich denke noch oft an Deinen Besuch. Ich habe Dich schrecklich lieb.

Die anderen glauben nicht, daß Du mir ein schönes Kleid schenken wolltest. Sie glauben auch nicht, daß Du mich mitnehmen wolltest. Sie ärgern mich furchtbar. Ich spreche schon mit niemandem mehr, so gemein sind sie.

Niemand darf wissen, daß ich diesen Brief geschrieben

7 9403-12

habe. Bitte vernichte ihn, sobald Du ihn gelesen hast. Herzliche Grüße von Deiner unglücklichen, Dich liebenden Susanne Sibylle."

Susebill schrieb diesen Brief ganz schnell herunter, denn sie hatte sich schon vorher genau ausgedacht, was sie schreiben wollte. Sie las ihn nur noch einmal durch, stellte fest, daß sie schrecklich mit einfachem k geschrieben hatte und verbesserte es.

Sie zeigte diesen Brief nicht einmal Gunhild Hopmann, denn sie wollte auf keinen Fall noch einmal ausgelacht werden.

Nach der Schule kaufte sie in einem Papiergeschäft gegenüber einen einfachen Umschlag und eine Achtzigpfennigmarke, adressierte den Brief und steckte ihn an der nächsten Ecke in den Kasten.

Sie war kaum drei Schritte weitergegangen, als es ihr schon wieder leid tat. Sie kannte Tante Bettina doch nur so wenig. War es nicht unverschämt, ihr einfach zu schreiben? Wenn Tante Bettina diesen Brief an ihre Eltern schickte – nicht auszudenken. Susebill wurde es heiß hinter den Ohren, wenn sie nur daran dachte. Wenn sie gekonnt hätte, würde sie ihren Brief bestimmt wieder aus dem Kasten gefischt haben.

Vor lauter schlechtem Gewissen benahm sie sich zu Hause sogar wieder nett und freundlich. Sie probierte widerstandslos Stefanis alten Trainingsanzug an, gab sogar zu, daß er „ganz nett" wäre. Sie versöhnte sich mit den Schwestern, half der Mutter freiwillig im Haushalt, spielte ein paar Partien Domino mit dem kleinen Theo – kurzum, sie benahm sich mustergültig. Die Angst machte sie bescheiden und liebenswürdig.

Aber als die Tage vergingen, ohne daß irgendeine Nachricht von Tante Bettina kam, vergaß sie ihren Schrecken. Sie verwandelte sich ganz allmählich wieder in das allzu anspruchsvolle kleine Mädchen von früher, und gleichzeitig kroch auch wieder die alte Unzufriedenheit in ihr hoch und vergiftete ihr Herz.

Susebill muß sich entscheiden

Eines Tages sagte Dr. Meixner beim Mittagessen: „Susebill, würdest du wohl die Freundlichkeit haben, nach der Sprechstunde ... also sagen wir Punkt sechs Uhr ... bei mir drüben in der Praxis zu erscheinen? Ich habe mit dir zu reden."

Alle Augen richteten sich auf Susebill, der es heiß geworden war. „Ja, Vater", sagte sie leise. Sie wußte genausogut wie ihre Geschwister, daß solch eine Aufforderung zu einem Gespräch unter vier Augen immer etwas Besonderes und selten etwas Gutes zu bedeuten hatte.

„Was ist los? Was hast du ausgefressen?" fragte Stefanie, sobald sie nach dem Essen allein waren.

„Keine Ahnung", behauptete Susebill, aber die Erinnerung an jenen unglückseligen Brief, den sie in der Wut an Tante Bettina geschrieben hatte, wurde wieder sehr lebendig.

Mit klopfendem Herzen trat sie Punkt sechs Uhr in das Sprechzimmer ihres Vaters. Im Treppenhaus war ihr der letzte Patient, ein schwarzer kleiner Mops mit riesengroßen traurigen Kulleraugen, begegnet. Fräulein Hülsner war noch dabei aufzuräumen. Es dauerte gute zehn Minuten, bis sie damit fertig war, und Susebill stand wie auf

Kohlen.

Endlich war es soweit. Die Sprechstundenhilfe zog ihren Mantel an und ließ Vater und Tochter allein.

Dr. Meixner saß immer noch, im weißen Kittel, hinter seinem Schreibtisch und sah seine kleine Tochter an. „Weißt du, weshalb ich dich habe kommen lassen?"

Susebill schüttelte den Kopf. Dann fiel ihr ein, daß der Vater stumme Antworten nicht liebte, und sie sagte: „Nein, Vater."

„Du kannst es dir auch nicht denken?"

„Nein."

„Hm." Dr. Meixner lehnte sich im Schreibtisch zurück und schlug die Beine übereinander. „Mir ist in letzter Zeit des öfteren zu Ohren gekommen ... nur keine Aufregung, niemand hat geklatscht, aber als Vater erfährt man eben so allerlei ... kurzum, es sieht so aus, als wenn du dich bei uns nicht mehr recht wohl fühltest ... mit den dir gebotenen Lebensumständen nicht ganz einverstanden wärest ..."

Susebill zwang sich, dem Vater in die Augen zu sehen.

„Stimmt das?" fragte Dr. Meixner ohne Umschweife.

Susebill zögerte mit der Antwort. „Ich habe dich nicht ganz verstanden", sagte sie endlich.

„Deine Mutter sagt, du weigerst dich, die umgearbeiteten Kleider deiner Schwestern zu tragen ..."

„Geweigert habe ich mich nie!"

„Du beklagst dich, daß du kein Zimmer für dich allein zur Verfügung hast!"

„Bloß weil Stefanie und Andrea abends oft noch so lange reden oder lesen, wenn ich schon schlafen will ... und weil ich gar nichts tun kann, ohne daß sie mich stören."

„Du brauchst dich nicht zu verteidigen, Susebill", sagte

Dr. Meixner, „niemand greift dich an. Jedenfalls scheint es zu stimmen . . . du bist nicht zufrieden."

Susebill schwieg.

„Ich möchte eine klare Antwort", sagte Dr. Meixner.

„Niemand in der Klasse trägt alte Kleider . . . außer mir!" platzte Susebill heraus. „Alle anderen sind viel schikker . . . und schöneres Spielzeug haben sie auch! Gunhild Hopmann braucht überhaupt nie im Haushalt zu helfen und . . ." Sie stockte, plötzlich erschrocken über ihren eigenen Mut.

Dr. Meixner hatte keine Miene verzogen. „Sprich dich nur aus!" sagte er ruhig.

Susebill warf ihren dicken blonden Zopf auf den Rükken. „Mehr habe ich nicht zu sagen."

„Na, ich denke, es war auch schon allerhand. Hast du mit jemandem über deine Unzufriedenheit gesprochen . . . ich meine mit jemandem, der nicht zur Familie gehört? Hast du vielleicht . . . einen Brief dieser Art geschrieben?"

Susebill kämpfte einen schweren Kampf, aber sie spürte, daß sie ihr schlimmes Geheimnis nicht länger allein mit sich herumtragen konnte.

„Es tut mir leid", sagte sie leise.

„Was?" fragte der Vater.

„Ich habe Tante Bettina geschrieben!" gestand sie zerknirscht. Dann hob sie den Kopf und sagte in verändertem Ton: „Aber ich habe mich nicht beklagt, ganz bestimmt nicht . . . Ich habe mich nur geärgert, daß Stefanie und Andrea so getan haben, als ob ich verrückt wäre . . . Da ist mir eben der Kragen geplatzt. Sie haben mir einfach nicht geglaubt, daß Tante Bettina mir gerne was zum Anziehen geschenkt hätte, wenn Mutter nicht so dagegen gewesen wäre."

„Du fandest das wohl sehr ungerecht von Mutter?“
„Sie hätte es schon erlauben können ...“
Dr. Meixner stand auf. „Susebill“, sagte er, „nun paß mal auf. Eine große Familie, wie wir es sind, die muß zusammenhalten, durch dick und dünn. Da darf niemand versuchen, sich Vorteile zu verschaffen auf Kosten der anderen ...“
„Wem hätte ich denn damit geschadet?“
„Nun denk einmal nach. Glaubst du wirklich, es wäre anständig ... oder auch nur erträglich für deine Schwestern, wenn du wie ein aufgeputzter Pfau zwischen ihnen herumlaufen würdest?“ Als sie nicht antwortete, sondern nur stumm zu Boden sah, sagte er eindringlich: „Sind denn schöne Kleider und Spielzeug, Bequemlichkeit und Reichtum ... ist denn das wirklich so wichtig für dich? Bedeuten dir denn deine Mutter und ich, deine Geschwister und unsere Liebe ... bedeutet dir das alles gar nichts?“
„Doch“, sagte Susebill, „ich habe euch auch sehr lieb, ganz bestimmt, nur ... ich sehe nicht ein, daß es schaden soll, wenn Tante Bettina mir ein Kleid schenkt!“
„Du siehst es also nicht ein. Gut. Na schön. Da kann man nichts machen. Ich könnte dir deine dummen Ideen bestimmt leicht ausreden, schließlich bin ich etwas älter und etwas gescheiter als du, aber ich glaube, das hat keinen Zweck. Überreden hat überhaupt selten einen Zweck. Ich fürchte, ich muß dich deine eigenen Erfahrungen machen lassen. Du bist jetzt elf Jahre alt ... aus den Babyschuhen also doch entschieden herausgewachsen.“ Dr. Meixner ging im Zimmer auf und ab, dann blieb er plötzlich vor Susebill stehen, sagte: „Tante Bettina hat uns geschrieben.“
Susebill wurde so rot wie Klatschmohn.

„Sie ist taktvoll genug, nichts von deinem Brief an sie zu erwähnen, Susebill, du solltest dich dafür bei ihr bedanken. Aber sie schlägt uns vor, dich zu ihr zu schicken ... nicht nur so für die Ferien, Susebill, sondern überhaupt ... für immer." Dr. Meixner machte eine kleine Pause und sah seine Tochter an.

„Was sagst du dazu?"

„Mutter würde das nie erlauben."

„Ist das dein einziger Einwand?" Dr. Meixner konnte einen leichten Seufzer nicht unterdrücken. „Du irrst dich, Susebill. Mutter ist einverstanden ... falls du es willst, versteht sich. Wir legen die Entscheidung ganz in deine Hände."

In Susebills Kopf wirbelte es. „Aber ihr, Mutter und du ... und auch die anderen ... würdet ihr nicht traurig sein, wenn ich fortginge?"

„Nun, natürlich, es würde uns vielleicht nicht ganz leicht fallen, uns daran zu gewöhnen ... aber immerhin, es hätte für uns ja auch gewisse Vorteile."

Auf diesen Gedanken war Susebill noch nie gekommen, sie starrte ihren Vater ganz verblüfft mit großen Augen an.

„Nun, wir hätten einen Esser weniger", erklärte Dr. Meixner ruhig, „und wir würden überhaupt eine ganze Menge Ausgaben durch deinen Fortgang einsparen ... Mutter hätte weniger zu flicken und zu waschen, Andrea und Stefanie brauchten ihr Zimmer nicht mehr mit dir zu teilen ..."

„Ja, wollt ihr mich denn loshaben?" rief Susebill ganz entsetzt.

„Natürlich nicht. Versteh mich nicht falsch. Ich möchte dir nur klarmachen, daß du bei deinem Entschluß auf uns keine Rücksicht zu nehmen brauchst. Ich habe mit deinen

Schwestern und Brüdern noch nicht über den Fall gesprochen, aber ich bin ganz sicher, daß auch sie deinem Glück nicht im Wege stehen wollen."

Susebill fühlte sich den Tränen nahe.

„Du brauchst dich nicht jetzt sofort zu entscheiden", sagte Dr. Meixner, „überschlaf es ruhig eine Nacht. Solltest du jedoch Tante Bettinas Angebot aus diesem oder jenem Grund nicht annehmen wollen, dann möchte ich dich doch bitten, dich von nun an mit den Verhältnissen abzufinden ... das heißt, nicht mehr zu jammern, nicht mehr zu meckern, nicht mehr zu schimpfen. Also dann ... melde dich wieder bei mir, wenn du zu einem Entschluß gekommen bist." Er zog seinen weißen Kittel aus, ging zur Tür, drehte sich erst um, als er merkte, daß Susebill ihm nicht folgte.

„Ich will zu Tante Bettina", sagte Susebill, und sie wunderte sich selber, daß sie es ganz klar und ohne zu schwanken sagen konnte. „Ich will."

Dr. Meixner runzelte die Stirn. „Meinst du nicht, daß dein Entschluß ein wenig voreilig ist? Möchtest du nicht doch lieber ..."

„Nein", sagte Susebill, „ich habe mir alles genau überlegt. Die anderen würden mich auslachen, wenn ich jetzt nicht ginge ... Sie würden es mir vorhalten bis an mein seliges Ende ..."

„Wenn das dein einziger Grund ist, Susebill ..."

Sie spürte nicht, daß der Vater ihr eine Brücke bauen wollte, sagte noch einmal und mit noch größerem Nachdruck: „Ich will zu Tante Bettina. Bitte, schreib ihr das. In acht Wochen sind Ferien, wenn ich dann fahren könnte ..."

„Warum so lange warten?" sagte Dr. Meixner mit beißendem Spott. „Was hält dich denn hier noch? Deine Sachen sind ja rasch gepackt . . . falls du überhaupt etwas von deinem alten Zeug mitnehmen willst, wo du doch so fein werden willst. Ich verspreche dir übrigens im Namen der gesamten Familie, daß wir die gebührende Rücksicht auf deine neue gesellschaftliche Stellung nehmen werden . . . Wir werden dich bestimmt nicht blamieren, wenn wir dir später zufällig irgendwo begegnen sollten. Deine Verwandtschaft mit so schäbigen Leuten, wie wir es sind, könnte dir ja peinlich sein."

Susebill stand verwirrt und spürte mit Unbehagen, daß der Vater enttäuscht von ihr war. „Bist du mir böse?" fragte sie unsicher.

Er wurde wieder ernst. „Nein", sagte er, „nein das bin ich nicht. Du bist mein eigenes Fleisch und Blut, deshalb muß ich dich liebhaben, was immer du tust . . . Bitte, vergiß das nicht. Mutter und ich, wir werden dich immer liebbehalten!"

Susebill warf sich in seine Arme und fühlte sich einige Sekunden lang glücklich und geborgen. Es schien ihr plötzlich ganz unsinnig, ihre Familie verlassen zu wollen. Aber dann dachte sie an die alten Kleider, die sie haßte, ihre schäbige Schulmappe, an all die lästigen kleinen Pflichten im Haushalt, die sie und ihre Geschwister tagtäglich zu erledigen hatten.

„Ich werde euch jeden Tag schreiben", sagte sie, „oder . . . oder mindestens jede Woche einmal."

„Fein", sagte Dr. Meixner und betrachtete sie mit einem merkwürdigen Blick, „dann haben wir uns also ausgesprochen."

Beim Abendbrot verkündete er, als ob das die selbstverständlichste Sache der Welt wäre: „Susebill wird uns in

Kürze verlassen. Sie zieht zu Tante Bettina."

Susebill hatte bei dieser Mitteilung ihren Blick auf ihren Teller gesenkt, und so sah sie nicht, wie die Mutter zusammenzuckte, sie bemerkte auch nicht die verblüfften Gesichter ihrer Geschwister.

Stefanie war die erste, die die Sprache wiederfand: „Für wie lange?" fragte sie.

„Für immer", sagte Dr. Meixner.

Und erst in diesem Augenblick überkam Susebill eine Ahnung, was diese Trennung tatsächlich bedeutete – für immer.

Sie hatte schon den Mund geöffnet, um zu protestieren, um zu erklären, daß alles nur ein Spaß gewesen wäre, daß sie bleiben würde, daß sie – da lachte Stefanie laut auf.

„Ich bin mal gespannt, wie lange das dauert!" rief sie. „Susebill bei Tante Bettina . . . nicht auszudenken! Jede Wette, nach spätestens vier Wochen ist sie wieder zurück . . ."

Thomas und Andrea stimmten in ihr Gelächter mit ein.

„Wenn sie überhaupt fährt", sagte der große Bruder. „Paßt auf, im letzten Moment kriegt sie Angst vor ihrer eigenen Courage."

Während die anderen noch lachten, als wenn Susebills Fortgang aus der Familie nichts anderes als ein gelungener Witz wäre, legte Theo seinen Kopf auf die Seite und flüsterte Susebill inständig zu: „Mir schickst du aber was Schönes, wenn du erst reich bist, ja? Einen Bagger, der sich drehen kann . . . den wünsche ich mir schon seit langem."

Susebill sagte nichts, sie hielt den Blick gesenkt, damit die anderen nicht merken sollten, wie elend ihr zumute war. Mechanisch stopfte sie sich einen Bissen nach dem anderen in den Mund – es gab Apfelpfannkuchen, ihr

Lieblingsessen.

Aber zum erstenmal in ihrem Leben schmeckte es ihr überhaupt nicht, sie hatte das Gefühl, Stroh zu kauen. Die Bissen blieben ihr buchstäblich im Hals stecken.

Fahrt ins Glück

Es verlief alles programmgemäß.

Tante Bettina schrieb, sie freue sich sehr auf Susebills Kommen, es sei ihr nur leider augenblicklich unmöglich, sie persönlich abzuholen. Sie bat, Dr. Meixner möge sie in den Zug stecken und ihr Susebills Ankunft rechtzeitig telegrafieren.

So geschah es. Bis es aber soweit war, mußten noch zahlreiche Vorbereitungen getroffen werden. Die Mutter hatte eine Menge zu waschen, zu bügeln und zu nähen. Susebill mußte sich entscheiden, was von ihren alten Spielsachen sie mitnehmen wollte. Ein Koffer wurde vom Speicher geholt, und dann ging es ans Einpacken. Zwischendurch stritt Susebill sich noch gehörig mit Stefanie herum, die sie dauernd hänselte und ihr eine rasche Rückkehr prophezeite. Und Andrea mußte mehr als einmal Frieden stiften.

Von Tag zu Tag verstärkte sich in Susebill das Gefühl, daß niemand Verständnis für sie hatte und alle im Grunde genommen froh waren, sie los zu sein.

Einmal fand Frau Meixner sie in Tränen aufgelöst, und sie glaubte schon, daß sie den leichtfertigen Entschluß, ihre Familie zu verlassen, nun doch bereute. Behutsam suchte sie ihre Tochter zu trösten, forschte nach dem

Grund ihrer Tränen.

Susebill sagte schluchzend: „Stefanie und Andrea sind so gemein zu mir . . . ich bin froh, wenn ich sie nicht mehr sehe."

„Was haben sie dir denn getan?"

„Sie überlegen jetzt schon, wie sie unser Zimmer umräumen wollen, wenn erst meine Sachen draußen sind."

„Das", sagte die Mutter und richtete sich auf, „kannst du ihnen nicht verargen. Vergiß nicht, du verläßt uns freiwillig."

Dann aber, als der Tag der Abreise gekommen war, wollten doch alle Susebill zur Bahn bringen.

Aber der Vater wehrte ab. „Nur kein Theater. Es handelt sich weder um ein Begräbnis noch um eine Geburtstagsfeier, sondern um einen schlichten Abschied. Mutter und ich werden Susebill zum Zug begleiten, das genügt."

Frau Meixner schüttelte den Kopf. „Du vergißt, daß heute Samstag ist, Hans . . . ich habe zuviel zu tun."

„Du willst bloß nicht mitkommen!" rief Susebill gekränkt.

„Du hast recht", sagte die Mutter und nahm sie unerwartet fest in die Arme. „Ich müßte zuviel weinen . . . Leb wohl, mein Liebling, und vergiß uns nicht."

Nun kamen auch Susebill die Tränen. Stefanie und Andrea weinten zur Gesellschaft mit. Der Vater schneuzte sich, und einige Minuten lang sah es so aus, als wenn Susebill gleich sagen würde: „Bitte, bitte, laßt mich bei euch bleiben!"

Auch Thomas spürte das. Er rief: „Seht ihr wohl, ich hab's doch gewußt, jetzt tut's ihr schon leid!"

Und der kleine Theo sagte enttäuscht: „Und ich hatte

mich schon so auf meinen Bagger gefreut!"

Da riß Susebill sich los, küßte noch einmal die Mutter, die Schwestern, die Brüder, sagte: „Ich schreibe euch, so oft ich kann . . . Laßt ihr auch mal von euch hören! Lebt wohl und alles Gute!" Sie drehte sich auf dem Absatz um, riß die Wohnungstür auf und rannte die Treppe hinunter – so schnell, daß der Vater ihr kaum folgen konnte.

„Donnerwetter", sagte er, als er ihren Koffer auf dem Rücksitz seines Autos verstaute, „du hast es aber plötzlich eilig. Kannst es wohl gar nicht mehr erwarten, uns los zu sein?"

„Nein, das nicht. Ganz im Gegenteil", sagte Susebill ehrlich. „Ich hatte Angst, es könnte mir leid tun!"

Sie winkte zum Fenster im zweiten Stock hinauf, aus dem fünf weiße Taschentücher flatterten, ließ sich dann tief in das Polster zurücksinken, sagte aufmunternd: „So, das wäre überstanden."

Während sie durch die Stadt fuhren, sagte Dr. Meixner: „Ich könnte dir jetzt eine Menge guter Ratschläge geben . . . angefangen von: Lehn dich nicht zum Fenster hinaus und laß dich nicht von fremden Menschen ansprechen! Aber tatsächlich scheint mir das in diesem Augenblick alles ziemlich dumm und überflüssig. Was du bisher nicht gelernt hast, kann ich dir auch nicht mehr in diesen letzten fünf Minuten eintrichtern. Du mußt von nun an sehen, wie du allein fertig wirst."

Susebill fühlte sich plötzlich sehr erwachsen. „Mach dir nur keine Sorgen, Väterchen, ich schaffe es schon", sagte sie ziemlich selbstgefällig.

Dr. Meixner sah sie von der Seite an, aber er schwieg.

Sie mußten fünf Minuten auf dem Bahnsteig auf den Zug warten, fünf Minuten, während denen sie sich nichts mehr zu sagen wußten und Susebill vor Ungeduld von einem Bein auf das andere trat.

Beide atmeten auf, als der Zug endlich einlief. Susebill umarmte ihren Vater noch einmal stürmisch, dann ließ sie sich in ein Abteil helfen. Dr. Meixner hob ihren Koffer in ein Gepäcknetz und ging wieder aus dem Wagen.

Susebill hätte gern das Fenster geöffnet, um mit ihm zu sprechen. Jetzt, wo es zu spät war, fielen ihr eine Menge Dinge ein, die sie noch hatte sagen wollen. Aber das Fenster klemmte, und es gelang ihr trotz Aufbietung aller Kräfte nicht, es auch nur um einen Zentimeter zu verschieben.

Endlich, als es Susebill grade einfiel, daß sie auf den Gang hinauslaufen und von dort aus mit dem Vater sprechen könnte, wurden die Türen zugeworfen, eine Pfeife schrillte, der Mann mit der roten Mütze gab ein Signal, und stampfend setzten sich die Räder in Bewegung. Schon nach wenigen Sekunden war Dr. Meixner Susebills Blicken entschwunden.

Susebill ließ sich auf ihren schönen Eckplatz sinken, aber sie sah nichts von den Vorstadthäusern, die draußen vor dem Fenster vorbeiglitten. Ihre Augen waren blind vor Tränen. Sie war froh, daß niemand auf sie achtete. Außer ihr waren im Eisenbahnabteil nur eine Dame, die einen Roman las, und zwei junge Männer, die sich sehr eifrig miteinander unterhielten.

Ganz allmählich wurde es ihr besser. Sie wußte, daß die Fahrt bis zu ihrem Bestimmungsort fünf Stunden dauern würde. Sie hatte also Muße genug, über sich nachzudenken: über das, was vor ihr lag, und über das, was sie hinter sich gebracht hatte.

Aber sie war viel zu verwirrt und aufgeregt dazu. Sie

konnte keinen einzigen klaren Gedanken fassen, nur Bilder sausten durch ihr Gehirn, ganz klare und seltsam verwischte.

Es war zu unwahrscheinlich. Sie, Susebill Meixner, viertes Kind des Tierarztes Dr. Hans Meixner, mittelmäßige Schülerin der sechsten Klasse, saß mutterseelenallein in einem D-Zug-Abteil und fuhr in die weite Welt hinaus. Und Tante Bettina, die schöne, elegante Frau Bettina Gütler, würde sie bei sich aufnehmen. Es war zu wunderbar. Bestimmt würde sie ein eigenes Zimmer kriegen, und vielleicht auch einen taubenblauen Trainingsanzug. Sie würde nicht mehr jede Kleinigkeit mit ihren Geschwistern teilen müssen und nie mehr ein Kleidungsstück tragen, das vor ihr schon jemand anders besessen hatte.

Je mehr der Zug sich aus der Heimat entfernte, desto verschwommener und unwichtiger wurde die Erinnerung.

Sie hatte in der Nacht zuvor kein Auge zugetan, und so kam es, daß sie unmerklich einnickte.

Sie erwachte mit einem jähen Schreck. Der Zug stand.

„Sind wir schon da?“ rief sie.

Die Dame ihr gegenüber, die bis jetzt gelesen hatte, hob lächelnd den Kopf. „Wohin willst du denn?“

„Nach Dörtlingen.“

„Da mußt du dich noch gedulden. Das hier ist erst Düsseldorf.“

Susebill stand auf und preßte die Nase gegen die Fensterscheibe. „Düsseldorf?“ sagte sie. „Da habe ich ja hübsch lange gepennt.“

Die Dame sah auf ihre Armbanduhr. „Über drei Stunden.“

Als der Zug wieder anfuhr, ging Susebill auf die Toilette und machte sich frisch. Sie war jetzt sehr aufgeregt, fühlte sich wie in einem großen Abenteuer. Die Landschaft vor dem Fenster hatte sich verändert. Der Zug brauste an Fabriken vorbei, fern und nah erhoben sich riesige Schornsteine gegen den Himmel. Aus den Hochöfen leuchteten Flammen.

Als der Zug auf dem Hauptbahnhof Essen hielt, sagte die Dame: „Die nächste Station ist es."

„Danke." Susebill versuchte, ihren Koffer aus dem Netz zu ziehen. Aber sie war zu klein, es ging nicht, und plötzlich hatte sie auch keinen Mut mehr, irgend jemanden zu bitten.

Sie war unendlich erleichtert, als die nette Dame von sich aus sagte: „Laß nur, ich mach das schon!" und ihr den Koffer zu Boden setzte.

Susebill konnte wieder nur danke sagen. Sie zog sich ihren Mantel an, setzte die Baskenmütze aufs Ohr und begann, den Koffer auf den Gang hinauszuschieben und zu stoßen. Glücklicherweise waren es nur wenige Meter. Aber wie sollte sie den Koffer, wenn der Zug erst hielt, auf den Bahnsteig hinunter bekommen?

Versuchsweise hob sie ihn an, ließ ihn dann aber gleich wieder los. Verflixt, war der schwer! Woher bloß? Dann erst fiel ihr ein, daß sie gegen die Warnung ihrer Mutter und Andreas darauf bestanden hatte, ihre Lieblingsbücher, und das waren ungefähr zehn, einzupacken. Ob sie das Gewicht ausmachten?

Susebill überlegte allen Ernstes, ob sie nicht jetzt noch den Koffer und die Bücher schnell herausnehmen sollte. Aber da kamen schon die anderen Reisenden mit ihrem Gepäck aus den Abteilen. Auf dem Gang wurde es sehr eng, und Susebills verrückter Plan wurde nun ganz und gar undurchführbar.

Der Zug hielt, die Reisenden stiegen aus, und Susebill sah sich schon allein mit ihrem schweren Koffer zurückbleiben. Es waren ein paar ganz furchtbare Sekunden.

Dann sagte ein älterer Herr: „Steig nur aus, Kleine, ich reich dir den Koffer nach!"

Das ließ Susebill sich nicht zweimal sagen. Sie hüpfte die hohen Stufen so rasch hinab, daß sie beinahe ausgeglitten wäre, nahm strahlend und dankbar ihren Koffer entgegen. Es störte sie nicht im geringsten, daß der alte Herr sie „Kleine" genannt hatte.

Aber kaum hatte sie festen Boden unter den Füßen, als eine neue Angst in ihr aufstieg.

Sie sah nach links, sah nach rechts – nirgends war Tante Bettina zu erblicken! Der Bahnsteig begann sich zu leeren, Susebill blickte sich fast die Augen aus dem Kopf: Tante Bettina war nicht da.

Wie war das möglich? Sie hatte doch gestern abend dabeigestanden, als die Mutter Tante Bettina die genaue Ankunftszeit telegrafiert hatte. Ob sich das Telegramm verspätet hatte? Gab es so etwas überhaupt?

Susebill stand mutterseelenallein, und am liebsten hätte sie wie ein ganz kleines Kind einfach laut herausgebrüllt. Aber sie nahm sich zusammen, versuchte zu denken. Was hatte der Vater gesagt? „Wenn Tante Bettina nicht am Zug ist, dann wartet sie vielleicht vor der Sperre. Wenn du sie auch da nicht findest, dann nimm dir ein Taxi. Die Adresse hast du ja."

Susebill griff in die Tasche ihres Regenmantels, holte einen klein zusammengefalteten Zettel hervor, las: „Haus Sonnenhag, Hartmannsweiler achtundneunzig." Komische Adresse, dachte sie, und außerdem – was nutzt mir das? Es soll mir erst mal jemand vormachen, wie ich mit diesem schweren Koffer bis zur Sperre komme.

Sehnsüchtig sah sie zu dem Schild über der Bahnsteigtreppe hin, das die Aufschrift trug: „Zum Ausgang".

Sie seufzte tief und machte sich daran, ihren Koffer vorwärts zu stoßen. Irgendwie mußte sie aus dem Bahnhof hinaus, sie konnte ja nicht ewig hier bleiben.

Sie war so in ihre Arbeit vertieft, daß sie den jungen Mann in der grauen Livree erst bemerkte, als er sie ansprach.

„Entschuldige", sagte er, „bist du Susebill Meixner?"

Sie fuhr hoch.

„Ja. Woher wissen Sie . . .?"

„Ich bin Gütlers Chauffeur. Die gnädige Frau hat mich geschickt, dich abzuholen . . ."

Susebills ausgestandene Ängste lösten sich fast zu schnell. „Na, da haben Sie sich aber ganz schön verspätet!" platzte sie heraus.

„Ich habe an der Sperre gewartet", erklärte der Chauffeur, „ich fürchtete, dich auf dem Bahnsteig zu verpassen." Er hob ihren Koffer auf. „Hübsch schwer. Schleppst du zufällig ein paar Zementblöcke mit dir herum?"

„Nein", sagte Susebill, „Goldbarren."

„Na, dein Mundwerk scheint gut geölt zu sein!" Der livrierte junge Mann grinste. „Mich stört es nicht. Bei mir kannst du ruhig reden, wie dir der Schnabel gewachsen ist. Ich heiße übrigens Schmitz. Aber ich warne dich, die gnädige Frau legt sehr viel Wert auf einen vornehmen Umgangston."

„Wartet Tante Bettina draußen?" fragte Susebill.

„Nein. Ich soll dir ausrichten, daß die gnädige Frau es tief bedauert, aber sie hat sich nicht freimachen können. Samstag nachmittag pflegen sie und Herr Gütler Golf zu spielen. Sie wird so bald wie möglich nach Hause kommen."

„Komisch", sagte Susebill, „ich hatte gedacht, daß sie sich so sehr ein Kind wünschte . . . und nun, wo sie eines bekommt, geht ihr das Golfspielen vor!"

Erschrocken über ihre eigene Frechheit sah sie Herrn Schmitz an. Aber der machte ein Gesicht, als wenn er nichts gehört hätte, und sie atmete auf.

Draußen auf dem Bahnhofsvorplatz stand, strahlend poliert und in vornehmer Überlegenheit, ein schwarzer Mercedes 300. Susebill verschlug es die Sprache, als Herr Schmitz gradewegs auf diesen würdevollen Wagen zuging. Er öffnete eine Tür zum Rücksitz und ließ Susebill einsteigen. Dann verstaute er ihren Koffer in den Gepäckraum und setzte sich ans Steuer.

Susebill fühlte sich sehr vornehm, fast wie eine Prinzessin, als sie so, bequem in das Lederpolster zurückgelehnt, durch die Straßen der Stadt glitt.

Dörtlingen war eine Stadt ohne besondere Kennzeichen, eine sehr lebendige, geschäftige Stadt im Herzen des Industriegebietes. Es gab eigentlich nichts zu sehen, was Susebill nicht schon von zu Hause her kannte: Geschäfte und Kinos, Straßenbahnen und Plakate, graue Häuser und schreiend bunte Reklamen. Aber vom Rücksitz eines Mercedes 300 aus sah sich die Welt ganz anders an, wenigstens kam es Susebill so vor.

Sie genoß die Fahrt, bis sie feststellte, daß der Wagen die Innenstadt verließ und ziemlich trübselige Außenbezirke erreichte.

Sie beugte sich vor und fragte aufgeregt: „Herr Schmitz . . . wohin fahren Sie mich denn?"

„Nach Hause."

„Aber wir sind ja schon bald aus Dörtlingen heraus."
„Stimmt. Die Herrschaften wohnen außerhalb."

Eine Weile schwieg Susebill. Dann konnte sie es nicht länger aushalten. Ihr wurde von Sekunde zu Sekunde deutlicher, daß sie sich auf keine Weise vergewissert hatte, ob dieser Herr Schmitz wirklich Tante Bettinas und Onkel Daniels Chauffeur war. Das schöne Auto konnte schließlich auch gestohlen sein, die Autonummer falsch.

„Herr Schmitz", sagte sie, „bitte, ganz ehrlich ... Sie wollen mich doch nicht entführen?"

„Wozu? Was könnte man mit so einer halben Portion, wie du es bist, schon anfangen?"

„Lösegeld erpressen."

„Mir scheint, du hast zu viele Abenteuergeschichten gelesen, Kleine!"

„Ganz und gar nicht", entgegnete Susebill spitz, „ich gebrauche nur meinen gesunden Menschenverstand." Dennoch ließ sie sich einigermaßen beruhigt wieder zurücksinken.

Sie ließen auch die Vororte hinter sich, fuhren über eine asphaltierte Landstraße, durchquerten zu Susebills Erstaunen ein richtiges Dorf. Dann bog Herr Schmitz nach links ab, sie fuhren jetzt über einen holprigen, aber immer noch breiten Weg. Ein Wäldchen tauchte auf, sie durchquerten es, und dann sah Susebill Haus Sonnenhag.

Es lag am Hang eines Hügels, ein breites weißes Haus, mit einem Flügel an jeder Seite, und einem geschwungenen roten Dach. Hohe französische Fenster und Glastüren führten auf eine Terrasse, die sich am ganzen mittleren Gebäude entlangzog. Auf ihr waren Liegestühle, Sonnenschirme und kleine Tische aufgebaut. Ein leuchtendgrüner, wunderbar gepflegter Rasen fiel sanft in den Garten ab. Von dem konnte Susebill freilich nicht viel sehen, da er hinter einer steinernen Mauer lag.

„Das ist es“, sagte Herr Schmitz, „gefällt’s dir?“

Susebill mußte, was ihr selten geschah, nach Worten ringen. „Das“, sagte sie endlich beeindruckt, „das ist ja ein Schloß!“

„So sieht’s von hinten aus“, erklärte Herr Schmitz ungerührt.

Der Weg machte jetzt wieder eine Biegung, führte durch den Wald, Haus Sonnenhag entschwand Susebills Blicken, um gleich darauf wieder vor ihr aufzutauchen, diesmal von vorne, und da wirkte es noch vornehmer. Es hatte eine richtige Auffahrt, runde weiße Säulen trugen den Portalbogen.

Sehr unsicher stieg sie aus, als der Chauffeur ihr die Tür öffnete, den Blick immerzu ganz verzaubert auf das wunderbare Haus gerichtet. Sie kam sich sehr unbedeutend und winzig vor in ihrem einfachen Regenmantel, der an den Handgelenken schon ein wenig kurz zu werden begann.

Die Haustür wurde geöffnet, ein junges Mädchen im schwarzen Kleid mit weißem Schürzchen erschien. Susebill hatte das unangenehme Gefühl, daß sie mit Herrn Schmitz über ihren Kopf hinweg einen Blick wechselte.

„Das ist Susebill“, sagte Herr Schmitz, „und das ist unsere Evelyn, Susebill ... Sie wird dir dein Zimmer zeigen.“

„Aber den Koffer bringen Sie uns, bitte, hinauf, Kuno“, sagte Evelyn und führte Susebill eine breite geschwungene Treppe zu einer Galerie hinauf.

Sie öffnete eine Tür, und Susebill sah sich einem Traumzimmer in Weiß und Gold gegenüber.

„Das ist dein Raum“, sagte Evelyn, „dein Bad ist nebenan.“ Sie stieß eine Tür auf, und Susebill erhaschte den Glanz von schwarzen und rosa Kacheln.

„Hoffentlich gefällt es dir bei uns“, sagte Evelyn.

Susebill ließ sich in den schönen weichgepolsterten Sessel plumpsen. „Wenn es mir hier nicht gefällt“, sagte sie aus tiefster Überzeugung, „dann hätte ich wahrhaftig Prügel verdient.

Haus Sonnenhag

Tante Bettina kam erst zwei Stunden später nach Hause, als es bereits dämmrig zu werden begann.

Aber bis dahin hatte Susebill sich nicht gelangweilt. Sie hatte das große Haus besichtigt, in dem ein Zimmer eleganter eingerichtet war als das andere. Tante Bettinas Schlafraum hatte sie gar nicht zu betreten gewagt, weil der Boden mit einem schneeweißen Teppich belegt war. Dafür war sie im Garten hinauf- und hinuntergelaufen, hatte voller Begeisterung festgestellt, daß es sogar ein Schwimmbecken gab, das nicht einmal klein war.

Sie hatte die Mutter des jungen Herrn Schmitz kennengelernt, deren Reich die Küche war, und sie hatte erfahren, daß der alte Herr Schmitz, der Vater des Chauffeurs, den Garten besorgte. Frau Schmitz, eine rundliche freundliche Frau, hatte ihr sogleich etwas zu essen angeboten, aber Susebill hatte dankend abgelehnt. Sie war noch viel zu aufgeregt.

Dann, gerade als sie anfing, müde zu werden, war Tante Bettina nach Hause gekommen, in einem schneeweißen offenen Sportwagen mit roten Lederpolstern. Sie hatte selber chauffiert, mit langen weißen Handschuhen an den Händen, und Onkel Daniel hatte neben ihr gesessen. Susebill war so beeindruckt, daß sie steif und still neben der Haustür stehenblieb und gar nicht imstande war, zu Tante Bettina hinzulaufen, wie sie es eigentlich vorgehabt hatte.

Statt dessen lief Tante Bettina ihr entgegen, nahm sie fest in beide Arme und küßte sie sehr herzlich – sie war noch viel, viel netter als bei ihrem letzten Besuch. „Susebill", sagte sie zärtlich, „mein kleiner Schatz . . . Du ahnst ja nicht, wie glücklich ich bin, daß du zu uns gekommen bist!"

Sie nahm Susebill an der Hand und führte sie zu Onkel Daniel, der sehr schlank, fast hager war und ein braungebranntes, scharfgeschnittenes Gesicht hatte. „Hallo, Susebill", sagte er gleichgültig, „eine gute Fahrt gehabt?" Er wartete die Antwort gar nicht ab, sondern gab dem jungen Herrn Schmitz, den er Kuno nannte, Anweisungen wegen des Wagens.

„Hast du schon deinen Eltern telegrafiert, daß du gut angekommen bist?" fragte Tante Bettina. „Nicht? Dann müssen wir das gleich tun, damit sie sich keine Sorgen machen." Susebill immer noch an der Hand, lief sie zum Haus.

Susebill wunderte sich, wie jung sie wirkte, fast wie eine ältere Schwester, dabei wußte sie genau, daß Tante Bettina in Wirklichkeit sogar zwei Monate älter war als ihre eigene Mutter.

Sie stand dabei, während Tante Bettina telegrafierte, dann liefen sie nebeneinander die breite, geschwungene Treppe zur Galerie und zu Susebills Zimmer hinauf.

Tante Bettina redete ununterbrochen, während Susebill strahlend zu ihr aufschaute.

„Hast du schon gebadet, mein kleiner Schatz? Nein? Darf ich das tun ... heute ausnahmsweise? Ach, du ahnst ja nicht, wie sehr ich mir gewünscht habe, einmal ein kleines Mädchen baden und ins Bett bringen zu dürfen. Wie gefällt dir dein Zimmer? Eigentlich ist es das Gästezimmer, aber jetzt, wo du da bist, kommt natürlich kein anderer mehr hinein. Hast du gesehen, daß man das eine Schränkchen aufklappen kann? Daran kannst du deine Schularbeiten machen. Ach, ich hoffe nur, daß es dir bei uns gefallen wird!"

Susebill war es seit Jahren gewohnt, selber zu baden – einmal in der Woche, am Samstagabend. Es kam ihr sehr merkwürdig vor, daß Tante Bettina sich soviel Mühe damit gab. Sie stöpselte eigenhändig die Badewanne zu, drehte die Hähne an, tat Badesalz hinein, prüfte mit einem schwimmenden Thermometer, ob die Temperatur richtig war.

Susebill dachte, daß sie das genausogut mit der Hand oder mit dem Fuß gekonnt hätte. Aber sie sagte nichts. Sie sah sich in dem schwarz und rosa gekachelten Raum um, in dem es dicke duftende Stücke Seife gab, Glasflaschen mit Badesalz, schneeweiße Waschlappen und riesige Badetücher.

„Ist das wirklich mein Badezimmer?" fragte sie, tief beeindruckt. „Ich meine ... ist es nur für mich?"

„Ja", sagte Tante Bettina, „Onkel Daniel und ich, wir haben unsere eigenen ..., und das Personal schläft ja im Seitenflügel."

„Heißt das ... ich meine, darf ich baden, so oft ich will?"

„Natürlich, mein kleiner Schatz." Tante Bettina sah

Susebill mit einem zärtlichen Lächeln an. „So oft wie möglich . . . und nun hinein ins Vergnügen."

Susebill kletterte in die Wanne, dehnte und streckte sich im heißen Wasser und fand es herrlich. Es war merkwürdig und doch sehr lustig, sich von Tante Bettina einschäumen und dann kalt abbrausen zu lassen. Nachher rubbelte Tante Bettina sie noch in einem vorgewärmten großen Badetuch tüchtig ab.

Plötzlich fiel Susebill etwas ein. „O je!" sagte sie. „Was soll ich jetzt anziehen? Ich habe ganz vergessen, meine Sachen auszupacken."

„Macht nichts", sagte Tante Bettina, „ich habe dir was mitgebracht . . . eine Überraschung!" Sie zog an einer Klingelschnur.

Evelyn erschien. „Gnädige Frau haben geklingelt?"

„Ja, Evelyn. Hat Kuno die Pakete heraufgebracht? Ach nein, sie sollten nicht in mein Zimmer, sondern hierher. Bitte, holen Sie sie herüber und packen Sie sie aus."

Sie hüllte Susebill in ein trockenes Badetuch und führte sie in das Zimmer hinüber. Evelyn kam zurück, mit Paketen beladen, und begann die Schnüre zu lösen.

Susebill hätte viel lieber selbst ausgepackt, aber sie wagte nicht, darum zu bitten. Bald darauf hätte sie auch schon gar keine Zeit mehr dazu gehabt. Im ersten Paket waren drei Schlafanzüge, einer schöner als der andere. Sie alle zeigten auf weißem Grund zartbunte Muster, der eine in Lila, ein anderer in Rosa, der dritte in Resedagrün. Sie hatten große Kragen und vorne glänzende, breite Schleifen – rosa, lila, resedagrün. So schicke Schlafanzüge hatte Susebill bisher noch nicht einmal gesehen. Sie war ganz benommen.

„Schlüpf hinein", sagte Tante Bettina, „welchen willst du

heute anziehen?“

Sie waren alle drei gleich schön, und so fiel die Wahl schwer. Susebill entschied sich schließlich für den resedagrünen.

Er paßte wie angegossen.

„Na also“, sagte Tante Bettina befriedigt, „habe ich mich doch nicht geirrt, ich bin froh, daß wir sie behalten können.“

Susebill fiel ihr um den Hals und küßte sie. Sie war sehr dankbar, und dennoch war in diesem Augenblick die Erinnerung an ihre eigene Mutter plötzlich sehr deutlich. Frau Meixner hätte gesagt: „Nehmen wir sie lieber zwei Nummern größer. Erstens wächst du sonst zu schnell heraus ... und eingehen tun sie wahrscheinlich auch noch.“ Die gute Mutter.

Außer den Schlafanzügen hatte Tante Bettina für Susebill noch einen Morgenrock aus rosa Seide eingekauft, reizende rote Lederpantöffelchen, einen Badeanzug, Sandalen, weiße Shorts und ein hellblaues Leinenhemd.

„Zum Kleiderkaufen müssen wir miteinander gehen“, sagte sie. „Du sollst das bekommen, was dir am besten steht.“

Evelyn hatte das Papier und die Schnur von einem großen Karton entfernt und wollte gerade den Deckel abnehmen.

„Nein“, sagte Tante Bettina rasch, „das soll Susebill selber tun ... Ich bin gespannt, ob ich deinen Geschmack getroffen habe, mein kleiner Schatz.“

Susebill öffnete voller Erwartung den Karton und fand – eine riesengroße Puppe. Sie sah fast aus wie ein lebendiges kleines Mädchen, schlug die lang bewimperten Augen auf, als Susebill sie hochnahm, und schrie „Mama“.

„Nun . . . gefällt sie dir?“ fragte Tante Bettina gespannt.
„Toll!“
Die Puppe war das Eleganteste, das Susebill je gesehen hatte. Sie trug ein Kleid aus weißer Spitze, mit einem weißen Seidenunterrock darunter und einer rosa Schärpe um den Bauch. Sie hatte weiße Schuhe und weiße Söckchen an, und ihr Haar war so schön frisiert wie bei einer Modedame. Sie war wunderschön, aber sie erweckte in Susebill keinerlei Muttergefühle.
Wie kalt und eingebildet sie guckt, dachte Susebill und wußte schon in dieser ersten Sekunde, daß sie niemals mit ihr spielen würde. „Sie ist herrlich“, sagte sie laut.
„Montag fahren wir beide einkaufen“, sagte Tante Bettina, „dann kannst du dir natürlich auch noch anderes Spielzeug aussuchen. Jetzt wollen wir erst einmal sehen, was von deinen Sachen noch zu gebrauchen ist.“

Evelyn begann Stück für Stück Susebills Koffer auszupakken, und hin und wieder nahm Tante Bettina das eine oder andere mit spitzen Fingern in die Hand. Susebills ganze Freude verflog mit einem Schlag, als ob sie nie dagewesen wäre. Sie fühlte, wie Tränen in ihr aufstiegen, und sie wußte selber nicht warum. Sie hätte weinen mögen.
„Die Unterwäsche“, sagte Tante Bettina, „können wir schließlich noch behalten, und dann vielleicht noch . . . nein, lieber nicht. Es hat keinen Sinn. Räumen Sie alles fort, Evelyn . . . von mir aus können Sie es verschenken.“
Susebill hatte ein Gefühl, als ob jemand den Boden unter ihren Füßen langsam, aber unaufhaltsam wegzöge. Sie dachte daran, wieviel Mühe sich die Mutter gegeben hatte, ihre Sachen zu waschen, auszubessern, zu bügeln. Sie dachte an die korallenrote Jacke, die Andrea ihr erst zum

letzten Weihnachtsfest gestrickt hatte, und dann fielen ihr ihre Bücher ein und ihr kleiner alter Teddybär.

„Nicht“, sagte sie und fiel Evelyn, die dabei war, alle ihre Sachen wieder in den Koffer einzupacken, in den Arm, „bitte, nicht ... Meine Bücher sind ja noch drin und mein Teddy! Ganz unten!“ Sie kniete auf den Boden und begann zu wühlen, bis sie triumphierend ihren Bären emporheben konnte. „Da ist er! Herrje, da bin ich aber froh!“ Sie gab ihm einen zärtlichen Kuß auf die Nase.

„Laß sehen!“ sagte Tante Bettina, wandte sich aber, als Susebill ihr den kleinen Teddy hinhielt, schaudernd ab. „Grauenhaft! Ja, sag einmal, Susebill ... du willst doch dieses gräßliche Vieh nicht wirklich behalten?“

„Es ist kein Vieh ... es ist ein Teddy.“

„Sag besser, es ist mal einer gewesen! Siehst du denn nicht, daß sein Fell ganz abgeschabt ist, daß er schmutzig ist ...“

„Aber wir haben ihn doch noch vor meiner Reise gebadet!“

„Das eine Auge hängt ihm heraus, und das Ohr war wohl auch schon mal lose. Nein, Susebill, dieses scheußliche Ding bleibt nicht in meinem Haus.“

„Ich habe ihn bekommen, als ich zwei Jahre alt war“, sagte Susebill leise.

„Montag kaufen wir einen neuen ... wenn du unbedingt darauf bestehst. Ich finde, daß du eigentlich viel zu groß bist, um noch mit Teddys zu spielen.“

„Ich spiele gar nicht mit ihm, ich nehme ihn nur abends mit ins Bett.“

„Weg damit“, sagte Tante Bettina zu Evelyn, „über diesen Punkt will ich nichts mehr hören. Und was ist mit den Büchern?“

„Ich habe sie ausgepackt“, sagte Evelyn und zeigte darauf.

Susebill sah sie mit weit aufgerissenen Augen an. – Wenn sie mir die auch noch wegnimmt, dachte sie, dann halte ich es nicht aus, dann muß ich weinen ... Meine schönen Bücher! Mein armer lieber Teddy!

„Na, wunderbar sind sie ja auch nicht mehr“, sagte Tante Bettina, „aber, bitte, von mir aus, behalt sie.“ Sie legte den Stapel achtlos beiseite. „Ich denke, in ein paar Wochen wirst du von alleine einsehen, daß sie zu deinem neuen Leben nicht mehr passen. Räumen Sie alles andere hinaus, Evelyn, auch Papier und Schnüre, und dann bringen Sie, bitte, Susebill ein leichtes Abendbrot. Hast du einen Wunsch, mein kleiner Schatz? Du mußt heute abend auf deinem Zimmer essen, Onkel Daniel und ich sind eingeladen. Also, was wünschst du dir?“

„Ich weiß nicht“, sagte Susebill unsicher.

„Nun, Frau Schmitz wird dir schon etwas Gutes zurechtmachen.“ Tante Bettina sah auf ihre brillantenbesetzte Armbanduhr. „Oh, schon so spät! Nur noch knappe zwei Stunden zum Umziehen ... Da muß ich mich beeilen.“ Sie beugte sich über Susebill, gab ihr einen flüchtigen Kuß auf die Stirn. „Schlaf gut, mein kleiner Schatz. Ich schaue heute nacht noch einmal zu dir herein!“ Und fort war die schöne Tante Bettina ... nichts blieb von ihr zurück, als der Hauch eines guten Parfüms, der noch lange im Zimmer schwebte.

Später brachte Evelyn ein Tablett an Susebills Bett. Es gab kaltes gebratenes Hähnchen, Salat und ein Omelett mit Aprikosenkompott, dazu ein Glas Traubensaft. Das war so appetitlich angerichtet, Susebill konnte nicht widerstehen, sie aß alles bis auf den letzten Krümel auf – und doch, und doch! In ihrem Hals steckte ein dicker Kloß, so daß sie selbst das duftige Omelett nur mit Mühe hinunterwürgen konnte.

Immer wieder sagte sie sich, daß sie allen Grund hatte, glücklich zu sein. Sie zählte sich auf, was sie alles bekommen und was sie noch zu erwarten hatte. Was fehlte ihr denn?

Evelyn, die das Tablett abholte, sagte: „Na, geschmeckt scheint es dir wenigstens zu haben."

„Danke, ja." Susebill schluckte. Erst als Evelyn schon fast bei der Tür war, wagte sie die Frage: „Bitte, Evelyn, bitte . . . was haben Sie mit meinen Sachen gemacht?"

„Zum Abholen bereitgestellt für ein Waisenhaus."

„Oh!" Susebill konnte die Tränen nicht länger zurückhalten. „Auch meinen Teddy?" fragte sie mit bebender Stimme.

Evelyn setzte das Tablett ab und kam zu ihr zurück. „Liegt dir denn so viel daran?"

„O ja, ich . . .", stammelte Susebill, und dann weinte sie wirklich. „Nicht nur an dem Teddy", schluchzte sie, „an allem . . . Andrea hat mir die Korallenjacke doch selber gestrickt . . . Sechs Wochen hat sie dazu gebraucht, und alles so heimlich, daß ich gar nichts gemerkt habe . . . Und Mutter! So viel Arbeit hat sie mit meinem Zeug gehabt . . . Alles hat sie noch extra gewaschen und gebügelt und ausgebessert, bevor ich fort bin . . . So viel Arbeit. Und jetzt soll alles weg!" Die Tränen liefen Susebill die Wangen hinunter.

„Du hast wohl eine sehr liebe Mutter?" fragte Evelyn.

„Lieb?" rief Susebill, „lieb ist gar kein Ausdruck! Sie ist die beste Mutter von der ganzen Welt. Und mein Vater ist Tierarzt, er heilt die kranken Möpse und Katzen und

Papageien . . . und natürlich auch alle anderen Tiere. Ach, lustig ist's bei uns zu Hause! Ich habe vier Geschwister! Andrea und Thomas und Stefanie und Theo . . ." Susebill redete und redete.

Evelyn hörte zu. Erst nach einer ganzen Weile, als Susebill eine kleine Pause machen mußte, um Atem zu holen, fragte sie: „Weshalb bist du dann von zu Hause weg?"

Da wurde Susebill mit einem Male ganz still.

„Ich an deiner Stelle . . .", sagte Evelyn, aber dann stockte sie, und als sie weitersprach, merkte Susebill, daß sie etwas ganz anderes sagte, als sie wirklich gedacht hatte. „Sei nicht traurig, Susebill, hier ist es auch sehr schön. Es wird dir schon gefallen, wenn du dich erst eingelebt hast." Als sie sah, wie es um Susebills Lippen zuckte, fügte sie rasch hinzu: „Natürlich gebe ich deine schönen Sachen nicht einfach weg, wäre ja wirklich schade darum. Ich habe deinen Koffer mit allem, was drinnen war, auf den Speicher gestellt. Da kommt die gnädige Frau nie hin. Aber du darfst mich nicht verraten, Susebill, hörst du? Sonst kriegen wir beide furchtbaren Ärger."

Susebills trauriges Gesicht erhellte sich. „Ach, Evelyn", sagte sie, „das haben Sie fein gemacht. Vielen, vielen Dank. Ich werde kein Sterbenswörtchen verraten, ganz bestimmt nicht. Jetzt haben wir beide ein Geheimnis miteinander; das ist spannend."

In dieser Nacht träumte Susebill in ihrem wunderschönen weißgoldenen Zimmer nicht von den Freuden, die ihr noch bevorstanden, sondern sie träumte von Vater und Mutter und den Geschwistern. Sie sah sie so deutlich, als ob sie nur wenige Schritte von ihr entfernt wären. Aber keiner von ihnen bemerkte sie. Susebill rief und winkte, aber niemand schien es zu hören. Sie wollte zu ihnen laufen, aber ihre Beine waren wie angewurzelt.

Da weinte sie bitterlich, und sie erwachte mitten in der Nacht davon, daß ihr Kopfkissen naß von Tränen war.

Ein leichter Anfang

Am nächsten Morgen sah alles anders aus.

Goldener Sonnenschein fiel durch das geöffnete Fenster, als Susebill die Augen öffnete. Sie mußte sich erst ein paar Sekunden besinnen, wo sie war. Dieses wunderschöne Zimmer mit den weiß-goldenen Möbeln und dem dicken weichen Teppich gehörte ihr – ihr ganz allein.

Mit einem Satz war sie aus dem Bett und rannte ins Bad hinüber – wahrhaftig, auch hier war noch alles da, sie hatte es nicht geträumt. Evelyn hatte gestern abend noch aufgeräumt. Die Badewanne war ganz sauber, die schwarzen und rosa Kacheln schimmerten und funkelten wie frisch poliert. Die großen weißen Badetücher hingen über der geheizten, silbern glänzenden Stange, schimmernde Gläser mit Badesalz und dicke Stücke duftender Seife gab es auch.

Susebill seufzte tief vor Genugtuung. Wie war dieser Raum wunderbar, und das Wunderbarste war – auch er gehörte ihr!

Sie putzte sich die Zähne, rannte in das andere Zimmer zurück, schlüpfte aus ihrem Schlafanzug, zog die weißen Shorts an, das hellblaue Leinenhemd und die Sandalen. Sie bürstete sich das Haar, kam auf die Idee, sich heute ihr dickes blondes Haar nicht zu einem Zopf zu flechten, sondern zu einem Pferdeschwanz aufzubinden. Sie betrachtete sich im Spiegel und fand sich sehr schick.

Dann lief sie zum Fenster, öffnete es weit und blickte in den Garten hinunter. Evelyn war dabei, die Gartenmöbel aufzustellen.

„Guten Morgen!“ rief Susebill vergnügt. „Wieviel Uhr ist es?“

Aber Evelyn antwortete nicht. Sie legte erschrocken den Finger auf den Mund und bedeutete Susebill durch Gebärden, daß Tante Bettina und Onkel Daniel noch schliefen und sie ganz still herunterkommen sollte.

Aber im Treppenhaus begegnete Susebill ihrer Tante Bettina.

„Du bist schon auf?“ rief sie begeistert. „Und ich dachte schon . . . Ist es gestern abend spät geworden?“

Tante Bettina trug ein schwarzes Leinenkleid, das am Hals ganz weit ausgeschnitten und mit großen bunten Blumen bedruckt war. Sie sah wieder wunderschön aus, aber nicht mehr ganz so jung wie gestern.

„Ziemlich spät“, sagte sie lächelnd. „Aber warum schaust du mich so an?“

„Weil du so schön bist“, sagte Susebill. Aber das war nur die halbe Wahrheit, tatsächlich hatte sie festgestellt, daß man Tante Bettina doch ansehen konnte, daß sie keinen Tag jünger war als Susebills Mutter.

Aber sie war nett, riesig nett sogar, fand Susebill. Den ganzen Tag kümmerte sie sich um ihre kleine Pflegetochter. Noch nie hatte jemand so viel Interesse für sie gehabt und so viel Zeit. Tante Bettina wollte einfach alles wissen: was Susebill gern aß und was sie gerne las und was sie am liebsten spielte.

Es wurde ein heißer Tag. Nach dem Frühstück zog auch

8 9403-12

Tante Bettina sich einen Luftanzug an. Sie lagen nebeneinander auf der Terrasse, spielten Federball miteinander und sprangen zwischendurch ins Schwimmbecken, um sich abzukühlen. Nachher, als Onkel Daniel herunterkam, spielten sie sogar alle miteinander Krocket auf dem grünen Rasen.

Der Tag verging wie im Flug, und am Abend war es Tante Bettina, die Susebill daran erinnern mußte, daß ihre Eltern sich bestimmt über einen Brief freuen würden.

Susebill setzte sich an ihren weiß-goldenen Sekretär. Tante Bettina hatte ihr einen Bogen und einen Umschlag von ihrem eigenen teuren Briefpapier geschenkt.

Erst mußte Susebill eine ganze Weile nachdenken, aber als sie den Anfang gefunden hatte, schrieb sie rasch und ohne aufzusehen beide Seiten voll. Dann, als sie ihren Brief noch einmal durchlas, stellte sie fest, daß nur drinstand, wie wunderbar sie es bei Tante Bettina getroffen hatte. Aber irgendwie schien ihr das auf einmal gar nicht mehr richtig. Deshalb setzte sie ganz unten noch einen Nachsatz hinzu: „Vorige Nacht habe ich im Traum geweint."

Aber dann merkte sie, daß dieser Satz nun überhaupt nicht mehr zu dem sonstigen Inhalt des Briefes paßte, und sie strich ihn dick und fest durch. Dann steckte sie den Brief schnell in den Umschlag, klebte ihn zu und schrieb die Adresse darauf.

„Schon fertig", sagte sie befriedigt, als Tante Bettina ins Zimmer kam.

„Ach, du hast ihn schon zugeklebt? Wie schade. Ich hätte gern noch ein paar Worte dazugeschrieben."

„Soviel Platz war sowieso nicht mehr", erklärte Susebill rasch.

Tante Bettina sah sie merkwürdig an. „Du hast wohl

nicht gern, wenn ich deine Briefe lese?"

„O doch!" Susebill wurde rot. „Wie kommst du darauf? Wenn ich gewußt hätte ... Das war doch wirklich nur Zufall."

Tante Bettina schien zufrieden. Jedenfalls ließ sie das Thema fallen und kam nicht mehr darauf zurück. Aber Susebill beschlich ein unbehagliches Gefühl bei dem Gedanken, daß Tante Bettina vielleicht von nun an darauf bestehen würde, ihre Briefe mitzulesen. Ganz plötzlich spürte sie stark, daß Tante Bettina eigentlich doch eine Fremde für sie war.

Am nächsten Tag kam das Schönste.

Es war ein Montag. Aber Susebill brauchte noch nicht in die Schule. Tante Bettina wollte erst mit ihr einkaufen gehen.

„Aber ich kann nicht", sagte Susebill kläglich, „ich habe ja kein Kleid mehr."

Evelyn, die dabeistand, machte ein ernstes Gesicht.

„Tatsächlich", sagte Tante Bettina, „mir scheint, es war ein wenig voreilig von uns, deine alten Sachen vernichten zu lassen ... Aber macht nichts, dann begleitest du mich eben so, wie du bist."

„In Shorts?" rief Susebill verblüfft. „Willst du mich wirklich so mit in die Stadt nehmen?"

Tante Bettina blieb ganz gelassen. „Wenn man Geld hat, kann man sich alles erlauben."

„Wirklich?" sagte Susebill beeindruckt. „Das habe ich nicht gewußt."

Aber dann sah sie, wie Evelyn ihr hinter dem Rücken der Tante ein Äuglein knipste, und da begriff sie, daß sie nicht alles wörtlich nehmen durfte, was Tante Bettina sagte.

Sie ließen sich nicht von dem jungen Herrn Schmitz in die Stadt fahren. Tante Bettina, in schneeweißem Kostüm, ein bunt bedrucktes Kopftuch um das braune Haar, chauffierte selber ihren Sportwagen.

Inzwischen hatte Susebill schon bemerkt, daß Weiß die Lieblingsfarbe der Tante war, denn weiß war auch ihr Auto und weiß der Teppich in ihrem Schlafzimmer. Sie machte eine Bemerkung darüber, und Tante Bettina sagte: „Ganz richtig, Susebill. Ich freue mich, daß du deine Augen offenhältst. Ich liebe Weiß, weil es jung macht."

„Ach so", sagte Susebill, „steht dir aber auch wirklich gut." Sie sah, wie Tante Bettina die Stirn runzelte, und sagte rasch: „Du siehst doch immer jung aus." Sie wurde rot, weil sie gelogen hatte, um Tante Bettina zu schmeicheln.

Aber Tante Bettina merkte nichts. „Du bist wirklich ein Schatz", sagte sie zärtlich.

Es war wunderbar, ganz vorn im Wagen zu sitzen und über die Landstraße zu brausen. Es dauerte nicht lange, da war das unbehagliche Gefühl, das Susebill befallen hatte, schon wieder vergessen.

Zu Hause hatte sie auch manchmal Auto fahren dürfen, aber Dr. Meixners Wagen war natürlich lange nicht so schick gewesen. Außerdem war es auch nur ganz ausnahmsweise dazu gekommen, daß sie vorn sitzen durfte – das war der Ehrenplatz, den die Mutter oder Andrea immer für sich beansprucht hatten. Bei Tante Bettina hatte sie es doch viel, viel besser.

In der Stadt stellte Tante Bettina das Auto in einer Garage ab.

Es ging zu Fuß weiter. Susebill fühlte sich doch sehr merkwürdig, in ihrem kurzen Höschen unter lauter richtig angezogenen Leuten herumzulaufen. Aber da Tante Bettina tat, als ob gar nichts dabei wäre, wagte sie nichts mehr zu sagen.

Glücklicherweise war es bis zu dem Geschäft, in das Tante Bettina sie führte, nicht sehr weit. Es war ein kleiner Laden, und Susebill war zuerst ein bißchen enttäuscht. „Bambino“ stand mit goldenen Buchstaben über dem Schaufenster.

„Das ist Italienisch und heißt ‚Kind‘“, erklärte Tante Bettina, als sie Susebills erstaunten Blick sah.

„Warum schreiben sie's denn da nicht einfach deutsch?“ fragte Susebill. „Oder . . . sprechen die drinnen etwa auch nur Italienisch?“

Tante Bettina lachte.

„Warte es ab“, sagte sie.

Susebill brauchte nicht lange gespannt zu sein. Tante Bettina öffnete die Ladentür, ein kleines Spielwerk läutete eine hübsche Melodie, und sogleich kam eine Verkäuferin auf sie zu. „Gnädige Frau, womit kann ich dienen?“

Das hatte unverkennbar deutsch geklungen, die Verkäuferin sprach sogar mit einem kleinen Dialekteinschlag. Susebill war fast ein wenig enttäuscht. Sie schloß die Tür hinter sich, und die Melodie verstummte.

„Ich möchte meine kleine Pflegetochter ganz neu einkleiden“, sagte Tante Bettina, „für jede Gelegenheit . . . Schule, Sport, Feiertage, Sie verstehen.“

Die Verkäuferin, die ein großes Geschäft auf sich zukommen sah, strahlte auf. „Oh, da habe ich ein paar ganz entzückende Modelle. Grade erst heute früh ist eine neue Sendung eingetroffen, es ist noch gar nicht alles ausgepackt!“ Sie steckte den Kopf hinter den Vorhang und rief: „Bitte, Inge, holen Sie doch mal ein paar von den neuen Teenagermodellen herauf. Aber rasch, bitte!“ Sie öffnete eine der großen gläsernen Vitrinen und begann Kleidungsstücke auf die Theke zu werfen – Röcke, Blusen, Kleider, Kostüme, Hosen, Pullover.

Susebill kam aus dem Staunen nicht heraus. So viele schöne Sachen hatte sie noch nie im Leben auf einem Haufen gesehen. Mit Begeisterung stürzte sie sich ins Anprobieren, und Tante Bettina war auch ganz bei der Sache. Sie wählten und wühlten und vergaßen die Zeit.

Nie fragte Tante Bettina, wie die Mutter es getan hätte: „Wieviel kostet das?“ oder „Läßt es sich auch gut waschen?“ oder „Ist es wirklich praktisch?“

Nein, alles drehte sich nur um die einzige Frage: ob Susebill hübsch darin aussah oder nicht. Und wenn man sich nicht ganz klar werden konnte, ob der braune oder der grüne Pullover Susebill besser stand, dann sagte Tante Bettina einfach: „Nehmen wir beide.“

Susebill fühlte sich wie im siebten Himmel.

Endlich war ein ganzer Kleiderschrank voll zusammengekommen.

„Ich denke, für den Anfang reicht's“, meinte Tante Bettina lächelnd, „machen Sie mir bitte die Rechnung, Fräulein. Das lindgrüne Kostüm zieht meine Nichte jetzt gleich an, alles andere bringen Sie mir bitte in die Rosenberg-Garage. Dort steht mein Wagen bis heute mittag. Ich zahle mit Scheck.“

Staunend sah Susebill, daß Tante Bettina gar kein Geld aus ihrer Brieftasche holte, sondern nur ein kleines Heft, in das sie den Namen des Ladens eintrug und das Datum. Als die Verkäuferin ausgerechnet hatte, wieviel alles kostete, setzte sie in der Mitte der Seite die Zahl hinein, erst in Buchstaben, dann in Ziffern. Zum Schluß unterschrieb sie mit ihrem eigenen Name, riß das Blatt aus dem Heft und übergab es der Verkäuferin. Die bedankte sich, wie wenn es Geld wäre, versprach, alles rechtzeitig zum Auto bringen zu lassen, und begleitete beide zur Tür. Zum Abschied nannte sie das kleine Mädchen sogar noch gnädiges Fräulein, und Susebill fühlte sich unerhört geschmeichelt.

Sie hatte nicht sehen können, wieviel Tante Bettina zu zahlen gehabt hatte. „War es sehr teuer?" wollte sie wissen, als sie draußen standen.

„Danach fragt man nicht. Kinder dürfen sich um solche Dinge noch gar nicht kümmern."

„Ich dachte nur... weil du nicht einmal genug Geld hattest."

Tante Bettina lachte. „Dummchen. Weil ich mit einem Scheck bezahlt habe? Das tue ich immer. Onkel Daniel hat mir ein Konto auf der Bank eingerichtet, das heißt, er hat Geld dort für mich eingezahlt. Wenn ich einen Scheck ausschreibe, kann der Empfänger damit zur Bank gehen und sich das Geld holen."

„Ach so", sagte Susebill, und dann blieb sie plötzlich stehen. „Herrje!" rief sie. „Ich habe das Wichtigste vergessen!"

„Wirklich?" rief Tante Bettina erschrocken.

Susebill lachte. „Mich bei dir zu bedanken." Sie umarmte Tante Bettina und gab ihr einen herzlichen Kuß.

„Doch nicht hier auf der Straße!" mahnte Tante Bettina.

Aber Susebill lachte nur noch mehr. „Wenn man Geld hat, kann man sich alles erlauben", zitierte sie Tante Bettinas Ausspruch von heute früh.

Sie war einfach selig. Im Vorbeigehen schaute sie in jedes Schaufenster – aber nicht, um die Dinge anzusehen, die dort ausgestellt waren, sondern nur, um sich selber in ihrer neuen Pracht zu bestaunen. Ach, wenn doch nur Gunhild Hopmann und ihre anderen Klassenkameradinnen sie so hätten sehen können!

„Jetzt gehen wir Schuhe kaufen", sagte Tante Bettina mitten in ihre glücklichen Gedanken hinein, und Susebill folgte ihr nur zu gerne.

Sie kauften Schuhe, aber keine praktischen, braune oder schwarze, wie Mutter sie immer ausgesucht hatte – nein, Susebill bekam ein Paar blaue, ein Paar rote und ein Paar beige Halbschuhe, dazu ein Paar lila und ein Paar weiße, weit ausgeschnittene Pantoffelschuhe und noch ein Paar goldene Sandalen.

In einem anderen Geschäft besorgte Tante Bettina Strümpfe, Unterwäsche, Taschentücher und Handschuhe für sie, und zum Abschluß erstand sie in einem Ledergeschäft eine ganz neue Schulmappe aus hellem schmiegsamem Leder und eine richtige kleine weiße Handtasche.

Susebill fühlte sich wie verwandelt. Sie hatte die weißen Pantoffelschuhe anbehalten dürfen, hatte auf Wunsch von Tante Bettina weiße Handschuhe angezogen – „Eine Dame geht nie ohne Handschuhe aus, merk dir das, Susebill" –, und ihre kleine neue Handtasche trug sie unter dem Arm.

Bestimmt war sie viel schicker geworden, aber ganz glücklich fühlte sie sich nicht. „Wer schön sein will, muß leiden", hatte die Mutter früher gesagt. Jetzt verstand Susebill das erst.

Sie ging wie auf Eiern, bei jedem Schritt hatte sie Angst, aus ihren weit ausgeschnittenen Schuhen zu schlüpfen. Es war heiß, und ihre Hände begannen in den engen Handschuhen zu schwitzen. Ständig die Tasche zu tragen, war unbequem. Sie konnte einen Seufzer nicht unterdrücken.

Tante Bettina legte ihn anders aus, wie er gemeint war.

„Du hast sicher Hunger“, sagte sie, „warte nur, wir sind gleich da.“

„Fahren wir nicht nach Hause?“

„Nein, wir müssen dich ja noch in der Schule anmelden. Aber jetzt werden wir erst einmal im ‚Rauchfang‘ zu Mittag essen; ich bin dort mit Frau Konsul Hensel verabredet. Bitte, benimm dich anständig.“

„Aber . . . das tu ich doch immer!“ behauptete Susebill.

Sie hatte den Satz noch nicht ganz zu Ende gesprochen, als sie stolperte und um ein Haar der Länge nach im Straßenstaub gelegen hätte. Tante Bettina konnte sie gerade noch festhalten.

Susebill hatte einen Schuh verloren, sie war sehr erschrocken.

Tante Bettina sah gar nicht mehr freundlich aus. „Nimm dich doch zusammen“, sagte sie, „ein so großes Mädchen wie du! Du wirst doch wohl noch anständig gehen können.“

Susebill sagte nichts. Sie bückte sich, um den verlorenen Schuh anzuziehen. Ihr Glücksgefühl war vergangen. Sie fühlte sich unsicher und niedergeschlagen.

Bittere Erfahrungen

Frau Konsul Hensel mißfiel Susebill vom ersten Augenblick an.

Sie war eine schwarzäugige magere Dame mit scharfen Gesichtszügen, die Tante Bettina mit überschwenglicher Freude begrüßte, Susebill die hagere ringgeschmückte Hand hinstreckte und sie sehr abschätzend musterte.

Susebill, die sich schon zuvor unsicher gefühlt hatte, wurde tödlich verlegen. Ihr Knicks fiel entsprechend schief aus. Frau Konsul Hensel machte keine Bemerkung darüber, aber sie zog die linke Augenbraue so vielsagend hoch, daß Susebill am liebsten gleich tief in ein Mauseloch gekrochen wäre.

Man setzte sich in eine der gemütlichen holzgetäfelten Kojen; dann kümmerten sich die Damen um Susebill nicht mehr.

Susebill war ganz froh darüber. Sie trank in kleinen Schlucken den Johannisbeersaft, den der Kellner ihr aus einer kleinen Flasche in ein Glas geschenkt hatte. Sie betrachtete die Zinnteller und Zinnkrüge, die auf einem Bord der Täfelung aufgestellt waren, sah zu, wie die Kellner beladene Tabletts an der Koje vorbeibalancierten, beobachtete die anderen Gäste, soweit sie sie von ihrem Platz aus sehen konnte, und träumte vor sich hin.

Aber plötzlich spitzte sie die Ohren. Hatte sie sich getäuscht, oder sprachen Tante Bettina und Frau Konsul Hensel tatsächlich über sie?

„Ich bewundere ganz aufrichtig Ihren Mut, liebe Bettina", sagte Frau Hensel gerade, „ein fremdes Kind ins Haus zu nehmen ... Also ich würde mich das ja nicht trauen."

Tante Bettina warf einen raschen Blick auf Susebill, aber die hielt die Augen gesenkt und ließ sich nicht anmerken, daß sie zuhörte.

„Ach, wissen Sie, meine Liebe", sagte sie, „es handelt sich ja gar nicht um ein fremdes Kind. Sie ist die Tochter einer sehr guten alten Freundin."

„Und diese alte Freundin überläßt Ihnen das Mädchen so einfach?"

Tante Bettina lachte. „Einfach war es gar nicht. Aber sie müssen verstehen, Eugenie, meine Freundin lebt nicht gerade in glänzenden Verhältnissen. Sie hat einen Tierarzt geheiratet, einen sehr liebenswerten Menschen, der sich leider nur schwer entschließen kann, Geld für seine Hilfe anzunehmen."

„Ein Verrückter also? Dann ist das Kind womöglich erblich belastet."

„Nun, das möchte ich doch nicht sagen. Herr Meixner ist . . . bis auf diesen Tick . . . ein außergewöhnlich netter und intelligenter Mensch."

„Dann verstehe ich gar nichts mehr. Wieso haben dann diese netten und intelligenten Leute Ihnen das Kind überlassen? Ich höre zum erstenmal, daß so etwas in unseren Kreisen möglich sein kann."

„Meine Freundin Hilde hat fünf Kinder", sagte Tante Bettina, und ein Schatten von Trauer glitt über ihr Gesicht.

„Fünf Kinder!" Frau Konsul Hensel schrie auf, als wenn man ihr von einem Kalb mit zwei Köpfen erzählt hätte. „Also wenn Sie mich fragen, liebe Bettina, so halte ich das doch für sehr unvernünftig. Ausgerechnet in der heutigen Zeit, wo man gar nicht weiß, was uns noch alles bevorsteht. Verantwortungslos." Sie warf einen Blick auf Susebill und sagte „Armes Kind."

Susebill konnte es nicht länger aushalten. Sie warf den Kopf in den Nacken und trompetete wütend: „Ich bin nicht arm!"

„Susebill, bitte!" sagte Tante Bettina mahnend.

Aber Susebill war nicht mehr aufzuhalten. „Sie haben ja keine Ahnung", sagte sie, „wie schön es bei uns zu Hause ist. Wieviel Spaß es gibt mit fünf Kindern! Und daß Tante Bettina gesagt hat, mein Vater verdient nicht genug Geld, das stimmt auch gar nicht, er verdient schon genug, wir müssen bloß sparen, weil wir uns ein Haus bauen wollen, irgendwo draußen vor der Stadt. Mit einem Garten und allem, was dazugehört."

Frau Konsul Hensel zeigte sich gar nicht gekränkt, sie sah Susebill nur mit leichter Verwunderung an. „Ich danke dir, daß du mich berichtigst", sagte sie ruhig, „nur eines verstehe ich jetzt gar nicht mehr . . . Wenn eure häuslichen Verhältnisse so glänzend sind, wie du sie schilderst, warum hast du dann dein Zuhause verlassen?"

Susebill machte den Mund auf und wieder zu, ihr Kopf lief puterrot an, und aus purer Verlegenheit – sie wußte selber gar nicht richtig, was sie tat – spielte sie mit der Johannisbeerflasche und wollte sich einschenken.

Aber natürlich war sie mit den Gedanken nicht bei der Sache, und so ging es schief – sie stieß mit dem Flaschenhals an das Glas, das Glas kippte um, der rote Saft strömte über das Tischtuch und auf den Rock ihres neuen lindgrünen Kostüms.

Susebill sprang auf, sah entsetzt an sich herunter. Sie nahm die Serviette und wollte wischen.

„Nein", sagte Tante Bettina, „laß das Susebill, nur ja nicht reiben. Geh auf die Toilette und versuch es mit Wasser."

Sie hatte ganz ruhig gesprochen, aber durchaus nicht freundlich.

Susebill zog mit hängendem Kopf ab. Alle Leute im Lokal schienen sie anzustarren. Sie fühlte sich so unglücklich, daß sie am liebsten laut nach ihrer Mutter gerufen hätte.

Aber das hätte keinen Zweck gehabt, sie wußte es. Die Mutter war weit weg, in einer anderen Stadt, und ahnte nicht, was ihr zugestoßen war.

In all ihrem Kummer achtete sie nicht darauf, wo sie ging, und stieß beinahe eine junge Kellnerin, die ein breit ausladendes Tablett trug, mit dem Kopf in den Bauch.

„Na so etwas!“ sagte die Kellnerin. „Hast du denn keine Augen im Kopf?“

Aber dann, als sie Susebills unglückliches Gesicht sah, wurde sie freundlicher. „Wo willst du denn hin?“

„Zur Toilette.“

„Die ist gleich vorne links ...“

Auf der Damentoilette saß eine alte Frau im weißen Kittel und strickte.

Susebill grüßte unsicher, ging zum Waschbecken und ließ Wasser laufen. Dann wußte sie nicht weiter. Das Handtuch war auf einer Rolle angebracht und so weit vom Waschbecken entfernt, daß sie es unmöglich anfeuchten konnte. Ihre Handtasche hatte sie samt den Taschentüchern im Lokal vergessen.

„Willst du dir die Hände waschen?“ fragte die alte Frau.

Susebill schüttelte den Kopf. „Nein, mein Rock.“ Sie konnte vor lauter Elend gar keinen richtigen Satz zusammenbekommen.

Jetzt erst sah die alte Frau das Unglück. „Oh, wie schade!“ sagte sie, legte das Strickzeug beiseite und stand auf. „Wie ist das denn passiert? Mit Johannisbeersaft? O je. Da wird die Mutter aber recht geschimpft haben.“

Susebills große braune Augen füllten sich mit Tränen. „Meine Mutter ist gar nicht da“, sagte sie mühsam.

„Ach so, dann verstehe ich. Ich habe mich schon gewundert, wie man ein so kleines Mädchen ... aber wenn die Mutter nicht dabei ist! Komm, zieh den Rock aus, ich will mal versuchen, was ich tun kann ...“

„Danke“, sagte Susebill erleichtert, „das ist wirklich zu lieb von Ihnen.“

Sie atmete ganz tief und konnte sogar wieder richtig sprechen.

„Freu dich nicht zu früh“, sagte die alte Frau, „versprechen kann ich dir gar nichts, aber ich will sehen . . . ich will sehen . . .“ Sie schloß ein kleines Schränkchen auf, holte Tücher heraus.

Während sie sehr behutsam und geschickt begann, den Flecken herauszuputzen, sagte sie: „Weißt du, ich habe nämlich selber Kinder . . . fünf Kinder, stelle dir vor.“

„Wir sind auch fünf zu Hause“, sagte Susebill.

„Wahrhaftig? Na, dann weißt du ja, wie das ist. Fünf Kinder, das ist viel Arbeit für die Eltern, viel Mühe und viele Opfer . . . Aber schön ist es auch wieder. Heute sind meine Kinder schon groß, alle schon erwachsen und aus dem Haus, und du darfst nicht denken, daß sie nichts für ihre alte Mutter tun, weil ich hier arbeite. Nein, ich tu's, weil ich es will . . . Wer rastet, der rostet, sage ich immer. Es ist mir zu langweilig, immer allein zu Hause zu sitzen, hier sehe ich doch Menschen . . . und dann, ich verdiene mir was dabei, womit ich meinen Enkelkindern eine Freude machen kann.“ Sie tupfte den Fleck behutsam trocken. „Na, was sagst du jetzt? Alles rausgegangen. Da haben wir ja noch einmal Glück gehabt.“

„Kann ich ihn anziehen?“ fragte Susebill.

„Noch nicht. Ich will erst ein bißchen drüberbügeln. Weißt du, ich habe immer ein kleines Bügeleisen nebenan im Kämmerchen. Du mußt nicht denken, daß du die einzige bist, der so etwas passiert . . . es ist immer schön, wenn man helfen kann.“

Fünf Minuten später kehrte Susebill sehr erleichtert an

den Tisch zu Tante Bettina und Frau Konsul Hensel zurück.

„Setz dich“, sagte Tante Bettina, „dein Essen wird kalt.“

„Es ist alles herausgegangen.“ Susebill sah Tante Bettina flehend an. Sie hätte so gern ein gutes Wort gehört. „Es tut mir leid, daß mir das passiert ist.“

Tante Bettina war verärgert. „Man muß eben aufpassen“, sagte sie, „du bist ja kein Baby mehr. Sicher hat es einen Rand gegeben.“

„Aber nein! Man sieht gar nichts mehr. Die Toilettenfrau hat es ganz prima ausgeputzt . . . und sogar gebügelt.“

Susebill hatte sich ihre Serviette auf den Schoß gelegt und wollte anfangen zu essen.

„Die Toilettenfrau?“ fragte Tante Bettina. „Was hast du ihr denn dafür gegeben?“

„Nichts“, sagte Susebill, „bedankt habe ich mich . . .“

Tante Bettina und Frau Konsul Hensel wechselten einen Blick.

„Ja, glaubst du denn, daß die Frau das aus reiner Liebe und Menschenfreundlichkeit getan hat?“ fragte Frau Konsul Hensel dann.

Susebill hob den Blick. „Ja“, sagte sie, „und so war es auch.“

Tante Bettina öffnete ihre Handtasche, nahm zwei Geldstücke heraus und legte sie neben Susebill auf den Tisch. „Hier, nimm das Geld und bring es der Aufwärterin.“

„Aber . . .“

„Kein Aber! Ich mag es nicht leiden, wenn Kinder widersprechen. Du wirst wohl zugeben, daß ich etwas mehr von den Menschen verstehe als du. Geh und tu, was ich dir gesagt habe.“

Wortlos nahm Susebill das Geld und stand auf.

„Die gute Frau wird ja einen netten Eindruck von dir bekommen haben“, sagte Frau Konsul Hensel, „ein Mädchen, das sich nicht benehmen kann . . . sehr peinlich.“

Susebill fühlte sich beschämt und wütend. Ob die alte Frau wirklich erwartet hatte, daß sie ihr etwas für das Ausputzen des Rockes zahlen würde? Aber sie hatte ja kein Wort davon gesagt. Außerdem hätte sie ja leicht sehen können, daß Susebill gar kein Geld bei sich hatte. – Aber so sehr Susebill sich auch zu beruhigen suchte, das ungute Gefühl blieb.

Sie wollte die alte Frau fragen, aber dazu kam es nicht. Der Vorraum der Toilette war leer. Ein kleiner Teller voll Münzen stand auf dem Tischchen, an dem die alte Frau eben noch gesessen und gestrickt hatte. Susebill legte ihr Geld darauf und ging.

Ihr Essen war inzwischen nicht kalt geworden, der Kellner hatte es auf eine Wärmeplatte gestellt. Es gab Rehsteak mit Kartoffelbällchen und Preiselbeeren, Susebill hatte es sich selber gewünscht. Dennoch stocherte sie nur unlustig auf ihrem Teller herum. Der Appetit war ihr vergangen.

Nachher, als sie sich von Frau Konsul Hensel verabschiedet hatten und zur Rosenberg-Garage zurückgingen, sagte Tante Bettina: „Ich bin ein bißchen enttäuscht von dir, Susebill . . . Ich habe nicht sehr viel Freude an dir gehabt heute mittag.“

Susebill brauste auf. „Was habe ich denn getan?“

„Muß ich dir das wirklich erst sagen? Ich hatte dich so gebeten, dich von deiner besten Seite zu zeigen. Frau Konsul Hensel wird jetzt bestimmt überall herumerzählen, wie du dich benommen hast. Sie ist tonangebend hier in der Stadt."

„Sie ist eine alte Hexe", sagte Susebill wütend. „Was die von mir erzählt, ist mir ganz und gar schnuppe."

„Mir aber nicht, Susebill", sagte Tante Bettina sehr ernst. „Du hast mich enttäuscht. Auch Onkel Daniel wird sehr unzufrieden mit dir sein."

Noch nie hatte jemand in solch unerbittlichem Ton mit ihr gesprochen; Susebill schwieg ganz bestürzt.

„Wenn du es wenigstens einsehen würdest", sagte Tante Bettina.

Susebill setzte schon zu einer neuen Verteidigung an, aber als sie Tante Bettinas Gesicht sah, sehr streng und verschlossen, traute sie sich plötzlich nicht mehr. „Es tut mir leid, Tante Bettina", sagte sie leise, „wirklich. Ich ... ich habe es nicht mit Absicht getan."

„Man darf sich nicht so gehenlassen, Susebill, man muß sich immer in der Hand haben. Du bist doch nicht dumm, bemüh dich wenigstens, es zu lernen. Es beginnt damit, daß man niemals erwachsenen Menschen widerspricht ... niemals und unter gar keinen Umständen. Wenn man immer ganz genau beachtet, wie man sich bewegt, was man sagt, wie man es sagt, was man für ein Gesicht macht ... dann können solche Dinge, wie du sie dir heute mittag geleistet hast, einfach nicht passieren."

Puh, ist das anstrengend! dachte Susebill. Aber sie schwieg wohlweislich.

Sie hatte begriffen, daß ihr neues Leben trotz all den schönen Kleidern durchaus nicht so angenehm werden würde, wie sie sich das vorgestellt hatte.

Bis zu Susebills neuer Schule war es nicht weit.

Sie lag mitten in der Stadt, ein großes graues Gebäude in einem Hof, der mit Platanen bestanden war. Der Direktor war sehr freundlich, als Tante Bettina ihm ihre kleine Pflegetochter vorstellte. Susebill hatte schon herausbekommen, daß die meisten Menschen immer ganz besonders liebenswürdig und nett zu Tante Bettina waren.

Er verlor kein Wort darüber, daß Susebills Zeugnis recht mittelmäßig war, sondern sagte nur: „Du bist im Herbst in die siebte Klasse gekommen, nicht wahr? Bei uns fängt das Schuljahr Ostern an." Er wandte sich an Tante Bettina. „Ich denke, es wird das beste sein, wenn wir Susanne Sibylle zu den Mädchen setzen, die zu Ostern mit der siebten begonnen haben."

„Aber", sagte Tante Bettina, „dann verliert sie ja mehr als ein halbes Jahr."

Der Herr Direktor lächelte. „Nun, wenn man so jung ist, spielen ein paar Monate wirklich keine Rolle."

Tante Bettina runzelte die Stirn. „Praktisch müßte sie also die siebte Klasse noch einmal wiederholen?"

„Ja, das stimmt. Aber das ist ja kein Beinbruch, ganz im Gegenteil, sie wird den Lehrstoff durchaus . . ."

„Nein, das möchte ich nicht", sagte Tante Bettina energisch, „Susebill ist zwölf geworden. Sie würde also dreizehn sein, wenn sie gerade mit der Siebten fertig ist . . . ich finde das zu spät. Es wäre mir sehr viel lieber, Sie würden sie jetzt gleich in die achte nehmen."

Der Herr Direktor schüttelte den Kopf. „Das würde aber eine ungeheure Arbeitsleistung Susanne Sibylles erfordern; Nachhilfeunterricht in fast allen Fächern würde notwendig . . ."

„Das macht nichts. Sie schafft das schon. Nicht wahr, Susebill? Nun sag doch ein Wort! Steh nicht einfach stumm da, als ob dich das alles nichts anginge."

Susebill war tatsächlich ganz verschüchtert, sie öffnete

den Mund, klappte ihn wieder zu und traute sich immer noch nichts zu sagen.

Der Herr Direktor beugte sich vor und sah ihr in die Augen. „Möchtest du wirklich in die achte vorversetzt werden? Sag es ganz ehrlich ... niemand wird dich zu etwas zwingen, dem du nicht gewachsen bist."

„Nein", sagte Susebill.

„Was heißt das ... nein?" rief Tante Bettina.

„Du traust es dir nicht zu, nicht wahr?" fragte der Herr Direktor.

„Nein", sagte Susebill, „das heißt, ja ... Ich weiß schon gar nicht mehr ... ich will nicht in die achte. Bestimmt nicht. Das wäre viel zu schwer für mich. Ich bin nicht so gescheit."

Auf dem ganzen Heimweg sprach Tante Bettina kein Wort mehr mit Susebill. Die mächtigen Pakete mit den morgendlichen Einkäufen waren schon in die Rosenberg-Garage gebracht worden. Susebill wunderte sich über sich selber, daß sie sich kaum noch freute, wenn sie ans Auspacken dachte. Sie war sehr niedergeschlagen.

Ein junger Mann half, die Pakete im Kofferraum zu verstauen. Dann fuhren sie los.

Als sie die Stadtgrenze erreicht hatten, konnte Susebill das Schweigen nicht länger ertragen. „Bist du mir böse, Tante Bettina?" fragte sie zaghaft.

„Nein. Ich bin nur traurig. Du hast mich sehr enttäuscht."

Susebill fand das merkwürdig. Weder die Mutter noch der Vater hatten sich jemals „enttäuscht" von ihr gezeigt – sie waren manchmal böse gewesen oder ungeduldig, ärgerlich oder zornig, aber von Enttäuschung war nie die Rede gewesen.

„Ich habe dir jeden Wunsch erfüllt", sagte Tante Bettina, „und du! Du gibst dir nicht ein bißchen Mühe, mir Freude zu machen. Ich verstehe überhaupt nicht, wie man so faul sein kann. Hast du denn gar keinen Ehrgeiz?"

Susebill antwortete nicht. Sie sah starr geradeaus.

„Du machst es dir sehr einfach, Susebill", sagte Tante Bettina, „ich glaube, ich bin zu gut zu dir gewesen. Aber so kommst du mir nicht davon. Ich werde mit Onkel Daniel sprechen, und dann werden wir ja sehen."

Freudlos hängte Susebill im Haus Sonnenhag ihre neuen Kleider und Röcke und Blusen in den weiß-goldenen Schrank, freudlos ordnete sie ihre Pullover, Strümpfe, Taschentücher, Handschuhe und Schuhe in den Fächern. All die wunderbaren neuen Sachen hatten ihren Glanz für sie verloren, seit sie wußte, daß Tante Bettina unzufrieden mit ihr war.

Sie hätte ihr so gerne klargemacht, daß es ihr nicht am guten Willen fehlte. Aber tatsächlich hatte sie sich schon in ihrer alten Klasse immer viel Mühe geben müssen, um nicht zu den ganz Schlechten herunterzurutschen. Als sie einmal wegen einer Angina vier Wochen nicht in die Schule hatte gehen können, war sie nachher kaum noch mitgekommen. Andrea hatte jeden Nachmittag mit ihr arbeiten müssen, damit sie endlich wieder den Anschluß an den Lehrstoff erreichte.

Und da verlangte Tante Bettina von ihr, daß sie ein halbes Jahr überspringen sollte! Wie konnte sie sich dazu bereit erklären, wenn sie doch von vornherein wußte, daß es eine Katastrophe werden würde.

Susebill wußte einfach nicht mehr, was sie tun sollte. Sie zermarterte sich den Kopf. Selbst das schöne schwarz und rosa gekachelte Bad hatte keinen Reiz mehr für sie, und von dem köstlichen Flammeri, den Evelyn ihr zum Abendessen brachte, schmeckte sie fast nichts.

Sie wollte gerade das Licht ausdrehen und zu schlafen versuchen, als Evelyn noch einmal hereinkam. „Schnell, Susebill“, sagte sie, zieh dir deine Pantoffel und deinen Morgenrock an. Herr Gütler möchte dich sprechen.“

Vor lauter Verwirrung zog Susebill den rechten Pantoffel an den linken Fuß und umgekehrt, und sie wäre auch so hinuntergelaufen, wenn Evelyn sie nicht noch rechtzeitig darauf aufmerksam gemacht hätte.

Tante Bettina und Daniel saßen auf der Terrasse. Im offenen Kamin loderte ein Feuer, auf dem Gartentisch brannte ein Windlicht. Susebill blieb schüchtern und verwirrt auf der Schwelle stehen.

„Also ... was ist los?“ fragte Onkel Daniel. „Guten Abend übrigens, Susebill! Deine Tante hat mir erzählt, du hättest sie enttäuscht. Also heraus mit der Sprache! Was ist geschehen?“

„Sag es Onkel Daniel“, drängte Tante Bettina.

Aber Susebill schwieg. Sie war so unglücklich, daß sie kein vernünftiges Wort hätte hervorbringen können.

Noch einmal forderte Tante Bettina sie auf zu sprechen, dann erzählte sie selber die ganze unglückselige Geschichte.

Onkel Daniel räusperte sich, als sie geendet hatte: „Es kommt also, soviel ich verstanden habe, darauf heraus, daß Susebill sich weigert, ein halbes Schuljahr zu überspringen.“ Er nahm sich eine Zigarette, zündete sie an dem Windlicht an. „Und deshalb regst du dich auf, Bettina? Dazu sehe ich gar keinen Anlaß. Seien wir doch froh, daß Susebill sich nicht überschätzt. Sie hat uns dadurch einen Haufen Ärger erspart.“ Er wandte sich an Susebill. „Denk nicht mehr daran, Kleines. Sieh zu, daß du schnell in die Falle kommst. Du weißt, morgen ist dein erster Schultag."

Susebill verschwand sofort. Drei riesengroße Steine waren ihr bei Onkel Daniels Worten vom Herzen geplumpst.

Im Hinauslaufen hörte sie noch, wie er sagte: „Wenn du ein Wunderkind hättest haben wollen, Bettina, dann hättest du es dir vom Zirkus holen sollen."

Unter fremden Menschen

Es war wunderbar, zum erstenmal im Leben in einem schweren Wagen mit Chauffeur zur Schule gefahren zu werden. Susebill fühlte sich wie eine Prinzessin.

Auch als der junge Herr Schmitz mittags, als die Schule aus war, schon mit dem Wagen auf sie wartete, war es noch eine kleine Sensation. Ihre neuen Klassenkameradinnen staunten. Alle fanden Susebill beneidenswert.

Aber schon ein paar Tage später war es gar nicht mehr so lustig. Während die anderen noch in größeren oder kleineren Gruppen nach Unterrichtsschluß herumbummelten, wurde Susebill immer pünktlich auf den Glockenschlag abgeholt.

Nie konnte sich Susebill für den Nachmittag verabreden, denn Haus Sonnenhag lag weit draußen vor der Stadt, und nachmittags hatte sie das Auto nicht zur Verfügung.

Eines Tages kam sie ganz begeistert aus der Schule und bestürmte Tante Bettina: „Heute nachmittag sind alle aus der Klasse zum Schwimmen verabredet . . . am kleinen See! Bitte, bitte, Tante Bettina . . . ich darf doch auch hin!"

Tante Bettina strich ihr das zerzauste Haar aus der Stirn. „Ich fürchte, das wird nicht gehen, mein kleiner Schatz."

„Nein? Aber warum nicht?"

„Weil Onkel Daniel und ich unsere Autos gerade heute selber brauchen."

Susebill war wieder einmal enttäuscht. „Och", sagte sie, „könntest du da nicht ausnahmsweise einen Umweg zum kleinen See machen?"

„Und wer sollte dich abends abholen? Nein, Susebill, sei vernünftig. Es geht wirklich nicht. Außerdem kannst du ja jederzeit in unserem Swimming-pool schwimmen."

„Ganz allein! Das ist doch nicht das gleiche."

„Du kennst den kleinen See nicht. Es ist gar nicht schön dort, im Grunde genommen ist er nur ein schmutziges Wasserloch. Ich habe noch nie gehört, daß ein Kind unserer Kreise dort gebadet hätte."

Susebill schluckte. „Schade", sagte sie, „ich hatte mich so gefreut."

„Nun mach nicht gleich so ein Gesicht, als wenn dir die Petersilie verhagelt wäre."

„Du verstehst das nicht, Tante Bettina", sagte Susebill, „siehst du, bei mir in der Klasse sind wirklich eine Menge netter Mädchen. Ich habe mich viel rascher eingewöhnt, als ich gedacht hatte, aber richtig anfreunden kann ich mich mit keiner. Bloß wegen der blöden Hinundherfahrerei. Seit ich hier bin, habe ich mich noch mit niemandem außerhalb der Schule treffen können."

„Die Töchter von Frau Konsul Hensel haben dich schon zweimal eingeladen."

„Ach die! Schreck laß nach. Was soll ich denn wohl mit so affigen Ziegen anfangen, die immer nur von ihren Kleidern und ihren Reisen und der neuesten Mode reden!"

„Jedenfalls haben sie nicht so eine kindische Ausdrucksweise wie du. Hetty und Lilly sind zwei wohlerzogene, sehr liebe Mädchen, auf die jede Mutter stolz sein könnte. Du solltest dir ein Beispiel an ihnen nehmen, anstatt über sie herzuziehen."

Als das Gespräch an diesem Punkt angekommen war, zog Susebill es vor, sich zurückzuziehen. Sie mochte Tante Bettina sehr gerne, aber wenn sie in dieses Fahrwasser geriet, wurde sie ihr immer furchtbar fremd.

Sie klagte der geduldigen Evelyn ihren Kummer, und Evelyn riet, Tante Bettina um Erlaubnis zu bitten, einige ihrer Klassenkameradinnen einmal einzuladen.

Aber auch von diesem Vorschlag war Tante Bettina nicht begeistert. Susebill begriff, daß sie um das gepflegte Parkett und die Blumenbeete fürchtete, wenn sie eine Horde zwölfjähriger Mädchen auf ihren Besitz ließ.

„Dann, bitte, erlaub mir, daß ich wenigstens Monika Ahrends mitbringen darf. Die ist so brav und still und wohlerzogen, die wird dir bestimmt gefallen."

Tante Bettina gab nach. „Also ausnahmsweise", sagte sie, „ich will mir diese Monika einmal angucken."

Susebill war sehr glücklich. Sie lud Monika Ahrends ein und glaubte, die Klassenkameradin müßte sich nun schrecklich freuen.

Statt dessen machte Monika ein bedenkliches Gesicht und sagte: „Hoffentlich erlauben das meine Eltern." Und am nächsten Tag erklärte sie tatsächlich: „Tut mir schrecklich leid, Susebill, aber ich darf nicht zu dir kommen."

Susebill war ganz erschüttert. „Verstehe ich nicht. Da ist doch nichts dabei. Glauben deine Eltern etwa, du wirst auf Haus Sonnenhag gefressen?"

Monika Ahrends war sehr verlegen. „Nein, natürlich

nicht, Susebill, nur ... ihr wohnt doch sehr weit draußen."

„Was macht das schon? Ich habe dir doch versprochen, der Chauffeur holt dich mit dem Wagen ab und bringt dich auch wieder nach Hause."

Monika Ahrends wand sich. „Ja, sicher, Susebill, das habe ich auch meiner Mutter gesagt, aber ..." Sie stockte.

„Los, sag, was du sagen wolltest! Ich will es wissen!" forderte Susebill.

„Nun gut. Aber du darfst niemandem verraten, daß ich es dir gesagt habe." Monika Ahrends holte tief Luft. „Meine Eltern wollen nicht, daß ich mit dir verkehre."

Susebill starrte die Klassenkameradin fassungslos an.

„Sie haben nichts gegen dich", fügte Monika Ahrends rasch hinzu, „nichts gegen dich persönlich. Aber ich habe natürlich zu Hause erzählt, daß du so fein bist, immer so schöne Kleider trägst, und daß du mit dem Auto zur Schule gebracht wirst. Da meinen sie, du könntest einen schlechten Einfluß auf mich haben, ich könnte mir von dir den Kopf verdrehen lassen, daß es mir zu Hause gar nicht mehr gefällt."

„Ach so", sagte Susebill leise, „das habe ich natürlich nicht gewußt."

„Du mußt mir nicht böse sein deswegen, ich kann wirklich nichts dafür."

Susebill war Monika Ahrends nicht böse, aber sie beobachtete sie und die anderen aus ihrer Klasse mit ganz anderen Augen, als sie es früher getan hatte. Ihr schien, als wenn alle sie wie eine Außenstehende, eine Fremde behandelten. Sie hatte nicht mehr die Energie, sich durchzusetzen, sondern sie versteifte sich in den Gedanken: Die anderen wollen mich nicht, aber ich werde nicht hinter ihnen herlaufen. Ich kann genausogut ohne sie fertig werden.

Susebill wurde stiller und stiller, aber niemandem fiel es auf. Tante Bettina glaubte, es sei ein Erfolg ihrer guten Erziehung, daß Susebill nicht mehr so wild und ausgelassen war wie früher.

Tante Bettina hatte nicht mehr so viel Zeit für ihre Pflegetochter wie in den ersten Tagen. Sie verbrachte viele Stunden beim Friseur, bei der Kosmetikerin, beim Tennis und beim Golf.

„Tut mir leid, mein kleiner Schatz", sagte sie, „aber ich habe gesellschaftliche Verpflichtungen."

Tante Bettina war noch seltener zu Hause, als der Damenklub der Stadt ein großes Gartenfest vorbereitete, dessen Erlös dem Waisenhaus zufließen sollte. Tante Bettina war im Vorstand des Klubs, und sie nahm die Sache furchtbar wichtig. Susebill bekam sie manchmal tagelang nicht zu Gesicht, und wenn Evelyn sich um sie nicht gekümmert hätte, wäre sie ganz und gar verzweifelt. Dennoch schrieb sie nach Hause mit keiner Silbe, wie unglücklich sie war. Sie wollte es nicht zugeben.

Das Allerschlimmste waren die Klavierstunden.

Susebill hatte zu Hause immer gerne Klavier geübt. Sie war musikalisch, und es hatte ihr viel Freude gemacht, ganz allmählich immer besser spielen zu lernen.

Schon während der ersten Woche in Haus Sonnenhag hatte Tante Bettina eine Klavierlehrerin für sie verpflichtet, ein Fräulein Ida Prodinger, und Fräulein Prodinger und Susebill hatten sich vom ersten Augenblick an nicht riechen können.

Fräulein Prodinger war eine gute Pianistin, sie hatte selber schon Konzerte gegeben, und Tante Bettina hielt große Stücke auf sie. Susebill sah bald ein, daß es gar keinen Zweck hatte, sich über die Klavierlehrerin zu beklagen.

Tatsächlich aber brachte dieses Fräulein Prodinger es fertig, daß Susebill sehr rasch jede Lust am Klavierspielen verlor. Die Stücke, die sie aussuchte, waren sehr schwierig. Dazu nahm es die Klavierlehrerin genau. Wenn Susebill auch nur drei winzige Fehler beim Vorspielen machte, bekam sie eine schlechte Eintragung in ihr blaues Büchlein.

Fräulein Prodinger verlangte, daß Susebill jeden Tag mindestens zwei Stunden übte. „Nur kein halber Kram", pflegte sie zu sagen, „entweder willst du Klavierspielen lernen, dann, bitte, auch richtig . . . sonst steck es auf."

Aber Susebill konnte es nicht „aufstecken", das hätte Tante Bettina nie erlaubt. So übte sie denn im Schweiße ihres Angesichts und hätte dabei den großen schwarzen Flügel im sogenannten Musikzimmer am liebsten in Stücke geschlagen.

Eines Abends lag Susebill schon im Bett, als Tante Bettina, die sie wieder einmal den ganzen Tag nicht gesehen hatte, ins Zimmer kam.

Susebill fuhr hoch.

„Ich hoffe, du hast noch nicht geschlafen, mein kleiner Schatz", sagte Tante Bettina, „ich habe eine wunderbare Überraschung für dich."

„Ja?" fragte Susebill erwartungsvoll.

„Stell dir vor, ich habe heute mit Fräulein Prodinger gesprochen. Sie ist sehr zufrieden mit dir und erlaubt, daß du bei unserem großen Gartenfest etwas vorspielst, etwas Schwieriges natürlich, damit du auch Ehre einlegst. Eine kleine Sonate von Haydn vielleicht? Bis zum Gartenfest sind es ja noch zehn Tage, du hast also noch Zeit genug zum Üben."

„Vorspielen?" fragte Susebill. „Vor wem?"

„Vor vielen, vielen Leuten . . . den Gästen von unserem Gartenfest. Wir erwarten Hunderte, und alle werden dich hören. Du wirst großen Erfolg haben, ich bin dessen sicher." Sie spürte nicht, was in Susebill vorging, gab ihr einen kleinen Kuß auf die Nase, löschte das Licht aus. „Schlaf gut, mein kleiner Schatz", war das letzte, was sie sagte, bevor sie das Zimmer verließ.

Aber Susebill konnte nicht schlafen. Sie war plötzlich hellwach vor Entsetzen. Sie, Susebill Meixner, die nicht das kleinste Klavierstück spielen konnte, ohne mindestens einmal danebenzugreifen, sollte vor Hunderten von wildfremden Menschen spielen – sie, die es schon nervös machte, wenn nur Fräulein Prodinger ihr auf die Finger sah!

Nein, das konnte sie nicht. Das war ausgeschlossen. Das würde ein schrecklicher Reinfall werden.

Aber genausowenig konnte sie es Tante Bettina sagen. Susebill erinnerte sich noch gut daran, wie enttäuscht Tante Bettina gewesen war, als sie sich nicht getraut hatte, ein halbes Jahr in der Schule zu überspringen. Tante Bettina wollte gern mit Susebill Ehre einlegen. Sie hätte es bestimmt nicht verstanden, wenn sie sich geweigert hätte.

Eine brennende Sehnsucht nach ihren Eltern, ihrem Zuhause, ihren Geschwistern überfiel Susebill – nicht zum erstenmal, aber diesmal so stark, daß sie am liebsten noch mitten in der Nacht auf und davon gelaufen wäre.

Wenn Vater und Mutter doch hier wären, dachte sie, wenn ich wenigstens mit ihnen reden könnte! Oder mit Andrea – auch Andrea ist klug, sie könnte mir helfen. Ach, warum bin ich nur von zu Hause weggegangen – warum nur! Wie konnte ich so dumm und eitel und egoistisch sein.

Susebill fühlte sich sehr elend. Das Schlimmste an all ihrem Unglück war, daß sie genau wußte: sie hatte sich alles selber zuzuschreiben. Es war ihr ureigenster Gedanke gewesen, das Elternhaus zu verlassen und zu Tante Bettina zu gehen, weil sie geglaubt hatte, es hier besser zu treffen.

Wie hatte sie nur so verbohrt sein können! In dieser Stunde begriff Susebill, wie sehr sie ihre Eltern mit diesem Entschluß verletzt haben mußte. Eine brennende Scham überkam sie.

Aber die Eltern waren nicht „enttäuscht" von ihr gewesen, wie Tante Bettina, die eigentlich gar keinen Grund dazu hatte. Sie hatten sie immer liebgehabt, so, wie sie war, und sie würden ihr alles verzeihen, wenn sie wieder zurückkäme.

Susebill wollte zurück. In dieser Stunde begriff sie, daß sie seit langem nur den einen Wunsch gehabt hatte: nach Hause zurückkehren zu dürfen. Sie hatte es sich nur nicht zugegeben. Sie wollte Vater und Mutter und Andrea und Thomas und Stefanie und Theo wiedersehen – so schnell wie möglich, am besten noch morgen.

Ja, morgen! Susebill machte sich einen Plan. Sie würde sich morgen wie alle Tage von dem jungen Herrn Schmitz zur Schule bringen lassen, aber sie würde nicht wirklich hineingehen, sondern warten, bis er wieder abgefahren war. Dann würde sie sich heimlich still und leise davonmachen.

Natürlich hatte sie nicht genug Geld für die Eisenbahnfahrt, aber das machte nichts. Sie würde einfach „per Anhalter" reisen. Statt Schulsachen würde sie einen Teil ihrer alten Kleider in die Aktentasche packen. Sie würde Haus Sonnenhag so verlassen, wie sie gekommen war, mitnehmen wollte sie nichts. Tante Bettina und Onkel Daniel waren morgens noch nie auf, wenn Susebill das Haus verließ, und Evelyn würde sie bestimmt nicht verraten, wenn sie einmal in einem alten Kleid und ihrem alten Regenmantel zur Schule ging. Susebill würde ihr einfach erzählen, daß es sich um einen Spaß handelte.

Mit einem Satz sprang Susebill aus dem Bett und lief zum Fenster. Der Garten lag ganz dunkel. Aus der Hausmeisterwohnung im Seitenflügel fiel noch Licht. Aber das machte nichts. Für das, was sie jetzt vorhatte, brauchte nur im Haupthaus alles zu schlafen. Susebill zog ihren Morgenrock und die Pantoffeln an, öffnete die Tür, schlich leise, leise über die Galerie. Die Tür, die zur Speichertreppe führte, quietschte, als sie sie aufschloß. Susebill blieb einen Augenblick erschrocken stehen und hielt den Atem an.

Aber nichts rührte sich im Haus.

Susebill tastete sich weiter vorwärts. Sie schlich im Dunkeln die Treppe hinauf, Licht anzuknipsen, wagte sie nicht. Oben fiel durch ein Dachfensterchen Mondschein. Sie fand ihren alten Koffer sofort.

Noch einmal hob sie lauschend den Kopf. Dann bückte sie sich, ließ die Schlösser aufspringen und begann zu wühlen – ihre lieben vertrauten Sachen!

Sie hielt gerade ihren altersgrauen Teddy in der einen, die von Andrea gestrickte korallenrote Jacke in der anderen Hand, als sie von der Treppe her ein Knacken hörte. Sie blickte auf und sah geblendet in das Licht einer Taschenlampe.

Eine Sekunde lang war sie so verwirrt, daß sie an Einbrecher dachte. Dann erst erkannte sie an der Stimme, daß es Onkel Daniel war.

Er fragte nicht und er schimpfte nicht, er sagte nur ganz ruhig: „Komm!"

Dabei blendete er das Licht der Taschenlampe ab und nahm sie bei der Hand.

„Aber ... ich ...", stammelte Susebill hilflos und blickte auf das Durcheinander, das sie unter ihren alten Sachen angerichtet hatte.

„Laß alles, wie es ist", befahl Onkel Daniel, „Evelyn wird es morgen in Ordnung bringen."

Morgen bin ich nicht mehr hier, dachte Susebill; aber sie wagte nicht, es auszusprechen.

Ohne ein weiteres Wort zu sagen, führte Onkel Daniel die zitternde Susebill die Speichertreppe hinunter, über die Galerie und in ihr Zimmer.

„Schließ nicht ab", sagte er dann, „ich komme gleich noch einmal zu dir."

Susebill huschte ins Bett. Sie zog die Decke bis über die Ohren und kniff die Augen fest zu. Sie hoffte inständig, daß sie schon schlafen würde, wenn Onkel Daniel wieder kam. Aber das ging viel schneller, als sie gedacht hatte.

Er knipste das Deckenlicht an, und Susebill mußte wohl oder übel die Augen öffnen.

„Tante Bettina hat nichts gemerkt", sagte er, „da haben wir noch einmal Glück gehabt."

Susebill wurde plötzlich leichter ums Herz. Vorsichtig blinzelte sie Onkel Daniel an. Er schien gar nicht so böse zu sein, wie sie es erwartet hatte.

Er zog sich einen der Sessel zum Bett, schlug die langen Beine übereinander und sagte: „Du wolltest ausreißen, Susebill." Es klang gar nicht wie eine Frage, sondern wie eine einfache Feststellung.

Susebill blieb nichts anderes übrig, als es zuzugeben.

„Ich hatte so etwas Ähnliches schon lange erwartet", sagte Onkel Daniel unbeeindruckt, „du fühlst dich nicht wohl bei uns."

„Doch", sagte Susebill rasch, „doch, ich . . . ich meine, ich habe mich über nichts zu beklagen, bloß . . . ich gehöre doch nicht hierher. Ich gehöre doch nach Hause, zu meinen Eltern und zu meinen Geschwistern."

„Sehr richtig. Es hat zwar etwas lange gedauert, bis du zu dieser Erkenntnis gekommen bist, aber immerhin." Er zog ein Päckchen Zigaretten aus der Tasche seiner Tweedjacke und sagte: „Ich weiß, es gehört sich nicht, im Schlafzimmer einer Dame zu rauchen, aber nach all den Aufregungen erlaubst du wohl, daß ich einmal eine Ausnahme mache."

Susebill mußte kichern. „Ich bin ja noch gar keine Dame", sagte sie. Dann wurde sie wieder ernst. „Tante Bettina will immer etwas aus mir machen, was ich gar nicht bin", sagte sie. „Sie möchte, daß ich in allem eins a bin, aber tatsächlich bin ich bloß guter Durchschnitt, wie immer in der Beurteilung in meinem Zeugnis steht." Sie schluckte. „Und jetzt soll ich auch noch bei diesem Gartenfest Klavier spielen. Das halte ich einfach nicht aus."

„Du wirst es wohl müssen", sagte Onkel Daniel ungerührt. „Ausreißen gilt nicht."

Mit einem Ruck setzte Susebill sich auf. „Aber ich kann es nicht, wirklich, ich . . ." Ihre Stimme brach.

Onkel Daniel schnippte die Asche seiner Zigarette in den Papierkorb. „Glaub bloß nicht, daß ich Mitleid mit dir habe", sagte er, „warum auch? Du bist freiwillig zu uns gekommen, ohne Not und ohne Zwang. Du bist gekommen, weil du dachtest, daß du es hier besser haben würdest als zu Hause. Du hast dir also deine Suppe ganz allein eingebrockt, wie man so schön sagt, du mußt jetzt auch sehen, wie du sie auslöffelst."

Susebill ließ die Nase hängen. „Ich weiß, das war sehr häßlich von mir", gab sie kleinlaut zu, „jetzt weiß ich es." Sie hob den Blick und fügte trotzig hinzu: „Aber damals war ich ja auch noch sehr klein und sehr dumm."

Onkel Daniel mußte lächeln. „Es ist noch nicht zwei Monate her", sagte er.

„Wirklich? Und ich habe das Gefühl, als ob ich hundert Jahre älter geworden wäre."

„Um so besser. Dann können wir ja wie zwei große vernünftige Leute miteinander reden." Onkel Daniel beugte sich vor. „Du willst nach Hause zurück. Gut. Ich verstehe das. Aber ausreißen bei Nacht und Nebel kommt natürlich gar nicht in Frage. Das wäre gefährlich und kindisch. Nein, wenn du uns verlassen willst, mußt du es Tante Bettina sagen ... und ich will nicht, daß du es ihr sagst. Nicht zu diesem Zeitpunkt. Warte, bis die großen Ferien anfangen ... bis das Gartenfest vorbei ist. Tante Bettina liegt soviel daran, daß alles klappt. Ende August muß ich geschäftlich nach den USA fliegen. Ich werde Tante Bettina einladen mitzukommen ... Ohne dich selbstverständlich, denn du wärst uns ja doch nur eine Belastung. Sie wird nicht wissen, wie sie sich entscheiden soll, aber wir werden es so deichseln, daß du über die Ferien nach Hause fährst. Und dort bleibst du dann auch. Verstehst du? Mir scheint, das wäre die beste Lösung, und wir tun Tante Bettina nicht unnötig weh."

Susebill runzelte die Stirn. „Du meinst, ich muß also Klavier spielen?"

„Unbedingt. Und warum auch nicht? Es wird dir

9 9403-12

bestimmt nichts schaden, einmal wirklich fleißig zu sein und dich zusammenzunehmen."

Das war nun nicht gerade das, was Susebill hatte hören wollen, aber in ihrem innersten Herzen mußte sie Onkel Daniel recht geben. Und so sagte sie, als er ihr eine gute Nacht wünschte, ganz ehrlich: „Vielen Dank, Onkel Daniel."

Tatsächlich schlief sie ganz getröstet ein. Der Gedanke, daß sie nicht immer und ewig in Haus Sonnenhag würde bleiben müssen, ließ alle ihre Sorgen zusammenschrumpfen.

Der große Auftritt

Aber in den nächsten Tagen ließ Onkel Daniel sich nicht einmal durch ein Augenzwinkern anmerken, daß er sich an das nächtliche Gespräch erinnerte. Susebills Hoffnung, daß er ihr zur Heimkehr verhelfen würde, sank auf den Nullpunkt.

Nur eines hatte sie begriffen: ausreißen durfte sie wirklich nicht. Sie hatte genug angerichtet. Damit würde sie nur alles noch schlimmer machen.

So ging sie freudlos zur Schule, übte freudlos Klavier und schrieb nach Hause weiterhin gekünstelte Briefe, in denen sie nichts von ihrem Kummer und ihrem Heimweh verriet. Sie hatte ihren Eltern genug angetan, sie wollte ihnen nicht auch noch das Herz schwermachen.

Der letzte Schultag vor den Ferien kam, und am Sonntag darauf sollte das große Gartenfest sein. Es war Susebill gelungen, ihre Sonate Tante Bettina einmal tatsächlich ohne jeden Fehler vorzuspielen, und die Tante hatte sich sehr darüber gefreut. Sie war ganz begeistert von der Idee, daß ihre kleine Pflegetochter sich so vor vielen Menschen hervortun sollte.

Was sollte sie anziehen?

Susebill hatte viele schöne Kleider, aber keines war Tante Bettina für diesen Anlaß schön genug. Sie entschied sich nach langem Wählen und Verwerfen für einen Entwurf aus einem Modeheft und ließ ihn bei der besten Schneiderin von Dörtlingen verwirklichen.

Es wurde ein Traumkleid – aus weißen Spitzen, mit einem enganliegenden Oberteil gearbeitet, der Rock weit und schwingend.

„Nun, wie gefällt es dir?" fragte Tante Bettina strahlend, als Susebill sich bei der letzten Anprobe darin vor dem großen Spiegel drehte.

Susebill sagte nichts, sie betrachtete sich nur kritisch.

„Es kommt noch eine breite glänzende rosa Schärpe dazu", erläuterte die Schneiderin, „hinten mit einer ganz großen Schleife. Es ist sicherlich mit Abstand das schönste Kleid auf dem ganzen Gartenfest."

Susebill wußte selber nicht, warum sie sich beim besten Willen nicht über ihr Spitzenkleid freuen konnte. Aber ihre Sehnsucht nach schönen Kleidern war sehr gedämpft worden durch die Erfahrung, daß man mit ihnen sehr, sehr vorsichtig umgehen mußte. Tante Bettina war selber immer tipptopp gekleidet, und sie vertrug es nicht, wenn Susebills Kleidungsstücke auch nur den kleinsten Flecken aufwiesen, von einem Riß ganz zu schweigen.

Tante Bettina schien Susebills Unbehagen nicht zu bemerken. „Am Tag vor dem Fest gehen wir natürlich noch zum Friseur", plauderte sie, als sie in ihrem weißen

Sportwagen nach Hause fuhren. „Ich laß dir das Haar ein bißchen locken ... offene Haare passen am besten zu dieser Gelegenheit, offene Haare mit einer großen Schleife drin ... von dem gleichen Stoff wie die Schärpe. Du wirst süß aussehen!"

„Ja", sagte Susebill, „das kann schon stimmen ... aber ich, ich trete nur dir zuliebe auf. Damit du eine Freude hast." Ohne daß sie es wollte, hatte Susebills Stimme sehr traurig geklungen.

Tante Bettina trat auf die Bremse und sah Susebill an. „Verlang ich zuviel von dir?" fragte sie ganz erschrocken. „Bist du unglücklich bei mir?"

Susebill durchzuckte es wie ein kleiner elektrischer Stoß. Jetzt war die Gelegenheit da, Tante Bettina die Wahrheit zu sagen. Aber sie brachte es nicht über sich. Doch lügen mochte sie auch nicht. So schüttelte sie nur stumm den Kopf.

Tante Bettina gab sich damit zufrieden und fuhr weiter. Sie ahnte nicht, was in Susebills Herzen vor sich ging.

Die Tage bis zum Sonntag vergingen mit Proben, Proben und noch einmal Proben. Immer wieder mußte Susebill die Sonate von Anfang bis Ende spielen – besonders den zweiten Satz, der ihr immer wieder Schwierigkeiten machte – dazwischen stundenlang Fingerübungen. Wie ein Opferlamm ließ Susebill sich zum Friseur führen, der ihr eine solche Frisur zauberte, daß sie sich selber kaum noch wiedererkannte.

Das Gartenfest sollte draußen vor der Stadt gefeiert werden, in einem großen Wildpark, in dessen Mitte eine kleine Freilichtbühne stand. Das Wild – Rehe und Hirsche, Eichhörnchen und zahme Vögel – war für diesen Tag natürlich samt und sonders in Drahtgehege eingeschlossen worden.

Die Damen des Klubs hatten sich wirklich viel Mühe gegeben. Susebill staunte, als sie mit Tante Bettina eintraf. Überall in den Bäumen hingen bunte Lampions, es gab Wurstständе und Eisbuden, Zelte, in denen man Bier und Limonade trinken, Kuchen oder Heringsbrötchen essen konnte. Das Schönste aber war ein Aufbau mit einer großen Tombola, wo man alle möglichen schönen Dinge gewinnen konnte. Die Damen der Stadt hatten alles selber gerichtet und spielten an diesem Tag auch Verkäuferin.

Aber bevor es zum vergnüglichen Teil des Nachmittags kam, mußten die Gäste erst das Programm über sich ergehen lassen. Es sollten keine berufsmäßigen Künstler auftreten, sondern nur Laienkräfte – ein Kinderballett, eine Turngruppe, ein Kinderchor und noch einige andere Nummern.

Susebill hatte sich eingebildet, daß es ihr ganz gleichgültig war, wie ihr Klavierspiel ausfiel. Als sie aber die vielen, vielen Bänke sah, die schon zum Teil besetzt waren, und den großen Flügel oben auf dem Podium, wurde ihr plötzlich fast schlecht vor Angst. Sie war überzeugt, daß irgend etwas schiefgehen, daß alle über sie lachen würden. Sie stolperte neben Tante Bettina her, es wurde ihr ganz dunkel vor den Augen, sie sah und hörte nichts mehr, was um sie herum vor sich ging.

Wie aus weiter Ferne hörte sie Tante Bettina rufen: „Susebill, paß doch auf!"

Aber da war es schon geschehen.

Sie war auf eine Harke getreten, die jemand achtlos vor den Garderoben hatte liegenlassen, und der Stiel war ihr mit voller Wucht gegen die Stirn geschlagen.

Vor Susebills Augen wirbelten Sterne, sie hatte das

Gefühl, daß ihr Kopf anschwoll, gleichzeitig aber kam ihr der erlösende Gedanke: Jetzt brauche ich nicht mehr vorzuspielen!

Aber da hatte sie sich geirrt.

Als sie wieder zu sich kam, lag sie auf einer Pritsche drinnen in einer der Garderoben, und Tante Bettina kühlte ihr die Stirn mit nassen Kompressen.

„Wie ägerlich“, sagte sie, „daß das ausgerechnet jetzt passieren mußte! Ich habe dir doch noch zugerufen, Susebill ... Nein, natürlich, ich weiß, es war nicht nur deine Schuld. So eine Eselei, die Harke da herumliegen zu lassen. Fühlst du dich schon besser, mein kleiner Schatz? Langsam kriegst du wieder Farbe ... ich habe mich sehr erschrocken.“

Susebill versuchte, ein bißchen zu lächeln.

Tante Bettina hatte nicht lange Zeit, bei ihr zu bleiben, sie mußte den anderen Damen helfen und die Gäste begrüßen. „Bleib ganz ruhig liegen, bis die Vorstellung beginnt, Susebill“, sagte sie, „das merkst du schon am Lärm. Dann kannst du langsam anfangen, dich fertig zu machen. Du bist die dritte Nummer.“ Sie stand auf, nahm Susebill die Kompresse von der Stirn und sagte entsetzt: „Schrecklich sieht es aus! Ganz schrecklich! Ich fürchte, all meine Mühe war umsonst.“ Das waren ihre letzten Worte, bevor sie das Zimmer verließ.

Susebill fühlte sich sehr elend. Nicht nur ihre Stirn schmerzte, sondern vor allem ihr Herz. Tante Bettina hatte sich gar keine Mühe gegeben, sie zu trösten, sie hatte nicht einmal danach gefragt, ob es weh tue, sie hatte sich nur geärgert, daß so etwas noch kurz vor der Vorstellung passieren mußte. Susebill kränkte und bemitleidete sich, sie stand kurz vor den Tränen.

„Nun fang bloß nicht auch noch an zu heulen", sagte da eine klare junge Stimme.

Susebill fuhr hoch, ließ sich aber gleich wieder zurücksinken, weil ihr bei dieser ruckartigen Bewegung ein heftiger Schmerz durch den Kopf schoß. Ein dunkellockiges Mädchen in einem einfachen weißen Kleid stand vor ihr und sah sie mit mitleidigem Spott an.

„Wer bist du?" fragte Susebill verdutzt. „Und wo kommst du auf einmal her?"

„Ich war die ganze Zeit in der Garderobe", sagte das Mädchen, „deine Mutter und du, ihr habt bloß nicht auf mich geachtet, weil ihr zu aufgeregt wart."

„Sie ist bloß meine Tante", sagte Susebill.

„Ach so. Jedenfalls habe ich ein Recht, hier zu sein. Ich habe die Garderobe angewiesen bekommen, weil ich nämlich auch Klavier spiele."

„Du auch?"

Das Mädchen lachte. „Du dachtest wohl, du hättest den Flügel gepachtet?"

„Nein", sagte Susebill, „wie kommst du darauf? So ein Quatsch. Von mir aus kannst du meine Sonate mitspielen." Sie zeigte auf den Stuhl, auf dem ihre Mappe mit den Notenblättern lag.

Das Mädchen zog den Reißverschluß auf und holte das Heft heraus. Susebill sah, daß sie etwa gleich groß und gleich alt war wie sie selber.

„Wie heißt du überhaupt?" fragte sie.

„Regine. Und du heißt Susebill, nicht wahr? Deine Tante hat es gesagt." Sie schlug das Notenheft auf. „Die kleine Sonate von Haydn . . . ich meine, die oben rot angestrichen ist? Die spielst du? Da hast du es dir aber wirklich sehr leicht gemacht."

„Ich spiele ja erst seit einem Jahr."

„Ach so. Dann ist es natürlich anders, dann ist es für dich schwer. Ich habe schon mit fünf Jahren angefangen."

„Tust du es gern?" fragte Susebill.

„Immer noch lieber als manches andere."

Draußen auf dem Podium stimmte der Kinderchor sein erstes Lied an, und Susebill erhob sich ächzend.

„Ein tolles Kleid hast du an", sagte Regine bewundernd, „wirklich, wie eine Prinzessin siehst du darin aus."

Susebill betastete nachdenklich ihre Beule. „Weißt du, früher habe ich auch mal so gedacht wie du. Da waren mir Kleider kolossal wichtig . . . aber jetzt! Jetzt weiß ich, daß es auf das, was man anhat, überhaupt nicht ankommt."

„Auf was denn sonst?"

„Daß man unter Menschen lebt, die einen wirklich liebhaben, so, wie man ist. Verstehst du, was ich meine? Vater und Mutter, egal, ob sie arm oder reich sind."

„O ja. Komisch, daß du über so etwas nachdenkst. Aber du hast recht. Bloß . . . was soll jemand machen, der keins von beiden hat?"

„Verstehe ich nicht!" Susebill war vor den Spiegel getreten und versuchte, ihre Locken möglichst dicht über die Beule zu legen.

„Meine Eltern sind tot", sagte Regine, „ich lebe im Waisenhaus. Schon seit einem Jahr."

„Oh!" Susebill sah ganz erschrocken aus.

„Ich habe niemanden . . . keinen Bruder, keinen Onkel, keine Tante . . . niemanden auf der ganzen Welt."

„Wie schrecklich!"

Regine sah, wie betroffen Susebill war, deshalb sagte sie rasch: „Du brauchst kein so entsetztes Gesicht zu machen. Im Waisenhaus ist es auch ganz nett. Nur . . ."

Sie kam nicht dazu, ihren Satz zu Ende zu sprechen, denn in diesem Augenblick kam Tante Bettina zurück. „Bist du fertig, Susebill?“ fragte sie. „In zwei Minuten ist dein Auftritt! Diese schreckliche Beule! Wie schade, daß dir das passieren mußte.“

„Man sieht es nicht“, sagte Regine, „ich meine, von den Zuschauerbänken aus. Die Entfernung ist viel zu groß.“

Jetzt sah Tante Bettina das Waisenmädchen zum erstenmal an. „Ach, meinst du? Schon möglich.“ Sie wandte sich an Susebill. „Weißt du was, am besten kommst du schon gleich mit vor, daß du deinen Auftritt nicht verpaßt!“ Sie hatte es so eilig, daß Susebill nicht einmal mehr Zeit blieb, Regine Lebewohl zu sagen.

Aber als sie beim Bühneneingang stand und wartete, kam Regine noch einmal zu ihr; Tante Bettina unterhielt sich gerade mit Frau Konsul Hensel und merkte es nicht. „Du brauchst keine Angst zu haben“, flüsterte Regine, „reg dich nur nicht auf . . . Niemand wird es merken, wenn du mal danebenhaust. Spiel einfach weiter, als müßte es so sein.“

Regine behielt recht.

Zwar griff Susebill zweimal daneben – und ausgerechnet im ersten Satz, den sie sonst immer am besten beherrscht hatte –, aber niemand im Zuschauerraum schien es aufzufallen. Sie hatte eine Menge Beifall, und Tante Bettina küßte sie so herzlich, wie sie es eigentlich noch nie getan hatte. „Bitte, komm mit mir. Vor dem Hauptzelt wartet ein Pressefotograf auf dich. Ich habe ihm dein kleines Mißgeschick erzählt, und er will es in die Zeitung bringen . . . mit einem Bild von dir, stell dir vor.“

So kam es, daß Susebill weder Regine noch einmal sprechen noch ihr Klavierspiel hören konnte, aber sie wünschte ihr von ganzem Herzen viel Erfolg.

Der Mann von der Zeitung hatte noch eine Menge Fragen an Tante Bettina zu stellen, die ja mit ihren Damen das ganze Fest organisiert hatte, und er war erst fertig damit, als die Vorstellung schon vorüber war.

„Jetzt kommt deine Belohnung“, sagte Tante Bettina zu Susebill, „du darfst dir etwas wünschen, mein kleiner Schatz . . . Weil du so brav warst.“

Susebill wünschte sich ein Los für die Tombola, und Tante Bettina kaufte ihr gleich zehn. Auf eines der Lose gewann sie ein Domino, und sie beschloß sofort, es ihren Geschwistern nach Hause zu schicken; sie hatte ja doch niemanden, mit dem sie es spielen konnte. Aber sie hatte noch mehr Glück. Auf das zehnte Los, das sie gezogen hatte, fiel ein wunderbarer brauner Teddybär.

„Wie herrlich für dich!“ rief Tante Bettina. „Gratuliere, mein kleiner Schatz. Jetzt fällt mir erst wieder ein, daß ich dir ja einen Teddy seit langem versprochen hatte.“

Über den Teddy freute sich Susebill wirklich. Er hatte so ein kluges liebes Gesicht, und obwohl sie eigentlich zu groß für Teddys war, wußte sie, daß er ihr ein gewisser Trost sein würde. Strahlend stand sie mit dem Teddy im Arm, und alle freuten sich mit ihr.

Da fiel ganz zufällig ihr Blick auf Regine, die an der Hand einer Schwester zwischen den vielen anderen Leuten vor dem Tombolazelt stand. Ganz sehnsüchtig und selbstverloren blickte sie auf den Teddy in Susebills Armen.

Susebill überlegte keine Sekunde. Mit einem Satz war sie vom Podium und drängte sich bis zu Regine durch.

„Hier, nimm du ihn“, sagte sie und drückte ihr den Teddy in die Hand, „er gehört dir, ich brauche ihn nicht. Ich habe ja noch Vater und Mutter.“

Ende mit Schrecken

Auf der Heimfahrt fragte Tante Bettina: „Warum hast du denn den schönen Teddy verschenkt? Nicht, daß ich dir einen Vorwurf deswegen mache, ich frage nur."

Susebill wurde rot. „Ich bin doch wirklich schon zu alt für so etwas", behauptete sie.

Sie hatte Angst, daß Tante Bettina auf die Idee kommen könnte, ihr als Ersatz ein anderes Spielzeug zu kaufen. Sie wollte nichts mehr geschenkt bekommen, sie war in Gedanken schon ganz zu Hause.

Stefanie hatte ihr einen langen Brief geschrieben. Susebill las ihn wieder und wieder. „Wir haben jetzt angefangen, unser Haus zu bauen", schrieb Stefanie, „der Architekt und Mutter haben den Plan fix und fertig gemacht. Es wird eine Wucht. Aber erst mal muß jetzt der Grund für den Keller ausgehoben werden. Das wollen wir selber machen. Der Architekt hat ein großes Rechteck abgesteckt, und da buddeln wir nun. Wir fahren jeden Tag hinaus. Es ist eine Drecksarbeit, das kannst du dir denken. Ich habe schon ordentlich Schwielen gekriegt."

Jedesmal, wenn Susebill diesen Brief las, wurde ihr Herz ganz schwer vor Sehnsucht. Am liebsten wäre sie, so, wie sie ging und stand, davongelaufen.

Aber das durfte sie nicht. Sie hatte Onkel Daniel ihr Versprechen gegeben.

Zu Hause waren Ferien immer herrlich gewesen. Selbst wenn die meisten Mädchen aus der Klasse verreist waren, blieben doch immer Stefanie und Andrea, Thomas und

Theo, mit denen man spielen und sprechen konnte.

Im Haus Sonnenhag aber hatte Susebill niemanden. Evelyn hatte den ganzen Tag zu tun, denn Tante Bettina war sehr genau in der Hausarbeit, und außerdem, als Freundin war sie ja viel zu alt.

Tante Bettina selber hatte jetzt, da das Gartenfest vorbei und ein richtiger Erfolg gewesen war, wieder mehr Zeit für Susebill und war auch wieder besser auf ihre kleine Pflegetochter zu sprechen. Aber jetzt war es Susebill, die der Tante, soweit es nur eben möglich war, aus dem Weg ging. Die Wahrheit, daß sie lieber früher als später nach Hause wollte, durfte sie nicht sagen, und alles andere erschien ihr so schrecklich verlogen.

Immer noch wartete sie, daß Onkel Daniel sein Versprechen hielt. Aber so sehr sie auch die Ohren spitzte – von einer Reise nach Amerika war nie die Rede.

Einmal gelang es ihr, Onkel Daniel allein zu erwischen, und sie wagte es, ihn an sein Versprechen zu erinnern.

Er lächelte auf sie herab.

„Nur Geduld, junge Dame“, sagte er. „Ich habe dich nicht vergessen. Aber du mußt mir schon ein bißchen Zeit lassen. Die ganze Sache hat sich nämlich um ein paar Wochen verschoben.“

„Wann ...“, begann Susebill, aber sie kam nicht dazu, ihren Satz zu Ende zu sprechen, denn in diesem Augenblick kam Tante Bettina wieder ins Zimmer.

Natürlich mußte Susebill auch in den Ferien täglich eine Stunde Klavier üben. Außerdem gab Tante Bettina ihr Aufgaben auf, damit sie ihre Schulleistungen verbesserte. Dennoch blieb ihr viel freie Zeit, und sie begann, die Umgebung von Haus Sonnenhag zu durchforschen. Sie durchstreifte das Wäldchen hinter dem Haus, drang sogar bis ins Dorf vor und kannte bald jeden Weg und Steg.

Eines Tages hörte sie, als sie gerade aus dem kleinen Wald hervortrat, von der Landstraße her ein jämmerliches Jaulen. Sie lief los und fand ein gelbes Hündchen, das heulend am Straßenrand auf dem Bauch lag.

Susebill ließ sich neben dem Kleinen auf die Knie, sprach ihm gut zu und brachte ihn soweit, daß er sich untersuchen ließ. Der rechte Vorderlauf war gebrochen, das Fell über der Bruchstelle abgefetzt. Es sah aus, als ob ein Stein ihn getroffen hätte – vielleicht von einem schlimmen Jungen geworfen, vielleicht aber auch nur zufällig von einem vorüberfahrenden Wagen geschleudert.

„Du armer kleiner Kerl", sagte Susebill mitleidig, „herrje, das tut weh! Aber warte nur, ich kriege dich wieder ganz gesund. Ich nehme dich mit nach Hause und mache dir einen feinen Verband, ja? Komm nur!" Sie nahm das wimmernde Bündel auf ihre Arme und lief den Weg, den sie gekommen war, zurück.

Im Wäldchen suchte sie, das Hündchen auf dem Arm, ein paar möglichst gerade Stöcke zusammen, mit denen sie den gebrochenen Lauf des Tieres schienen wollte.

Sie fand das, was sie tat, ganz in Ordnung. Dennoch war sie froh, daß ihr beim Betreten des Hauses niemand begegnete. Oben in ihrem Zimmer desinfizierte sie erst einmal die Wunde mit Arnika, wie sie es selber mit kleinen Verletzungen zu machen pflegte. Der Hund jaulte dabei auf vor Schmerz, aber er ließ doch alles Weitere vertrauensvoll mit sich geschehen.

Susebill sprach unentwegt dabei auf ihn ein. „Ja, das brennt, mein Kleiner, ich weiß, aber es muß sein. Paß nur auf, jetzt tue ich eine gute Heilsalbe auf dieses Läppchen . . . und jetzt das Ganze auf das Wehweh – siehst du, so! Gleich wird es besser werden. Brav ist er, sehr brav!"

Sie schnitzte ihre Stöcke mit der aufgeklappten Schere gerade, schiente dann das Bein des Hündchens fachgerecht. Sie nahm ein großes buntes Kissen von einem der Sessel, legte es auf den Boden und bettete den kleinen Patienten darauf. „So, jetzt ruh dich aus, mein Kleiner! Du wirst sehen, bald ist das böse Wehweh wieder heil. Ich gehe jetzt mal nach unten in die Küche und schaue, was ich für dich zu essen finde."

Der kleine Hund sah Susebill aus klugen braunen Augen an und versuchte, sie mit seiner rauhen kleinen Zunge im Gesicht zu lecken.

„Pfui, das tut man nicht", sagte Susebill, aber ihre Stimme klang nicht böse, und sie streichelte den kleinen Kerl zärtlich.

Sie wollte sich gerade wieder aufrichten, als die Tür geöffnet wurde. Tante Bettina streckte ihren Kopf herein. „Susebill ...", sagte sie, aber dann blieb ihr das, was sie sagen wollte, im Munde stecken. Sie hatte Susebills kleinen Gast entdeckt. Sie holte tief Luft und schrie – so aufgeregt und böse, wie Susebill sie noch nie gesehen hatte –: „Wie kannst du dich unterstehen, diesen gräßlichen Köter in mein Haus zu schleppen! Hinaus mit ihm! Aber sofort! Du schreckliches Kind."

Susebill richtete sich auf und sah Tante Bettina gerade in die Augen. „Der Hund ist krank", sagte sie, „man kann ihn nicht auf die Straße setzen."

„So? Glaubst du? Dann werde ich dir jetzt einmal zeigen ..."

„Nein", sagte Susebill und stellte sich vor ihren Schützling, „das wirst du nicht tun, Tante Bettina!"

Tante Bettina hatte sich schon wieder gefaßt. „Ich werde

mich mit dir nicht streiten", sagte sie mit veränderter Stimme und drückte auf den Klingelknopf neben dem Lichtschalter.

Evelyn erschien.

„Bringen Sie diesen Hund aus dem Haus", sagte Tante Bettina. „Setzen Sie ihn ab, irgendwo, nur weit genug von unserem Haus entfernt."

„Nein", sagte Susebill, „bitte, Evelyn, tun Sie es nicht, er . . ."

Evelyn beugte sich zu dem kranken Tierchen herab. „Den kenne ich. Das ist der Hund vom kleinen Peter vom Gerlacher, dem Lebensmittelgeschäft unten im Dorf. Vielleicht sollte Kuno ihn zu seinem Herrchen bringen?"

„Was Sie mit dem Köter machen, ist mir gleichgültig", sagte Tante Bettina. „Hauptsache, er kommt mir aus den Augen."

Evelyn wollte den Hund hochheben.

„Nehmen Sie das Kissen auch gleich mit", sagte Tante Bettina, „es muß desinfiziert werden."

Evelyn nahm wortlos Hund und Kissen und ging zur Tür. Tante Bettina folgte ihr.

„Bitte", sagte Susebill, „Tante Bettina, ich muß dich sprechen."

Tante Bettina blieb stehen und drehte sich um. „Ich hoffe, du willst dich entschuldigen."

„Nein", sagte Susebill, „ich habe ja nichts Schlimmes getan. Vater hat uns immer gesagt, daß der Mensch der leidenden Kreatur beistehen muß. Nichts anderes habe ich getan." Plötzlich konnte sie nicht länger an sich halten. „Du denkst immer bloß an deine Böden und an deine Teppiche und an deine Blumenbeete", brach es aus ihr heraus, „deshalb durfte ich auch keine Freundin haben, deshalb durfte ich auch nie spielen, was und wie ich wollte. Du denkst überhaupt bloß an dich. Ich möchte wirklich wissen, wozu du ein Kind haben wolltest . . . Bloß um es fein herauszuputzen und damit anzugeben? Sonst hast du dich um mich ja nie gekümmert. Nur als Spielzeug hast du mich angesehen, als weiter nichts."

Tante Bettina war ganz erschüttert. „Aber Susebill", sagte sie, „wie sprichst du denn mit mir? Wie kommst du dazu, mir solch furchtbare Dinge vorzuwerfen?"

„Weil es wahr ist. Ich mag nicht länger hierbleiben, ich halte es einfach nicht mehr aus . . . Ach, bitte, laß mich doch nach Hause zurück."

„Ach so, du hast Heimweh."

„Das ist es nicht allein, Tante Bettina. Natürlich habe ich Heimweh. Ich hätte nie von zu Hause weggehen dürfen, das war einfach eine Gemeinheit von mir. Ich will zu meiner Mutter und zu meinem Vater. Meine ganzen Sachen kannst du behalten, ich will kein Stück davon."

„Bist du so unglücklich bei mir gewesen?" sagte Tante Bettina betroffen. „Das begreife ich gar nicht. Ich habe doch wirklich für dich getan, was ich konnte."

„Bitte, laß mich nach Hause."

„Ja, gut. Aber muß denn das sofort sein? Du könntest doch wenigstens die Ferien noch bleiben . . ."

„Nein."

„Oder weißt du was? Du fährst über die Ferien nach Hause, und dann kommst du wieder zu mir zurück."

Susebill seufzte.

„Nein, Tante Bettina. Ich will nach Hause, jetzt und für immer."

„Ja, hast du mich denn kein bißchen lieb?"

„Doch", sagte Susebill ehrlich, „doch, Tante Bettina.

Aber ich habe dich eben lieb wie ... wie eine sehr nette Tante. Nicht so, wie man seine Mutter liebhat."

Tante Bettina ließ sich in einen Sessel sinken, sie sah plötzlich sehr traurig aus. „Ich habe also alles falsch gemacht ... Nein, widersprich mir nicht, eben warst du ehrlich. Du hast mir ganz schön die Meinung gesagt. Bin ich denn wirklich so eine Hexe?"

„Nein, Tante Bettina, bestimmt nicht."

„Warum willst du dann von mir weg?"

„Weil ... ach, Tante Bettina, ich kann es dir doch nicht immer wieder erklären."

„Und wenn ich dir versprechen würde ... dir in die Hand versprechen, daß ich mich ändern werde! Ich werde von nun an nicht mehr soviel an meine Böden und Teppiche denken, ich werde auch nicht mehr so ehrgeizig mit dir sein, nicht mehr so viel von dir verlangen." Tante Bettina holte Luft. „Und ich werde dir sogar einen lebendigen Hund schenken ... einen Pudel oder was du willst."

Susebill setzte sich zu Tante Bettina auf die Sessellehne und schlang den Arm um ihre Schulter. „Ach, Tante Bettina", sagte sie, „ich habe dich wirklich lieb, und schuld an allem war ich bestimmt genauso wie du, aber ..."

„Du willst zu Vater und Mutter?"

„Ja. Ich hätte sie nie verlassen dürfen."

Eine Weile saßen beide ganz still. Dann sagte Tante Bettina: „Ich glaube, du hast recht, Susebill. Aber für mich ist es schrecklich schwer ... ich hätte so gerne eine Tochter gehabt."

Susebill rutschte von ihrer Sessellehne. „Oh, wenn es weiter nichts ist! Eine Tochter wüßte ich ja für dich ... und sie ist viel hübscher als ich und spielt viel besser Klavier, und in der Schule ist sie auch hervorragend.

Erinnerst du dich nicht an Regine? Das Mädchen, das auf dem Gartenfest auch Klavier gespielt hat? Der ich den Teddy geschenkt habe? Sie ist ein Waisenkind und hat niemanden auf der ganzen Welt."

Susebill sprang aufgeregt von einem Fuß auf den anderen. „Bitte, Tante Bettina, nimm Regine! Sie ist so nett, und sie hat mir so leid getan . . . und sieh mal, es würde dich ja gar nicht soviel kosten! Regine ist genauso groß wie ich, sie kann all die schönen Sachen tragen, die du für mich gekauft hast."

„Aber was willst du dann anziehen?"

„Meine alten Klamotten. Bitte, Tante Bettina, sei nicht böse. Evelyn hat sie für mich aufgehoben . . . und siehst du, sie hat doch recht damit gehabt."

„Es ist dir also ganz ernst?"

„Ja, Tante Bettina."

„Dann werde ich heute abend mit deinen Eltern telefonieren."

„Und Regine? Wirst du sie nehmen?"

Tante Bettina lächelte ein kleines, trauriges Lächeln. „Hast du keine Angst, daß sie sich auch unglücklich bei mir fühlen wird? Wo ich doch in deinen Augen solch eine Rabenmutter bin?"

„Nein, Tante Bettina", sagte Susebill ernsthaft, „ich war eben nicht die richtige Tochter für dich, du hast es bestimmt besonders schwer mit mir gehabt." Sie seufzte tief. „Wenn ich bloß daran denke, wie ich mich zu Hause aufgeführt habe! Jetzt begreife ich, daß sie mich gerne los sein wollten . . . jedenfalls für eine gewisse Zeit." Plötzlich überfiel sie ein schrecklicher Gedanke. „Sie werden mich doch wiederhaben wollen . . .?" Sie wagte das Schreckliche nicht einmal auszusprechen.

Tante Bettina stand auf und strich ihr sanft über das Haar.

„Mach dir keine Sorgen deswegen, Susebill . . . Heute denke ich fast, deine Mutter hat immer gewußt, daß du zurückkommen würdest."

Dennoch wurden Susebill die Stunden bis zum Abend lang, und ein klafterschwerer Stein fiel ihr vom Herzen, als sie an den Stimmen ihrer Eltern hörte, wie herzlich sie ihnen daheim willkommen war.

Nun, da der Abschied beschlossene Sache war, sahen die Dinge auf einmal wieder ganz anders aus. Haus Sonnenhag war für Susebill wieder so prächtig, wie es ihr ganz am Anfang erschienen war. Tante Bettina war eine wundervolle Frau, und jedes einzelne von den immer noch fast neuen Kleidern war zum Verlieben.

Trotzdem bedauerte Susebill ihren Entschluß keine Sekunde. Sie wußte jetzt, wohin sie gehörte. Aber sie bemühte sich, noch in den letzten Tagen ganz besonders lieb und nett zu Tante Bettina zu sein, die soviel für sie getan hatte. Jetzt, da sie wußte, daß ihre Tage im Haus Sonnenhag gezählt waren, fiel es ihr viel leichter, so zu sein, wie Tante Bettina sie haben wollte. Tante Bettina überredete Susebill, daß sie sich wenigstens ihre liebsten Kleider aussuchte und einpackte. Für Andrea und Stefanie besorgte sie auch je ein neues Kleid, „damit du deine hübschen Sachen mit gutem Gewissen tragen kannst", sagte sie zu Susebill.

Beim Abschied weinten beide, Tante Bettina und Susebill, ehrliche Tränen, und auch Evelyn mußte sich über die Augen wischen.

Dennoch war Susebill ein ganz klein bißchen beleidigt, daß Tante Bettina sie nicht zum Zug bringen konnte, weil sie wieder eine ihrer „gesellschaftlichen Verpflichtungen" hatte.

Susebill fuhr mit Onkel Daniel und dem Chauffeur zum Zug. Es stellte sich heraus, daß sie zwanzig Minuten zu früh gekommen waren. Onkel Daniel lud Susebill noch zu einem Paar Frankfurter Würstchen ins Bahnhofsrestaurant ein. Aber Susebill hatte keine rechte Ruhe zum Essen. Alle halbe Minute schaute sie auf die große Wanduhr, um zu sehen, wie spät es war.

„Du hast wohl große Angst, du könntest den Zug verpassen?" fragte Onkel Daniel.

„Ja", sagte Susebill ehrlich, „jetzt kann ich es schon gar nicht mehr aushalten, endlich wieder nach Hause zu kommen."

Dann endlich war es soweit. Onkel Daniel suchte ihr selber einen Platz im Abteil, verstaute ihren Koffer, öffnete das Fenster, damit sie noch auf den Bahnsteig hinausschauen und sich mit ihm unterhalten konnte.

Da sah sie plötzlich von der Bahnsteigtreppe her Tante Bettina angehastet kommen, und nicht allein – sie hielt das Waisenmädchen Regine an der Hand. Beide liefen auf Susebill und den winkenden Onkel Daniel los.

Ehe Susebill sich noch von ihrem Erstaunen erholt hatte, hob Regine den großen braunen Teddybär, den sie im Arm gehalten hatte, hoch und warf ihn zu Susebill ins Abteilfenster.

„Zur Erinnerung", rief sie.

Susebill fing den Bären auf. „Danke", rief sie zurück, „bleibst du jetzt bei Tante Bettina?"

Regine nickte glückstrahlend. „Die Ferien über bestimmt!"

„Wir wollen versuchen, ob wir uns so aneinander gewöhnen, daß wir zusammenbleiben wollen“, sagte Tante Bettina, und sie bat: „Schreib uns, Susebill!“

„Besuch uns in den nächsten Ferien!“ sagte Onkel Daniel.

Die Türen wurden zugeschlagen, der Zug setzte sich in Bewegung. Tante Bettina, Onkel Daniel und Regine winkten.

Susebill beugte sich aus dem Fenster und winkte zurück. „Auf Wiedersehen!“

Sie hatte Tränen in den Augen und wußte selber nicht warum. Sie schloß das Fenster und ließ sich auf ihren Platz sinken. Der Zug ratterte durch die Industrielandschaft, aber sie warf keinen Blick aus dem Fenster.

Sie war in Gedanken schon zu Hause. Bestimmt würden Mutter und Vater, Thomas, Andrea, Stefanie und Theo sie alle zusammen abholen – ach, was hatte sie alles zu erzählen! Ob sie wohl merkten, wie sehr sie sich verändert hatte?

Sie trug denselben alten Regenmantel wie bei der Hinfahrt, die Locken waren längst aus ihrem blonden Haar verschwunden, sie war keine Zierpuppe mehr, sondern sie sah ganz aus wie die Susebill früher.

Aber sie hatte eine Menge dazugelernt, und sie war entschlossen, es nie wieder zu vergessen. Von nun an sollten ihre Eltern nur Freude an ihr erleben.

Mit offenen Augen malte Susebill sich die Zukunft aus. Sie fühlte sich so glücklich wie nie zuvor in ihrem Leben.

Im Internat gibt's keine Ruhe

Eine unerhörte Neuigkeit

Auf dem Schloßinternat Hohenwartau war große Pause.

Über das bucklige, uralte Kopfsteinpflaster des Schloßhofes rannten, hüpften, jagten und stießen sich die kleinen Mädchen, während die älteren, kichernd oder in ein ernsthaftes Gespräch vertieft, auf und ab spazierten.

Einige Schülerinnen der zwölften Klasse hatten sich die breite Rampe erobert, die schräg zum Burgtor hinaufführte. Hier saßen sie nun dicht nebeneinander, aufgereiht wie die Schwalben. Die meisten hatten den Kopf in den Nacken gelegt und blinzelten in den föhnblauen Himmel hinauf und zu den bayerischen Voralpen, auf deren Gipfeln über Nacht der erste, sehr weiße Schnee gefallen war. Sie genossen die wärmenden Strahlen der Herbstsonne, die Hunderte von großen und kleinen Fenstern des Schlosses aufblitzen ließ, während der Hof selber schon im Schatten lag.

Sie merkten nicht, daß sich unter ihren Mitschülerinnen eine sonderbare Unruhe auszubreiten begann. Die kleinen Mädchen, die eben noch getobt und gespielt hatten, rotteten sich in Gruppen zusammen, und auch die Spaziergängerinnen blieben stehen und tuschelten miteinander.

Kicki, ein zierliches Chinesenmädchen, Schülerin der Zwölften, kam um die Ecke gesaust und schrie: „Herhören, Kinder! Eine Riesenneuigkeit!"

Ihre Klassenkameradinnen fühlten sich unsanft aus ihren Träumen gerissen.

„Um Himmels willen, schrei nicht so", mahnte Yvonne und bemühte sich, sie mit ihren vom Licht noch halb geblendeten blauen Augen beschwörend anzusehen. „Wir sind ja nicht taub!"

„Scheint mir aber doch so", erwiderte Kicki keck, „sonst wärt ihr nicht die letzten, die davon erfahren!"

„Wie meinst du das?" fragte die braungelockte, sehr natürliche Helga ohne sonderliches Interesse.

„Na, seht euch doch mal um! Begreift ihr immer noch nicht, was passiert ist?"

Die muskulöse, sportlich durchtrainierte Ellen schwang sich elegant mit den Füßen auf die Rampe. „Hm, sieht aus wie ein Aufruhr im Bienenhaus", stellte sie fest.

„Du hast es erfaßt!" bestätigte Kicki.

„Jetzt bitte ich dich, mach es nicht ganz so spannend, Kicki", drängte Babsy, eine schwarze Amerikanerin, die mit den anderen schon seit Jahren auf Hohenwartau war. Ihre Eltern waren beide berühmte Sänger und in Europa engagiert.

Kicki hätte die anderen gerne noch länger auf die Folter gespannt, aber sie konnte sich nicht zurückhalten. „Tweedy hat sich verlobt!" platzte sie heraus.

„Was?“ rief Hannelore, die sich sonst immer viel auf ihre Erfahrung und ihre Seelenruhe zugute tat, ganz verblüfft.

Den anderen verschlug es die Sprache. Dr. Herbert Jung, genannt Tweedy, war zu Beginn des Schuljahrs als Lehrer für Deutsch und Englisch nach Hohenwartau gekommen, und es gab nicht eine unter den Schülerinnen der zwölften Klasse, die nicht mehr oder weniger heimlich für ihn geschwärmt hatte. Helga und Yvonne, die früher die besten Freundinnen gewesen waren, hatten sich sogar seinetwegen ernstlich zerstritten.

„Wollt ihr denn gar nicht wissen, mit wem?“ fragte Kicki.

„Menschenskind, red endlich!“ rief Margot. „Du machst uns noch wahnsinnig!“

„Dich?“ fragte Kicki zurück. „Ich dachte immer, du wärst verlobt!“

„Das nimmt mir doch nicht das Recht, neugierig zu sein!“ sagte Margot.

„Ganz bestimmt nicht“, mischte die rothaarige Uschi sich ein, „ich gehöre auch nicht zu denjenigen, die sich Hoffnungen auf ihn gemacht haben, aber trotzdem . . .“

„Also los! Wer ist es?“ Ellen sprang von der Rampe, packte die um einen Kopf kleinere Kicki bei den Schultern und schüttelte sie kräftig. „Sprich, oder du kannst was erleben!“

„Aua! Laß mich los, oder du erfährst kein Wort!“

Ellen lockerte ihren Griff.

Kicki holte tief Atem und sagte mit heller, überkieksender Stimme: „Trudchen!“

„Das ist nicht möglich!“ Helga starrte sie fassungslos an. „Das ist doch einfach nicht möglich!“

„Ich glaub's auch nicht“, erklärte Yvonne, seit langem zum ersten Mal wieder einer Meinung mit der ehemaligen

Freundin.

„So einen schlechten Geschmack kann Tweedy bestimmt nicht haben."

„Trudchen könnte ganz gut aussehen, wenn sie sich nur etwas besser zurechtmachte", wandte Uschi ein. „Zumindest hat sie eine tadellose Figur!"

„Ach was, darauf kommt es doch gar nicht an", erklärte Margot. „Laßt euch mal was von einer erfahrenen Frau erzählen: Trudchen ist immerhin die Tochter des Direktors, und Tweedy kriegt nicht nur sie, sondern alles, was damit zusammenhängt, das ganze Internat mit allem Drum und Dran! Und für einen Lehrer ist das schon ein lohnender Happen!"

„Du meinst, er hat sie ihres Geldes wegen genommen?" Babsy rollte die blitzenden Augen. „Das wäre doch wirklich die größte Gemeinheit des Jahrhunderts!"

Sie diskutierten eifrig weiter, und nicht nur die Schülerinnen der zwölften Klasse, sondern auch die älteren und die jüngeren bis hinab zu den ganz neuen kannten heute nur das eine Thema: das Gerücht über Dr. Herbert Jungs Verlobung.

Es wurden Wetten darüber abgeschlossen, ob es wirklich stimmte oder nur eine Internatsente war. Niemand spielte mehr, niemand warf noch einen letzten Blick in ein Schulbuch, sondern alle standen in kleinen und großen Gruppen beieinander und besprachen das Ereignis.

Die Zwölfte konnte die Nachricht noch nicht glauben. „Fragen wir doch einfach Tweedy, ob es wirklich stimmt", schlug Yvonne vor.

„Unmöglich", widersprach Uschi und bekam schon bei dem bloßen Gedanken an eine solche Kühnheit einen roten Kopf.

„Warum denn nicht? Das ist doch das allereinfachste“, behauptete Yvonne.

Ellen dämpfte ihr Selbstgefühl. „Gib nicht so an, du traust dich ja doch nicht!“

„Und außerdem“, gab Babsy zu bedenken, „woher sollen wir denn wissen, ob er uns die Wahrheit sagt. Wenn er uns bis heute an der Nase herumgeführt hat, dann ist ihm doch auch zuzutrauen, daß er uns auch weiter beschwindelt.“

„Das hat er nie getan“, versuchte Helga den geliebten Lehrer zu verteidigen, aber es kam nicht sehr überzeugend heraus; seit Kickis Eröffnung fühlte sie sich geradezu körperlich elend, so groß war ihr Schmerz.

„Natürlich hat er das!“ widersprach Margot. „Er hat uns den Junggesellen vorgespielt, dabei war er in Wirklichkeit längst gebunden. Oder glaubt ihr etwa, daß er sich aus heiterem Himmel mit Trudchen verlobt hat?“

„Ganz bestimmt nicht!“ rief Ellen. „Erinnert ihr euch, wie sie ihn damals, am ersten Schultag, bei seinem Auto begrüßt hat? Die beiden haben sich gekannt, bevor er hier ankam, und wahrscheinlich hat er überhaupt nur ihretwegen in Hohenwartau angefangen!“

„So ein Schuft!“ stieß Uschi hervor.

„So ein elender, gemeiner Halunke!“ zischte Yvonne.

„Aber vielleicht stimmt ja alles gar nicht“, wandte Helga verzweifelt ein. „Vielleicht ist es nur ein dummes Gerücht. Ihr wißt doch, wieviel hier geredet und getratscht wird.“

„Somit wird mein Vorschlag wieder akut“, stellte Yvonne fest, „wir müssen ihn fragen.“

In diesem Augenblick kam Ilse, die Klassenbeste, angefegt, ein untersetztes Mädchen mit glanzlosem, strohblondem Haar und zahllosen Sommersprossen auf Nase und Stirn.

„Habt ihr schon gehört . . .“, begann sie.

Hannelore winkte ab. „Ja, alles. Wir überlegen gerade, ob wir Tweedy fragen sollen, ob es wirklich stimmt.“

„Nein, wenn schon, dann sie!“ erklärte Margot. „Wenn Trudchen ihn sich wirklich geangelt hat, dann wird sie viel zu stolz darauf sein, um es abzuleugnen.“

„Und wenn sie es ableugnet“, behauptete Helga mit zaghafter Hoffnung, „können wir sicher sein, daß es nur ein Gerücht ist.“

„Nur nicht so hastig!“ warnte Ilse. „Es kommt auch darauf an, *wie* sie nein sagt, findet ihr nicht? Wir müssen sie genau beobachten, wenn wir die Wahrheit herausbringen wollen.“

„Sehr richtig“, stimmte Margot zu. „Ich bin ausnahmsweise deiner Meinung. Jetzt nur noch eines: Wer hat das Herz, Trudchen zur Rede zu stellen?“

„Ich natürlich“, erwiderte Yvonne prompt. „Ihr braucht mich gar nicht so anzustaunen. Was ist denn schon dabei? Schließlich ist Hohenwartau eine Privatschule, und das bedeutet, daß sie vom Geld unserer Eltern existiert. Wieso sollten wir da Angst vor ihr haben? Das heißt“, fügte sie mit einem boshaften Blick auf Helga hinzu, „abgesehen von denjenigen, die gnadenweise als Stipendiatinnen hier sind.“

„Glaub nur nicht, daß du mich damit triffst“, parierte Helga. „Mir ist es lieber, ich verdanke den Aufenthalt auf Hohenwartau meiner Intelligenz als, wie gewisse andere, nur dem Geld der Eltern!“

„Bitte, nun zankt euch nicht schon wieder“, versuchte Babsy zu vermitteln, „das sind doch olle Kamellen.“

„Angst haben wir ja auch nicht“, sagte Ellen nachdenklich, „jedenfalls nicht in dem Sinne, daß wir fürchten, sie könnte uns beißen. Aber zwischen Mut und Unverschämtheit klafft eben doch eine erhebliche Lücke. Mir kommt es taktlos vor, so direkt zu fragen."

Yvonne warf ihr blondes Haar in den Nacken. „Na, wenn ihr meint, es gehört sich nicht, dann verzichten wir eben. Obwohl ich eigentlich nicht einsehe, warum."

„Ich auch nicht", erklärte Margot rasch. „Frag sie nur, Yvonne, und hör nicht auf Ellens Meckerei. Wir anderen sind dir ja dankbar, daß du dich traust, nicht wahr? Du doch auch, Helga?"

„Ja", gestand Helga ehrlich, „ich möchte es auch wissen, und zwar so schnell wie möglich!"

Die letzte Stunde an diesem Tag war Handarbeit bei der Tochter des Direktors. Keinem der Mädchen entging es, daß sie einen funkelnagelneuen Ring mit einem kleinen Brillanten am Ringfinger der linken Hand trug. Alle warteten gespannt auf den großen Augenblick, da Yvonne fragen würde.

Aber in den ersten zehn Minuten ergab sich keine Gelegenheit, denn Fräulein Pförtner ließ sich des längeren und des breiteren über die katastrophale Unordnung im Handarbeitsschrank aus und versuchte, den Mädchen klarzumachen, daß Ordnung und Sauberkeit die grundlegenden Voraussetzungen für jede gute Handarbeit seien.

Endlich aber mußte sie doch einmal Luft holen, und Yvonne erhob sich langsam und mit Nachdruck.

„Na, was gibt es?" fragte Fräulein Pförtner, da Yvonne beim besten Willen nicht zu übersehen war.

„Ich habe nur eine kleine Frage . . ."

Die anderen Mädchen hielten den Atem an und ließen die Strickereien sinken.

„Kommen Sie mit Ihrem Muster nicht zurecht?"

„O doch, Fräulein Pförtner, es handelt sich um eine private Frage."

„Dann stellen Sie sie mir, bitte, nach dem Unterricht. Ich stehe Ihnen im Konferenzzimmer zur Verfügung."

„Danke, Fräulein Pförtner", erwiderte Yvonne mit bewundernswürdiger Gelassenheit, „aber es handelt sich um eine Frage, die nicht nur mich brennend interessiert." Und rasch, ehe Fräulein Pförtner dazu kam, sie noch einmal zu unterbrechen, fügte sie hinzu: „Stimmt es, daß Sie sich mit Doktor Herbert Jung verlobt haben?"

„Ja", sagte Fräulein Pförtner nur, aber dieses eine kleine Wort schlug wie eine Bombe ein.

„Also doch!" stieß Yvonne hervor.

Fräulein Pförtner tat, als ob sie den Schock, den sie den Mädchen verpaßt hatte, nicht bemerkte. „Ja, Sie dürfen mir gratulieren", erklärte sie lächelnd. „Die offizielle Verlobung wird zwar erst unter dem Weihnachtsbaum stattfinden, aber Doktor Jung wollte nicht mehr so lange warten. So haben wir gestern schon die Ringe getauscht."

„Na dann, herzlichen Glückwunsch", sagte Margot, aber es klang alles andere als begeistert.

Helga war es plötzlich, als wenn der ganze Raum sich erst langsam, dann immer schneller um sie zu drehen begänne.

„Helga, was haben Sie denn?" rief Fräulein Pförtner besorgt.

„Die Luft", brachte Helga mühsam hervor, „es ist so ... so stickig!"

„Machen Sie die Fenster auf!"

Helga fühlte sich links und rechts gepackt und zu einem der geöffneten Fenster geschleppt. Die schneidend kalte

Luft tat ihr gut. Sie atmete tief durch, und die Welt um sie herum kam zum Stillstand.

Aber der wehe, nie zuvor gefühlte Schmerz in ihrer Brust blieb und bohrte sich tiefer und tiefer.

Als Fräulein Pförtner das Klassenzimmer verlassen hatte, sprang Yvonne auf einen der vorderen Tische.

„So leicht wollen wir es Tweedy nicht machen!" rief sie. „Wir werden ihm einen Denkzettel verpassen! Wer ist dafür? Wer ist dagegen?"

„Dem tunken wir's ein", rief Kicki.

„Jawohl, der kann sich auf was gefaßt machen!" stimmte Babsy zu.

„Und wenn ich mir meine Noten verderbe, ich mache mit!" erklärte Ilse.

Rache für Tweedys Verrat!

Die ganze zwölfte Klasse war dafür, Rache an Dr. Herbert Jung zu nehmen. Alle Schülerinnen fühlten sich von ihm an der Nase herumgeführt, auch diejenigen, denen er niemals besondere Aufmerksamkeit geschenkt hatte. Auch sie hatte er durch sein bloßes Auftreten, seine anziehende männliche Erscheinung, seine klugen grauen Augen und die sympathischen Lachfältchen zu Träumen verführt, in die sie sich nicht hineingesteigert haben würden, wenn sie von vornherein gewußt hätten, daß er schon in festen Händen war.

Margot, Hannelore und Helga schien es zwar kindisch, den Ärger über ihre Enttäuschung durch einen Streich abzureagieren, aber keine von ihnen wollte sich gegen die

10 9403-12

Allgemeinheit stellen. Helga, die wohl am tiefsten getroffen war, fühlte sich immer noch ganz verwirrt und erledigt und sehnte sich danach, endlich mit ihren Gedanken allein zu sein. Sie hätte im Augenblick beim besten Willen nicht die Kraft aufgebracht, sich für den geliebten Lehrer einzusetzen.

So kam es, daß Yvonnes Vorschlag einstimmig angenommen wurde. Nur über die Art des Denkzettels, den man Dr. Herbert Jung verpassen wollte, konnte man sich nicht so rasch einigen, und die Sitzung wurde vorerst durch den Gong, der zum Mittagessen rief, unterbrochen.

Aber ohne daß eine bestimmte Verabredung getroffen worden war, fanden sich alle in der Freizeit wieder zusammen, und zwar unter der großen Ulme im Park. Der dicke Stamm des alten Baumes war von einer runden hölzernen Bank umgeben, bei der sie sich schon in den ersten Jahren ihrer Internatszeit zu treffen pflegten, als das Heimweh sie noch geplagt hatte und sie Pläne schmiedeten, wie sie am besten ausreißen könnten. Die Vorliebe für diesen Platz war ihnen seitdem geblieben.

Heute stand die Ulme entlaubt, die Bank war feucht, und der Wind pfiff um den Stamm, so daß die Mädchen sich unwillkürlich zusammenduckten, denn sie froren in ihren Jacken und Anoraks.

Yvonne sah von einer zur anderen. „Puh, wie seht ihr aus! Nun macht gefälligst mal andere Gesichter."

„Wir sind alt geworden, Yvonne", erklärte Helga, und sie empfand es wirklich so; sie fühlte sich wie eine uralte, vom Leben enttäuschte Frau.

„Wahnsinn!" rief Babsy. „Nun zieht bloß kein Drama ab. Es ist bloß lausig kalt hier, das ist alles."

„Dann laßt uns doch ins Gewächshaus flüchten“, schlug Kicki vor.

Damit waren alle einverstanden, und sie trabten mit eingezogenen Köpfen, hochgeschlagenen Jackenkragen und Kapuzen, die Hände tief in die Taschen gebohrt, zur Gärtnerei.

Das Treibhaus war so niedrig, daß die größeren der Mädchen nur gebückt stehen konnten. Dafür aber war es hier drinnen mollig warm, und es roch angenehm nach schwarzer feuchter Erde und nach blühenden Blumen. Sie schoben sich ein paar leere Kisten zurecht und hockten sich in den engen Gang.

Wieder war es Yvonne, die als erste das Wort ergriff. „Meine Damen“, rief sie, „wir sind uns, wie wir heute früh durch Abstimmung festgestellt haben, alle darin einig, daß Dr. Herbert Jung, genannt Tweedy, schändlich und verräterisch an uns gehandelt hat und deshalb Strafe verdient hat. Die Frage ist jetzt nur noch: Was wollen wir ihm antun?“

„Vielleicht“, sagte Kicki und hob eifrig ihren schlanken gelben Finger, als säße sie in der Klasse, „vielleicht könnten wir ihm die Ärmel und Hosenbeine seines Schlafanzuges zusammennähen oder ... oder ihm einen nassen Schwamm ins Bett legen!“ Sie war ganz erstaunt, als die anderen sie auslachten.

„Was gefällt euch denn daran nicht?“ fragte sie. „Das wäre doch eine gute Idee!“

„Nein, Kicki“, sagte Yvonne energisch, „das wäre einfach kindisch.“

„Wir wollen ihn ja demütigen“, erklärte Babsy. „Und mit so einem dummen Streich würden wir höchstens erreichen, daß er uns für alberne Gänse hält.“

„Das hat er wahrscheinlich von Anfang an getan", sagte Helga bitter.

„Dich vielleicht!" platzte Yvonne heraus. „Aber mich bestimmt nicht!"

„Nein, dich nicht!" bestätigte Babsy mit gespielter Bewunderung. „Für dich hat er sich ehrlich interessiert, schöne Yvonne, in dich war er sogar wie verrückt verliebt . . . deshalb hat er sich dann ja auch mit Trudchen verlobt."

Alle lachten. Yvonne bekam einen roten Kopf.

„Kinder, Kinder, seid friedlich", mahnte Ellen, „wenn wir uns jetzt untereinander streiten, können wir unseren Racheplan gleich aufgeben."

„Ellen hat recht", stimmte Margot zu, „überlegt euch, was ihr wollt: euch gegenseitig bekriegen oder gemeinsam auf Tweedy losgehen. Nur Einigkeit macht stark."

„Na schön", sagte Yvonne. „Ich nehme hiermit feierlich zurück, was ich gesagt habe, und behaupte das Gegenteil: Tweedy hat es mit mir genausowenig ernst gemeint wie mit jeder anderen!" Sie warf einen Seitenblick auf Helga. „Jetzt zufrieden?"

Helga war mehr als zufrieden. Sie gestand sich, daß sie selber kaum in der Lage gewesen wäre, ihre Niederlage so rückhaltlos zuzugeben. Aber ehe sie noch etwas sagen konnte, kam Babsy ihr zuvor.

„Na klar!" rief sie. „So genau nehmen wir es ja gar nicht. Aber wenn ich jetzt mal einen Vorschlag machen darf: Wie wäre es, wenn wir seinem Pferd Pfeffer unter den Schwanz streuen würden, so daß es mit ihm durchgeht? Ich meine natürlich, wenn er darauf sitzt."

„Wie willst du denn das bewerkstelligen?" fragte Yvonne.

„So weit habe ich noch gar nicht gedacht“, mußte Babsy zugeben.

„Das mit dem Pferd ist jedenfalls gar nicht schlecht“, erklärte Uschi. „Man müßte es irgendwie erschrecken, so daß es in die Luft geht und er es kaum noch bändigen kann.“

„Wäre das nicht zu gefährlich?“ warf Helga ein. „Wenn er sich nun das Genick bricht?“

„Quatsch“, sagte Yvonne. „Denk mal nach: Wie oft bist du schon vom Pferd gefallen und hast dir niemals was gebrochen!“

„Ist mein Vorschlag also angenommen?“ fragte Babsy hoffnungsvoll.

„Nein, abgelehnt“, erklärte Ellen, „wegen völliger Undurchführbarkeit. Tweedy ist nie allein in der Reitbahn, sondern immer mit Herrn Künzel, dem Reitlehrer, Trudchen, dem Direx und meist noch Doktor Meyr, unserem Physikus, zusammen. Wenn wir also einen Knallfrosch losließen oder so etwas, würden alle Pferde scheuen, nicht nur das arme Vieh, auf dem er sitzt. Wenn wir dem Pferd Pfeffer in den Potsch streuten, würde es unruhig, noch bevor er aufsteigt. Und da er sich, wie wir wissen, sein Pferd immer selber sattelt und aufzäumt, ist es ausgeschlossen, irgend etwas Stechendes unter den Sattel zu praktizieren. Auch wenn es ginge, wäre ich dagegen, denn was kann ‚Sultan‘ dafür, daß wir 'ne Wut auf den Tweedy haben?“

Es wurden noch verschiedene Vorschläge gemacht. Einige waren sehr harmlos und nichts anderes als ganz gewöhnliche Schulstreiche: Tinte auf dem Lehrerstuhl ausschütten oder den Sitz mit Uhu bestreichen, Heftzwekken ausstreuen, einen Wecker aufziehen und im Klassenschrank verstecken und was dergleichen Witze mehr sind. Andere aber wurden schon gefährlicher: die Luft aus den Reifen seines Autos lassen, die Bremsleitung beschädigen, ihm Steine durch die Scheiben ins Zimmer werfen. Aber die Mädchen konnten sich auf nichts einigen.

„Ich glaube, ich glaube", sagte Yvonne endlich und strich sich nachdenklich mit dem Finger über den Rücken ihres hübschen Näschens, „Babsy war vorhin doch auf dem richtigen Wege. Es müßte ihm etwas beim Sport passieren, das wäre das beste. Nur eben mit Pferden geht es nicht."

„Dann eben beim Schwimmen!" rief Babsy.

„Das ist das Ei des Columbus!" Uschi hopste so aufgeregt hoch, daß sie fast mit ihrem Kopf die Scheibe des Treibhauses durchstoßen hätte. „Tweedy schwimmt manchmal abends mutterseelenallein einige Runden, ich habe das schon ein paarmal zufällig beobachtet . . ."

„Wirklich zufällig?" fragte Yvonne sofort. „Oder wolltest du dich nicht vielmehr an seinem behaarten Männerkörper erfreuen?"

„Keine persönlichen Spitzen, Yvonne", mahnte Kicki. Babsy meinte arglos: „Aber er ist doch gar nicht behaart!"

Alle lachten.

„Schwimmbad ist gut", sagte Ellen, „soviel steht fest. Aber was können wir im Bad mit ihm anstellen? Ihn runterschubsen, wenn er auf das Sprungbrett tritt?"

„Nein, nein, zu kompliziert", sagte Yvonne. „Ich weiß etwas viel Einfacheres. Wir müssen ihm auflauern. Wenn er mal wieder einsam seine Runde zieht, stürzen wir uns alle gleichzeitig auf ihn und tunken ihn unter."

„Aber nicht zu lange", mahnte Helga.

„Natürlich nicht, du Dummchen", sagte Yvonne, „wir wollen ihn ja nicht umbringen. Er soll es nur mit der Angst zu tun bekommen und merken, daß er mit uns nicht so umspringen kann."

„Ausgezeichnet", stimmte Ellen zu, „laßt uns darüber abstimmen!"

„Moment mal", wandte Helga ein, „ich weiß nicht, ob das wirklich ganz das Richtige ist! Wäre es nicht besser, wir würden einfach in eine Art ... Sprechstreik ihm gegenüber treten? Uns in seinen Stunden überhaupt nicht mehr melden? Und wenn er uns aufruft, ihn bloß angukken und schweigen?"

Diese Idee fanden alle großartig.

„Das ist goldrichtig, Helga", rief Yvonne, „aber allein ist es nicht wirkungsvoll genug. Ich schlage vor, daß wir beide Methoden koppeln. Wir treten bei Tweedy in den Sprechstreik und tunken ihn bei nächster Gelegenheit unter." Sie blickte Helga aus funkelnden Augen an. „Oder hast du etwa Mitleid mit ihm? Willst du ihn schonen?"

„Nein", behauptete Helga. Sie verstand selbst nicht, warum sie, trotz allem, was geschehen war, Tweedy immer noch schützen wollte.

„Dein Glück", erklärte Yvonne. „Also nun ... wie steht es? Können wir jetzt zur Abstimmung schreiten?"

Alle Mädchen waren für die beiden zur Debatte stehenden Rachefeldzüge.

„Also abgemacht!" rief Yvonne triumphierend. „Tweedy soll sich noch wundern. Die Sitzung ist hiermit geschlossen, das heißt, ihr könnt natürlich hocken bleiben, solange ihr wollt. Ich habe noch etwas zu erledigen."

Helga hatte das bestimmte Gefühl, daß Yvonne im Begriff stand, eine große Dummheit zu machen. Wäre sie noch so befreundet mit ihr gewesen wie früher, ehe die Rivalität um die Gunst des Lehrers sie auseinandergebracht hatte, wäre sie ihr sicher nachgelaufen. Sie hätte sie mit Fragen bestürmt und sie gegebenenfalls gewarnt. So aber unterließ sie es. Sie fühlte sich nicht mehr für die ehemalige Freundin verantwortlich.

Yvonne aber rannte durch den Park zum Schloß zurück und lief die breite steinerne Treppe hinauf durch den Wohnraum und in ihr Zimmer. Rücklings auf dem Bett liegend verfaßte sie einen langen Brief an ihren Vetter Hans.

Hans Mayr war ein gutaussehender junger Mann, der – und das war das Wichtigste für Yvonne – sie seit Jahren heiß verehrte. Zwar war er nicht gerade eine geistige Leuchte – obwohl er schon zwanzig Jahre alt war, sah es nicht so aus, als ob er in absehbarer Zeit das Abitur schaffen würde –, aber seine Eltern waren reich, so daß seine Schulleistungen keine große Rolle spielten. Später würde er doch die väterliche Firma übernehmen und, falls er nicht ausgesprochenes Pech hatte, bis ans Ende seiner Tage gesichert sein.

Aber daran dachte Yvonne jetzt gar nicht, sondern nur daran, daß er immerhin in greifbarer Nähe, nämlich im Schullandheim Marquartstein war. Er würde auf einen Wink von ihr zu jeder Dummheit bereit sein. Außerdem fuhr er ein schickes, knallrotes Sportauto, so daß man ihn wirklich nicht als einen gewöhnlichen Schuljungen einstufen konnte.

Bei jedem zärtlichen Wort, das sie zu Papier brachte, mußte sie vor sich hinlächeln. Sie stellte sich vor, was Hans für ein Gesicht machen würde, wenn er diesen Erguß las. Er war nicht an Liebeserklärungen von ihr gewöhnt.

Gleichzeitig aber hatte Yvonne auch das Gefühl –

obwohl sie mit dem Verstand wußte, daß sie sich nur selber etwas vormachte –, Tweedy dadurch zu kränken und zu verletzen. Und so bereitete ihr dieses Schreiben, das ihr bestimmt nicht aus dem Herzen kam, dennoch in doppelter Hinsicht Genugtuung.

„Plan eins"

Noch am gleichen Abend trat der „Plan eins", wie die Mädchen der zwölften Klasse ihr Vorhaben nannten, in Kraft. Sie wollten Dr. Jung im Schwimmbad überfallen. Als sie zu Bett gingen, zogen sie ihre Badeanzüge an, um auf das verabredete Signal hin sofort bereit zu sein.

Kicki, die von ihrem Zimmer aus den besten Blick auf die Schwimmhalle hatte, übernahm die Wache, sobald Fräulein von Zirpitz, die ältliche Erzieherin, den letzten Rundgang gemacht hatte. Kicki hockte sich auf die Fensterbank und starrte in den nächtlichen Park hinaus. Aber Tweedy ließ sich nicht blicken, und als um zwölf Uhr die Laternen ausgingen, gab sie auf und kletterte in ihr Bett.

Am nächsten Tag war Kickis Zimmergenossin Uschi an der Reihe und übernahm den Wachposten, nachdem sie den anderen hoch und heilig versprochen hatte, ihre Brille aufzusetzen. Sie sah Tweedy, wie er Seite an Seite mit Trudchen das Schloß verließ und im Park verschwand. Aber die Schwimmhalle blieb dunkel, und Uschi schloß daraus, daß die beiden Verlobten sich nur zu einem nächtlichen Spaziergang getroffen hatten.

Sie schlug keinen Alarm, berichtete ihre Beobachtung

aber am nächten Tag den anderen und steigerte damit noch den allgemeinen Zorn auf den ehemals umschwärmten Lehrer.

Am Abend darauf bezog wieder Kicki den Wachposten. Es war noch nicht zehn Uhr, da entdeckte sie Tweedy, der eine dicke Rolle unter dem Arm trug. Sie nahm an, daß es sich dabei um ein Badetuch handelte, und rief leise: „Uschi, ich glaube, heute klappt's!"

„Was?" fragte Uschi dumm. Sie war schon im Einschlafen.

„Frag nicht so blöd, sondern lauf! Sag den anderen Bescheid. Sie sollen sich bereithalten."

Uschi gähnte. „Wegen Tweedy?"

„Weshalb denn sonst? Laß dich nicht länger bitten, sondern hau endlich ab!"

Uschi trat hinter Kicki und wollte über ihre Schulter sehen, aber Kicki gab ihr einen Stoß und sagte: „Später, wenn du die Meldung weitergegeben hast!"

Aber als Uschi dann zurückkam, war es schon soweit: In dem großen geheizten Schwimmbad, das durch eine mächtige Kuppel aus Plexiglas geschützt war, strahlte Licht auf.

Kicki rutschte von der Fensterbank, griff nach ihren Schuhen und dem bereitgelegten Bademantel. Sie zischte Uschi zu: „Plan eins läuft! Nimm du die linken Zimmer vor, ich übernehme die rechten!"

Fast gleichzeitig schossen beide Mädchen aus der Tür, und wenige Sekunden später huschten die Schülerinnen der zwölften Klasse lautlos wie die Schatten die Treppe hinunter.

Ellen schob rasch den Riegel der großen Pforte zurück und öffnete sie behutsam. Yvonne hatte das Ungetüm vorsichtshalber schon bei Tage ölen lassen, damit es nicht quietschte oder krachte. Ellen wartete ab, bis die letzte ihrer Mitschülerinnen im Freien war, und lehnte die Pforte dann wieder an. Dann schoß sie hinter den anderen her. Sie war eine gute Läuferin und hatte bald wieder die Spitze des nächtlichen Zuges erreicht.

Babsy öffnete die gläserne Tür. Die Mädchen traten in den Vorraum mit den Umkleidekabinen, schlüpften aus ihren Schuhen und warfen die Bademäntel ab. Yvonne fand den Hauptschalter und drehte das Licht aus.

„Nanu?" ertönte eine männliche Stimme aus dem Schwimmbecken. „Was ist denn jetzt los?"

Sekunden später bekam Tweedy die Antwort auf diese Frage. Neun Mädchen sprangen gleichzeitig, im Hechtsprung oder Füße voraus, in das Schwimmbecken. Es war zu dunkel, als daß er etwas hätte erkennen können. Er hörte nur das Aufklatschen der Körper auf der Wasseroberfläche, das Spritzen und Planschen. Er kraulte zum Rand.

Aber ehe er ihn noch erreicht hatte, waren sie schon über ihm. Er fühlte feste, zupackende Hände auf seinen Schultern, die ihn unter Wasser drücken wollten. Er wehrte sich nach Kräften, rief: „Laßt den Unsinn! Was soll denn das? Jetzt ist es aber genug!" Er versuchte sogar zu lachen und glaubte, leicht mit seinen Angreiferinnen fertig werden zu können.

Da wurde er an den Füßen gepackt und wie mit Bleigewichten nach unten gezogen, und jetzt, ganz plötzlich, überfiel ihn eine geradezu panische Angst. Dieser Kampf im Dunkeln gegen gesichtslose Wesen, die er nur als Schatten erkennen konnte, hatte etwas Unheimliches an sich. Er fühlte ihre glatten Leiber, die unbarmherzig zufassenden Hände mit den spitzen Nägeln und ihre furchtbare Entschlossenheit.

Er schrie gellend auf.

Sie zogen ihn in die Tiefe und hielten ihn fest, bis sein Widerstand schwächer und schwächer wurde und er sich endlich nur noch mechanisch und kraftlos zur Wehr setzte.

„Genug!“ rief Helga. „Um Himmels willen, laßt ihn los!“ Sie riß Yvonne an den Haaren zurück und packte Ellen beim Nacken. Die anderen hatten inzwischen Angst vor ihrer eigenen Kühnheit bekommen und gaben den Lehrer von sich aus frei.

„Los, ab!“ schrie Yvonne.

Alle schwammen in Richtung auf die kleine Leiter an der Längsseite des Beckens los und kletterten, eine nach der anderen, hinauf. Nur Helga blieb noch und vergewisserte sich, daß Tweedy, japsend und nach Luft schnappend, wieder hochkam. Dann erst schoß sie den anderen nach.

Im Dunkeln griffen die Mädchen nach ihren Bademänteln, rissen sie sich gegenseitig aus den Händen, suchten nach ihren Schuhen. Sie hörten eilige Schritte, die sich der Schwimmhalle näherten, und hatten gerade noch Zeit, ins Freie zu stürzen. Schon sauste Trudchen – sie erkannten sie nur an ihrer schlanken Figur und ihrer sportlichen Art zu laufen – an ihnen vorbei und auf die Schwimmhalle zu. Dann flammten drinnen die Lichter wieder auf.

„Donnerwetter“, sagte Yvonne unterdrückt, „da haben wir gerade noch Glück gehabt!“

„Ich habe meine Schuhe nicht mit!“ flüsterte Kicki.

„Und ich habe meinen Bademantel nicht gefunden“, jammerte Ellen vor sich hin.

„Ich hol sie euch!“ erbot sich Helga.

„Bist du wahnsinnig?“ wisperte Babsy.

Aber Helga war schon zurückgerannt. Sie fand im Vorraum mit Leichtigkeit zwei verlassene Schuhe, die zwar nicht zum gleichen Paar gehörten, und Ellens Bademantel, packte alles und lief damit den anderen nach.

„Das werde ich dir nie vergessen“, sagte Ellen, „das war eine richtige Heldentat.“

„Ach was“, wehrte Helga ab, „nur eine Sache der Berechnung. Ich wußte ja, daß Trudchen sich vorerst nur um Tweedy kümmern und keinen Blick für irgend etwas anderes haben würde!“

Ellen hängte sich im Laufen ihren Bademantel über die Schultern, aber Kicki nahm sich nicht die Zeit, Schuhe anzuziehen. Alle liefen, so schnell sie konnten, zum Schloß zurück. Sie hatten nur den einen Wunsch: ungesehen in ihre Betten zu kommen.

In der Schwimmhalle saß Dr. Herbert Jung auf dem Beckenrand, und Gertrud Pförtner, seine Verlobte, trocknete ihn mit seinem Handtuch den Rücken ab.

„Mein Gott!“ rief sie ein über das andere Mal. „Diese furchtbaren Mädchen. Du hättest ertrinken können!“

„Aber ich lebe ja noch!“

„Nur weil ich dazugekommen bin!“

„Nein, Trudchen, nun übertreib nicht. Sie haben mich losgelassen, lange ehe du kamst.“

„Wahrscheinlich haben sie einen Posten aufgestellt, der sie rechtzeitig gewarnt hat“, sagte sie erbittert.

„Das glaube ich nicht! Ich habe gehört . . .“ Er stockte, denn er erinnerte sich, daß es Helga gewesen war, die gerufen hatte.

Gertrud Pförtner nahm den Kopf ihres Verlobten in beide Hände und drehte ihn so, daß er ihr in die Augen sehen mußte. „Was hast du gehört?“ fragte sie eindringlich.

„Nichts“, behauptete er, und da er selber merkte, daß das nicht gerade glaubhaft klang, verbesserte er sich: „Oder doch, jetzt erinnere ich mich. Ich habe gehört, wie eines der Mädchen gerufen hat: Laßt ihn los!“ Er befreite mit einem Ruck seinen Kopf aus ihrer Umklammerung, nahm ihr das Badetuch aus der Hand und begann sich das klatschnasse Haar zu rubbeln.

„Ja und?“ fragte sie. „Was soll das beweisen?“

„Verstehst du denn nicht?“ rief er ungeduldig. „Sie wollten mir nichts zuleide tun, sie wollten mich nur erschrecken, und sie haben von sich aus aufgehört. Wenn sie vor dir geflohen wären, dann hätten sie doch rufen müssen: Achtung, da kommt jemand! Oder etwas Ähnliches.“

„Du scheinst dich sehr genau auszukennen“, sagte sie und richtete sich auf.

„Na, es ist ja noch nicht allzulange her, daß ich selber jung gewesen bin und dumme Streiche ausgeheckt habe“, sagte er und grinste sie versöhnlich an.

„Ich finde das gar nicht komisch“, sagte sie.

„Na ja, aber auch nicht tragisch. Laß es gut sein, Trudchen, es ist ja nichts passiert.“

„So einfach“, sagte sie und sah auf ihn herab, „wollen wir uns die Sache denn doch nicht machen. Wer war es?“

Er zuckte die breiten Schultern. „Woher soll ich das wissen? Es war ja nahezu stockdunkel hier drinnen. Ich konnte die Gesichter nicht sehen.“

„Schön, das nehme ich dir sogar ab. Aber du hast doch Stimmen gehört. Zumindest eine Stimme. Du müßtest sie eigentlich erkannt haben.“

„Aber wieso denn?“ widersprach er heftig. „Diese Mädchenstimmen klingen ja alle gleich!“

„Das kann ich durchaus nicht finden“, entgegnete sie sehr bestimmt. „Manche sind hell, manche dunkel, einige heiser, andere ganz klar, melodisch oder schrill . . .“

„Du ziehst nicht in Betracht, daß die Stimmen hier hallen und schon allein dadurch verändert klingen.“ Er legte die Hände vor den Mund und rief: „Hallo!“ Dann sah er sie triumphierend an. „Hörst du, was ich meine?“

„Ja, deine Stimme hat gehallt“, sagte sie, „und trotzdem war es deine Stimme. Ich hätte sie unter Hunderten herausgehört.“

„Auch, wenn du mit dem Kopf unter Wasser gesteckt hättest? So war nämlich die Situation, als sie sich etwas zuriefen.“

Sie gab nicht auf. „Aber du hast doch verstehen können, was sie sagten. Du bist dir dessen sogar auffallend sicher. Wenn du dich ein bißchen anstrengen würdest . . .“

Er fiel ihr ins Wort. „Warum, Trudchen? Warum sollte ich das?“

„Damit die Übeltäterinnen bestraft werden können.“

„Und was würde das nutzen? Es ist schon genug Unheil angerichtet worden.“

„Das stimmt“, erwiderte sie scharf, „und hat genug Unheil angestiftet, Herbert. Hättest du dich nicht auch noch privat um deine Schülerinnen gekümmert, würden sie sich nicht in eine solche Schwärmerei für dich hineingesteigert haben und wären nie auf den Gedanken gekommen, dir einen üblen Streich zu spielen.“

Er stand auf. „Na schön, also bin ich schuld“, sagte er friedfertig. „Ich gebe es unumwunden zu. Damit wäre der Sündenbock also gefunden. Können wir es jetzt nicht gut

sein lassen?"
„Ich nicht", sagte sie hart. „Ich bin es meinem Vater schuldig, die Disziplin in diesem Internat zu wahren." Sie wandte sich zum Gehen und fragte, schon in der Türe zum Vorraum, über die Schulter zurück: „Ich hoffe, du kommst jetzt allein zurecht?"
„Wo willst du hin, Trudchen?"
„Da du nicht bereit bist, mich zu unterstützen, sehe ich auch keinen Anlaß, dich einzuweihen", entgegnete sie mit ausdrucksloser Stimme und verschwand.
Er seufzte schwer, als er sich am Beckenrand auf die Füße schwang.

Gertrud Pförtner war nicht dumm. Das Gespräch mit ihrem Verlobten hatte sie auf die richtige Spur gebracht. Geschwärmt für den jungen Lehrer hatten alle Schülerinnen des Internats ein bißchen, ganz besonders stark aber war die Seuche in der zwölften Klasse ausgebrochen. Diese Mädchen hatten auch mit deutlichem Mißfallen auf die Erklärung seiner Verlobung reagiert. Sie erinnerte sich sehr gut an die Stunde, in der Yvonne danach gefragt hatte und Helga fast ohnmächtig geworden war. Ja, den Schülerinnen der zwölften Klasse traute sie einen so unverschämten Streich am ehesten zu. Entschlossen machte sie sich auf den Weg zum Schloß, um entsprechende Nachforschungen anzustellen.
Sie knipste kein Licht an, als sie den Wohnraum der Mädchen betrat, sondern ließ nur ihre Taschenlampe aufleuchten und den Schein über den Boden und die Möbel gleiten. Aber nichts Verdächtiges war zu sehen.
Auf den leisen Sohlen ihrer Turnschuhe betrat sie eines der Schlafzimmer nach dem anderen. Die Mädchen hatten

sich tief in ihre Betten gewühlt und die Bettdecke über die Ohren gezogen. Daran war nichts Ungewöhnliches.

Gertrud Pförtner blieb ganz still stehen, aber es war nichts zu hören als das gleichmäßige Atmen und das rasselnde Schnarchen der Schläferinnen.

Sie schlich weiter, aber in welches Zimmer sie auch schaute, sie bekam nicht einmal eine Nasenspitze zu sehen.

Gerade das bestärkte noch ihren Verdacht. Vielleicht verstellten sich die Mädchen? Vielleicht taten sie nur, als ob sie schliefen? Und hatten sich die Decken über die Köpfe gezogen, weil ihr Haar naß war?

Trudchen entschloß sich, eine Probe aufs Exempel zu machen. Bei Babsys Bett angekommen, zog sie dem Negermädchen ganz sanft die Decke fort und faßte in das schwarze Haar. Zu ihrer maßlosen Enttäuschung war es trocken. Sie konnte ja nicht ahnen, daß gerade Babsy eine besonders fest anliegende Badekappe hatte.

Babsy schlug die Wimpern auf und rollte die runden Augen. „Ist schon Zeit zum Aufstehen?“ murmelte sie und gab die sehr gelungene Vorstellung eines verwirrten und schlaftrunkenen Menschen.

„Nein, nein“, sagte Fräulein Pförtner und ließ den Lichtkegel ihrer Taschenlampe zur Seite gleiten, „es ist nichts . . . ich wollte nur mal nachsehen . . . schlafen Sie ruhig weiter!“

„Gute Nacht“, murmelte Babsy und rollte sich zur Seite.

Trudchen verließ das Zimmer, aber sie gab noch nicht auf. Auch ohne jeden Beweis war sie überzeugt von der Schuld der Mädchen. Es lag so etwas in der Luft, ein Geruch nach Feuchtigkeit und Chlor – sie spürte ihn noch deutlich, so sehr konnte sie sich nicht täuschen.

Wenn die Schülerinnen der zwölften Klasse die Übeltäterinnen waren, wo hatten sie dann ihre Badeanzüge gelassen? Die junge Lehrerin inspizierte den bunt gekachelten Waschraum. Aber hier war alles wie immer, kein nasser Badeanzug war weit und breit zu sehen. Aber auch – und das fiel ihr ganz plötzlich auf – kein einziger Bademantel.

Die Bademäntel hingen sonst im Waschraum oder an den Türen der einzelnen Schlafzimmer. Aber heute nacht waren sie alle verschwunden. Warum? Dafür gab es nur eine einzige Erklärung: weil sie feucht waren.

Trudchen Pförtner machte noch einmal die Runde. Sie begann im Zimmer von Kicki und Uschi, öffnete leise die Schränke, griff hinein, schnupperte – nein, sie war nicht auf der richtigen Spur.

Sie bückte sich, ließ den Schein ihrer Taschenlampe unter die Betten gleiten. Dort lag etwas! Sie ließ sich auf die Knie nieder, streckte sich bäuchlings aus und angelte die beiden Bündel hervor.

Sie enthielten das gleiche: je eine Badehaube, einen nassen Badeanzug und einen feuchten Bademantel.

Das war der Beweis, nach dem sie gesucht hatte! Aber was sollte sie tun? Am liebsten hätte sie die Mädchen an Ort und Stelle einem Verhör unterzogen. Doch nach einigem Überlegen verzichtete sie darauf. Diese Mädchen konnten so unverschämt frech werden, daß man nicht gegen sie ankam, sie jedenfalls nicht. Sie war sich bewußt, daß sie viel zu erregt war, um überlegen zu sein. Die Angst um ihren Verlobten, der Zorn über sein verbocktes Schweigen und die Empörung über das Verhalten der Schülerinnen hatten sie so sehr mitgenommen, daß sie beim geringsten Anlaß in Tränen ausgebrochen wäre.

Bestimmt hatten auch die anderen Schülerinnen ihr

nasses Badezeug unter den Betten versteckt. Sollte sie es herausholen?

Nein, das Vergnügen wollte sie ihnen nicht machen. Sie wußte ja jetzt genau Bescheid, das war für sie jedenfalls die Hauptsache.

Sie ließ Kicki und Uschis Badesachen auf den Boden fallen. Die Mädchen sollten ruhig merken, daß sie ihnen auf die Schliche gekommen war. Dann verließ sie den Wohntrakt der zwölften Klasse, lief in ihre eigene Wohnung hinüber und klopfte an das Schlafzimmer ihres Vaters.

„Ja?" ertönte die tiefe Stimme des Direktors von innen.

„Bist du noch wach?" fragte sie und öffnete die Tür einen Spaltbreit.

„Wenn nicht, wäre ich es jetzt geworden", erwiderte er. Er saß aufrecht im Bett, im Rücken ein paar Kissen, und las in einem schweren, ledergebundenen Buch. Auch jetzt noch, in seinem gestreiften Schlafanzug, wirkte er würdevoll und respekteinflößend.

„Entschuldige, bitte, daß ich dich gestört habe", sagte sie, „aber es ist etwas Ungeheuerliches passiert . . ."

Heimfahrt oder nicht?

Am nächsten Morgen entlud sich das Donnerwetter über den Schülerinnen der zwölften Klasse. Aber es beeindruckte sie nicht, denn sie hatten damit gerechnet. Natürlich hatten sie schon in der Nacht Fräulein Pförtners Inspektion mitbekommen, und das Badezeug von Uschi und Kicki, das mitten im Zimmer auf dem Fußboden lag, verriet deutlich genug, daß sie erwischt worden waren. Sie hatten sich sämtliche Antworten auf alle nur möglichen Fragen sorgfältig zurechtgelegt, doch sie sollten keine Gelegenheit bekommen, sie an den Mann zu bringen.

Direktor Pförtner, der in der ersten Schulstunde in der Klasse vor sie hintrat, hielt ihnen einen donnernden Vortrag, in dem sehr oft die Rede von „geistiger Unreife" und „sträflichem Übermut" war. Aber er nahm sich weder die Mühe, seine Anklage zu beweisen, noch gab er den Mädchen Gelegenheit, sich zu verteidigen oder irgendwelche Erklärungen abzugeben.

Nur ganz zum Schluß sagte er: „Wenn eine von den Damen sich für nichtschuldig im Sinne der Anklage halten sollte, so bitte ich sie, mir das ganz offen zu sagen!"

Er sah sich erwartungsvoll um, aber die einzige Antwort, die er bekam, war Schweigen.

„Also niemand", konstatierte er, „genauso, wie ich es mir gedacht habe. Ich nehme an, Sie sehen ein, daß Sie Strafe verdient haben, meine Damen. Hier ist sie: Das nächste Heimfahrt-Wochenende wird für sämtliche Schülerinnen der zwölften Klasse gestrichen!"

Ellen fuhr hoch. „Aber ... meine Mutter hat Geburtstag!"

„Keine Sonderregelungen", erklärte er ungerührt. „Ihre Mutter wird den Geburtstag ohne Sie feiern müssen. Vielleicht bringt Sie das dahin, in Zukunft die Folgen Ihrer Handlungen im vorhinein zu bedenken. Guten Morgen, meine Damen!" Und er verließ das Klassenzimmer.

Unter den Schülerinnen brach ein Sturm der Entrüstung los.

„Aber, aber", sagte Dr. Meyr, der in das Geschrei hineinplatzte. „Wie wäre es, wenn wir zwischendurch doch auch wieder mal ans Lernen denken würden?" Er klopfte mit dem Lineal auf den Lehrertisch, bis Ruhe eintrat. „Alles, was Ihnen passiert ist, haben Sie sich selber zuzuschreiben", erklärte er. „Wieviel Schwierigkeiten wären Ihnen erspart geblieben, wenn Sie sich in mich verliebt hätten anstatt in unseren Mister Bodybuilding!" Er strich sich schmunzelnd über die spiegelnde Glatze. „Ich bin nach wie vor Junggeselle und hätte mich dankbar für Ihre Verehrung erwiesen."

Einige lachten, die Spannung war gebrochen, und das war gerade das, was Dr. Meyr beabsichtigt hatte.

Aber schon in der nächsten Pause legten die Mädchen wieder los. Alle waren sie einhellig der Meinung, daß Tweedy sie angeschwärzt hatte, denn wie hätte Trudchen sonst so zielbewußt ihre Untersuchungen auf die Räume der zwölften Klasse beschränken können?

„Er ist ein Schuft", sagte Yvonne mit abgrundtiefer Verachtung, „ein ganz gemeiner Schuft. Er ist es nicht wert, daß wir auch nur den Schatten eines Gefühls an ihn verschwenden."

„Ich hätte ihm das auch nicht zugetraut", bekannte Helga leise.

„Ihr beide habt doch gut lachen!" rief Ellen. „Ihr hättet ja sowieso nicht nach Hause fahren dürfen!"

Das stimmte. Helga und Yvonne hatten den Heimfahrtssonntag gestrichen bekommen. Sie waren erwischt worden, wie sie sich Tweedys wegen prügelten, noch bevor die Nachricht von seiner Verlobung die Runde gemacht hatte. Yvonne war die Herausfordernde gewesen, aber das hatte Helga nichts genützt. Ja, sie hatte sich nicht einmal zu entschuldigen versucht, weil das den Ehrbegriffen der Internatsschülerinnen widersprochen hätte. Da man aber nicht zweimal auf den gleichen Heimfahrtssonntag verzichten konnte, waren sie diesmal also ohne Strafe davongekommen.

„Das ändert nichts an Tweedys hinterhältigem Charakter!“ erklärte Yvonne.

„Der soll sich wundern!“ rief Babsy. „Ab sofort tritt Plan zwei in Kraft, und zwar in voller Schärfe!“

In der vorletzten Stunde war Deutschunterricht bei Dr. Herbert Jung. Grüßend wie immer betrat er die Klasse, stutzte und wurde sich erst Sekunden später bewußt, daß die Mädchen nicht wie sonst seinen Gruß zurückgegeben hatten. Sie saßen alle sehr gerade und stumm da und sahen ihn nur an. Er überlegte, ob er sie zur Rede stellen sollte, aber der geeignete Moment war schon verpaßt. So schien es ihm besser, so zu tun, als hätte er ihre Unhöflichkeit gar nicht bemerkt.

Er schlug Goethes ‚Faust‘ 1. Teil auf, mit dem sich die Klasse gerade befaßte, und begann in kurzen Zügen zu wiederholen, was er in der letzten Stunde mit seinen Schülerinnen besprochen hatte. Er versuchte, ihr Interesse zu wecken, aber sie reagierten nicht, sondern blickten ihn nur groß aus ausdruckslosen, nachdenklichen oder spöttischen Augen an. Er machte einen Witz, der ihm selber ziemlich komisch vorkam, aber statt Gelächter erntete er nur eisiges Schweigen.

Jetzt entschloß er sich zum direkten Angriff. „Wir haben gesehen, daß Goethes ‚Faust‘ zwar weit über den Rahmen eines Volksstückes hinausgeht, ja ihn geradezu sprengt“, sagte er, „daß aber dennoch Anklänge an das alte Puppenspiel, den ‚Doktor Faustus‘ unverkennbar vorhanden sind. Nennen Sie mir, bitte, eines dieser volkstumhaften Elemente ...“ Sein Blick glitt über die Mädchenköpfe, bevor er sich entschied. „Helga!“

Helga sah ihn an und sagte kein Wort.

„Sie wissen es nicht? Das enttäuscht mich. Sie sind also doch nicht so intelligent, wie ich geglaubt hatte.“ Er tat so, als ob er eine Bemerkung in sein Notizbuch machte.

Dann sah er auf. „Yvonne!“

Auch sie hielt seinem Blick stand, ohne mit der Wimper zu zucken.

„Das ist doch eine einfache Frage! Fällt Ihnen etwa auch nichts dazu ein?“

Yvonne preßte die Lippen zusammen.

Dr. Jung wandte sich an die semmelblonde, sommersprossige Ilse, die wegen ihrer Streberei bei den anderen wenig beliebt war und bei allen gemeinsamen Unternehmungen, wenn überhaupt, nur am Rande mitlief. Er wiederholte seine Frage, und die Klasse hielt den Atem an vor Spannung. Würde Ilse es fertigbringen, durchzuhalten?

Sie schaffte es, wenn auch mit sichtlicher Überwindung. Sie kriegte einen roten Kopf vor Anstrengung und sagte keinen Pieps.

Danach gab es Tweedy auf. Er beschränkte sich darauf, selber zu reden und vorzulesen und verzichtete auf die aktive Mitarbeit seiner Schülerinnen.

So ging es auch in den nächsten Stunden weiter. Was Dr. Herbert Jung auch immer versuchte, um das Eis zu brechen, die Schülerinnen der zwölften Klasse hatten auf stur geschaltet.

Ein paar Tage später erwischte er zufällig Helga allein im Park. Sie kam aus der Gärtnerei, wo sie einen Strauß

Winterastern für das Wohnzimmer geholt hatte. Sie wollte flüchten, aber er war schneller und vertrat ihr den Weg.

Der Blick seiner klugen grauen Augen ging ihr durch und durch.

„Ich darf nicht mit Ihnen reden“, sagte sie und wollte an ihm vorbei.

Er packte sie am Arm. „Helga!“

„Bitte, lassen Sie mich los! Wenn uns jemand zusammen sieht . . .“

„Aber warum? Was ist los mit euch? Was habe ich euch getan?“

„Sie haben uns verpetzt!“

„Das ist nicht wahr! Es stimmt, ich wußte, daß ihr es wart, aber ich habe kein Wort darüber verlauten lassen.“

„Die anderen glauben es aber.“

„Können Sie ihnen nicht klarmachen . . .?“

„Nein. Da müssen Sie sich schon selber etwas einfallen lassen!“ Helga riß sich los und rannte durch die aufstiebenden Herbstblätter davon.

Dr. Herbert Jung aber ging geradewegs zu Direktor Pförtner, schilderte ihm die Situation und bat ihn, den Mädchen die Strafe zu erlassen, weil er sonst keine Chance hätte, ihr Vertrauen zurückzugewinnen.

Noch am gleichen Abend verkündete Fräulein von Zirpitz den in ihrem Wohnzimmer versammelten Mädchen, daß das Verbot der Wochenend-Heimfahrt aufgehoben sei. Sie erntete nicht den stürmischen Beifall, den sie erwartet hatte. Die Schülerinnen hielten diesen Umschwung nicht für einen Gnadenerweis, sondern für eine Einsparungsmaßnahme des Internats. Außerdem hatten die meisten schon nach Hause geschrieben, daß sie nicht kommen würden. Die Eltern wußten also von der Strafe.

Nur Yvonne jubelte los – aber auch erst dann, als die Erzieherin sich zurückgezogen hatte. „Kinder, wißt ihr, was das bedeutet?“ schrie sie. „Ein geschenktes Wochenende! Meine Eltern rechnen nicht mehr damit, daß ich komme, also bin ich frei . . . endlich einmal richtig frei!“

„Und was willst du mit deiner Freiheit anfangen?“ fragte Babsy ziemlich skeptisch.

„Das werde ich euch gerade auf die Nase binden!“

Aber natürlich waren die Freundinnen klug genug, um sich denken zu können, was Yvonne im Schilde führte.

„Du willst dich mit einem Jungen verabreden“, sagte Babsy, „das solltest du nicht tun!“

Yvonne machte sich nicht die Mühe zu leugnen. „Und warum nicht, wenn ich fragen darf?“

„Weil das ein bodenloser Leichtsinn wäre“, erklärte Ellen. „Wir sind bestimmt nicht prüde . . .“

Yvonne lachte wie ein Kobold. „Seid ihr nicht? Das kommt mir aber doch so vor!“

„Nein“, widersprach Helga mit Nachdruck. „Wenn du ehrlich verliebt wärst, wenn es jemanden gäbe, der für dich alles bedeutete, dann könnten wir dich gut verstehen! Aber so! In Erotik machen, bloß weil die Gelegenheit günstig ist, das kommt mir geradezu idiotisch vor.“

„Ach, hör auf mit deinen Moralpauken! Du bist doch einfach neidisch!“

„Auf deinen Vetter Hans?“ sagte Helga spöttisch.

„Wie kommst du auf den?“ Yvonne tat ahnungslos.

„Weil er dein Verehrer vom Dienst ist. Höchst einfach.“

„Vielleicht habe ich noch ganz andere Freunde in petto“, erklärte Yvonne von oben herab, „du kennst mich sehr schwach, meine Liebe!“ Sie holte sich ihr Briefpapier aus ihrem Fach und zog sich ins Schlafzimmer zurück.

Auch die anderen Mädchen machten sich ans Briefeschreiben; sie mußten ihre Eltern ja benachrichtigen, daß sie am nächsten Wochenende nun doch kommen würden.

„Ich mache mir Sorgen um Yvonne“, sagte Babsy.

„Ach, Unsinn“, meinte Hannelore, „früher oder später ist es bei jeder soweit. Laßt ihr das Vergnügen.“

„Ob man nicht doch ihren Eltern einen Wink geben sollte?“ fragte Babsy. „Was sagst du, Helga?“

„Nein, das würde ich nicht für richtig halten. Das wäre eine Petzerei. Wenn du Yvonne zur Vernunft bringen willst, dann kannst du höchstens mit ihr selber sprechen. Aber auf meinen Beistand mußt du verzichten. Ich kenne Yvonne, und ich weiß, daß es zwecklos wäre.“

„Du bist ihr jetzt nicht grün“, sagte Babsy, „das kann ich verstehen. Aber ich finde, wir sollten sie nicht einfach in ihr Unglück rennen lassen. Ich werde mit ihr sprechen.“

„Ich komme mit!“ erklärte Ellen. „Es wäre doch gelacht, wenn wir sie nicht zur Einsicht bringen würden.“

Sie folgten Yvonne ins Schlafzimmer.

Helga seufzte, nicht so sehr über Yvonne wie über die ganze verfahrene Situation. „Den Weg könnt ihr euch sparen.“

Auf Kriegsfuß mit der Mathematik

Helga sollte recht behalten. Erstens ließ Yvonne sich, obwohl einige der Freundinnen es ihr auszureden versuchten, nicht von ihrem Vorhaben abbringen, und zweitens war es tatsächlich der gutaussehende Hans Mayr – mit dem

Physiklehrer gleichklingenden Namens weder verwandt noch verschwägert –, der sie am Samstag mittag mit seinem schicken kleinen Sportwagen abholte. Alle konnten es sehen, wie Yvonne in einem schicken blauen Hosenanzug der neuesten Mode auf ihn zuflog, ihn zärtlich küßte und in sein Auto stieg.

„Also doch", sagte Helga.

„Ich habe ein schlechtes Gefühl dabei", meinte Babsy düster.

„Ach was! Wahrscheinlich ist das Ganze nichts weiter als eine ihrer beliebten Theateraufführungen", behauptete Ellen. „Sie will sich wichtig machen und uns imponieren. Höchstwahrscheinlich läßt sie sich von ihm schnurstracks nach Hause fahren wie sonst auch immer."

Die anderen teilten mehr oder weniger diese Ansicht. Dennoch bestürmten alle am Sonntagabend, nach ihrer Rückkehr, Yvonne mit neugierigen Fragen. „Wie war es?" – „Was hast du erlebt?" – „Wo seid ihr gewesen?"

Aber Yvonne reagierte patzig. „Schön war es, lustig war es, erhebend war es", behauptete sie, „und wenn ihr Einzelheiten wissen wollt, dann kauft euch ein Aufklärungsbuch!"

Mehr war aus ihr nicht herauszubekommen, und die anderen schlossen daraus, daß gar nichts passiert sei.

Denn es sah Yvonne, die aus einem Nichts eine Räuberpistole machen konnte, sehr wenig ähnlich, nichts zu erzählen, wenn sie wirklich einmal etwas erlebt hatte.

Aber alle Mutmaßungen über Yvonnes Abenteuer rückten in den Hintergrund, als der graue Schulalltag wieder begann. Die Mädchen hatten jetzt sehr viel zu tun. Das nächste Mal, wenn sie heimfahren durften, würden die

Weihnachtsferien beginnen. Bis dahin mußte noch gehandarbeitet, gebastelt und gewerkt werden, damit die Geschenke rechtzeitig fertig würden. Die Schülerinnen von Hohenwartau wurden von kleinauf dazu angehalten, Geschenke selber herzustellen. Denn da die meisten von ihnen reiche und verwöhnte Mädchen waren, bedeutete es weder für sie selber noch für ihre Eltern etwas, wenn sie einfach hingingen und Einkäufe machten.

Helga mußte sich um die Theateraufführung der Jüngsten kümmern, die sie in diesem Jahr allein inszenieren durfte. Ellen übte Klavier für die Adventsfeier. Yvonne sollte eine Geschichte vorlesen. Die anderen Schülerinnen der zwölften Klasse waren für die Dekorierung des großen Saales verantwortlich, wo die Feier am letzten Sonntag vor den Ferien stattfinden sollte.

Alle hatten so viel zu tun, daß ihnen gar keine Zeit mehr blieb, sich dumme Streiche auszudenken. Ihre Beziehungen zu Tweedy schienen sich normalisiert zu haben. Daß Helga immer noch nicht ohne Herzklopfen an den geliebten Lehrer denken konnte, band sie wohlweislich niemandem auf die Nase.

Zu allem Überfluß wurde in der Zeit vor Weihnachten auch noch Klassenarbeit auf Klassenarbeit geschrieben. Yvonne, die nie eine Leuchte gewesen war, hatte sich bisher mit Helgas Hilfe stets ganz gut durchgemogelt. Aber damit war es jetzt aus. Denn obwohl Tweedy seit seiner Verlobung beiden verloren war, hatten sie sich doch nicht wieder wirklich ausgesöhnt.

Yvonne hatte Helga vor der ganzen Klasse an den Kopf geworfen, daß sie nur eine Stipendiatin war, und das hatte ihr Helga nicht verziehen. Sie schämte sich zwar nicht, daß ihr Vater für eine große Familie zu sorgen hatte und es sich deshalb nicht leisten konnte, sie auf ein teures Internat wie Hohenwartau zu schicken. Aber sie fand es ausgesprochen gemein von Yvonne, ihr das vorzuhalten. Yvonne hatte sich auch bisher nicht dafür entschuldigt.

So ließ Helga die frühere Freundin sehen, wie sie selber zurechtkam, und kümmerte sich nur um ihre eigenen Aufgaben.

Yvonne war nicht dumm, aber sie war oberflächlich und bequem und nicht gewohnt, selbständig zu denken oder sich sonst geistig anzustrengen. Sie kam nicht auf die Idee, sich jetzt mit einem Kopfsprung in die Arbeit zu stürzen und den anderen, besonders Helga, zu beweisen, was in ihr steckte. Nein, sie sah sich nach einer anderweitigen Unterstützung um.

Früher hatte sie Helgas Hilfe gar nicht besonders hoch geschätzt, jetzt aber mußte sie erfahren, wie wertvoll dieser Beistand tatsächlich für sie gewesen war, denn keine der anderen Mitschülerinnen interessierte sich für ihre Sorgen. Die einen hatten genug mit sich selber zu tun, und die anderen hatten einfach keine Lust, für nichts und wieder nichts mit Yvonne zu pauken. Bei Helga hatte Yvonne sich beliebt machen können, indem sie ihr hin und wieder eine schicke Handtasche, eine Mütze, einen Schal oder ein paar Handschuhe aus ihrer reich bestückten Garderobe zukommen ließ. Die anderen dachten gar nicht daran, getragene Sachen von ihr anzunehmen.

Eines Nachmittags, als sie aus dem Studiersaal kamen, war Yvonne völlig verzweifelt.

„Was soll ich nur machen!?" rief sie. „Ich versteh die sphärische Geometrie einfach nicht ... und morgen schreiben wir eine Arbeit!"

„Hättest du eben besser aufpassen sollen", entgegnete

Ellen ungerührt.

Die anderen reagierten überhaupt nicht.

„Ist das alles, was du mir zu sagen weißt?" zischte Yvonne.

„Ja, was hast du denn erwartet?" fragte Ellen zurück.

„Daß ihr mich nicht hängen laßt! Daß eine von euch mir hilft!"

Ellen sah sie kopfschüttelnd an. „Menschenskind, du hast Begriffe! Das erwartest du doch hoffentlich nicht gerade von mir? Ich bin froh, wenn ich mich selber über Wasser halte!"

„Ich auch!" echoten Margot und Hannelore.

Yvonne lief vor und packte Ilse am Arm, die gerade das gemeinsame Wohnzimmer der zwölften Klasse betreten hatte. „Aber du, du könntest mir helfen . . . wenn du nur wolltest!"

Ilse blickte sie aus ihren blaßblauen Augen unfreundlich an. „Warum sollte ich denn?"

„Aus Kameradschaft."

„Ach, laß doch Ilse!" rief die rothaarige Uschi dazwischen; sie hatte ihre Brille abgesetzt und plinkerte mit kurzsichtigen Augen. „Jeder weiß doch, was die für eine Streberin ist!"

Ilse fuhr herum. „Bin ich nicht!"

„Bist du doch! Oder wie kämst du denn sonst an all die Einser?"

„Weil ich intelligenter bin als ihr . . ."

„Ha, ha, ha!"

„. . . und auch fleißiger!"

„Na eben, das sage ich ja! Weil du eine Streberin bist!"

Babsy hatte sich in einen Sessel geworfen und streckte die langen schwarzen Beine von sich. „Eine Streberin", sagte sie, „erkennt man daran, daß sie nicht lernt, um sich Wissen anzueignen, sondern nur, um gute Noten zu bekommen."

„Ja", trumpfte Yvonne auf, froh darüber, so unerwartet Schützenhilfe bekommen zu haben, „und genauso bist du, Ilse! Sonst würdest du doch wenigstens versuchen, mir zu helfen. Für dich wäre es ein leichtes."

Ilse sah sich im Kreis um und begegnete nur spöttischen und abschätzenden Blicken. Es stimmte, daß ihr viel an guten Noten lag. Aber sie wollte doch keine Außenseiterin sein.

„Also gut, weil du es bist", sagte sie, „versuchen wir es also . . ."

„Wann?"

„Heute nach dem Abendbrot. In meinem Zimmer. Legt vielleicht sonst noch jemand Wert auf eine kleine Extrastunde?"

„Ich nicht", bekannte Hannelore, „ich kapiere es doch nicht. Ich muß sehen, wie ich mit einer Fünf in Mathe durchs Abitur komme."

„Mir brummt sowieso schon der Schädel", erklärte Uschi.

Auch die anderen lehnten ab, und so kam es, daß Ilse und Yvonne sich nach dem Abendessen ganz allein an dem Tisch in Ilses Schlafzimmer gegenübersaßen. Ellen, die das Zimmer mit Ilse teilte, war mit den anderen in den Fernsehraum der Oberstufe gegangen, wo sie sich einen Krimi ansahen.

„Also, jetzt nimm Papier, Zirkel und Bleistift", kommandierte Ilse, „wir fangen an . . ."

Yvonne versuchte ernstlich, sich zu konzentrieren, denn sie wußte, daß es für sie darauf ankam. Sie hatte in diesem Schuljahr schon in Physik, Chemie und Latein Fünfer und sogar einen Sechser geschrieben. Sie legte die Stirn in Falten und hörte Ilse aufmerksam zu.

Aber nach einer Weile sagte sie mit einem tiefen Seufzer: „Hör auf damit! Ich verstehe immer nur Bahnhof!"

Ilse aber war inzwischen in Eifer geraten und hatte Spaß am Dozieren gefunden. „Macht nichts", sagte sie, „dann fangen wir eben noch einmal von vorne an! Die Sache ist doch höchst einfach. Es geht bei dieser Aufgabe lediglich darum, den Umfang einer Kugel mit Hilfe von Dreiecken zu berechnen . . ."

„Einfach nennst du das!?" Yvonne schrie es fast heraus.

„Aber ja, weil es höchst logisch ist! Paß auf . . ."

„Spar dir deinen Atem, Ilse . . . und wenn du mich auf den Kopf stellst, das geht nicht in mein armes Hirn hinein!"

Ilse ließ den Zirkel sinken. „Aber ich dachte, du wolltest doch . . ."

„Ich kann nicht!"

„Tja, dann hören wir eben auf." Ilse begann ihren Zirkelkasten wieder einzuräumen. „Meinen guten Willen hast du jedenfalls gesehen."

„Und wenn ich nun einen Sechser schreibe?" Yvonne zauberte Tränen in ihre schönen blauen Augen.

Ilse blieb ungerührt. „Darauf solltest du dich allerdings schon jetzt seelisch einstellen. Bei deinen Kenntnissen beziehungsweise Unkenntnissen ist das so gut wie sicher."

Yvonne faßte Ilses Hand. „Aber du könntest mir doch helfen, wenn du nur wolltest."

„Wie denn?"

„Ich sitze in der Stunde doch vor dir. Du brauchtest mir also nur das Blatt mit deinen Nebenrechnungen unauffällig zuzuschustern."

Ilse wurde so blaß, daß ihre Sommersprossen sich wie dunkle Punkte von ihrer Haut abhoben. „In deinem Hirn scheint wirklich etwas nicht in Ordnung zu sein! Bildest du dir ein, ich würde das riskieren? Deinetwegen? Wenn wir erwischt werden, ist meine Arbeit ungültig."

„Na, wenn schon! Aber wenn nicht . . ."

Ilse sprang auf. „Nein. Dazu kriegst du mich nicht. Eher lasse ich mich hundertmal von dir eine Streberin schimpfen." Sie ging zur Türe.

„Wo läufst du hin?" fragte Yvonne.

„Wohin schon?! Mir den Krimi ansehen. Wenn du willst, kannst du meine Hefte durchackern. Vielleicht fällt bei dir dann doch noch der Groschen."

Aber Yvonne dachte nicht daran, auf diesen Vorschlag einzugehen, sondern beeilte sich, Ilse zu begleiten. Die beiden kamen gerade noch zum ersten Mord zurecht.

Am nächsten Morgen hatten die Schülerinnen der zwölften Klasse in der ersten Stunde Mathematik, und Dr. Meyr hatte sich noch die nächste dazugeben lassen, damit genügend Zeit für die Klassenarbeit blieb.

Er ließ die grünen DIN-A-4-Bogen mit den Aufgaben verteilen, die weißen DIN-A-4-Bogen für die Berechnungen und für jede Schülerin zwei abgezählte Schmierzettel, die nach Beendigung der Arbeit mit abgeliefert werden mußten.

Die beiden Aufgaben in der sphärischen Trigonometrie hatten es in sich, und ein Seufzer ging durch die Klasse, als die Mädchen den ersten Blick darauf warfen.

Aber sie hielten sich nicht lange mit Jammern auf, überwanden ihren Schrecken und machten sich eifrig an

11 9403-12

die Arbeit. Selbst die schlechtesten Schülerinnen strengten sich an, wenigstens eine Teillösung vorzulegen, um zumindest einen Fünfer zu ernten.

Helga überlegte und rechnete, die braunen Locken völlig zerzaust, weil sie immer wieder mit der linken Hand hineinfuhr. Nach einer guten halben Stunde hatte sie die erste Aufgabe gelöst. Sie überprüfte den Rechnungsgang noch einmal und war hochzufrieden; sie war sicher, sich nicht vertan zu haben.

Unwillkürlich richtete sie sich auf, um zu sehen, wie weit die anderen waren. Dabei begegnete sie Yvonnes Blick, die in der gleichen Reihe wie sie selber saß, nur auf der anderen Seite des Ganges. Yvonnes Blatt war leer.

Helga empfand Mitleid mit der ehemaligen Freundin. Aber sie war entschlossen, hart zu bleiben, und wandte sich der Aufgabe zu.

Da flatterte ein Blatt Papier vor ihr auf das Pult. „SOS!" las sie. „Hilf mir um unserer alten Freundschaft willen!"

Dr. Meyr hatte nichts gemerkt.

Helga zerknüllte das Blättchen und schob es sich in den Ärmel ihres Pullovers. Sie kämpfte mit sich. Dann überflog sie ihren Schmierzettel, fügte hie und da eine Rechnung hinzu, machte die eine oder andere Zahl deutlicher. Sie fühlte, wie Yvonne sie dabei beobachtete.

Jetzt galt es nur noch abzuwarten, bis Dr. Meyrs Aufmerksamkeit abgelenkt wurde.

Das geschah, als Ellen versehentlich ihren Kugelschreiber vom Tisch rollen ließ.

Helga nutzte die Gelegenheit und reichte Yvonne blitzschnell ihren Schmierzettel hinüber. Yvonne hatte nur auf die Gelegenheit gewartet und griff geschickt zu.

Das alles wickelte sich in einem Bruchteil von Sekunden

ab. Als Dr. Meyr wieder zu ihnen hinsah, arbeiteten sie beide wie besessen: Helga knobelte an der zweiten Aufgabe herum und bemühte sich, die verlorene Zeit einzuholen. Yvonne tat so, als wenn ihr endlich ein Licht aufgegangen wäre, und übertrug Helgas Notizen in die Reinschrift.

Einmal ging Dr. Meyr durch die Klasse und schaute jeder Schülerin auf die Finger. Helga zitterte davor, daß er ihre Schrift auf Yvonnes Schmierzettel erkennen würde. Aber ihm schien nichts aufzufallen. Ohne ein Wort zu sagen, ging er weiter.

Helga atmete auf. Es gelang ihr, auch die zweite Aufgabe zu lösen, richtig, wie sie hoffte. Aber es ergab sich keine Gelegenheit mehr, Yvonne den anderen Schmierzettel zuzustecken, denn Dr. Meyr wandte auch nicht für eine Sekunde den Blick von der Klasse ab. Yvonne nutzte die Zeit, einen eigenen Schmierzettel herzustellen, damit ihre Lösung nicht gar so unwahrscheinlich wirkte.

Die kleine Pause fiel während der Arbeit aus.

Ilse erhob sich als erste, gab ihren Bogen und die Schmierzettel ab und durfte die Klasse verlassen. Eine nach der anderen folgte ihrem Beispiel. Helga und Yvonne erhoben sich, als sich gerade mehrere um den Lehrertisch drängten, so daß Helga ihren Schmierzettel wieder an sich nehmen konnte.

„Die zweite Aufgabe habe ich leider nicht geschafft, Herr Doktor“, erklärte Yvonne mit einem gekonnten Augenaufschlag.

„Na, ich freue mich, daß Sie sich wenigstens an die erste gewagt haben“, sagte Dr. Meyr wohlwollend.

„Was heißt hier . . . gewagt?“ gab Yvonne zurück.

Die Glocke läutete die große Pause ein, und auch die letzten Schülerinnen mußten, wohl oder übel, ihre Arbeiten abliefern.

Yvonne faßte Helgas Arm, als sie auf den Schloßhof hinunterliefen.

„Du, das vergeß ich dir nie!"

Helga wehrte ihren Dank ab. „Ich bin nun mal eine gemeingefährlich gutmütige Person."

„Du sollst es nicht umsonst getan haben, Helgalein, wirklich nicht", versprach Yvonne, „ich schenke dir einen funkelnagelneuen weißen Skipullover dafür. Einverstanden?"

„Nein."

Yvonne blieb stehen. „Was heißt das?"

„Nein heißt nein! Das ist doch höchst einfach. Ich will keine alten Klamotten von dir erben." Sie lief weiter.

Yvonne mußte sich beeilen, sie einzuholen. „Aber früher hast du doch nie etwas dabei gefunden!"

„Ja, früher wußte ich auch nicht, daß ich nur auf Grund eines Stipendiums hier sein darf. Und ich hätte mir auch nicht träumen lassen, daß du mir das vorwerfen würdest ... das, und deine abgelegten Sachen, die du mir geschenkt hast!"

„Aber, Helga, ich bitte dich ... das habe ich doch nur im Zorn getan!"

„Und wer garantiert mir, daß du nicht früher oder später wieder zornig werden wirst!"

„Ach, bitte, Helga, liebe Helga, sei nicht so nachtragend. Ich bitte dich hiermit feierlichst um Entschuldigung. Laß uns doch vergessen, was geschehen ist. Es war ja nur der blöde Tweedy schuld."

Sie hatten jetzt den Hof erreicht, und Helga schwang sich auf die breite Brüstung der Rampe, die schräg hinunterführte.

„Ich bin dir nicht mehr böse, Yvonne“, beteuerte sie, „wirklich nicht. Nur ... so, wie es war, kann es nie mehr werden.“

„Du willst mir nicht mehr helfen?“

„Nicht mehr so wie heute. Ich werde um deinetwillen nie mehr schummeln, nie mehr, hörst du? Es war endgültig das letzte Mal. Aber wenn du willst, werde ich mit dir zusammen lernen. Allerdings mußt du mir dafür zahlen. Fünf Mark die Stunde.“

„Fünf Mark? Ja, bist du wahnsinnig geworden?“ schrie Yvonne.

„Was macht dir das schon aus! Ich bin ein armes Mädchen und kann das Geld dringend brauchen. Es ist keine Schande, wenn man sich für eine Arbeit bezahlen läßt.“

„Nein, eine Schande ist es nicht, aber von mir wäre es eine Riesendummheit! Eh ich fünf Mark zahle, lerne ich lieber allein.“

Helga mußte lächeln. „Das ist eine dufte Idee! Tu das, Yvonne, ich rate dir dringend dazu.“ Als Yvonne sich abwandte, legte sie ihr rasch die Hand auf die Schulter. „Und, nicht wahr, wir wollen uns nicht mehr befeinden?“

Yvonne riß sich los. „Ach, rutsch mir doch den Buckel runter!“

„Das hätte ich mir denken können! Du wolltest dich also nur versöhnen, damit ich dir aus der Patsche helfe!“

„Denk doch, was du willst. In Wirklichkeit ist es mir ganz egal, was ich für Noten kriege.“

Uschi und ein paar andere waren dazugekommen. „Was?“ rief sie erstaunt. „Du willst behaupten, daß es dir nichts ausmacht, noch ein Jahr länger in dieser männerlosen Gemeinde zu darben?“

„Wer spricht denn hier von einem Jahr länger? Ich bleibe

sowieso nicht bis zum Abi auf der Schule, ihr werdet sehn."

„Rechnest du so fest damit, daß man dich rauswirft?" fragte Kicki spottend.

„Ach was, ich gehe von selber!" behauptete Yvonne. „Ich heirate nämlich."

„Und wen?" fragte Babsy.

„Das werdet ihr schon noch erleben!" Yvonne stolzierte davon.

„Ob sie es ernst meint?" fragte Kicki.

„Ach was!" Babsy lachte, daß ihre gesunden weißen Zähne in dem dunklen Gesicht leuchteten. „Ihr kennt doch Yvonne! Die will sich nur mal wieder interessant machen."

Zwei Arten von PS

Mit Arbeiten, Hoffnungen, Enttäuschungen und kleinen Streitereien verging die Zeit wie im Fluge, und ehe die Schülerinnen des Schloßinternates Hohenwartau es sich versahen, standen die langersehnten Weihnachtsferien vor der Tür. Die Adventsfeier verlief ohne Zwischenfälle, alles klappte wie am Schnürchen, und Helga erntete großen Beifall für das ganz moderne, selbst ausgedachte Weihnachtsspiel, das sie mit den jüngeren Mädchen einstudiert hatte.

Yvonne las ihre Geschichte mit so viel Ausdruck vor, daß Dr. Jung nach der Feier zu ihr hinging und sie lobte: „Das haben Sie großartig gemacht, Yvonne! Ich wußte ja gar nicht, daß so eine Begabung in Ihnen steckt!"

„Ah, pah!“ gab Yvonne hochnäsig zurück. „Das sind ja nur kleine Fische.“

Später sagte sie zu den anderen: „Habt ihr gemerkt? Tweedy will sich wieder bei mir anbieten. Aber damit ist er bei mir an die Falsche geraten!“

„Mich hat er auch gelobt“, berichtete Helga, „für meine Inszenierung.“

„Und mich für mein Klavierspiel“, fügte Ellen hinzu.

„Und uns für die Weihnachtsdekoration!“ rief Babsy.

„Du siehst, geliebte Yvonne“, zog Kicki die Schlußfolgerung, und ihre schrägen Augen wurden zu schmalen Schlitzen, so sehr amüsierte sie sich, „Tweedy hat es absolut nicht auf dich abgesehen, sondern er will bei der ganzen Klasse guten Wind machen.“

„Damit hat er sich aber geschnitten“, erklärte Yvonne, wütend vor Enttäuschung.

„Warum eigentlich?“ fragte Helga. „Sollten wir nicht lieber endlich das Kriegsbeil begraben?“

„Kommt nicht in Frage! Vergißt du denn, was er uns angetan hat?“

„Mir nichts“, sagte Helga; aber schon während sie es aussprach, wußte sie, daß das nicht stimmte. Niemals würde sie vergessen, wie nett er anfangs zu ihr gewesen war und wie schrecklich er sie durch seine Verlobung enttäuscht hatte.

Nach der Adventsfeier blieben bis zu den Ferien nur noch wenige Tage, in denen die Schülerinnen es sich leichtmachen durften. Klassenarbeiten wurden jetzt nicht mehr geschrieben, und die Weihnachtsgeschenke waren samt und sonders fertig geworden.

Draußen war es jetzt winterlich kalt, und die Bäume des Schloßparks waren, bis auf die dunkelgrünen Tannen, kahl; aber noch sah es nicht nach Schnee aus. Der Himmel war klar und der Boden hart gefroren.

Eines Nachmittags verabredeten sich Babsy, Yvonne, Ellen, Hannelore und Margot zu einem gemeinsamen Ausritt. Helga hätte liebend gerne mitgemacht, aber sie konnte es sich nicht leisten, denn das Ausleihen der Pferde mußte extra bezahlt werden.

Herr Künzel, der Reitlehrer, hielt gerade eine Stunde mit zwei Anfängerinnen ab. So sattelten die großen Mädchen allein ihre Pferde, führten sie aus dem Stall und saßen auf. Alle waren sie im Reitdreß. Sie trugen schwarze oder beige Reithosen, die unter den knöchelhohen Stiefelchen befestigt waren, Blusen und darüber Pullover, Anoraks oder Klubjacken.

Im Schritt gelangten sie an den Schloßpark, der in einem Ausmaß von vielen Quadratkilometern hinter dem Internat ganz allmählich zum Tal abfiel. Auf den Wegen lagen keine welken Blätter mehr, sie waren von den Gärtnern zusammengeharkt und verbrannt worden. Die Pferde gingen gut. Yvonne, die die Spitze hielt, verfiel in einen leichten Trab, und die anderen folgten ihrem Beispiel. Der Atem der Pferde dampfte in der kalten Luft, die den Mädchen um die Ohren pfiff. Sie bekamen rote Wangen und eisige Nasen, aber alle genossen sie die rasche Bewegung und den Kontakt mit den schönen Tieren, die auf jeden Schenkeldruck gehorsam reagierten.

Hinter einer Wegbiegung erblickten sie von weitem Dr. Jung und seine Verlobte, die mit weitausholenden Schritten spazierengingen.

Yvonne stellte sich in den Steigbügel auf und drehte sich um. „Seht euch das an!“ schrie sie. „Tweedy und sein Trudchen! Daß die sich nicht schämen!“

„Warum sollten sie?“ rief Babsy, die hinter ihr ritt, „sie sind doch verlobt.“

„Und außerdem“, rief Ellen, die dritte, „sie gehen ja nicht mal Hand in Hand!“

Aber Yvonne ließ sich nicht beruhigen. „Wie konnte er bloß auf so eine Vogelscheuche verfallen!“

Tatsächlich machte Gertrud Pförtner eine denkbar schlechte Figur in einem formlosen Wintermantel, der aussah, als ob er ihrem Vater gehörte, und in den Wanderschuhen, die bestimmt bequem waren, aber eine scheußliche Form hatten.

„Na warte! Die werden wir demütigen!“ rief Yvonne. „Galopp!“

„Nur nicht!“ widersprach Babsy, „du weißt, daß wir im Wald nur galoppieren dürfen, wenn Herr Künzel dabei ist.“

„Der sieht's doch nicht!“ Yvonne verlagerte ihr Gewicht. „Los! Mir nach!“ Und schon galoppierte die Fuchsstute, auf der sie saß, weit ausholend voran.

Babsy dagegen zügelte ihr Pferd, das sogleich in Schritt fiel, und die anderen folgten ihrem Beispiel.

Ellen brachte ihren Rappen an Babsys Seite. „So eine verrückte Person!“ sagte sie.

„Sie will Tweedy imponieren“, stellte Babsy fest.

„Wenn das nur gutgeht“, sagte Hannelore hinter ihnen.

Yvonne fühlte sich herrlich. Ihre Fuchsstute flog nur so dahin, und sie wußte, wie gut sie im Sattel saß und was für ein hübsches Bild sie bot mit ihren strahlend blauen Augen und dem wehenden blonden Haar. Jetzt drehten sich auch Tweedy und seine Verlobte zu ihr um, alarmiert durch den harten Tritt der Hufe.

In diesem Augenblick passierte es. Nichts Besonderes

geschah, nur ein kleines, dunkelbraunes Eichhörnchen sauste von der einen Seite des Weges zur anderen hinüber, kurz vor den Vorderhufen der Fuchsstute.

Die erschrak so, daß sie sich auf die Hinterhand hob und sich hoch aufbäumte.

Yvonne war darauf nicht gefaßt gewesen. Sie wurde aus dem Sattel geworfen und fiel in einen entblätterten Strauch. Ihr Pferd galoppierte mit wehenden Zügeln davon. Das Eichhörnchen, das alles angerichtet hatte, hatte sich hoch oben auf einer Buche in Sicherheit gebracht und äugte neugierig herunter.

Die anderen Reiterinnen waren für Sekunden vor Schreck erstarrt. Dann lösten sie sich voneinander und trabten zur Unfallstelle. Aber ehe sie Yvonne erreichten, war schon Dr. Jung bei ihr.

„Hoppla", sagte er, „das war eine bühnenreife Nummer, Yvonne! Mit der sollten Sie auftreten!"

Yvonne hatte ursprünglich vorgehabt, die Ohnmächtige zu spielen, aber bei Tweedys herzlosen Worten wurde sie sogleich wieder munter. „Haben Sie denn gar keine Angst um mich gehabt?" fragte sie mit einem großen Aufschlag ihrer schönen blauen Augen.

„Kein bißchen", erwiderte er lachend. „Erstens weiß ich, daß Unkraut nicht vergeht, und zweitens habe ich ja gesehen, daß Sie ganz sachte aus dem Sattel gerutscht sind. Sagen Sie mal, hat Herr Künzel Ihnen denn nicht beigebracht, wie man ein erschrecktes Pferd bändigt?"

Yvonne zog eine Grimasse und rappelte sich hoch. „Sehr witzig", sagte sie.

Gertrud Pförtner hatte die Fuchsstute eingefangen und brachte sie zurück. „Wenn Sie nicht mehr aufsitzen können, Yvonne, dann führen Sie sie am Zügel!"

„Danke", entgegnete Yvonne trocken, „es geht schon." Sie schwang sich in den Sattel.

„Was ist Ihnen überhaupt eingefallen, im Wald zu galoppieren?" fragte Fräulein Pförtner. „Sie wissen doch genau, daß das verboten ist."

„Aber sie hat bestimmt nicht galoppiert", mischte sich Dr. Jung ein, „das Pferd ist ihr durchgegangen . . . habe ich recht, Yvonne?"

Yvonne lächelte mit zornig blitzenden Augen auf ihn herab. „Wie immer, Herr Doktor!" Sie gab dem Pferd die Hacken und ritt davon.

Die anderen Mädchen hatten erst jetzt die Unglücksstelle erreicht, grüßten und folgten ihr.

„Das ist aber gerade noch mal gutgegangen", sagte Babsy. „Wir haben um dich gezittert, Yvonne."

„Absolut unnötig", erwiderte Yvonne, „ich habe es natürlich absichtlich getan."

„Was?" schrie Margot. „Du willst behaupten, daß du absichtlich vom Pferd gefallen bist?"

„Warum denn nicht?"

„Warum ja, möchte ich wissen!"

„Um Tweedys Gefühle zu prüfen", erklärte Yvonne, „ihr habt ja gesehen, daß er sofort zu mir gestürzt ist."

„Das hätte doch jeder getan", stellte Hannelore fest.

„Trudchen nicht. Sie hat sich nur um das Pferd gekümmert."

„Ja, als sie sah, daß Tweedy zu dir hinlief", sagte Babsy. „Also wirklich, Yvonne, es ist nicht fair, uns jetzt so ein Märchen aufzutischen. Wir haben mit eigenen Augen gesehen, was und wie es passiert ist. Also hör auf zu schwindeln."

„Sehr richtig", stimmte Ellen zu, „spiel du dich nicht auf,

dann werden wir dich auch nicht mit deinem Sturz aufziehen."

„Na bitte", sagte Yvonne hochnäsig, „ich bin ja ein friedlicher Mensch."

Die anderen lachten, und bald trabten sie wieder los. Über der Freude des Ausritts war der kleine Zwischenfall rasch vergessen.

Als die jungen Reiterinnen nach einer guten Stunde die Pferde wieder absattelten, blieben sie noch eine Weile im Stall, um sich aufzuwärmen. Yvonne und Ellen schwangen sich auf die Haferkiste und baumelten mit den Beinen, Babsy setzte sich auf einen umgekehrten Eimer, und Hannelore und Margot blieben neben dem Fenster stehen und zündeten sich eine „heimliche" Zigarette an. Die fünf waren äußerst guter Laune und plauderten über alles mögliche, über den Ausritt, der hinter ihnen lag, und über die Freuden der bevorstehenden Weihnachtsferien.

Plötzlich rief Ellen, die gedankenlos in einer Spalte im Deckel der hölzernen Futterkiste gebohrt hatte: „Was ist denn das?" Sie zog einen kleinen Schlüssel mit Anhänger heraus und hielt ihn überrascht in die Höhe.

„Ein Autoschlüssel!" sagte Yvonne prompt.

„Sehr intelligent! Das sehe ich selber!"

„Zeig her!" Babsy streckte die Hand aus, und Ellen ließ den Schlüssel hineinfallen, Babsy betrachtete ihn.

„Der gehört Tweedy", erklärte sie mit Entschiedenheit.

„Woher willst du denn das wissen?" fragte Hannelore.

„Weil ich ihn kenne. Tweedy hat mal im Unterricht damit gespielt. Mir ist der Anhänger aufgefallen, eine alte goldene Münze mit einem Loch drin. So etwas hat nicht jeder."

„Das ist ja ’ne tolle Kiste!“ rief Ellen. „Jetzt bin ich mal gespannt, was er dafür an Finderlohn ausspuckt.“

„Erwarte nicht zuviel. Mir kommt der Gute ausgesprochen knickerig vor“, behauptete Margot.

Yvonne nahm Babsy den Schlüssel ab und betrachtete ihn nachdenklich. „Die Frage ist“, sagte sie, „ob wir ihn überhaupt zurückgeben sollen.“

„Aber, Yvonne!“ rief Babsy. „Wir können ihn doch nicht einfach behalten. Das wäre Fundunterschlagung.“

„Jeder Autobesitzer ist für seine Schlüssel verantwortlich. Das weiß ich zufällig genau, weil ich in den nächsten großen Ferien den Führerschein machen will und jetzt schon theoretisch lerne. Wenn ein Unbefugter so einen Schlüssel findet und mit dessen Hilfe das Auto benutzt, dann sitzt der Eigentümer in der Tinte.“

„Wieso denn das?“ fragte Ellen.

„Stimmt schon“, sagt Margot, „aber der, der unbefugt mit dem Auto gefahren ist, wird ebenfalls bestraft.“

„Wenn er sich erwischen läßt“, sagte Yvonne.

Die Mädchen sahen sich schweigend an.

„Du meinst also . . .“, begann Babsy langsam.

„Genau das! Wäre es nicht eine fabelhafte Idee, mit Tweedys Auto eine kleine Spazierfahrt zu machen?“ Als Yvonne sah, wie die Augen der anderen aufleuchteten, wurde sie kühner und fügte hinzu: „Und nachher bumsen wir es dann gegen einen Baum oder so etwas! Vergeßt doch nicht, Kinder, daß wir mit Tweedy noch ein Hühnchen zu rupfen haben.“

„Das wäre aber doch ein zu starkes Stück“, sagte Babsy.

„Hast du etwa Angst?“ rief Yvonne. „Ich nicht! Und wenn ihr alle zu feige seid, nehme ich euch das auch nicht übel. Dann mache ich es eben alleine.“

„Wir wollen die anderen fragen", schlug Ellen vor, „los, berufen wir eine Klassenversammlung ein."

„Dazu ist es jetzt schon zu spät", gab Babsy zu bedenken, „in einer Viertelstunde beginnt die Studierzeit, und vorher müssen wir uns noch umziehen."

„Dann eben heute abend!" rief Yvonne. „Bis dahin ist der Schlüssel bei mir gut aufgehoben!"

Am Abend, als Fräulein von Zirpitz ihre Schützlinge allein gelassen hatte, wurde Hannelore als Posten an die Wohnzimmertür gestellt. Ellen berichtete von dem Fund des Schlüssels, den Babsy noch einmal als Tweedys Eigentum identifizierte, und Yvonne trug ihren Plan vor.

Kicki und Uschi waren sofort Feuer und Flamme, auch Ilse, die Streberin, zeigte sich hell begeistert – sie war, seit sie Tweedy die Stirn gezeigt und zumindest versucht hatte, Yvonne Verständnis für sphärische Trigonometrie einzuhämmern, in der Achtung der Klasse gestiegen und wollte nicht mehr beiseite geschoben werden. Auch Hannelore und Margot wollten sich keine Blöße geben und erklärten sich bereit, mitzumachen, und Ellen und Babsy ließen sich von den anderen überstimmen.

Nur Helga erhob Einspruch. „Das könnt ihr nicht machen", sagte sie. „Ich gebe zu, theoretisch hört sich das ganz lustig an, aber praktisch würde es entschieden zu weit gehen."

„Bist du etwa immer noch in Tweedy verliebt?" fragte Yvonne giftig.

„Das hat damit gar nichts zu tun", behauptete Helga und war froh, daß sie nicht rot wurde. „Aber ein fremdes Auto zu benutzen und es kaputtzufahren, das ist wirklich kein dummer Streich mehr, das ist eine gemeine und strafbare

Handlung."
„Du bist also zu feige", zischte Yvonne, „das sieht dir ähnlich."
„Denk, was du willst. Aber auf alle Fälle mache ich nicht mit." Helga drehte sich um und wollte im Waschraum verschwinden.
Ellen hielt sie zurück. „Aber du hältst dicht?" fragte sie.
„Haltet ihr mich etwa für eine Petze?" Helga schüttelte Ellens Hand ab und ging.
„Laß sie laufen", sagte Yvonne verächtlich, „wir sind nicht auf sie angewiesen."
„Ich möchte, bitte, auch nicht mitmachen", erklärte Babsy plötzlich.
„Und warum nicht?" fragte Ellen. „Zuerst wolltest du doch, und jetzt auf einmal . . ."
„Ich bin amerikanische Staatsangehörige, als Gast in diesem schönen Land. Deshalb bin ich verpflichtet, mich besonders anständig zu betragen. Seid mir nicht böse deswegen."
„Ach wo", sagte Yvonne rasch, „von dir wissen wir wenigstens, daß du nicht aus Liebe zu Tweedy kneifst. Außerdem sind wir dann immer noch sieben, die mit von der Partie sind, und so viele gehen sowieso nicht in Tweedys alte Karre."
„Stimmt", sagte Hannelore, „höchstens fünf."
„Also laßt uns losen!" schlug Ilse vor und hoffte im stillen, bei dieser Gelegenheit auszuscheiden.
„Ich werde das besorgen", erhob sich Babsy, „bei mir wird nicht gemogelt!" Sie nahm einen Bogen Briefpapier und schnitt ihn in sieben Streifen. „So, jetzt dreht euch um!" Sie schrieb auf fünf der Streifen die Zahlen eins bis fünf, auf zwei malte sie eine Null. Dann faltete sie jeden

einzelnen Streifen zu einem kleinen Quadrat zusammen. Sie nahm einen Tischpapierkorb, leerte seinen Inhalt, tat die sieben Papierstücke hinein und rief: „Jetzt könnt ihr wieder hersehen!“ Sie schüttelte den Korb tüchtig und ließ dann eine nach der anderen hineingreifen. „Wer eine Null zieht, bleibt zu Hause!“ sagte sie.

Alle öffneten ihre Papierchen mit gemischten Gefühlen – die einen wollten das Abenteuer unbedingt miterleben, die anderen wären lieber im Internat geblieben –, aber der Zufall entschied. Ausgerechnet Yvonne und Ilse zogen die Nieten.

„Da kann man nichts machen“, sagte Yvonne enttäuscht.

Ilse hatte Mühe, ihre Erleichterung zu verbergen.

„Und wann soll das große Unternehmen starten?“ fragte Ellen.

„Je eher, desto besser“, erklärte Hannelore, „heute nacht.“

Helga kam gerade noch rechtzeitig aus dem Waschraum zurück, um diese Entscheidung zu hören.

Herr Dr. Jung bekommt Besuch

Später, als sie alle in ihren Betten lagen und die Lichter gelöscht waren, kämpfte Helga einen schweren Kampf mit sich. Sie hatte in ihrem ganzen Leben noch nie eine Mitschülerin verpfiffen, und schon der bloße Gedanke daran war ihr ganz und gar zuwider. Aber andererseits hatte sie das Gefühl, daß sie nicht untätig zulassen konnte, wie die anderen Tweedys Auto zu Schrott fuhren. Sie wußte, daß ihm in einem solchen Fall nicht einmal die

Versicherung etwas zahlen würde.

Sie hörte, wie Yvonne sich heimlich, still und leise erhob und aus dem gemeinsamen Schlafzimmer schlich. Sie wußte nicht, daß die frühere Freundin durch das Los ausgeschieden war und jetzt den anderen nur noch mit letzten guten Ratschlägen beistehen wollte. Helga glaubte nichts anderes, als daß es schon losgehen sollte.

Plötzlich konnte sie es nicht länger ertragen. Sie erhob sich ebenfalls, schlüpfte in ihre Pantoffeln und ihren Morgenmantel und ließ vorsichtig das Licht ihrer Taschenlampe aufleuchten. Sie sah, daß Yvonne ihr Bett so hergerichtet hatte, daß man meinen konnte, sie läge noch darin – ein alter Trick, den Helga genausogut beherrschte. Auch sie baute aus Kissen eine Puppe, bevor sie das Schlafzimmer verließ.

Im Wohnraum war niemand, aber sie hörte die anderen in ihren Zimmern tuscheln. Ganz leise öffnete sie die Tür zum Treppenhaus und schlüpfte hinaus.

Erst als sie um die Ecke herum war, fühlte sie sich wohler. Sie stieg im Finstern die steinerne Treppe hinauf bis in das Dachgeschoß, wo die Lehrer ihre Apartmentwohnungen hatten. Ihre Taschenlampe anzumachen, wagte sie nicht. Sie wußte, daß nicht nur Fräulein von Zirpitz, sondern auch die anderen Erzieherinnen nächtliche Kontrollen liebten.

Ihr war fast übel vor Aufregung, als sie an Dr. Herbert Jungs Tür klopfte. Wenn er nun nicht da war? Oder, schlimmer noch, nicht allein war?

Dann hörte sie Schritte von drinnen, und die Tür wurde geöffnet. „Nanu“, sagte Tweedy, als er sie erkannte, „welchem Umstand verdanke ich die Ehre?“

„Bitte, lassen Sie mich hinein“, flüsterte Helga.

Er zögerte einen Augenblick. „Meiner Verlobten würde das zwar ganz und gar nicht gefallen . . ."

„Es ist sehr wichtig, Herr Doktor", flüsterte Helga, „ich muß Sie unbedingt sprechen!"

Dr. Jung gab sich einen spürbaren Ruck. „Na, dann kommen Sie herein!" Er öffnete die Türe weit. „Also, was gibt es? Das heißt, wollen Sie sich nicht zuerst einmal setzen?"

Sie nahm sich nicht die Zeit, sich in dem gemütlichen Junggesellenzimmer, in dem nur die Schreibtischlampe brannte, umzusehen. Sie blieb mit dem Rücken zur Tür stehen und sagte hastig: „Haben Sie Ihren Autoschlüssel verloren?"

„Stimmt", sagte er, „woher wissen Sie das?"

„Wo steht Ihr Wagen?"

„Draußen vor dem Schloßhof."

„Das ist schlecht", sagte Helga niedergeschmettert, denn sie hatte immer noch gehofft, daß die Mädchen mit dem Auto nicht nach draußen gelangen würden.

„Ich bin das letzte Mal ziemlich spät heimgekommen, und da war das große Tor verschlossen. Aber was haben Sie, Helga, Sie sind ja ganz blaß!"

„Sie müssen sich um Ihr Auto kümmern!"

„Jetzt? Mitten in der Nacht?"

Sie hielt seinem Blick stand. „Ja, sofort, Herr Doktor. Bevor ein Unglück geschieht."

„Sie zittern ja. Sie sind ja ganz durcheinander! Wollen Sie mir nicht erzählen, Helga . . ."

„Nein", sagte sie, „ich habe Sie gewarnt. Mehr kann ich nicht sagen."

Er sah sie an und begriff. „Das ist sehr, sehr lieb von dir,

Helga", sagte er mit einem ganz ungewohnten Ernst in der Stimme, „du bist ein gutes, tapferes Mädchen."

Sie merkte, daß er sie plötzlich duzte, und sie wurde fast schwindelig vor Glück. Am liebsten hätte sie sich an seine Brust sinken lassen. Er stand dicht vor ihr, sie hätte nur einen winzigen Schritt, eine einzige Bewegung zu machen brauchen. Aber sie verbot es sich. Er war ihr Lehrer, und er war verlobt.

„Ich wollte nur ... Unglück verhüten", sagte sie mühsam.

Es wurde an die Tür geklopft.

Helgas Augen weiteten sich vor Entsetzen. Auch Dr. Herbert Jung stand eine Sekunde ganz erschrocken da. Aber schon hatte er sich wieder gefaßt, packte sie beim Arm und schob sie wortlos durch eine andere Tür in sein Badezimmer. Helgas Herz pumperte so stark, daß sie meinte, man müßte sie draußen hören, denn auch sie konnte alles, was in Dr. Jungs Zimmer vor sich ging, deutlich verstehen.

„Na so etwas!" sagte er. „Das nenne ich eine Überraschung!"

„Nicht wahr!" sagte eine Stimme, an der Helga zu ihrer maßlosen Überraschung Yvonne erkannte. „Es sollte eine Überraschung sein!"

„Da sind Sie an die falsche Adresse geraten, Mädchen. Ich liebe keine Überraschungen!"

„Aber mich ... lieben Sie doch?" Yvonne schnurrte wie ein Kätzchen.

„Da muß ich Sie wahnsinnig enttäuschen ..."

„Ach, Sie meinen, weil Sie verlobt sind? Aber das macht doch nichts, Herbert. Wir alle wissen, daß Sie Trudchen nur wegen des Internats genommen haben. Mein Papa hat viel mehr Geld, und ich bin seine einzige Tochter. Er baut Ihnen eine ganze moderne Schule, wenn Sie nur wollen."

„Aber ich will nicht, Sie kleine Hexe! Verschwinden Sie, aber dalli! Sie werden sich sonst noch in Ihrem dünnen Hemdchen erkälten!"

„Das passiert mir nicht so leicht! Ich habe viel, viel Feuer. Fassen Sie mich doch nur mal an!"

„Jetzt muß ich wohl ganz deutlich werden. In meinen Augen sind Sie ein eitles, oberflächliches, kindisches Ding, und ich wäre der letzte, der sich an Ihnen die Finger verbrennen würde! Da ist die Tür, Sie steht Ihnen offen . . . Verschwinden Sie, oder es gibt einen Skandal!"

„Das werden Sie bereuen!" kreischte Yvonne.

Helga, hinter der einen Spalt offenen Tür von Dr. Herbert Jungs Badezimmer, hörte ein Geräusch, als wenn etwas zerrisse. Sie war drauf und dran, dem Lehrer zu Hilfe zu eilen. Da merkte sie an dem Davoneilen von Schritten und dem Zufallen der Tür zum Treppenhaus, daß Yvonne ihren Auftritt beendet hatte.

Sekunden später ließ er sie heraus. Sie sahen sich an wie zwei Verschwörer, aber sie wechselten kein Wort über den Vorfall.

„Kümmern Sie sich um Ihr Auto, Herr Doktor! Rasch!" rief Helga kurz, dann stürzte sie hinter Yvonne her und in den Wohntrakt der zwölften Klasse zurück.

Sie war so außer sich, daß sie es nicht fertig brachte, leise zu sein. Aber das erwies sich auch als unnötig, denn als sie die Räume betrat, drang schon von weitem Yvonnes herzzerreißendes Schluchzen an ihr Ohr. Die Nachttischlampe in dem kleinen Schlafzimmer brannte, Babsy saß an Yvonnes Bett und suchte sie zu beruhigen.

„Er hat mich verführt", schluchzte Yvonne, „ich wollte nur mit ihm reden . . . aber Tweedy hat mich verführt!"

„Das ist doch gar nicht wahr!" entfuhr es Helga.

Yvonne sah sie mit tränenschimmernden Augen an. „Woher willst du das denn wissen? Du warst doch nicht dabei!"

Helga biß sich auf die Lippen. Wenn sie jetzt erklärte, daß sie sehr wohl bei Tweedy gewesen war, half sie ihm nicht damit, sondern brachte ihn nur vom Regen in die Traufe, denn sicher würde Yvonne dann nicht davor zurückschrecken, ihn einer Liebelei mit ihr, Helga, zu beschuldigen.

„Ich kann mir das von Tweedy gar nicht vorstellen, Yvonne", sagte Babsy, „denk doch nur mal gut nach, ob du das alles nicht nur geträumt hast!"

Mit einer theatralischen Geste schob Yvonne die Fetzen ihres hauchdünnen Mininachthemdchens auseinander, so daß ihre kleinen, spitzen Brüste sichtbar wurden. „Da! Hier! Soll ich das etwa auch geträumt haben?"

„Du hast es selber zerrissen", sagte Helga.

„Mein bestes Nachthemd? Dann müßte ich ja verrückt sein."

„Vielleicht bist du es wirklich!" Helga zog ihren Morgenrock aus, schlüpfte aus ihren Pantoffeln, brachte ihr Bett wieder in Ordnung und legte sich nieder. „Ich glaube dir jedenfalls von alledem kein Wort."

„Was hattest du überhaupt mitten in der Nacht bei Tweedy zu suchen?" forschte Babsy.

„Er hatte mich zu sich bestellt!"

„Wer's glaubt, wird selig", knurrte Helga.

„Und da bist du ihm mitten in der Nacht im Nachthemd auf die Bude gerückt? Das kommt mir aber schon sehr komisch vor", erklärte Babsy.

„Dann lach doch! Lacht mich nur aus!" heulte Yvonne in ihre Kissen. „Und euch habe ich für Freundinnen gehalten!"

Babsy wurde unsicher, und sie wandte sich an Helga. „Ob wir nicht doch die Zirpe alarmieren sollten?"

„Gar keine schlechte Idee", sagte Helga trocken, „sie wird veranlassen, daß Yvonne sofort von Doktor Streitenberger untersucht wird. Dabei wird sich dann herausstellen, ob sie wirklich vor zehn Minuten verführt worden ist oder nicht."

Yvonne sprang auf. „Bitte, bitte, sagt der Zirpe Bescheid!" rief sie hysterisch. „Ich lasse mich mit Vergnügen untersuchen, wenn ich dadurch beweisen kann, was Tweedy mir angetan hat."

Babsy erhob sich. „Also dann los! Ich klingele!" Sie war schon fast an der Türe.

„Halt!" rief Yvonne.

„Aha, jetzt wird es dir doch mulmig", stellte Helga fest.

„Keineswegs. Ich denke nur an die anderen. Sind sie schon wieder zurück?"

„Nein", sagte Babsy.

„Wahrscheinlich kutschieren sie immer noch mit Tweedys Auto herum, also können wir die Zirpe nicht benachrichtigen, sonst fliegt die ganze Corona auf."

„Das hast du dir aber fein ausgedacht", sagte Helga. Erst jetzt verstand sie Yvonnes Plan. Bitter fuhr sie fort: „Dir ist es also gleich, wenn die anderen hereinfallen?" Sie richtete sich halb auf dem Ellenbogen auf. „Hör mal, Yvonne, vielleicht kannst du jedem Menschen etwas vormachen. Nur mir nicht. Ich weiß Bescheid. Du hast dir diese ganze Sache nur ausgedacht, um Tweedy hereinzulegen. Aber hüte dich. So leicht, wie du dir das vorstellst, geht das nicht. Da bin immer noch ich, mit der du rechnen mußt."

„Ja, und du bist wieder mal eifersüchtig."

„Ach, rutsch mir doch den Buckel herunter mit deinem Quatsch", sagte Helga verärgert, „gute Nacht, Babsy. Es ist höchste Zeit, daß wir schlafen, damit wenigstens ein paar von uns morgen im Unterricht Interesse mimen können. Die anderen werden sowieso die Augen kaum aufkriegen."

Nächtlicher Ausflug

Die anderen – Ellen, Margot, Hannelore, Uschi und Kicki – ratterten inzwischen in Dr. Herbert Jungs altem Sportwagen über die Landstraße, die durch die Dörfer von Niederwartau bis nach München führte. Die Autobahn hatten sie nicht zu benutzen gewagt, weil sie fürchteten, einer Kontrolle in die Hände zu fallen. Sie hatten ja weder die Autopapiere noch einen Führerschein.

Zuerst hatten alle ans Steuer gewollt, und es hatte beinahe einen Streit gegeben. Dann aber stellte sich heraus, daß überhaupt nur zwei etwas vom Autofahren verstanden! Ellen hatte in den großen Ferien eine Fahrschule besucht, und Margot durfte gelegentlich das Auto ihres Verlobten lenken.

Die beiden hatten geknobelt, und Ellen durfte zuerst ans Steuer. Sie hatte den Wagen einigermaßen gut die Serpentinen des Schloßberges herabgeführt und fühlte sich jetzt, nachdem sie schon eine ganze Weile gefahren war, geradezu in Hochform. Sie trat kräftig auf das Gaspedal, und die Mädchen, die neben ihr und hinter ihr zusammengequetscht saßen, schrien auf, teils erschrocken, teils begeistert.

„Habt euch doch nicht so!“ rief Ellen, die Augen fest auf das im Licht der Autoscheinwerfer glänzende Band der Landstraße gerichtet. „Ich fahr ja nur 80 Sachen! Das ist doch kein Tempo!“

„Wenn du uns damit in den Graben fährst, schon!“ sagte Uschi.

„Wirst du nicht langsam müde?“ fragte Hannelore.

„Ach was! Ich könnte bis zum Morgengrauen so weiterfahren!“

„Ja, aber dann müssen wir kilometerweit zu Fuß zurückgehen“, sagte Margot, „sieh doch mal auf die Benzinuhr! Der Tank ist höchstens noch ein Zwanzigstel voll.“

„Oje!“ rief Ellen.

„Schalt mal auf Reserve!“ rief Margot.

Es dauerte eine ganze Weile, bis Ellen den kleinen Hebel gefunden hatte; sie stellte ihn um, aber an der Skala lasen sie ab, daß auch der Reservetank leer war.

„Was machen wir nun?“

„Bremsen und umkehren“, erklärte Margot energisch, „und jetzt komme ich dran.“

Ellen sagte es nicht, aber sie war in Wahrheit froh, die Verantwortung abgeben zu können. Es war kein angenehmes Gefühl, mit einem Auto zu fahren, während das Benzin weniger und weniger wurde und man jeden Augenblick befürchten mußte, daß der Wagen stehenbleiben könnte. Sie bremste und stieg aus. Margot kletterte über die Sitze hinweg nach vorne. Kicki öffnete die hintere Tür und ließ Ellen einsteigen.

Das Wenden war ein Problem für sich. Margot schaffte es erst, nachdem sie es einige Male vergeblich versucht hatte. Es war ein Glück, daß die nächtliche Straße wie ausgestorben war. Nachher zitterten ihr die Knie.

„Ich fahre bewußt ganz langsam", erklärte sie, „ich könnte auch schneller, verlaßt euch drauf. Aber je weniger ich beschleunige und je seltener ich bremsen muß, desto länger reicht das Benzin."

„Hoffentlich haben wir hinterher noch genug Saft, das Vehikel gegen einen Baum zu knallen", sagte Ellen, die sich jetzt wieder sehr stark fühlte.

„Gegen einen Baum!" rief Hannelore. „Das ist doch viel zu wenig. Tweedy hat eine ganz andere Strafe verdient. Von allem anderen einmal abgesehen . . . was ist das für eine Art, seine Wagenschlüssel zu verlieren? Und dazu noch nicht rechtzeitig zu tanken? In ein Schaufenster müßte man seine Karre hineinsausen lassen."

Die anderen stimmten, mit echter oder geheuchelter Begeisterung, zu. Im tiefsten Herzen war es den meisten schon ein bißchen mulmig zumute.

„Ich mache auch das", erklärte Margot mit Festigkeit, „nur muß ich euch bitten, jetzt mal eine Weile die Klappe zu halten. Ich muß mich nämlich konzentrieren."

Schweigend fuhren sie durch die Nacht, und wenn sie es auch nicht zugaben, hätten sie jetzt liebend gern in ihren Betten gelegen. Erst auf der Heimfahrt wurde ihnen klar, was alles hätte passieren können oder auch noch passieren konnte: ein Unfall, die Begegnung mit einer Funkstreife, eine Straßenkontrolle, eine Panne oder auch einfach, daß der alte Wagen mitten auf der Landstraße stehenblieb und sie frühestens am nächsten Morgen das Internat wieder erreichen würden.

Aber je näher sie dem Dorf Niederwartau kamen, desto höher stieg ihr Mut, und als endlich die Silhouette von Schloß Hohenwartau im Mondlicht vor ihnen auftauchte, da wurden sie wieder fast so ausgelassen wie zu Beginn des Abenteuers.

„Hurra, wir haben es geschafft!“ riefen sie und: „Jetzt bloß noch rein mit dem Auto ins Schaufenster vom Konsum!“ – „Das wird einen schönen Krach geben!“ – „Tweedy wird an uns zu denken haben!“ – „Aber dann: nichts wie fort!“

„Tut mir leid, meine Damen“, erklärte Margot, „die Sensation kann ich euch nicht bieten . . .“

„Du kneifst! Das hätte ich mir denken können!“ rief Ellen. „Laß mich dran, ich mach das schon.“

„Da bin ich aber mal gespannt, wie. Wir haben nämlich kein Tröpfchen Benzin mehr.“ Sie ließ das Auto ausrollen, zog mitten auf dem Dorfplatz die Handbremse und stieg aus. „Allons enfants!“ rief sie mit unterdrückter Stimme: „Hier haben wir nichts mehr verloren!“

Die anderen krabbelten hintereinander aus den Türen, reckten und streckten sich, um ihre gequetschten Glieder wieder beweglich zu machen.

„Und was tun wir mit dem Schlüssel?“ fragte Kicki.

„Den lassen wir stecken“, entschied Margot, „los, kommt schon! Wenn wir noch länger hier herumstehen, werden wir erwischt. Und außerdem . . . es ist noch ein ganz schöner Weg bis hinauf zum Schloß!“

Das war es wirklich, und die Mädchen ächzten und stöhnten, denn zu allem Überfluß war die Nachtluft kalt, und sie waren jetzt alle müde. Sie atmeten auf, als sie das Internat erreicht hatten und als es ihnen gelungen war, sich ungesehen in ihre Räumlichkeiten zurückzuschleichen.

Erst viel später, in der Erinnerung, sollte die unerlaubte Fahrt mit Tweedys Auto zu einem tollen Abenteuer werden.

Dr. Herbert Jung lief am nächsten Morgen, noch vor dem Frühstück, auf den großen Parkplatz an der Außenseite des Schlosses und hoffte, daß die Mädchen sein Auto wieder zurückgebracht hatten. Am Abend davor war es zu spät gewesen, um sie an der verbotenen Ausfahrt zu hindern.

Aber seine Hoffnung trog ihn; die Stelle, an der sein Wagen gestanden hatte, war leer.

Er überlegte, ob er die Polizei anrufen oder die Schülerinnen zur Rechenschaft ziehen sollte. Aber beides war gefährlich. Er hatte außer Helgas Aussage keinen Beweis gegen die Mädchen, und er wollte Helga um keinen Preis in den Fall hineinziehen. Er mochte aber auch die Übeltäterinnen keiner polizeilichen oder schulischen Strafmaßnahme aussetzen, denn er wußte, daß er auch ohnedies schon unbeliebt genug war. Andererseits sah er ein, daß auch er sich durch das Verschlampen seiner Autoschlüssel zumindest mitschuldig gemacht hatte. Also entschloß er sich, lieber abzuwarten und die Dinge auf sich zukommen zu lassen.

Sie kamen, und zwar in Gestalt von Hauptwachtmeister Huber, der ausgerechnet in der dritten Stunde erschien, als Dr. Jung die zwölfte Klasse in Englisch unterrichtete, und ihn zu sprechen wünschte.

Die Mädchen hatten unter normalen Umständen nicht viel Respekt vor dem gutmütigen alten Beamten, aber jetzt erstarrten sie geradezu vor Schreck. Wieviel wußte er? Waren sie vielleicht in der Nacht doch beobachtet worden?

„Einen Moment, Herr Hauptwachtmeister", sagte Dr. Jung, „ich stehe sofort zu Ihrer Verfügung. Bitte, Ilse, wenn Sie inzwischen dafür sorgen wollten, daß die Klasse keinen Lärm fabriziert." Er verließ das Zimmer und trat auf den Flur.

Der Polizeibeamte stand draußen, die Hände auf dem Rücken, und betrachtete die Wand mit den angehefteten Schülerinnenzeichnungen.

Dr. Jung beschloß, den Stier bei den Hörnern zu nehmen. „Sie kommen wegen meines Autos, Herr Hauptwachtmeister?"

Der Polizeibeamte drehte sich bedächtig um. „Richtig. Sie haben es also schon vermißt?"

„Ich weiß nicht, ob das ganz richtig ausgedrückt ist", sagte Dr. Jung. „Darf ich umgekehrt fragen: Wo haben Sie es gefunden?"

„Auf dem Dorfplatz", sagte der Hauptwachtmeister, „der Zündschlüssel steckte, und es war kein Tropfen Benzin mehr im Tank."

Dr. Jung überlegte blitzschnell. „Dann hat es schon seine Ordnung", sagte er, „da habe ich es nämlich stehenlassen. Weil mir das Benzin ausgegangen ist."

„Und da konnten Sie es nicht wenigstens zur Seite rollen?"

„Ich dachte, es stände vorschriftsmäßig."

„Mitten auf der Fahrbahn?"

„Es war sehr dunkel, Herr Hauptwachtmeister."

„Und in der Dunkelheit haben Sie den Schlüssel dann auch übersehen?"

Dr. Jung zögerte. Er überlegte, ob er behaupten sollte, daß er angeheitert gewesen sei. Aber der Polizeibeamte würde leicht feststellen können, daß er im Dorf nichts getrunken hatte. Durch ein solches falsches Geständnis würde er seine Lage also nur noch verschlimmern.

„Na ja“, sagte Hauptwachtmeister Huber, „wollen wir mal nicht so sein. Strengen Sie sich nicht weiter an, Herr Doktor. Ich traue Ihnen ohne weiteres zu, daß Sie sich Geschichten ausdenken können. Sie sind doch hier Deutschlehrer, nicht wahr?“ Er zog die Autoschlüssel aus der Jacke seines Uniformrockes und ließ den Schlüsselring über seinem Zeigefinger baumeln. „Da, nehmen Sie sie zurück und passen Sie in Zukunft besser darauf auf. Sie ahnen nicht, wie leicht so kleine Dinge in falsche Hände kommen können.“

Dr. Jung nahm die Schlüssel entgegen. „Danke, Herr Hauptwachtmeister“, sagte er erleichtert, „das ist wirklich sehr großzügig von Ihnen.“

„Nicht der Rede wert. Eine Strafe müssen Sie aber doch bekommen. Sagen wir – zwanzig Mark?“

„Mit Vergnügen.“

Hauptwachtmeister Huber schrieb den Strafzettel aus, und Dr. Jung zückte einen Geldschein.

„Ihr Auto“, sagte der Polizist, „haben wir auf den Parkplatz vor das Wirtshaus geschoben. Sie können es jederzeit dort abholen. Am besten bringen Sie einen Kanister Benzin mit.“

„Werde ich machen“, versprach Dr. Jung. „Es ist wirklich sehr, sehr nett von Ihnen, daß Sie die Angelegenheit so . . . verständnisvoll regeln.“

„Was wollen Sie“, sagte Hauptwachtmeister Huber grinsend, „ich bin auch mal jung gewesen.“ Als Dr. Jung ihn nur ansah und nicht recht wußte, was er von dieser Bemerkung halten sollte, fügte der Polizeibeamte erklärend hinzu: „So jung wie Ihre Schülerinnen, Herr Doktor!“ Er setzte seine Dienstmütze auf und wandte sich zum Gehen. „Guten Morgen.“

Als Dr. Herbert Jung in die Klasse zurückkam, starrten ihm fünf Augenpaare mit deutlichem Unbehagen entgegen.

Tweedy verzichtete darauf, die Mädchen länger als nötig zappeln zu lassen. „Ich habe eine gebührenpflichtige Verwarnung über zwanzig Mark zahlen müssen“, sagte er und hielt den Strafzettel hoch. „Eigentlich fände ich es nicht mehr als recht und billig, wenn Sie, meine Damen, eine kleine Sammlung veranstalten und mir die Auslage ersetzen würden. Ich trage dann die Kosten für das Benzin.“

Alle lachten, und Dr. Jung glaubte schon, die Sympathie der zwölften Klasse zurückerobert zu haben. Er ahnte nicht, daß ihm das Schlimmste noch bevorstand.

Weihnachtsferien mit James

Aber zuerst einmal begannen die Weihnachtsferien, in denen sich alle, Schülerinnen und Lehrpersonen, für eine Weile vom Internatsleben erholen durften.

Unbekümmert sagten sich die Mädchen Lebewohl, wünschten sich gute Erholung und ein frohes Weihnachtsfest.

Auch die besten Freundinnen wußten ja, daß sie sich knappe drei Wochen später wiedersehen würden, und alle freuten sich, endlich wieder der Abgeschiedenheit des Schlosses entrinnen zu können.

Yvonne gab groß an. Sie flog mit ihren Eltern nach den Kanarischen Inseln, um dort, fern vom europäischen

Winter, Frühlingsluft zu schnuppern und, wie Yvonne behauptete, das große Leben zu studieren. Aber noch zwei andere Mädchen aus der zwölften Klasse durften fliegen: Babsy nach Mailand, wo ihre Mutter an der berühmten Scala engagiert war, und Ellen nach Tunesien, wo ihr Vater im diplomatischen Dienst stand. Die meisten anderen fuhren mit der Bahn oder dem Auto zum Wintersport.

Helga war eine der ganz wenigen, die die Weihnachtsferien zu Hause in ihrer Familie verbrachten. Aber sie bedauerte es nicht. Sie fand es ausgesprochen erholsam, endlich wieder ganz allein in einem eigenen Zimmer zu schlafen, auch wenn es eigentlich nur eine Kammer unter dem Dach war. Seit sie sich nicht mehr mit Yvonne verstand, war es sehr lästig, ja oft geradezu quälend für sie geworden, auf so engem Raum mit ihr zusammen zu leben.

Außerdem genoß Helga es, mit den Eltern und den jüngeren Geschwistern beisammen zu sein, und auch das Großstadtleben hatte entschieden seine Reize, besonders wenn man die meiste Zeit des Jahres in ländlicher Abgeschiedenheit leben mußte. Helga hatte keine Sehnsucht nach irgendwelchen Erlebnissen, aber sie fand es herrlich, durch die festlich geschmückten Straßen Münchens streifen oder nach Lust und Laune ein Kino, ein Konzert oder eine Ausstellung besuchen zu dürfen.

Natürlich gelang es ihr nicht, ihre Sehnsucht nach Dr. Herbert Jung zu unterdrücken oder überhaupt die Internatsprobleme zu vergessen, aber immerhin schob sie sie ein Stückchen von sich fort. Zu ihrer eigenen Verwunderung stellte sie fest, daß sie sich nicht mehr ganz so unglücklich fühlte, wie sie es seit der Verlobung des geliebten Lehrers gewesen war. Sie war jung und gesund,

und die Harmonie ihrer Familie gab ihr Sicherheit. Trotzdem: Gegen alle Vernunft konnte sie sich einfach nicht vorstellen, daß Tweedy ganz und gar für sie verloren sein sollte.

Einmal fuhr sie sogar mit dem Bus nach Bogenhausen, lief in die Possartstraße und starrte zu den Fenstern hinauf, die zu der Junggesellenwohnung des Lehrers gehörten. Aber nichts rührte sich oben. Sie ging eine Weile auf und ab und kämpfte mit sich, ob sie bei ihm klingeln sollte – aber unter welchem Vorwand? Dann fiel ihr ein, daß sie ihm ja erzählen konnte, daß Yvonne in jener Nacht behauptet hatte, von ihm verführt worden zu sein. Es war wichtig genug für ihn, das zu wissen.

Helga überquerte die Straße, ging auf das Haus zu und drückte auf den Klingelknopf unter dem Schildchen „Dr. Herbert Jung". Sie wartete lange, klingelte noch einmal, aber der Türsummer blieb stumm.

Endlich begriff sie, daß sie sich vergebens zu diesem Schritt überwunden hatte. Tweedy war nicht da. Natürlich verbrachte er die Feiertage mit seiner Verlobten in Hohenwartau.

Helgas Herz war schwer wie ein Stein, als sie sich zum Gehen entschloß.

An diesem Abend sagte der Vater zu ihr: „Du weißt, daß wir Logierbesuch erwarten."

„Ach ja, diesen jungen Engländer ... wie heißt er doch gleich?" erwiderte Helga zerstreut.

„James Brown. Er ist der Sohn eines guten Freundes von mir, und ich hoffe, daß du dich seiner annehmen wirst, Helga."

„Ich?" fragte sie bestürzt, denn sie hatte zu nichts weniger Lust. „Ich dachte, er schläft im Zimmer von

Heinz, und Heinz sollte . . ."

„James ist zwanzig Jahre", erklärte ihr Vater, „und er wird sich kaum mit dem Umgang deines fünfzehnjährigen Bruders zufriedengeben."

Helga seufzte: „Und ich war so froh, endlich mal mit euch allein zu sein!"

Aber dann, zwei Tage später, als James eintraf, stellte sie fest, daß er doch ganz nett war, ein hochgeschossener junger Mann mit schwarzem Haar und blauen Augen, dessen fröhliche und nette Art sie beeindruckte. Er konnte gar nicht genug von München sehen, und so zogen sie morgens und nachmittags zusammen los, besichtigten das ‚Deutsche Museum' und das ‚Haus der Kunst', schlenderten durch den verschneiten Englischen Garten, tranken Espresso im ‚Citta 2000' und Cola im ‚Drugstore'. Sie sprachen teils englisch, teils deutsch miteinander und freundeten sich immer mehr an, so daß sie sich bald auch ohne Worte verstanden.

Eines Abends besuchten sie zusammen eine Disco und tanzten zu den überlauten Klängen elektronischer Musik und zwischen Lichteffekten, die die Szene immer wieder in Bruchteilen von Sekunden veränderten.

„Habt ihr auch so etwas in London?" schrie Helga ihm zu.

Er grinste. „Massenhaft!" Dann zog er sie an sich und sagte dicht an ihrem Ohr: „Wann kommst du nach London, Helga?"

Sie machte sich frei. „Als wenn ich das so einfach könnte! Du weißt doch, ich gehe noch zur Schule . . ."

„Ja, aber nicht dauernd. Bald sind Osterferien. Wirst du mich in den Osterferien in London besuchen?"

„Ich weiß nicht, ob meine Eltern es erlauben."

12 9403-12

„Komm, gehen wir!“ schrie er ihr zu. „Laß uns draußen weiterreden!“

Sie drängten sich zu ihrem Platz zurück, schnappten Mäntel, Mützen und Schals und zwängten sich zum Ausgang. Draußen atmeten beide tief die kalte, frische Winterluft ein.

„Lärm ist gut“, sagte er, „aber Stille ist besser!“

„Neonlicht ist faszinierend“, ergänzte sie, „aber Sterne sind schöner.“

Er legte den Arm um ihre Schultern. „Versprich mir, daß du nach London kommst!“

„Mal sehen.“

Er zog sie leicht an sich. „Nicht: mal sehen! Versprich es mir!“

Sie sah zu ihm auf. „Das kann ich nicht.“

Seine Augen hatten einen seltsamen Glanz. „Du willst nicht.“

„O doch“, sagte sie, „natürlich möchte ich gerne nach London. Welches Mädchen möchte das nicht? Und ich würde dich auch gerne wiedersehen, James, wirklich ...“

„Aber?“ fragte er.

„Ich weiß nicht, ob wir auf die Dauer gute Freunde bleiben könnten. Und alles andere hat doch keinen Zweck.“

„Warum sollte es keinen Zweck haben?“ fragte er. „Glaubst du, daß du in England nicht leben könntest? Das kannst du gar nicht sagen, bevor du es versucht hast. Ich will dich nicht drängen, Helga, aber in anderthalb Jahren machst du dein Abitur, dann könntest du in England studieren, und dann ...“

Sie fiel ihm ins Wort. „Bitte, mach keine Zukunftspläne, James! Wir haben jetzt eine schöne Zeit. Genügt dir das denn nicht?“

„Nein“, sagte er sehr ernst, „ich möchte dich für immer.“

Sie war nahe daran, ihn hinzuhalten, denn es schoß ihr durch den Sinn, daß es dumm war, einen so gutaussehenden und interessanten Verehrer vor den Kopf zu stoßen.

Aber dann sagte sie: „Es tut mir leid, James . . . ich liebe einen anderen.“

Sein Gesicht verdüsterte sich. „Bist du ganz sicher?“

„Ja.“

„Ich werde trotzdem auf dich warten.“

Aber auf dem ganzen Heimweg redete er kein Wort mehr mit ihr, und in den nächsten Tagen zog er sich deutlich von ihr zurück. Helga litt darunter. Dennoch war sie sicher, daß sie richtig gehandelt hatte.

Sensation, frisch aus der Besenkammer

Als die Internatsschülerinnen aus den Weihnachtsferien zurückkehrten, lag das schöne Voralpenland tief verschneit. Die jüngeren Mädchen begannen sogleich mit wildem Eifer Schneemänner zu bauen, und auch die größeren wurden von dem allgemeinen Jubel angesteckt und lieferten sich ausgelassene Schneeballschlachten.

Statt der gewöhnlichen Turnstunden fanden jetzt Skikurse statt. Auf der unbewaldeten Rückseite des Schloßberges hatte der Hausmeister wie jedes Jahr im Winter einen kleinen Skilift installiert, und die Mädchen der zwölften Klasse, die samt und sonders gute Skiläuferinnen waren, wedelten mit Juhu den Hang hinunter und ließen sich dann wieder hinaufziehen.

Fräulein Pförtner, die jedesmal als erste hinabsauste, blieb unten stehen, kritisierte die Haltung und gab gute Ratschläge zur Verbesserung der Kondition. Alle Schülerinnen genossen den Sport in der winterlich frischen Luft, nur Yvonne wirkte etwas gedrückt, aber niemand achtete besonders auf sie.

Nachher dann, als die Mädchen ihre Skier schon im Schuppen abgestellt hatten und sich in dem sehr warmen Umkleideraum aus ihren dicken Pullovern, Anoraks und Skihosen pellten, um sich wieder in Zivil zu werfen, passierte es.

Yvonne wurde ganz weiß im Gesicht. „Das ist eine . . . scheußliche Luft hier drinnen", sagte sie, und dann fiel sie, während alle zu ihr hinsahen, wie ein Korkenzieher in sich zusammen und der Länge nach auf den gefliesten Boden.

Einen Augenblick standen ihre Mitschülerinnen wie erstarrt.

Dann rief Helga: „Yvonne ist ohnmächtig geworden!"

Und Babsy sprang hoch und versuchte Yvonne auf die Bank zu legen; das gelang ihr aber erst, als ihr einige andere zu Hilfe kamen.

Fräulein Pförtner bahnte sich einen Weg zu Yvonne, indem sie die Mädchen einfach beiseite schob und sagte: „Na so etwas! Kippt einfach um! Weiß eine von Ihnen etwas darüber, ob sie vielleicht krank ist?"

Aber darauf konnte ihr keine eine Antwort geben.

„Wir müssen den Schularzt verständigen", entschied sie. „Augenblick mal, ich telefoniere ins Haupthaus hinüber."

Dr. Streitenberger war fünf Minuten später zur Stelle. Er war ein rüstiger Pensionär, der die letzten Lebensjahre gemütlich und sorglos auf Schloß Hohenwartau verbrachte. Vielleicht war er nicht mehr ganz über den neuesten Stand der ärztlichen Wissenschaft informiert, dafür aber war er immer zur Stelle, wenn irgend jemand im Internat ein Wehwehchen hatte. Schwerere Fälle überwies er in die Klinik nach Rosenheim.

Er fühlte Yvonnes Puls, putzte seinen Zwicker, setzte ihn wieder auf und betrachtete sie nachdenklich. Yvonne schlug die Augen auf, und es kam wieder Farbe in ihre Wangen.

„Na, wie haben wir es denn, kleines Fräulein?" fragte der alte Herr.

„Danke. Ich fühle mich schon wieder ganz gut."

„Trotzdem möchte ich vorschlagen, daß Sie zu mir ins Krankenzimmer kommen. Zwei von Ihren Freundinnen sollten Sie begleiten, damit Ihnen unterwegs nichts passiert. Ich werde sie einmal gründlich untersuchen müssen."

Yvonne setzte sich auf und stellte die Füße auf den Boden. „Nicht nötig, lieber Herr Doktor", sagte sie, „ich weiß sowieso, was mit mir los ist. Ich bekomme ein Kind."

Alle starrten sie fassungslos an, und selbst dem alten Arzt verschlug es die Sprache.

„Ein Kind von Doktor Jung!" fügte Yvonne, fast triumphierend, hinzu.

„Das ist nicht wahr!" schrie Trudchen Pförtner.

„Leider doch", erklärte Yvonne, „er hat mich verführt!"

Das war zuviel für die junge Lehrerin. Trudchen Pförtner brach in einen Weinkrampf aus, die Mädchen, die sie immer nur streng und ein wenig überheblich gekannt hatten, wußten nicht, wie sie sich ihr nähern sollten, und fanden keine Worte des Trostes.

Zum Glück war Dr. Streitenberger Herr der Situation. „Kommen Sie, kommen Sie, ich werde Ihnen eine Beruhigungsspritze geben!“ sagte er und legte seinen Arm um ihre bebenden Schultern. Zu Yvonne gewandt fügte er hinzu: „Da Sie sich schon selber die Diagnose gestellt haben, wird es ja nicht so eilen. Ich erwarte Sie dann nachher in meinem Sprechzimmer.“

Die Mädchen erholten sich erst von ihrem Schreck, als der Arzt die wimmernde Lehrerin fortgeführt hatte.

„Das“, sagte Helga, „war die größte Gemeinheit deines Lebens, Yvonne!“

„Aber wieso denn!? Was kann ich denn dafür, wenn Tweedy sich in mich verknallt hat!“

„Du lügst!“

„Nein, ich sage die Wahrheit, und das weißt du ganz genau. Du und Babsy, ihr beide wart doch meine Zeugen . . . ihr wart doch dabei, als ich in meinem zerrissenen Hemd aus seinem Zimmer kam!“

„Wann war denn das?“ fragte Ellen. „Das hätten wir doch auch merken müssen!“

„Eben nicht. Er hatte mich in der Nacht zu sich bestellt, als ihr mit seinem Auto unterwegs wart.“

„Und da bist du im Hemd zu ihm marschiert?“ rief Margot.

„Ja, jetzt weiß ich, daß es eine Dummheit von mir war. Aber damals hielt ich ihn noch für einen Ehrenmann. Ich wollte ihn bloß ein bißchen reizen, nichts weiter.“

„Das sieht dir ähnlich“, sagte Hannelore. „Wie konntest du nur so blöd sein! Jetzt hast du den Salat.“

„Überleg dir genau, was du sagst, Yvonne“, mahnte Helga mit leiser, aber eindringlicher Stimme. „Wenn du bei dem bleibst, was du jetzt behauptest, ist Tweedys Karriere, ist sein ganzes Leben verpfuscht!“

„Du redest mal wieder Nonsens“, sagte Yvonne frech.

„Er braucht mich ja nur zu heiraten, und alles ist geritzt!"
„Darauf willst du also hinaus! Was bist du nur für ein gewissenloses kleines Biest!"
„Schönen Dank für die Blumen", sagte Yvonne und schlüpfte in ihr schottisch kariertes Winterkleid.
„Hoffentlich hast du dich nicht verrechnet", sagte Helga.
„Ganz bestimmt nicht", parierte Yvonne. „Du wirst schon sehen. Schließlich bin ich eine gute Partie. Ich kenne Jungen, die sich alle fünf Finger lecken würden, wenn sie mich zur Frau bekämen." Sie zog ihren Wintermantel an und stolzierte aus der Garderobe. „Good bye dann! Bis später."
„Ich bin geplättet", sagte Babsy.
„Eine entsetzliche Geschichte!" seufzte Helga.
„Ich weiß nicht, was ihr habt! Endlich passiert mal etwas Aufregendes in diesen klösterlichen Mauern!" rief Kicki. „Ich finde das einfach fabelhaft!"
Und die anderen stimmten ihr zu.

Danach ging alles sehr schnell. Yvonne erschien nicht mehr beim Mittagessen.
Aber auch Kicki glänzte durch Abwesenheit. Sie hatte sich wegen unerträglicher Kopfschmerzen bei Fräulein von Zirpitz entschuldigt. Die Zirpe fühlte sich wegen der Neuigkeiten, die auch schon an ihr Ohr gedrungen waren, einigermaßen verwirrt und ließ es ihr durchgehen.
Tatsächlich aber legte Kicki sich nicht, wie sie vorgegeben hatte, in ihrem verdunkelten Schlafzimmer ins Bett, sondern sie beschränkte sich darauf, nach alter Sitte eine Stellvertreterin zu bauen, und schlich selber in den ersten Stock hinunter. Dort gab es eine Besenkammer, an der der Kamin aus dem Zimmer Direktor Pförtners vorbeiführte.

Wenn man sein Ohr an die Mauer hielt, konnte man jedes Wort, das da unten gesprochen wurde, deutlich verstehen. Die Schwierigkeit war nur, daß es in diesem Kämmerchen sehr eng und sehr heiß war. Deshalb benutzten die Mädchen diese Gelegenheit zu horchen nur in den allerseltensten Fällen. Dieser Fall aber war jedes Opfer wert. So schien es jedenfalls Kicki, die für diese Aufgabe ausgelost war.

Ihre Mitschülerinnen entwickelten indessen, angeregt durch das Skifahren und die darauffolgende Sensation, einen wahren Bärenhunger – abgesehen von Helga, die kaum einen Bissen herunterkriegte – und versuchten dabei eine Gelegenheit abzupassen, etwas von der Mahlzeit für Kicki beiseite zu schaffen. Aber das war nicht so einfach, denn weder Suppe noch Knödel oder gar Gulasch eigneten sich sehr gut, in eine Plastiktüte geschüttet zu werden. Zum Glück gab es zum Nachtisch Apfelkuchen, und den ließen sie blitzschnell verschwinden, als Fräulein Zirpitz sich für eine Sekunde umdrehte.

„Nanu“, sagte die Zirpe und starrte auf die leeren Teller, „Sie waren aber heute schnell!“

„Wir hatten riesigen Hunger“, sagte Babsy, „könnte ich vielleicht noch ein Stück Kuchen haben?“

„Ich auch!“ – „Ich auch!“ – „Ich auch!“ riefen die anderen.

„Nein, meine Damen“, erklärte die Zirpe wie erwartet, „Sie müssen rechtzeitig lernen, sich zu beherrschen. Man wird nicht zum Fressen geboren, sondern erzogen.“

„Hier auf Hohenwartau bestimmt nicht“, murmelte Ellen. „Immer, wenn es etwas Gutes gibt, dann kommt zu wenig auf den Tisch.“

Fräulein von Zirpitz legte die Hand an das Ohr. „Sagten

Sie etwas, Ellen?“

„Ja, ich fragte, ob wir schon aufstehen dürfen“, log Ellen glatt.

Fräulein von Zirpitz ließ sie gehen, und sie stürmten nach oben. Aber Kicki war noch nicht zurück, so mußten sie ihre Neugier bremsen.

Als Helga in ihr Zimmer kam, entdeckte sie, daß Yvonnes Bett abgezogen war. Sie öffnete ihren Schrank; er war leer. Auch Yvonnes Nachttisch war ausgeräumt.

„Das ist aber schnell gegangen“, sagte Babsy, die ihr nachgekommen war.

„Ja, sie ist fort“, bestätigte Helga tonlos.

„Also doch! Und ich war fest überzeugt, sie hätte sich die ganze Geschichte nur zusammenphantasiert!“

Helga fuhr herum. „Was heißt denn das, also doch? Natürlich hat sie gelogen. Sie erwartet ein Baby, das nehme ich ihr ab, aber ganz bestimmt nicht von Tweedy, verlaß dich drauf.“

„Woher willst du das so genau wissen?“

„Weil ich es eben weiß. Und du, Babsy, müßtest doch eigentlich auch genug Verstand besitzen, um zu erkennen, daß Tweedy so etwas nie und nimmer tun würde.“

„Na, ich weiß nicht“, sagte Babsy und wickelte einen Kaugummi aus, „er hat sie ja auch damals geküßt!“

„Sie ihn.“

„Ja, das habe ich seinerzeit auch geglaubt . . . aber jetzt!“ Sie steckte ihren Kaugummi in den Mund. „Magst du auch einen?“

Helga war drauf und dran, dieses gutgemeinte Angebot abzulehnen, aber dann begriff sie, daß es albern gewesen wäre, mit Babsy böse zu sein, nur weil sie Yvonnes Lügengespinst für immerhin glaubhaft hielt.

„Bitte, ja", sagte sie und nahm den Kaugummi entgegen.

Sie versuchte, Babsy zuzulächeln, aber sie vermochte es nicht. Sie war verzweifelt wie nie zuvor. Sie hatte entsetzliche Angst um Tweedy.

Kicki zerstörte ihre letzte Hoffnung.

Sie kam in das allgemeine Wohnzimmer gestürmt, völlig verschwitzt, das schwarze Haar strähnig und verklebt. Auf der Nase hatte sie einen Staubfleck. Sie erschien in nahezu aufgelöstem Zustand, aber mit funkelnden Augen.

„Kinder, das hat sich gelohnt!" schrie sie. „Es war eine Tortur, aber jetzt bin ich im Bilde! Ich gehe jetzt unter die Brause, und dann werde ich euch . . ."

„Nichts da Brause!" widersprach Ellen und verstellte ihr den Weg. „Jetzt gleich oder nie! Pack aus, wir kommen sonst noch um vor Neugier."

„Du kannst dabei deinen Kuchen essen!" schlug Babsy gutmütig vor. „Sieh bloß mal, was wir für dich gehamstert haben!" Und sie stellte die neun Kuchenstücke, die sie auf einem Teller zu einer Pyramide aufgebaut hatten, vor Kicki auf einen der Tische.

Kicki ließ sich noch ein bißchen drängen, dann begann sie zu futtern und zu erzählen. Die anderen hörten gebannt zu. Auch Helga hatte sich zu ihnen gesellt. Aber sie lehnte sich ans Fenster, mit dem Rücken zum Wohnzimmer, damit die Freundinnen ihr Gesicht nicht sehen konnten.

„Also erstmal hat es einen wahnsinnigen Krach zwischen Trudchen und Tweedy gegeben", berichtete Kicki. „Sie hat ihm eine regelrechte Szene gemacht . . . die Spritze vom Onkel Doktor war anscheinend doch zu schwach für ihre Sportsnatur. Er versuchte sich zu verteidigen, aber sie hat ihn gar nicht zu Wort kommen lassen. Sie hat ihm vorgeworfen, daß er ja immer schon eine Vorliebe für junge Mädchen gehabt hätte, und dann wärmte sie all die ollen Kamellen auf ... daß er Yvonne geküßt und Helga in seinem Auto mitgenommen hat. Und dann schrie sie wie aufgezogen: Und jetzt das noch! Jetzt das noch! Es ist zuviel!"

„Und Tweedy?" fragte Babsy, als Kicki eine Kunstpause einlegte.

„Der sagte ganz ruhig, daß er sich keiner Schuld bewußt wäre, aber wenn sie so wenig Vertrauen zu ihm hätte, wäre es wohl besser, die Verlobung zu lösen. Dann hörte ich bloß noch ein Klirren – wahrscheinlich hat sie ihm den Verlobungsring vor die Füße geworfen –, und dann knallte die Tür ins Schloß, daß der Kamin wackelte."

Kicki biß herzhaft in ihr viertes Stück Apfelkuchen. „Vielleicht ist jemand so gut und holt mir ein Glas Wasser!" bat sie.

Sie hatte ihren Wunsch kaum ausgesprochen, da war er ihr schon erfüllt. Sie nahm einen großen Schluck und redete weiter.

„Danach", sagte sie, „kam es zu einer Aussprache zwischen Tweedy und Direktor Pförtner. Der Direx entschuldigte sich quasi für Trudchens Hysterie – fand ich übrigens hochanständig von dem alten Herrn – und erklärte, daß er bereit sei, Tweedys Version zu glauben und daß er vor allem nicht derjenige wäre, der jemanden auf eine bloße Anklage hin verurteilen würde. Aber – und das dicke Ende kam gleich nach – solange nur der Schatten eines Verdachtes auf Tweedy hafte, könne er nicht auf Hohenwartau bleiben und so weiter und so fort. Er verzuckerte ihm die Pille ganz schön, aber Tweedy biß sofort auf den bitteren Kern und erbot sich, sein Lehramt auf der Stelle niederzulegen. Aber so schnell kam er nicht davon." Kicki wischte sich die Krümel vom Mund.

„Mein Gott, was kann man denn sonst noch von ihm verlangen!" rief Helga.

Kicki drehte sich halb zu ihr um. „Warte nur ab! Der Direx sagte, daß Yvonnes Vater jeden Augenblick erwartet würde, und so lange müßte Tweedy auch noch bleiben. Danach war unten eiserne Stille, und ich schwitzte und schwitzte in meinem Kämmerchen und mopste mich ganz fürchterlich."

„Nun mach es nicht so spannend", drängte Ellen, „wir wissen ja schon, daß Herr Holzer da war, sonst wäre Yvonne ja nicht mit Sack und Pack weg!"

„Aber das Interessanteste wißt ihr nicht!" trumpfte Kicki auf. „Es gab einen Riesenkrach zwischen Tweedy und Yvonnes Vater. Manchmal dachte ich: Gleich werden sie sich schlagen! Aber das taten sie dann doch nicht, weil immer der Direx dazwischenging. Herr Holzer brüllte: ‚Sie werden meine Tochter heiraten! Sie sollten glücklich sein, daß ich Ihnen diese Chance gebe, Ihr Verbrechen gutzumachen!' – Und Tweedy brüllte zurück: ‚Ich denke nicht daran! Ich bin kein Verbrecher, aber Ihre Tochter ist eine Lügnerin! Sie hätten sie besser erziehen sollen!'" Kicki nahm wieder einen Schluck Wasser. „Na, das war natürlich zuviel für den alten Herrn Holzer. ‚Ich werde Sie anzeigen wegen Unzucht mit Abhängigen! Ich werde Sie ins Zuchthaus bringen!' brüllte er."

„Ja, und dann?" fragte Hannelore mit heißen Wangen.

„Weiter habe ich nicht zugehört. Ich konnte es nicht mehr aushalten in der stickigen Bude, und ich dachte mir auch: Viel kann jetzt nicht mehr kommen!"

Während Kicki im Badezimmer verschwand und die

anderen noch über das diskutierten, was sie eben gehört hatten, blieb Helga am Fenster stehen. Sie war so zerschmettert, daß sie beim besten Willen kein Wort hervorbringen, nicht einmal einen Gedanken fassen konnte.

Da sah sie, wie Tweedy, einen Koffer in der Hand, aus dem Hauptportal kam und den Schloßhof überquerte. Ohne sich eine Sekunde zu besinnen, drehte sie sich auf dem Absatz um, stürzte aus dem Zimmer und ihm nach.

Helga erreichte Dr. Herbert Jung, als er schon fast beim Tor zur Straße angelangt war. Sie war so außer Atem, daß sie nicht sprechen konnte, sondern statt dessen ihn am Ärmel festhielt.

Er sah sie an, und sie wunderte sich, daß sein Gesicht nach allem, was er durchgemacht hatte, noch so gelassen wirken konnte.

„Nanu?" fragte er, „haben Sie denn keine Angst, sich mit mir zu kompromittieren?"

„Nein, Herr Doktor", stieß Helga hervor, „ich weiß ja, daß Yvonne lügt! Ich war ja Zeugin, als sie bei Ihnen im Zimmer war, und auch sonst würde ich Ihnen so etwas nie zutrauen."

„Lieb von Ihnen, Helga", sagte er, „aber es nutzt mir nichts."

„Vielleicht sollte ich jetzt doch die Wahrheit erzählen und alles aufdecken!"

„Nein", sagte er entschieden, „tun Sie das bitte nicht. Das würde nur zur Folge haben, daß auch Sie in diese unerquickliche Geschichte mit hineingezogen würden, und das will ich nicht."

„Aber Herr Holzer wird Sie anzeigen! Man wird Sie vor Gericht stellen!"

„Sie sind erstaunlich gut informiert!“

„Eine von uns hat gelauscht“, gestand Helga.

„Dann erzählen Sie Ihren Freundinnen, sie sollen sich nicht zu große Sorgen machen. Herr Holzer wird vor einer Anzeige wohl doch zurückschrecken. Er muß seine Tochter gut genug kennen, um zu wissen, wie leicht ihr eine Schwindelei über die Lippen kommt.“

Helga schüttelte den Kopf. „Er vergöttert Yvonne.“

„Na, vielleicht ist dann wenigstens seine Frau vernünftiger!“ Tweedy sah sie an, und Helga hatte das Gefühl, daß er ihr eigentlich noch mehr sagen wollte, aber er preßte die Lippen zusammen.

„Es tut mir so leid, Herr Doktor“, sagte sie, „daß Sie auf Hohenwartau ein solches Pech gehabt haben.“

„Das braucht es nicht“, sagte er, „im Grunde bin ich ja noch mit einem blauen Auge davongekommen. Um ein Haar hätte ich die falsche Frau geheiratet. Und etwas Schlimmeres kann einem Mann wohl nicht passieren.“

Sie reichte ihm die Hand. „Vielleicht sehen wir uns einmal in München wieder.“

„Ja“, sagte er, „wenn der Zufall es will. Es wäre ein sehr angenehmer Zufall.“

Sie sah ihm nach, wie er durch das große Tor verschwand, und am liebsten wäre sie ihm nachgelaufen und hätte ihm seinen Koffer geschleppt. Aber das wäre natürlich albern gewesen.

Doch in dieser Minute wurde ihr Entschluß ganz fest: Sie mußte Tweedy aus der Patsche helfen, sie mußte beweisen, daß Yvonne gelogen hatte.

Helga schafft Ordnung

Noch am selben Tag, gleich nach der Studierzeit, ging Helga zum Hausmeister und bat ihn, sie telefonieren zu lassen. Sie rief im Jungeninternat Marquartstein an und bat, Hans Mayr, Yvonnes Vetter, sprechen zu dürfen. Sie mußte eine ganze Weile warten, bis er endlich an den Apparat kam und sich meldete.

„Hier spricht Helga", sagte sie, „Helga aus Hohenwartau! Hans, ich hab eine Bitte an dich . . ."

„Und die wäre?" fragte er, nicht eben ermutigend.

„Könntest du mich am nächsten Heimfahrtssamstag hier abholen?"

„Könnte ich schon. Aber ich fürchte, das würde Yvonne nicht gern sehen."

„Yvonne ist krank, sie ist nach Hause geholt worden. Deshalb rufe ich an. Sonst wäre ich mit ihr gefahren."

„Also gut, dann wollen wir mal nicht so sein", sagte Hans gnädig, „um wieviel Uhr?"

„Halb eins."

„Ist geritzt."

Als Helga einhängte, fühlte sie sich schon ein bißchen erleichtert. Endlich schien sich das Glück wieder auf ihre Seite zu schlagen. Jetzt brauchte sie nur bis zum nächsten freien Wochenende zu warten. Aber nie zuvor war ihr das Warten so schwergefallen.

Dann war es endlich soweit, und Helga, die alles gut vorbereitet hatte, stand schon auf dem Schloßhof, als Hans Mayrs kleiner Straßenfloh um die Ecke kurvte.

Yvonnes Vetter bremste dicht neben ihr. Er hielt es aber nicht für nötig auszusteigen, sondern beugte sich nur vor und öffnete die rechte Wagentür. „Tag", sagte er, „schmeiß dein Köfferchen hinten rein und setz dich."

Sie lächelte ihn strahlend an. „Mit Vergnügen!" Sie hatte sich extra schick gemacht, trug eine hautenge korallenrote Skihose und einen maisgelben Pullover, der ihr mindestens eine Nummer zu klein war und jetzt, als sie auch ihren Anorak nach hinten warf, ihre junge, wohlgeformte Figur blendend zur Geltung brachte.

Er bemerkte es mit Wohlgefallen. „Donnerschlag", sagte er, „du hast dich ja fein herausgemacht!"

Sie streckte ihre langen Beine aus und knallte die Türe hinter sich zu. „Das merkst du jetzt erst? Das kommt davon, wenn man immer nur für *ein* Mädchen Augen im Kopf hat. Dann läuft man so blind durch die Welt wie ein junges Hähnchen."

„Scheint mir jetzt auch so", sagte er, nahm den Fuß von der Bremse und gab Gas. „Übrigens habe ich dich bisher immer für Mamas braven Liebling gehalten."

„Wie man sich irren kann!"

Sie rollten den Schloßberg hinunter.

„Soll das heißen, daß mit dir was zu machen wäre?"

„Kommt drauf an, was."

„Na, du weißt schon."

„Wenn du das meinst", erklärte Helga mit Betonung, „so wäre ich nicht ganz abgeneigt. Besonders, da Yvonne das Erlebnis mit dir in so glühenden Farben geschildert hat."

Jetzt hatte sie ihn bei der männlichen Eitelkeit gepackt. „Wahrhaftig?" fragte er. „Hat es ihr gefallen?"

„Und ob", sagte Helga, „aber das müßtest du doch selber gemerkt haben."

„Warum hat sie dann geheult?"
„Wegen des Hotels. Das Zimmer und die ganze Umgebung schienen ihr deprimierend", fabulierte Helga ins Blaue hinein.
„Das kommt davon, wenn man sich mit einem so verwöhnten Fratz einläßt. Kennst du das Motel am Autobahnsee?"
„Doch", behauptete Helga, „ich finde es ganz nett da. Aber ich bin eben nicht so anspruchsvoll wie Yvonne."
„Was Besseres konnte ich ihr nun mal nicht bieten. So reichlich ist mein Taschengeld auch nicht. Aber sie hat sich angestellt wie eine Prinzessin auf der Erbse. Dabei war es schwer genug, dem Kerl beim Empfang klarzumachen, daß wir ein jung verheiratetes Paar wären."
„Alle Achtung", sagte Helga, „wie hast du das denn überhaupt geschafft?"
„Ich habe meinen Paß vorgezeigt und behauptet, Yvonne wäre meine Frau. Natürlich hat er es nicht geglaubt, aber es war nicht eben voll dort, und so hat er so getan als ob."
„Da habt ihr aber Glück gehabt", sagte Helga, „aber jetzt kannst du doch unmöglich da mit einer anderen Frau aufkreuzen?"
„Stimmt", gab Hans zu.
„Na, dann laß dir mal was Neues einfallen", sagte Helga, und da sie alles herausbekommen hatte, was sie wissen wollte, gab sie sich keine Mühe mehr, ihn zu bezirzen.

Als er merkte, daß Helga doch nicht so unterhaltsam war, wie er anfangs geglaubt hatte, wandten seine Gedanken sich wieder Yvonne zu. Sie hatten schon die Autobahn erreicht.
„Was fehlt Yvonne eigentlich?" fragte er.
„Reizend von dir, daß du dich danach erkundigst", sagte

Helga, „um die Wahrheit zu sagen... sie bekommt ein Kind!"

„Was?"

Vor lauter Schreck beherrschte Hans nicht mehr sein Autochen, und es geriet ins Schleudern.

Helga wartete ab, bis er es wieder in den Griff bekommen hatte.

„Wieso verwundert dich das so?" fragte sie. „Nach eurem gemeinsamen Wochenende mußtest du doch auf so etwas gefaßt sein."

„Aber doch nicht beim ersten Mal!"

„Weißt du was? Du solltest mal ein gutes Aufklärungsbuch lesen, dann wird dir nämlich klar, daß das beim ersten Mal genausogut passieren kann wie beim letzten."

Hans war immer noch ganz außer sich. „Aber warum", stammelte er, „hat sie mir das denn nicht gesagt? Das heißt, ich war die ganzen Weihnachtsferien mit meinen Eltern in der Schweiz. Aber schreiben hätte sie es mir doch können."

„Wahrscheinlich wollte sie dich schonen!"

„So ein Quatsch!" sagte er. „Hat sie denn wirklich geglaubt, ich würde sie in einer solchen Situation allein lassen? Wenn sie ein Baby kriegt, werden wir selbstverständlich heiraten."

„Sehr anständig von dir", sagte Helga anerkennend, „aber wovon willst du sie ernähren?"

„Ich werde eben die blöde Penne verlassen und ins Baugeschäft meines Vaters einsteigen. Glaub nur nicht, daß mir das leid tut. Genau das habe ich mir schon längst gewünscht."

„Gratuliere! Dann solltest du auf dem schnellsten Weg zu Holzers fahren und dich zu deiner Vaterschaft bekennen."

„Das mache ich", versprach Hans, „worauf du dich verlassen kannst."

Als Hans in München-Trudering vor dem Einfamilienhaus von Helgas Eltern hielt, gab er ihr kaum Zeit auszusteigen, so eilig hatte er es, zu Yvonne zu kommen.

Helga wollte auf das Gartentor zulaufen, als sie den Straßenkreuzer von Babsys Vater mitsamt Babsy und Chauffeur am Rande der Fahrbahn parken sah. Babsy hatte das Fenster heruntergekurbelt und winkte ihr zu.

„Was machst du denn hier?" fragte Helga.

„Wir haben euch auf der Autobahn überholt, und da dachte ich . . . Helga mit Hans Mayr, das ist doch sonderbar! Und dann ist mir eine ganze Stallaterne aufgegangen. Das berühmte Wochenende, an dem wir zuerst nicht nach Hause fahren durften und dann doch und an dem Yvonne so große Töne spuckte, daß sie ihre Freiheit genießen wollte! Da ist es passiert, nicht wahr?"

„Genau. Mit Hans Mayr. Ich brauchte bloß auf den Busch zu klopfen, und schon hat er es zugegeben."

„Elefantös, Helga! Dann brauchst du meine Hilfe also gar nicht mehr?"

„O doch. Es ist ganz prima, daß du hier auf mich gewartet hast. Würdest du mich wohl bis zur nächsten Telefonzelle mitnehmen?"

„Mit Vergnügen."

Helga zog ihren Anorak über und kletterte mitsamt ihrem Wochenendköfferchen in den Fond des Riesenwagens. Während sie eifrig nach einem Telefonhäuschen spähte, gab sie Babsy ihr ganzes Gespräch mit Hans Mayr wieder.

Dann hatten sie einen der gläsernen Kästen entdeckt.

Helga stieg aus, wählte die Nummer von Holzers und sagte, als Frau Holzer an den Apparat kam: „Hier spricht Helga, Yvonnes ehemalige Freundin! Gleich wird der wirkliche Vater von Yvonnes Baby bei Ihnen erscheinen. Nehmen Sie ihn nett auf, bitte. Ich habe ihm nichts davon erzählt, daß Yvonne Doktor Jung verdächtigt hat."

„Der wahre Vater? Was soll das heißen? Von wem sprichst du?"

„Sie kennen ihn gut. Hans Mayr ist es. Er paßt auch viel besser in Ihre Familie als ein Lehrer."

Helga hängte ein, ehe Frau Holzer noch etwas sagen oder fragen konnte, und rannte zum Auto zurück.

„Und was nun?" fragte Babsy. „Soll ich dich nach Hause bringen?"

„Nein, bitte, zur Possartstraße!"

„Nachtigall, ick hör dir trapsen", sagte Babsy, „da hat Tweedy sein Junggesellenapartment, nicht wahr?"

„Er muß es doch wissen."

„Schon gut. Aber ich werde vor dem Haus warten. Wenn er dir zu nahetritt, brauchst du nur zu rufen."

„Da kennst du Tweedy aber schlecht!" sagte Helga aus tiefstem Herzensgrund.

Tweedy war zu Hause; er öffnete Helga die Tür. Im ersten Augenblick leuchteten seine Augen auf, als er sie sah, aber dann verfinsterten sie sich wieder.

„Helga, das ist sehr nett", sagte er, „aber ich möchte nicht noch mehr Schwierigkeiten . . ."

Sie ließ ihn nicht ausreden. „Aber Sie haben ja gar keine Schwierigkeiten mehr! Der Fall ist geklärt! *Ich* habe ihn geklärt. Der richtige Vater von Yvonnes Baby ist gefunden. Er hält gerade bei ihren Eltern um ihre Hand an."

„Das ist ja . . . kaum zu fassen!“ Jetzt endlich ließ er sie in das große, modern eingerichtete Zimmer treten.

„Ja, nicht wahr? Jetzt können Sie wieder nach Hohenwartau zurückkommen . . .“

Er schüttelte den Kopf. „Nein, daraus wird nichts.“

„Nicht?“ fragte sie tief enttäuscht.

„Nein, ich habe nämlich vor, mich zu verloben.“

Ihr Herz sank noch ein paar Stockwerke tiefer. „Schon wieder?“ fragte sie. „Und diejenige welche wohnt in München!?“

„Genau. Aber daß sie in München wohnt, ist nicht der wahre Grund. Sie ist Schülerin auf Hohenwartau. Und ein Lehrer darf, wie du weißt, keine privaten Beziehungen zu einer seiner Schülerinnen haben.“

Ehe sie noch begriff, was er damit sagen wollte, hatte er sie schon in die Arme genommen und küßte sie voll zärtlicher Leidenschaft.

Als er sie freigab, konnte sie es immer noch nicht fassen. „Ich? Sie meinen . . . du meinst mich? Du willst dich mit mir verloben?“

„Vorausgesetzt, daß du einverstanden bist! Ich habe dich schon lange liebgehabt, nur habe ich es mir selber nicht zugeben wollen.“

„Na“, sagte Helga, „in diesem Punkt bin ich aber ehrlicher zu mir gewesen!“ Und sie küßten sich wieder.

„Ich werde morgen früh um elf, wie es sich gehört, mit einem Blumenstrauß bei deinen Eltern antreten.“

Sie lachte. „Aber nicht doch, Tweedy, so altmodisch sind meine Eltern nicht. Komm jetzt! Meine Familie wartet schon auf mich, und sie werden sich alle freuen, dich kennenzulernen!“

Sie öffnete das Fenster und signalisierte hinunter.

„Was machst du denn da?"

„Ich gebe nur Babsy ein Zeichen, daß ich gleich herunterkomme. Sie hat nämlich noch mein Köfferchen im Auto."

So war es Babsy, die dem jungen Paar als erste gratulieren durfte. „Meinen allerherzlichsten Glückwunsch", sagte sie, „ich finde das einfach phänomenal und wette, daß ganz Hohenwartau kopfstehen wird. Du hast wirklich einen bewundernswerten Mut, Helga!"

„Aber wieso denn?"

„Ich weiß nicht, ob ich einen Lehrer nehmen würde, der so anfällig hübschen Schülerinnen gegenüber ist."

„Nur keine Bange", sagte Tweedy, „für mich gibt es von nun an nur noch Jungenschulen!"

„Das ist auch besser so", sagte Helga und küßte ihn auf offener Straße. Sie mußte ihren Gefühlen Ausdruck geben, weil ihr Herz sonst vor lauter Glück zersprungen wäre.

Die Deutsche Bibliothek – CIP-Einheitsaufnahme

Fischer, Marie Louise:
Freundinnen durch dick und dünn / Marie Louise Fischer. –
München : Egmont Schneider, 1999
ISBN 3-505-11322-0

Dieses Buch wurde auf chlorfreies,
umweltfreundlich hergestelltes
Papier gedruckt.

Der Schneider Verlag im Internet:
http://www.schneiderbuch.de

© 1999 by Egmont Franz Schneider Verlag GmbH
Schleißheimer Straße 267, 80809 München
Alle Rechte vorbehalten
Erstmals erschienen 1986
Titelfoto: Daniel Kraus
Umschlaggestaltung: ART-DESIGN Wolfrath, München
Illustration: Nikolaus Moras
Herstellung: Gabi König
Satz/Druck: Presse-Druck, Augsburg
Bindung: Conzella Urban Meister, München-Dornach
ISBN 3-505-11322-0

Dieser Band enthält die ungekürzten Einzeltitel:
Nur Mut, liebe Ruth!
Susebill tut, was sie will
Im Internat gibt's keine Ruhe

DOLLY

SERIE VON

ENID BLYTON

Dolly sucht eine Freundin
(Band 1)
Ein Hitzkopf hat es schwer, sich in ein Internat einzufügen

Dolly – Wirbel in Klasse 2
(Band 2)
Unsere Burg ist die beste Schule der Welt

Dolly – Ein Pferd im Internat
(Band 3)
Ein Mädchen kann sich nicht von seinem Pferd trennen

Dolly – Die Klassensprecherin
(Band 4)
Dolly hat es nicht leicht, sich zu behaupten

Dolly – Dollys großer Tag (Band 5)
Viel Streit um ein Theaterstück

Dolly – Abschied von der Burg
(Band 6)
Mit viel Trubel wird das letzte Schuljahr beendet

Dolly hat Heimweh nach der Burg (Band 7)
Hurra, wieder auf Möwenfels!

Dolly – Eine aufregende Mitternachtsparty (Band 8)
Dolly fällt immer etwas ein

Dolly – Die Burg erlebt ihr größtes Fest (Band 9)
Wir werden Möwenfels nie vergessen!

Dolly – Wiedersehen auf der Burg
(Band 10)
Dolly kehrt auf die geliebte Burg zurück

DOLLY

SERIE VON

ENID BLYTON

Dolly – Hochzeit auf Burg Möwenfels
(Band 11)
Dolly erlebt den schönsten Tag ihres Lebens

Dolly – Die jüngste Burgmöwe
(Band 12)
Das große Ereignis in Dollys Leben

Dolly – Überraschung auf der Burg
(Band 13)
Verwicklungen um eine Prinzessin

Dolly – Klassentreffen auf der Burg
(Band 14)
Möwenfels steht Kopf

Dolly – Ein Möwenfest im Möwennest
(Band 15)
Die Burg wird gerettet

Dolly – Dollys schönster Sieg
(Band 16)
Was ist mit Gundula los?

Dolly – Eine Hauptrolle für die Burg
(Band 17)
Kamera ab im Möwennest!

Dolly – Sag ja, Dolly!
(Band 18)
Dolly muss sich entscheiden!

Dolly – Sammelband 1
(enthält die Bände 1, 2 und 3)

Dolly – Sammelband 2
(enthält die Bände 4, 5 und 6)

Dolly – Sammelband 3
(enthält die Bände 7, 8 und 9)

Dolly – Sammelband 4
(enthält die Bände 10, 11 und 12)

Dolly – Sammelband 5
(enthält die Bände 13, 14 und 15)

Dolly – Die schönsten Jahre Sammelband 6
(enthält die Bände 16, 17 und 18)

Geschenkpreisbücher von MARIE LOUISE FISCHER

Freundinnen durch dick und dünn
Nur Mut, liebe Ruth! · Susebill tut, was sie will · Im Internat gibt's keine Ruhe

Klaudia
Klaudia, die Flirtkanone · Klaudias großer Schwarm · Klaudias erste Tanzstunde

Michaela
Michaela kommt ins Großstadt-Internat
Michaela rettet das Klassenfest
Michaela löst eine Verschwörung

Ulrike im Internat
Ulrike kommt ins Internat
Ulrike das schwarze Schaf im Internat
Schön war's im Internat, Ulrike

Wenn's im Schwindeln Noten gäbe ...
Michaela kommt ins Großstadt-Internat
Daniela und der Klassenschreck

STARKE MÄDCHEN

SERIE VON

Brigitte Blobel

Lea will es wissen

Keine Panik, Jenny

Meike liebt Ken

Sofies Geheimnis

Immer wieder Marie

Alinas letzte Chance

Saras riskanter Plan

Romy auf der Suche

Für immer, deine Eva